U0691599

有爱的青春陪伴者

想念你那么久

年深不见 / 著

四川文艺出版社

图书在版编目（CIP）数据

想念你那么久了 / 年深不见著 . -- 成都 : 四川文
艺出版社 , 2023.8
ISBN 978-7-5411-6727-0

Ⅰ . ①想… Ⅱ . ①年… Ⅲ . ①长篇小说 - 中国 - 当代
Ⅳ . ① I247.5

中国国家版本馆 CIP 数据核字 (2023) 第 137859 号

XIANGNIANNINAMEJIULE

想念你那么久了

年深不见 著

出 品 人　　谭清洁
责任编辑　　邓　敏
特约编辑　　小　池
装帧设计　　颜小曼　孙欣瑞
责任校对　　段　敏

出版发行　　四川文艺出版社（成都市锦江区三色路 238 号）
网　　址　　www.scwys.com
电　　话　　0731-89743446（发行部）　028-86361781（编辑部）

排　　版　　长沙大鱼文化传媒有限公司
印　　刷　　长沙鸿发印务实业有限公司
成品尺寸　　145mm×210mm　　开　本　　32 开
印　　张　　11　　　　　　　　字　数　　400 千字
版　　次　　2023 年 8 月第一版　　印　次　　2023 年 8 月第一次印刷
书　　号　　ISBN 978-7-5411-6727-0
定　　价　　45.80 元

目录

目 录

第一章
玫瑰少年

//////

高三开学第一天，帝都迎来了入秋后的第一场雨，空气中总算有了一丝凉意。

教室外人声嘈杂，满是奔跑打闹的学生。走廊尽头，男生一阵风似的卷进了教室，一个"漂移"站上讲台，喊道："你们猜我在办公室看到什么了？"

"别卖关子，快说！"

前排立刻围过来不少人。

男生喘了口气，故弄玄虚道："分班表！这次咱们班要来十个新同学！"

这话一出，教室里寂静了三秒钟，同学们面面相觑，很快埋头各干各的。

"喂！你们这啥反应啊？我话还没说完呢！"

众人摆手，表现出一副不想再听下去的模样。

男生灰溜溜地回了座位，自顾自地嘟囔："一个个怎么了？平时不都挺八卦的，今天怎么跟蔫儿吧唧的白菜似的？"

"谁让你往伤口上撒盐了。"

说话间，一道颀长的身影落座在他身侧，书包落下时风掀起了桌上的试卷。来人语气很淡，声音却干净清冽。

男生赶忙摁住卷子，抬头看向这书包的主人也就是他的同桌："祁燃？老孙不是让你这学期坐前面去？"

"不想去，老位子挺好。"

祁燃慢条斯理地打开书包，拿出耳机和题册。雨后的阳光穿过干净的玻璃洒进来，将他整个人笼罩在浮华的光影里，被众人吐槽的蓝白校服在他身上格外笔挺。

男生"哦"了一声，猛地反应过来："不是，我撒什么盐了？"

祁燃随意地翻了几页手里的书，转着笔的手指骨节分明，手背隐隐有青筋浮现。

"六中八大规定之首，每年成绩稳定在前五十名的才有资格留在重点班，否则就会被踢去平行班。十个人进来就意味着有十个人要离开，新学期第一天谁都不想听到这样的消息。"

后排的眼镜男搭腔："就是啊宋砚，你们成绩好当然不担心这个，我期末考试又是班级倒数，这次指定有我。"

宋砚摸摸脖子，还很委屈："可我想说的重点不是这个，重点是这次新来的有一位女生！说不定是个美女呢。"

路过的值日生哼了一声，说："不信谣，不传谣。咱们班是出了名的阳盛阴衰，美女就不指望了，别是只恐龙就不错了。"

宋砚想了想："也是……"

"吵死了！"话还没说完，一个笔记本砸了过来，身后趴着的人动了动，拿书盖住脸，换了个方向继续睡。

宋砚："老裴昨晚干吗去了？开学第一天就补觉？"

"熬夜看球，不用管他。"祁燃耸耸肩，塞上耳机。

……

不被寄予厚望的徐知岁同学此刻正杵在办公室里等待老师安排，老旧的风扇在头顶"咯吱"作响，风力不大，动静却不小，让人怀疑它随时有掉下来的风险。

她在这儿站了近十分钟，新班主任问了几句情况之后就没了下文。和她一起做木头桩子的还有其他九位从平行班升上来的学生，除她之外清一色全是男生。

路过的老师见了她总免不了多打量几眼，然后笑吟吟地对偻着背坐在办公桌前的中年男人打趣："哟，老孙，你们班终于进女生啦？"

"是啊，好不容易才进一个。五班升上来的，周老师刚才还跟我哭诉，说我把他们班的宝给挖走了。"

"这么漂亮的小姑娘，换我，我也舍不得！"

被叫作"老孙"的这位就是徐知岁的新班主任，大名孙学文，年近五十，身材消瘦，脊背微驼，戴了一副陈旧的黑框眼镜。别看他这会儿说话春风和煦的，管起学生来却是出了名的严厉，整个六中的学生都怕他，徐知岁某次值日就曾在他面前碰了一鼻子灰。

孙学文对着分班表看了又看，就在大家以为他是不是打算钉死在座椅上的时候终于起了身，他勾勾手，示意"木头桩子"们跟他走。

这时间还没正式打上课铃，但身为重点班的学生浪费一分一秒都是可耻的，大家非常自觉地拿出书本开始早读，放眼望去只有后排极个别学生趴在桌子上睡觉。

孙学文也没管，示意徐知岁他们在外头等一下，然后径直走上讲台敲了两下。

教室一瞬间安静了下来。

"都停一下，下面我叫到名字的，去办公室集合。"

他点了十个同学的名字，都是上一年退步被打下去的，祁燃身后的眼镜男就在其中。

或许是早就猜到这个结果，这十个同学早早收拾好了自己的东西，就等待着被宣判。

他们走后，孙学文长叹一口气，同时也不忘给剩余的同学敲响警钟，让大家不要懈怠，要有危机感之类的。

门外，徐知岁看着门框上理三（1）班的班牌默默攥紧了手心，脚底下也像长了钉子，钉在地上动不了——

她等这一天实在太久了，眼见终于实现，反而有种强烈的不真实感。

恍惚的瞬间，孙学文已经收起了他的语重心长，才对门外候着的人勾勾手："都进来吧。"

十个人鱼贯而入。

前头进去的都是男生，底下人没什么反应，到了徐知岁进去时底下开始有了骚动。

"哇喔！有女生！"

"还真是漂亮女生！"

"同学掉进狼窝啦！"

徐知岁的模样随她父亲，小时候头发短短的，乍一看像个假小子。如今五官长开了，巴掌大的脸漂亮而无害，扑闪的大眼睛澄澈明亮，笑起来的时候嘴角有两个甜甜的梨涡，谁见了不说一声美人坯子。何况是在男女比例严重失调的一班，如今好不容易来了个美女，可把男生们激动坏了。有人鼓掌，有人吹口哨，饶是习惯了这种场面的徐知岁也难免有些不自在。

她的目光迅速地在教室内扫了一圈，最后停留在窗边倒数第二排那个戴着耳机的少年身上，眼眸逐渐亮起。

只短短一眼，足以让她心如擂鼓，却又不得不装出一副镇定自若的模样。

孙学文要求新来的同学做个简短的自我介绍，轮到徐知岁时，她如前面的同学一样只简单说了下名字和原来的班级。

"大家好，我叫徐知岁，原来是五班的。"

听到这个名字，一直专注算题的祁燃笔尖一顿，默默扯下了一只耳机。

最末排正在睡觉的裴子熠也突然坐了起来，睡意惺忪的眼睛里带着几分不可思议，在看清台上女生的面容之后更是发出一声压抑的惊呼。

"我去，怎么是她？"

这动静吸引了后排小范围男生的目光，祁燃也偏过头看他。

"你认识她？"前排的宋砚回头看他，趁机将头埋在高高的书堆之下啃了一口豆包。

裴子熠皱眉"啧"了声，表情变得古怪，过了会儿，拿起笔头戳了下左前方祁燃的后背："你记不记得我跟你说过，五班有个执勤的女生总是瞒着老师放我一马？"

"嗯。"祁燃应了一声，隐约记得有这么回事。

宋砚一头雾水："什么执勤？什么放你一马？"

"就我早上不总是迟到嘛，因为这事儿没少被老孙罚、被主任记'光荣榜'。有次我起晚了，门口执勤的女生不仅没记我名字，还帮我跟老师打掩护，这样的事情足足发生了四五次……"

裴子熠朝徐知岁所站的方向抬了下下巴："喏，就是她。"

宋砚认真打量了几眼台上的女生，总觉得她有几分眼熟。

"我想起来了，她好像是五班那个班花，高一入学她作为优秀生代表在国旗下讲话的时候就扬言一定会进我们班，当时还挺轰动的，没想到真被她考进来了。"

裴子熠挠了把睡成鸡窝似的头发："你说她为什么非要进我们班？"

"……"

这不是问了句废话吗？但凡有点上进心的学生，谁不想进重点班？

宋砚又啃了口包子，正要开口说什么，就听裴子熠一本正经地说："我觉得她是冲我来的。"

宋砚："？"

想了想，裴子熠又补充了句："她对我有意思。"

"……"

宋砚一个没忍住，包子直接从嘴巴里喷了出来，同桌祁燃遭了殃，微微皱了下眉头。

"不好意思啊，主要是这家伙的笑话讲得太惊世骇俗了，我没忍住。"宋砚一边憋笑，一边急匆匆从抽屉里找出纸巾替祁燃擦校服。

祁燃拂了拂衣摆，淡淡道："没事。"

裴子熠伸长腿在课桌下踹了一脚宋砚的椅子："你什么意思？质疑我的魅力？"

他好歹与祁燃并称为六中的"双子星"，虽然成绩比祁燃差了些，但要长相有长相，要身高有身高，追捧者不比祁燃少。

话虽这么说，可这话从他嘴里说出来，就是让人觉得怪好笑的。宋砚捂着肚子说："不好意思，我不是质疑，我是完全不相信！但凡你要点脸，也不至于这么自恋！"

"不然她包庇我的事怎么解释？肯定是担心我才这么做的，你说是不是祁燃？"

祁燃没什么反应，笔尖停留在某道选择题上一直没动过，墨水凝成了个黑点。

裴子熠见他在走神，又喊了他一声。祁燃这才回过头，漆黑的眼睛不辨情绪，声音也是一贯的平淡温和："我又不是她，我怎么知道。"

"……"

裴子熠还想说什么，孙学文的声音再次响起。

"行，新同学先自己找空位坐下，别耽误时间赶紧学习吧。"

新来的同学应了声，纷纷向最近的空位走去。

裴子熠见状跷起个二郎腿，拍了拍自己旁边的空具子说："等着吧，她保准想坐我旁边。"

"自恋吧你！"宋砚没好气地嗤了一声，眼睛却紧随着徐知岁。

只见她想也没想，背着书包就朝他们这个方向走过来，停在裴子熠旁边的空位处。

她先是扫了前排的某个人，然后才对裴子熠扬起一个甜美的微笑："请问，我可以坐在这里吗？"

"……"

裴子熠下意识朝宋砚挑了挑眉，那眼神仿佛在说"看吧，我没说错吧"。
宋砚吞了下口水，默默对他竖起一个大拇指。

"可以是可以，不过后排都是大高个，你不怕看不见黑板？"裴子熠说。

"没关系，我视力很好。"

裴子熠耸了耸肩，做了个"请便"的手势。

趁着早读的时间，徐知岁收拾了一下自己的新座位。

不得不说，上一个坐在这儿的男生实在有些不讲卫生，抽屉里随处可见的废纸团就不说了，竟然还有嚼剩下的口香糖和擤鼻涕的纸！不知道裴子熠怎么受得了这个同桌。

不过这些都不重要，重要的是从此以后，她一抬眼就能看见那个清风朗月般的少年——

他的头发相较之前好像短了一些，露出干净的五官和利落的面部轮廓，窗户的玻璃倒影中映出他的面容，眉宇间尽是蓬勃的少年气息，专心做自己的事时，身边的喧闹似乎与他是两个世界。

只是这样看着他的背影，徐知岁心里就万分欢喜，她在心里默默地说："祁燃，我又离你近一步了。"

各处收拾完，早读已经下课了，祁燃和裴子熠被老师叫去了办公室，后排一伙男生立刻凑过来和新来的女生套近乎。

宋砚满是鄙夷地将他们轰走，自己却向徐知岁做起了自我介绍。

"我叫宋砚，这个班的体育委员；你同桌叫裴子熠；坐你前面这个是祁燃，我们班的班长。"

"我知道你们的名字。"徐知岁牵唇，露出两个甜甜的小梨涡。

"你知道？"

徐知岁眨了眨眼睛，随口编了个谎："因为你们一班的人都挺有名的。"

这话倒不假，他们班个个都是人才。宋砚笑着纠正她："不过，现在要说我们一班了。"

"……"徐知岁捂住嘴，笑得眼睛弯成了月牙。

正说着，祁燃和裴子熠从办公室回来，各自手里抱着一沓练习册，挨个组分发下去。

徐知岁眼尖地捕捉到那个身影，眼眸一亮，目光追随着他进来，宋砚在旁边又讲了什么根本没听进去。

过了会儿，祁燃走回座位，宋砚拿着新发下来的题册翻了翻，立刻唉声连连："这又是什么？刚开学就发作业，还让不让人活了？"

"B师大附中的习题，老孙给全班都订了份。"祁燃转过身，分了本给徐知岁。

"谢谢。"徐知岁接过。

她犹豫了两秒，终于鼓起勇气搭话："那个……祁燃，你还记得我吗？我叫徐知岁，我们小学是一个班的。"

祁燃抬眸看了她一眼，笑容温和："记得，我们初中也是校友。"

“是！你在三班，我在六班，教室在一层楼。”

祁燃点了下头：“嗯，你们班的班主任是我们英语老师。”

宋砚张嘴惊讶：“原来你们早就认识啊。”

那他还介绍个什么劲啊。

短暂的对话因为任课老师的到来而被迫中断，裴子熠也从嬉嬉笑笑的人堆里回到座位，开始了苦兮兮的高三生涯。

后来的一整天里，徐知岁都没找到什么机会再和祁燃说话。他似乎很忙，课间不是被老师叫去办公室说事，就是被几个兄弟拉去打篮球，而徐知岁却因为他还记得自己，偷偷开心了很久很久。

重点班的学生底子好，老师上课的进度也快，没几分钟一个知识点就讲完了。

徐知岁习惯了平行班的慢节奏，一时之间难以适应，本打算利用晚自习的时间将不明白的知识点梳理一遍，没想到孙学文直接将自习变成了冗长的班会，从上学期的期末成绩说到了学习态度，又从校规校纪聊到了早恋问题。

就这么熬了整整一节课，孙学文才端着保温杯离开教室，徐知岁趁着课间去了趟洗手间，回来后有人通知她去老孙办公室。

刚走到办公室门口，就听见老孙正厉声训斥几个顽皮的男生，那架势着实让人心惊肉跳。

徐知岁等到男生们走了才探头往里瞧了一眼。

老孙又将火力转向桌边站着的女生：“还有你秦颐，上学期一共就出了四次黑板报，咱们班评比次次倒数，你这个宣传委员怎么当的？”

那个叫“秦颐”的女生低头绞着手指，面露委屈：“这也不能怪我，我本来就不擅长画板报，这个宣传委员还是因为咱们班没人愿意做，你硬安我头上的。”

孙学文脸上有些挂不住了：“那你就不能找几个同学帮你一起吗？要发挥群众的力量。”

秦颐噘起嘴：“咱们班都是学霸，出板报这种出力不讨好又浪费时间的事，谁愿意帮我啊？”

“……”

“报告。”

徐知岁敲了下办公室的门，里头二人一同朝她看过来，孙学文眉心皱起的几道褶子立刻平整了不少：“进来吧。”

他手指在桌上轻搭两下，又对秦颐说：“这不给你找搭档来了嘛。”

徐知岁走到桌前："孙老师，你找我？"

孙学文面色柔和了几分，缓缓道："嗯，我听周老师说你画画不错，原来五班的黑板报都是你出的？"

徐知岁点了下头，等待他的下文。

孙学文端起保温杯抿了口茶："是这样，这不马上就要建国 60 周年了嘛，这是件大事，学校呢要求各班出一期这个主题的板报。我们一班以前的板报成绩你应该也听说过，所以我想以后的板报工作就交给你和秦颐一起负责了，你看行吗？"

徐知岁看了眼秦颐，对方朝她友好地眨了眨眼睛，算是打招呼。徐知岁回以微笑："行，那以后画画交给我，你就帮忙书写吧，我的粉笔字……实在有些拿不出手。"

秦颐一噎："可我的字也不好看，我本来还指望你呢。"

孙学文顿时语塞，他们堂堂重点班，怎么就被一个板报给难住了？

就在他犹豫要不要亲自上阵的时候，徐知岁状似思忖地说："我倒是知道有个人粉笔字写得不错。"

"谁？"

"祁燃。"

"祁燃……"孙学文想起祁燃整洁的卷面，笔锋苍劲有力，一看就是特意练过书法的，不由得点了点头，"他的字倒是不错。不过这事你们得先问问他的意思，祁燃作为班长每天要忙的事情已经够多了，重点是——"

"不准他耽误学习！"秦颐挠了挠耳朵，嬉皮笑脸道，"孙老师你这话我都会背了，全校谁不知道他是你的心头宝贝啊。"

"没大没小。"孙学文剜了她一眼，摆摆手，"走走走，这事就这么说定了，有什么困难再向我反映，赶紧回去看书。"

从办公室出来，徐知岁还没从刚才的震惊中缓过神来。孙学文是何等人物，竟然有人敢和他那样讲话？思及此，她看向秦颐的眼神里不由得透出几分敬佩。

秦颐见她欲言又止，捂嘴笑了："你是不是觉得我特别不怕死？"

"他很严的，你不怕他吗？"徐知岁上学期被孙学文监考过，那场景光是回想都觉得窒息。

"其实老孙是我姨父，只不过在学校不准我这么叫他。他私底下人挺好的，就是把成绩看得比较重。上个学期我们班给他起了一个新的绰号，你知道叫什么吗？"

徐知岁茫然摇头。

"偷窥哈士奇。"

"嗯?"徐知岁没懂。

"因为他趴在后门偷窥我们上课的模样特别像只哈士奇!"

"噗!"徐知岁没忍住,笑出了声。

两人说说笑笑往教室的方向走,秦颐大方地挽住徐知岁的胳膊"对了,你怎么会想到让祁燃来出板报的?"

"我小学和他是同学,那时候老师就常夸他写字好看。"

"是吗,原来你们早就认识啊。那你应该知道他有多厉害吧?次次考试年级第一就不说了,听说这次全国物理竞赛他还拿了一等奖。总之在我们班就是学神般的存在,各科老师的心头宝。你别看他上课总是戴着耳机一副与世隔绝的样子,他要是突然抬头看黑板,台上的老师就要心慌了。"

"为什么?"

"因为那肯定是老师讲错了。"

"哈哈哈哈……"两个女生笑作一团。

徐知岁性格开朗,人缘很好,属于走到哪儿都不缺朋友的那一类人。而秦颐是班上十个女生中为数不多性格活络的,和谁都能说上几句。

在老孙的"撮合"下,两人迅速搭建起友谊的小船,成了一班最养眼的一对姐妹花。

后来在人生最灰暗的那段时光里,徐知岁多么庆幸还有这样一个好朋友陪在自己身边。

当然,这些都是后话。

走到教室门口,第二节自习已经开始了。素有"灭绝师太"之称的语文老师在讲台上坐班,两人见到她立刻绷住了笑,低眉顺眼地走进了教室。

分开前,秦颐扯了扯徐知岁的衣摆,小声道:"我和祁燃不太熟,你去和他说。"

徐知岁当时点头答应了,回到座位后却一直纠结该如何开这个口。

这种状态一直持续到第二节自习下课。放学铃声已然打响,同桌裴子熠收起瞌睡,以迅雷不及掩耳的速度收拾好书包,催促祁燃回家:"你快点,今晚有决赛,回去晚了就要错过科比了。"

"你妈要是知道你白天打瞌睡,晚上熬夜看球赛,非拿扫帚抽你不可。"祁燃没抬头,淡定地写着最后一道题。

裴子熠坐在课桌上,脚踩着凳子的横杠,不以为意地哼了一声:"她最近上夜班，才没时间管我。你快点，就算不写那些破题也没人能撼动你全校第一的宝座！"

祁燃回首瞥了他一眼，无奈摇头，开始收拾东西。

眼见他要走，徐知岁慌了神，硬着头皮喊了声他的名字："祁燃。"

"有事吗？"祁燃回头，一双眼睛深邃而清明。

视线相触的那一瞬，徐知岁清晰地察觉到自己的心跳漏了一拍。

她深吸了一口气，手指不自觉地绞在了一起："那个……今天孙老师说让我画板报，但我的字不太好看，你能帮我写吗？"

祁燃微微蹙了下眉，眼神似乎在问"为什么是我"，徐知岁连忙解释："我记得你练过书法，粉笔字应该也写得很好吧？"

"得了吧。"宋砚回头笑了声，"上一任宣传委员也找他出板报来着，咱们班长大人愣是没管过。你有这工夫找他，不如去前边问问哪个女生写字漂亮来得实在。"

"这样啊……"

徐知岁垂眸，声音里掩不住的失望。

就在她打算放弃的时候，祁燃似有若无地叹了声，突然开口："你画我写。我没有太多时间，材料什么的需要你先准备好。"

徐知岁眼睛顿时亮了起来，点头如捣蒜："嗯，不急，月底完成就行了。材料也不多，大概就三四段，我找好就拿给你。"

祁燃应了声，拎起书包朝裴子熠勾勾手指："走了。"

裴子熠从课桌上跳了下来，前后脚离开教室。

等走到楼梯口，裴子熠双手插兜，吊儿郎当地撞了下祁燃的肩膀，调侃道："你这个班长什么时候还接宣传委员的活儿了？"

祁燃面无表情地扶了下书包带："我们班板报期期垫底，看不下去了。"

"哟，你还挺有集体荣誉感。说起来，我今天问我这个新同桌为啥不记我迟到，你猜她怎么说？"

祁燃觑了他一眼，顺着他的话往下问："怎么说的？"

"她说因为她知道我迟到了会受罚，所以不忍心。啧，你说她这话是不是挺惹人多想的？我觉得她肯定对我有点什么想法。"

祁燃没吭声，从口袋里摸出单车钥匙，快步拐进了车棚。

与此同时，徐知岁也收拾好了书包准备回家。

公告栏上的"迟到光荣榜"还挂着上学期的名单，裴子熠的名字醒目地占据了第一的位置。她不经意瞥了一眼，忽地想到裴子熠今天的问题，抿唇浅浅一笑，其实答案她只说了一半——

一班有个不成文的规定，迟到的人会被孙学文罚去打扫卫生，可能是办公室，也有可能是厕所。

裴子熠每每挨罚，作为好兄弟的祁燃都会过去帮他一把，徐知岁就曾撞见祁燃在厕所门口帮他洗拖把。她当时真有几分怒气，恨不得冲进男厕和正在拖地的裴子熠说"你自己迟到能不能别连累别人"，可回头一想，这不正是她欣赏祁燃的原因吗？

但再怎么讲义气，也抵不住遇上个猪队友，从那以后只要轮到徐知岁执勤都会借着自己的职务给裴子熠"放水"。

说不忍心，其实不过是不忍心祁燃陪他一起受罪罢了。

徐知岁一家就住在六中边上，是父亲徐建明为了方便她读书特意买的二手房。房子不大，条件也比不上他们在三环边的大房子，但胜在方便，距离学校不过十来分钟的脚程。

回到家，客厅的灯还亮着，妈妈周韵照例准备了夜宵，让她吃了再去写作业。

徐知岁在门口换了拖鞋，环顾一圈，问："爸爸还没回来吗？"

周韵将煮好的面条端上桌，招呼她过去吃："没呢，估计又去应酬了。最近公司事多，他整日早出晚归的，连个人影也见不着。"

徐建明经营着一家不大不小的公司，收益尚可，周韵先前就负责打理自家财务。后来徐知岁因学业压力大而生了场大病，周韵权衡利弊，决定先放下手头的工作，全职陪读。

"不说他了，你今天到新班感觉如何？"周韵解下围裙关切道。

徐知岁随口回："还行，就是老师上课比较快。"

"没事，过段时间就适应了。对了，你小学那个叫祁燃的男同学，也在现在这个班吧？"

徐知岁拿筷子的手一顿，眼观鼻鼻观心，简直将"心虚"二字挂在了脸上："是吧？我没太注意。"

"……"周韵斜了她一眼，答案了然于心。

十五岁那年，徐知岁有幸被区重点长宁六中录取，分班情况却让她颇受打击。那之后，她常把"我要考进重点班"挂在嘴边，周韵以为她只是说说，毕竟以她当时的成绩要进重点班还是有一定难度的。没承想这小丫头打了鸡血似的学了两年，还真被她挤进了重点班的尾巴。

至于她迫切想进重点班背后的原因，周韵看破不说破，总归有个目标让她努力不是什么坏事。

周韵点到即止地提醒："花里胡哨的心思赶紧收一收，一切还是以学习为重。熬过了这最重要的一年，以后的事情都好说，但也别给自己太大压力。"

徐知岁"哦"了一声，不露痕迹地转了话题，说起孙学文要她出板报的事，周韵表示支持，只是不能过分占用学习的时间。

吃完夜宵，徐知岁打着写作业的名义闷头钻进书房，等周韵收拾碗筷去了厨房，她从带锁的抽屉里拿出一个厚厚的日记本，翻到空白页在首行写下这样一句话——

2009年9月1日，祁燃答应和我一起出黑板报了。

……

再往前翻——

2009年1月1日，祁燃新年快乐。

2008年11月28日，我们擦肩而过，可你好像不记得我了。

2008年5月7日，我在楼上看见你打篮球了。

2007年9月1日，分班情况不理想，我想努力追赶你的身影，也请你等等我。

2007年5月20日，听说你被六中提前录取了，真好，我也要加油和你考上一样的高中。

……

不知道从什么时候开始，徐知岁养成了写日记的习惯，她习惯于用文字记录或倾诉那些无人可以分享的少女心事，心酸或欢喜，她只能自己讲与自己听。

而这一切都要从她遇见祁燃那天说起……

徐知岁不是地道的帝都人，她出生在南方一个山清水秀的省会城市。小学的时候，徐建明创业赚了钱，带着一家人移居帝都，在这儿买房落户。

刚转学来帝都的时候，徐知岁说着一口平翘舌音不分的塑料普通话。因为这个，第一天上台做自我介绍她就闹了笑话，班里淘气的男生总是模仿她的口音，女孩子也不爱和她做朋友，这让小小年纪的她十分受挫。

竞选班委的那天，她听取了妈妈的建议积极上台争取，然而在她一番激情的演讲完之后，底下鸦雀无声，没有一个人为她举手。

如今回想起来，她仍然记得那天的无助和茫然，她不明白自己做错了什么，为何这个班的同学那么讨厌她？明明在老家的时候不是这样的。

就在徐知岁自己都快要放弃自己的时候，后排突然举起了一只手，那个长相清秀的小男孩说："我愿意投她一票。"

天知道，那句话对当时的徐知岁来说意味着什么，她抬起头，觉得那男孩整个人都在发光。

也是从那一天起，"祁燃"这个名字就烙在了她的心上。

祁燃是班上的学习委员，成绩好，长相也讨人喜欢，一到课间班上的小女生总是喜欢围在他身边。每年学校的六一晚会，少先队的老师总点名要他去主持。

那时的徐知岁就在想，要是自己再优秀一点，说不定就有资格和他做好朋友了。

好在她天生乐观，没有因为同学的孤立而自卑，经过一番努力，终于在老师和妈妈的鼓励下融入了集体。而祁燃却成了她小小世界里，一颗可望而不可即的明星。

这种盲目的崇拜一直持续到初中，两人同校不同班，徐知岁却能在校园的各个角落快速捕捉到祁燃的身影。

他一如既往的优秀，常年霸占年级第一的位置，校运会也能看见他矫健的身姿。

有一次，徐知岁所在的班级和祁燃他们班打篮球赛，祁燃作为前锋上场，一直对体育项目兴趣缺缺的徐知岁主动拉上好友去操场看比赛，最后却因为帮祁燃所在的队伍加油而遭到闺密团的鄙夷。

那时班上的女同学普遍早熟，私下常常讨论"谁喜欢谁""谁和谁在一起了"这种沾染了暧昧的话题。

徐知岁不常参与，比起这些，她更热衷于在下了课的走廊遥望祁燃的身影。

她反常的举动引起了好友的注意，在某次自习时，好友突然问她是不是有了喜欢的人。徐知岁突然慌了神，不知为什么，脑海里浮现起祁燃的脸。

她犹豫着说："我没有喜欢的人，但有一个想要拼命追赶的人，我所有的努力都是为了有朝一日他能看见我，我想和他光明正大地站在一起。"

好友问："你是不是看见他就很高兴，见了面却又紧张得不知道说什么才好？时时刻刻都想着他，有时为他开心有时为他难过？"

徐知岁诚实地点头。

好友笑了，意味深长地戳了下她的额头："白痴，你这小脑袋还没开窍呢！"

徐知岁不明白好友话里的意思，只是从那以后，她更加刻苦学习，立志考六中，削尖了脑袋想进重点班。

"祁燃"这个名字，就是她向上的所有动力。

回忆被一阵猝不及防的敲门声打断，周韵斜斜倚在门边，疑惑地打量着女儿："写作业就写作业，你傻笑个什么？"

徐知岁匆忙用试卷压住没写完的日记，乐呵呵地说："没什么，就是建国 60 周年了，我高兴！"

第二章
刻在我心底的名字 //////

那个年代智能手机还没普及，学生党用得最多的是诺基亚，尽管徐知岁一再强调自己想要一部新手机，但为了不影响学习，周韵愣是拿了一部只有通话和短信功能的老年机给她。板报的相关资料，她只能在家用电脑先查好，在纸上画个大致的草稿再带去学校。

关于板报，徐知岁也是接了以后才发现这其实是个体力活。

从前在五班的时候，她只负责绘画，其他同学会帮她擦黑板洗抹布调颜料，大家分工合作，没几天就完成了。

可到了一班，出板报仿佛成了她一个人的工作，除了秦颐会帮她打打下手，其余同学一概抱着事不关己高高挂起的态度。

某些男生更是讨厌，不帮忙也就算了，时不时还要过来指点江山，一会儿说这里画得不好，一会儿说那里颜色选得不对。

次数一多，徐知岁难免有了情绪，撇着嘴顶回去："你这么会指导，你来画呗！"

男生说："老孙又没把任务交给我，画得不好还不让人说了？"

徐知岁无语，难道这就是学霸的情商吗？上天为他打开一扇门却为他关上一扇窗？可他的成绩也不如祁燃好嘛。

"所以你知道我从前多悲催了吧。"秦颐拍了拍徐知岁的肩膀安慰道，"没事，反正还有时间，咱俩慢慢画。"

徐知岁叹了口气，不知道该说什么。

高三学习任务重，两人只能利用课间的时间画板报，磨蹭到第二周，隔壁二班的板报已经进入收尾工作了，她们才大致画了个线稿。

徐知岁心情郁结，傍晚去食堂吃饭的时候特意让阿姨打了两勺饭。

她和秦颐去得晚，食堂已经没什么座位了，宋砚见她们站在人群中徘徊，隔老远就朝她们挥起手。

"这边有空位，来这儿坐！"

徐知岁朝这边望过来，一旁的裴子熠立刻将脑袋埋了下去，暗暗掐了宋砚一把："你把她招惹过来干什么？我啃鸡腿呢，形象还要不要了？"

宋砚笑嘻嘻道："没事，说不定你怎样她都觉得你帅。"

"……"

两个女生过来时，就见裴子熠跷着二郎腿，无所事事地低头玩手机，旁边是只吃了一半的餐盘和刚擦过嘴的纸巾。

徐知岁扫了一眼："祁燃怎么没来吃饭？"

"他下课的时候被老师叫走了，估计一会儿自己过来吧。"宋砚用筷子指了下她的碗里，露出夸张的表情，"不是吧，你一个女生吃这么多？"

徐知岁苦着脸："我这叫化悲愤为食欲。"

宋砚讪讪道："一个板报而已，不至于把你俩折磨成这样吧。"

"你试试就知道了。"秦颐长叹一声，一屁股坐在裴子熠对面，震得整个桌面都晃了晃。

裴子熠不满地"啧"了一声："你能不能文雅一点？"

秦颐翻了个白眼，反而指着他的餐盘问："你就吃这么一点？"

"嗯，不饿。"裴子熠下意识地看向徐知岁，徐知岁也正好抬头看他。四目相对，徐知岁张了张嘴，欲言又止。

裴子熠没来由地心慌，就在他以为徐知岁会说类似"注意身体""晚上会饿"这样的关怀话语时，她低下头，用蚊子哼哼的声音说："就……挺浪费的。"

裴子熠："……"

饭后，四人一前一后回班上。

裴子熠和宋砚激烈地讨论着球赛，徐知岁苦恼一会儿该怎么给板报着色，只有秦颐摸着圆滚滚的肚子，打了个嗝说好饱。

走到班级后门，两男生看见什么突然不动了。徐知岁问了句怎么了，扒开人就见板报前站着个人，一手执画笔一手端着调色板，正在给板报上的五星红旗上色。

少年站在光与阴影的分界线，缱绻晚风吹起他额前几缕碎发，露出光洁的额头和深邃的眉眼。夕阳在他眼睫上泛着柔软的光，持笔的手背上青筋若隐若现。

望着他颀长的身影，徐知岁愣了许久才找回自己的声音："祁燃，你怎么……不是说好你只用写字的吗？"

祁燃回头，淡笑着往后退了两步："我看见你桌上放着样图，就照着涂色了。你看看我画得对不对？"

徐知岁回过神来，看也不看就说："对。"

他能有帮她的心思，于她而言就是莫大的惊喜了。

他还是一如往常，温柔澄澈。

徐知岁挽了一下耳边的碎发，悄然收起自己的小心思。她捡起地上另一支笔刷，蘸了颜料慢吞吞挪到祁燃边上，一边往黑板上涂色一边克制不住地拿眼睛瞟他。

她心跳如擂鼓轰然，呼吸乱了节奏，如若祁燃这时回头一定能看见她红透了的耳根。

徐知岁深深吸了两口气，终于平复了心绪，笑了笑，若无其事地问："你没去吃饭吗？"

"嗯，觉得时间不够，就没去了。"

"那不会饿吗？"

"还好。"

"哦……"

徐知岁不知该说什么了，总觉得说什么都会破不此刻的气氛，于是就静静地站在他身边，他涂五星红旗，她就画天安门。

裴子熠和宋砚大概是被感染了，见状也不去打篮球了，卷起袖子帮忙。

裴子熠抽走徐知岁手里的画笔，又趁她没反应过来不轻不重地拍了下她的脑袋："小矮子，就这还用踮脚？走开点，我来。"

徐知岁一不留神，手背被颜料刺了一条，她冲裴子熠翻了个白眼，但也没说什么，默默走到自己座位，从抽屉里拿出两支新的笔刷。

秦颐被眼前这幕感动到了，瘪着嘴感慨："我画了两年板报，第一次见到我们班这么团结。"

晚自习的课间，徐知岁打算请大家喝奶茶，跑到小卖部后突然想到祁燃没吃晚饭，默默换成了五个汉堡。

站在走廊上啃汉堡的时候，裴子熠对祁燃说："我觉得徐知岁这个姑娘有点意思。"

祁燃："怎么说？"

"就还挺细心的，她见我晚饭没吃多少，特意请大家吃汉堡。"

宋砚顿时觉得手里的汉堡不香了，嫌弃地啐了他一口："你这自恋的毛病什么时候能改改！"

"我实话实说啊。"

宋砚和祁燃对视了一眼，无奈摇头，前后脚回了教室。

板报工作因为人多力量大，效率突飞猛进，而进入收尾工作之前，一班接连迎来的两场随堂测验，让徐知岁差点崩溃。

进入高三大一轮复习之后，物理老师隔天就给学生做一张卷子，并且题目偏难。

物理一直是徐知岁的弱项，接连几天下来她一个脑袋两个大，看见物理就生理性作呕。

好巧不巧，那天物理测验刚结束，紧接着又来了一场语文考试，长篇累牍的阅读理解看得她眼睛直冒星星，每个字都认识，连起来却不知道什么意思。

毫无疑问，那天她两门都考砸了。这成绩放全年级可能还算不错，可放在重点高中的重点班就只有被碾压的份。

她从前在平行班是名列前茅的优等生，如今却成了班级垫底，让她自尊心颇受打击。

试卷发下来那天，物理老师倒是没说什么，私下把她叫到了办公室叮嘱了几句，可"灭绝师太"就没那么好说话了。

"灭绝师太"姓叶，年近退休，是个唯成绩论的人。

分析试卷时她含沙射影地说："这次的试卷不算难，大多数同学考得还可以，但某些同学的脑子不知道在想些什么。比如这个作文，题干很清楚了，结合材料谈谈自己的理想。什么是理想？理想应该是远大的、崇高的，是让人为之奋斗的信念，可个别同学竟然在作文里写她的理想是当一个漫画家，这算什么理想？阅卷老师能给你高分吗？你要是想当一个画画的，直接去艺术班就行了，何必来重点班？把名额让给别人不好吗？就这样的水平能考什么好大学？"

徐知岁听得面红耳赤，恨不得挖个地洞钻进去再也不出来了——非常不幸，她就是那位想做漫画家的同学。

长久以来，她好像就是那种老师口中对自己未来没有规划的学生，认真学习一是为了给父母一个交代，二是为了追逐祁燃。自己以后要做什么，她没有想过。

考试时间不够，她看见作文题之后没有多想，挑了一个自己感兴趣的职业写，没想到会被老师痛批一顿。如果能重来，她一定不会在作文里说实话，怎么高尚怎么来。

精准打击了大半节课，叶老师终于消气，喝了一口茶，春风和煦地表扬起她心中的优等生。

"这次祁燃的作文就写得非常不错，放在高考几乎可以给满分，大家有机会可以借阅一下，多向他学习。还有，这次作文分数没满 40 的同学全部重写一篇，明天晚自习之前交上来。"

"唉……"

学习不易，岁岁叹气。

下课之后祁燃的试卷被借走，徐知岁眼巴巴看着卷子在前排女生之间传来传去，愣是到不了她手上，既着急又无奈。

到了晚自习，祁燃大概是要订正试卷了，才起身云前排将卷子拿了回来。

徐知岁打起精神，耐心等他改完了错题将试卷放去了一边，才戳了戳祁燃的后背，小心翼翼地说："祁燃，能借我看一下你的作文吗？我没达到老师的要求，得重写。"

"好。"祁燃转身，将试卷递到她手里。

徐知岁说了声谢谢，正要开始阅读，头顶就落下一道温润的声音。

"其实理想，不分高低贵贱的。"

"嗯？"徐知岁没反应过来，痴痴地看着他。

祁燃笑了一下，眼眸里似有星辰大海："我是想说，漫画家其实也很好。"

许多年后，徐知岁依然清晰地记得那个晚上，夜风很轻，天空没有半颗星子，而她的心里开出了漫天烟火。

祁燃的作文条理清晰、层次分明，是那种让人看完会打心底自愧不如的好文章。徐知岁才看了两段就被他丰富的阅读量给震惊到了，难怪语文老师夸他，这文笔确实无可挑剔。

他在作文里说，他最佩服的是保家卫国的军人。这和他的家庭背景有一定关系，他的爷爷曾是抗美援朝的老兵，爸爸也在部队上待过，他常听长辈们讲军人的故事，从小向往携笔从戎，投身军旅，对将来有着明确的规划，最近的目标是考上国防科技大学。

这个想法让徐知岁感到惊讶，她以为以祁燃的成绩大概率会进入清北之类的大学，毕业后顺理成章留在帝都工作，没承想他还有一种不为人知的家国情怀。

当然，惊讶的同时她还有一丝丝的难过。

他清晰地规划好了将来，而她却连自己想考什么大学也没认真考虑过，这样比起来她还真是个除了美丽啥也不是的小废物。

国防科技大学好像在南方吧……而她从小比较恋家，父母大概率是会让她在帝都本地上大学的，这样一来和他之间的距离就更远了……

"不是吧？写个作文而已，你不至于哭鼻子吧？"

裴子熠听见旁边有吸鼻子的声音，下意识看了眼徐知岁，惊讶地发现她眼眶竟然红了。

"多大点事儿？大不了你从网上抄一篇交过去不就行了？"

"别乱说，我就是太困了打了个哈欠。"徐知岁偷偷揉了揉眼睛，打死不承认。

把试卷还给祁燃后，她默默打开了自己的作文纸，但脑袋里一片空白，整整一个晚自习愣是没写出半个字，放学回家后不得不挑灯夜战。

为了让老师满意，她绞尽脑汁想了个神圣而崇高的职业，落笔写道：我的理想是成为一名医生。

果不其然，第二天重写的作文交上去，语文老师没再找她麻烦了。

周五晚上没有自习，下午上完最后一节课班上的同学就跑没影了。这天正好轮到秦颐值日，她的同桌蒋浩是个神经大条的男生，每每值日都是敷衍了事，害得班级被扣分不说，秦颐还得陪他一起挨骂。

这天他又不吭一声地溜走了，徒留秦颐一个人在高高堆起的垃圾桶前凌乱。

秦颐气得脑瓜子疼，用优美的中国话问候了一遍他全家。徐知岁忍俊不禁，主动留下帮着秦颐一起打扫。秦颐大为感动，果然关键时刻还是姐妹靠得住。

打扫完卫生，时间尚早，徐知岁想继续留下把板报画完，秦颐非常爽快地答应了，说正好不想回去听她老妈唠叨。

可她今天不知吃坏了什么，一直闹肚子，不到半个小时就往厕所跑了两次。

第三次往厕所跑的时候，徐知岁手里的活已经完成得差不多了，剩下的等周一祁燃来了在空白处补上文字就行。

她收起调色盘，劝秦颐去医务室找老师瞧瞧。秦颐晃着脑袋拒绝了，说自己这是老毛病，回头喝点热水就好了。话刚说完，她的表情又变得十分痛苦，哀号一声，捂着肚子朝厕所奔去。

徐知岁无奈叹气，从凳子上跳下来，默默收拾散落一地的颜料。

没过一会儿，后门出现了一双白色运动鞋，她余光瞥见还以为是秦颐去而复返，不由得失笑："是不是没带纸啊？"

"什么？"

回复她的是一道低磁的男音，犹如一个巨雷炸在她的头顶——

徐知岁抬起头，就看见祁燃双手插在裤兜，外套微敞，像披挂着秋风朝她牵起了唇角。

一时间，昏暗的教室也明亮起来。

"祁燃？你没有回家吗？"她猛地站了起来，面色好不尴尬，玥明是双男式球鞋她竟然没看出来。

"没，和裴子熠他们打了会儿篮球，觉得没意思就上来看看。"祁燃走了进来，"你怎么一个人在这儿？都画完了吗？"

"嗯，差不多画完了。原本秦颐也在的，但她有点不舒服去厕所了。"

徐知岁趁他没注意，赶紧背过身去整理形象，早知道他会来，刚才说什么也不拿蘸了颜料的手拨刘海！

美女也是要形象的！

祁燃显然没有察觉到她的慌乱，目光全落在她刬画完的板报上，沉默片刻说："那接下来是不是都是我的工作了？"

"对，就等你了。"

徐知岁收拾妥当，将随身携带的小镜子藏进袖子，顿了顿又觉得这么说不太合适，连忙补上一句："不过不着急，你可以等下周有时间了再写，我不催你。"

"没关系，现在写吧，裴子熠他们在打篮球，我等他们一起回家。"

祁燃笑笑，转头从一旁的粉笔盒里挑了支称手的白色粉笔。徐知岁见状也不再多说，从书包里拿出先前准备好的材料递给他。

祁燃的字很漂亮，观其力而不失，身姿展而不夸，提按分明，牵丝劲挺，犹如他的人一样。

徐知岁站在他身后，看着他那干净修长且骨节分明的手在黑板上缓缓挪动，一笔一画都像牵引着她的心跳。

她默默咽了下口水，拨下头发藏起她红透了的耳尖，以及她看祁燃时那不太对劲的眼神……

室温一瞬间升高，手心里全都是汗，徐知岁忽然意识到自己必须做点什么缓解气氛，不然祁燃一回头，她的那些心思就藏不住了。

她四下看了看，走到讲台打开老师上课用的多媒体，故作平常地问："我们听点音乐吧，你喜欢哪个歌手？"

祁燃想了一下，说："陈奕迅吧。"

"原来你也喜欢他啊。"徐知岁轻轻嘟嘟，点开了电脑里的缓存的唯一一首陈奕迅的粤语歌。

音乐轻缓舒畅，让人心情放松，徐知岁轻声跟着哼，随手捡起讲台上一支粉笔，在另一块黑板上一笔一画地临摹他的笔迹。

"你的字真好看，是刻意练过的吗？"

"算是吧，小的时候被爷爷逼着练了很多年毛笔字。"

"那你看看我这一手狗爬的字还有救吗？"

祁燃迟疑了会儿："你这个字……医生也不一定认识。"

这是在说她的字比医生还潦草吗？徐知岁有点被打击到，下定决心回头要买个字帖好好练练。

两人有一搭没一搭地闲聊，话题虽然枯燥，但能与他多说一句话，徐知岁心里都是甜的，她在心里默默念叨：秦颐美女，委屈你在厕所多待些时间，千万别在这个时候回来。

然而秦颐没有回来，打断他们的另有其人。

"请问，祁燃在吗？"

徐知岁循声望去，门口站着一个女生，身材窈窕，长发披肩，宽大的白蓝色校服外套下是与她截然不同的百褶小短裙。

话虽然是对在讲台上的徐知岁说的，但是对方显然已经不需要她的回答了——

那女生的目光早已落在了祁燃的身上。

徐知岁没有应声，转头去看祁燃，他眉头微不可察地皱了一下，声音听不出情绪："有事吗？"

女生点了点头，期期艾艾地开口："我去篮球场找过你，他们说你在这儿我就上来了……你能出来一下吗？我有些话想对你说。"

"有什么话你就在这里说吧。"祁燃站着没动。

那女生看了眼徐知岁，一脸为难："不太方便……"

徐知岁当然明白女生的意思，可她没动，就像全程没有听见这场对话一般继续在黑板上写字。手里的粉笔因为太过用力断了一截，笔头在黑板上拉出一道白线。

她低垂眼帘，默不作声，重新换了一支。

祁燃看了徐知岁一眼，将手里的半截粉笔扔回粉笔盒，拍拍手里的灰对那女生说："跟我来吧。"

女生点头，挽了下耳边头发，小步跟了过去。

徐知岁回头，只看见两人一前一后离开的背影，心情犹如过山车，一瞬间跌进了谷底。手指脱了力，粉笔滑落摔成了几截，她蹲下身想要将它捡起，双腿却早已没了站起来的力气。

她蜷膝抱住自己，满脑子都是女生那双明亮灵动的眼睛，那炽烈的目光如此熟悉，一如她看祁燃的眼神。

不知过了多久，腿上的酸麻感让徐知岁回过了神，她吸了吸鼻子站起身，试图做些什么分散自己的注意力。

外面走廊突然传来了轻微的哭泣声，她不确定自己是否听错了，走出去看，刚到走廊上就见那女生捂脸痛哭地跑开了。

徐知岁将目光转向远远走来的祁燃，茫然问："怎么了？"

"没什么。"祁燃摇了摇头，眼底有不难察觉的冷淡和疲倦。

徐知岁没再多问，默默退了回去。

后来的气氛略显沉默，直到板报即将完成，两人之间都没再说过一句话。

这时，裴子熠和秦颐一起回了教室。两人在门口撞见，秦颐问："你怎么回来了？"

"钥匙在我这儿，上来锁门的。"

裴子熠头发湿漉漉的，臂弯里挎着个篮球，三步并两步走到了祁燃身后，拍了下他的肩膀："哎，我刚才在楼下看见陆嘉了！你小子怎么又把人家弄哭了？"

祁燃挥开他的手，耐心濒临极限："你没事别把她招惹过来。"

裴子熠眼神无辜："人家小妹妹非缠着我打听你，我不说不行啊。"

祁燃沉默，裴子熠意味深长地叹了一声："吃力不讨好，我发誓，没有下次，行了吧！"

祁燃冷冷瞥了他一眼，完成最后一笔书写之后将粉笔抛回盒中，拍拍手，转头问："写好了，你看这样行吗？"

"很好了。"徐知岁勉强扯出一个微笑。

"那我先走了。"

"好，今天谢谢你。"

裴子熠把教室钥匙交到了秦颐手上，让她们走时锁好门。

两个女生磨磨蹭蹭从教室里出来时，天色已经快黑了，秦颐家住得比较远，徐知岁送她坐公交车。

等车的间隙，秦颐主动聊起了那个叫陆嘉的女生。

祁燃是天之骄子，学校里爱慕者众多，陆嘉便是其中一位。

她从高一起就经常跑到一班来找祁燃，班上同学都认识她。祁燃拒绝过她很多次，她仍不死心，便有了徐知岁今天看到的画面。

秦颐描述得绘声绘色，仿佛在讲青春电影里那些轰轰烈烈的故事，而徐知岁听着，心里却有一种说不出的难过。

因为，她在陆嘉身上看到了自己。

后来陆嘉还有没有找过祁燃，徐知岁无从得知，只知道在此之后的很长一段时间里，陆嘉再没出现过。

整个周末，徐知岁都闷闷不乐的。周韵问她要不要趁着天气好上街买新衣服，她也兴趣缺缺地拒绝了，把自己关在房间里做了一整套模拟试卷。

她不是一个悲观的人，但暗恋会让人变得敏感和卑微，她很难不去想象若有一天换作是她向祁燃袒露心意，他也会是同样的反应吗？

低落的情绪一直持续到周一，由于夜里没睡好早上起不来，徐知岁几乎是踩着点儿到教室的。

坐下的时候，祁燃位置是空的，宋砚和裴子熠都被孙学文叫去了办公室，早读结束后才回来，两个人面色都不好看，尤其是裴子熠，刚一坐下就深深叹了口气。

"怎么了，大清早就唉声叹气的？"徐知岁问。

裴子熠耷拉个脑袋："老孙让我暂代班长职务。"

"什么意思？祁燃呢？他不做班长了吗？"徐知岁有些蒙，看看前方空空如也的座位，一种不好的预感油然而生。

裴子熠张了张嘴，话到嘴边又咽了下去。

被他这样一搞，徐知岁心都揪了起来，推了下他的胳膊催促道："快说呀，别卖关子了。"

宋砚见她着急了，才说："祁燃请假了，他妈妈生病住院了。"

祁燃是周五傍晚回到家发现妈妈晕倒在家中的。送到医院后，医生对祁母进行了初步检查，情况不容乐观，建议转院。

祁燃的家境不错，父亲祁盛远退伍后白手起家，如今已然是国内某著名科技公司的董事长了，家里还有一个年幼的妹妹和年迈的爷爷。

祁盛远工作很忙，家中事宜和兄妹俩的生活一直是妻子舒静在照顾，祁燃和妈妈感情很好，亦母亦友，她这一病倒，家里最担心的人莫过于祁燃。

他整整一周没来上课，桌面和抽屉几乎快被新发下来的试卷和作业堆满了。

徐知岁每次抬头，看见前头空着的座位，心里也像空了一块。

九月底的中秋节，学校调休放了两天假。

放假那天下午，有男生找宋砚去打球，宋砚眼睛一亮，转而又沮丧地摇了摇头，将祁燃抽屉里那厚厚的一沓试卷塞进自己的书包。

"我就不去了，我得去给祁燃送试卷，今晚我们一家还得去津门的姥姥家过节，时间来不及了。"

听到这话，正在默默抄写作业的徐知岁眼睫动了一下，她揉揉发酸的手指，装作不经意地问："你姥姥家很远吗？"

宋砚撇着嘴回答："倒不是很远，平时开车一两个小时吧，但是过节容易堵车，我爸妈让我尽量早点回去。"

徐知岁若有所思地点点头，过了会儿，善解人意地笑起来："要不这样，我帮你去送吧，反正我今天回去也没什么事儿。"

"真的？那太好了。祁燃还在医院照顾他妈妈，我把地址写给你。"宋砚找了纸笔，飞快地写了一长串，笑嘻嘻地递给她．"麻烦啦！回头让祁燃请你喝奶茶！"

华协医院是国内数一数二的重症医院，天南地北飞来这儿求医的人数不胜数，徐知岁坐了一个多小时地铁又转了一趟公交车这才看见这大名鼎鼎的医院的大门。

她按照宋砚给的地址找到了住院部的十一楼，走廊长而深，医护人员行色匆匆。祁母所在的 VIP 病房在护士站对面，徐知岁来到门口时，正好撞见护工推祁母出去做检查。

病床上的祁母仍在昏迷之中，护工打量着眼前的小姑娘，目露疑惑："小姑娘，你找谁？"

还是后头的祁盛远率先认出了她这身六中的校服，温声道："你是来找祁燃的吧？"

徐知岁乖巧地点头："叔叔好，我是来给祁燃送卷子的。"

祁盛远颔首，看了眼里头："那孩子昨晚守了一夜．现在在里头休息。你先进去坐吧，我得先带你阿姨去做检查。"

"好。"徐知岁侧身给他们让位置，等护工将病床推远了，才轻手轻脚地走进病房。

祁母住的是单人套间，病房外头有间小客厅，总体空间不算大，但在一床难求的华协医院能得一间这样舒适的病房并不容易，金钱、人脉缺一不可。

徐知岁进去的时候，祁燃倒在小沙发上睡着了。

沙发很短，他一米八多的个子窝在里头长腿没法伸直，脑袋靠着扶手，肚子上盖着的薄薄的棉毯也掉了一大半在地上，看着就睡得很不舒服。

徐知岁有些心疼，走过去捞起毯子想帮他重新盖上，但面前的人睡得很浅，她刚一蹲下他就警惕地睁开了眼睛。

四目相对，鼻尖全是他的气息，徐知岁心脏猛地颤了下，下意识往后躲，慌乱间后背重重撞上后头的玻璃茶几。

"嘶……"她疼得哼了一声，五官都皱在了一起。

祁燃伸手握住她的胳膊，将她扶了起来："你怎么在这儿？"

徐知岁讪讪一笑："宋砚家里有事，我来给你送试卷的。"

她低头拍着衣服上的灰尘，根本无法再直视他的眼睛，比疼痛更严重的是心里的懊悔，刚一来就摔个四仰八叉，太丢人了！

被闹这么一出，祁燃人也清醒了不少，他招呼徐知岁在沙发坐下，又找了个干净的玻璃杯为她接了杯温水。

"谢谢，让你这么老远跑一趟。"

"没关系，正好我妈来这附近办点儿事，我陪她一块过来的。"徐知岁觉得自己睁眼说瞎话的本事简直炉火纯青，周韵女士要是知道她放了学不回家还拉自己出来垫背，回去肯定削她。

不过她也顾不上许多了，当她看见祁燃的那一刻，忐忑了一周的心情终于安定了下来，就算是回去被周韵女士"教育"，她也认了。

祁燃扯了张椅子在她对面坐下，徐知岁这才注意到他憔悴了不少，肉眼可见地瘦了一圈，眼睑下也有明显的乌青，这段时间他一定很辛苦。

她不禁想起祁母。

两年前，她曾见过祁燃的妈妈，那是高一上学期的家长会，她路过一班门口看见祁燃正在和他妈妈说话。

当时的祁母穿着一身白色连衣裙，头上绑了丝巾，笑容优雅而亲切，在同年龄的家长中显得很年轻。

而刚才在病房门口的匆匆一眼，女人面颊凹陷、唇色苍白，瘦得只剩下皮包骨，早已没了往日的神采，想必是病得很重。

想到这里，徐知岁心头泛起酸楚，她抿了抿唇，小心翼翼地问："阿姨……她还好吧？"

回应她的是漫长的沉默。

祁燃垂下眸去，面色悲戚，再开口时声音沙哑无比。

"不太好。医生怀疑是胃癌……目前在做进一步的检查。她这几天清醒的时间越来越少，即便是醒着也被病痛折磨得吃不下任何东西。"

徐知岁喉咙发紧，怔忡片刻，安慰道："别担心，这不检查结果还没出来嘛，说不定没有那么严重。就算真的是癌症……也是有治愈的可能的，我老家就有一个大伯，前几年得了这病，后来去魔都的医院看好了，现在在家能吃能睡的，还经常去搓麻将呢。"

话虽这么说，可徐知岁心里很清楚，癌症到了晚期治愈率几乎为零。

"但愿吧……其实很早之前我妈就发现自己身体不舒服了，但怕家人担心一直忍着没说，草草去医院开了药，只当是小病忍忍就过去了。那天家里保姆正好请假了，她一个人在家疼得晕了过去，如果不是我及时回家，后果只会更严重。她总是这样，永远把自己排在最后一位……我妹妹到现在也不知道妈妈住院了，这些天她一直打电话问我和我妈为什么不回家，如果真有什么事，我都不知道该怎么回她。"

徐知岁不知该说些什么，当她安慰不了他的时候，就只能陪他一起难过。

两人相对沉默，祁燃缓过神来，低声道："抱歉，不该和你说这些的。"

他大概是这些天太累了，没能控制住情绪。

徐知岁摇头说："没关系，我愿意听你倾诉的。说出来，心里就不那么难过了。"

祁燃垂眸不语。

他有一个小习惯，或许连他自己也没发现，当他心里有事的时候手里总会无意识地攥着什么，有时是钥匙，有时是他的耳机。

而现在，护士留下的、放在茶几上的签字笔被他紧紧握在手里，笔盖打开又合上，不停反复。

徐知岁担心他会胡思乱想，故作轻松地笑了一下，试图讲些班上的趣事分散他的注意力。

"对了，板报评比结果出来了，我们班拿了一等奖。老孙开心得不行，到处和别的班主任炫耀，还把奖状贴在了门口最显眼的位置，他还说等你回去，要请我们吃肯德基呢。"

祁燃很淡地笑了一下："主要是你画得好，我没什么功劳。"

"哪有！要不是你，就凭我那一手狗刨字体绝对和拿奖无缘！对了，裴子熠今天没来上课，你猜怎么着？他昨晚放学回家的路上被狗给咬了！宋砚说那狗在路边啃骨头，裴子熠非要去招惹它，结果被狗追了三条街，连夜去打的狂犬疫苗哈哈哈哈……"

徐知岁笑得很卖力，眼泪都笑出来了，也不知道远在家中的裴子熠是不是在狂打喷嚏。

她一边拭着泪花儿，一边偷偷去瞄祁燃的表情，好在皇天不负有心人，裴子熠的"英雄"事迹成功把他的好兄弟逗笑了。

徐知岁长舒了一口气。

十几分钟后，祁盛远推着舒静回到了病房。自从得知妻子生病，他一夜之间苍老了不少，手里的工作能放下的全放下了，每夜留在医院照顾。

徐知岁见天色不早，怕打扰舒静休息，将试卷全部交给祁燃后提出先回去了。

祁盛远说她一个小姑娘大晚上去挤地铁不安全，让司机安排车子送她回家。徐知岁怕自己先前说的话暴露了，没敢答应，只说妈妈已经在附近等她了，不会有事。

闻言，祁盛远也没再强求，让祁燃送她下楼。

出了电梯，两人并肩走在医院小花园的石子路上，夜风微凉，裹挟着桂花的清香。

路灯昏黄，将两人的影子拉得斜长。徐知岁故意放慢了脚步，脑袋稍稍往他的方向靠了靠，地上的影子就像一对亲密依偎的恋人。

她抿唇偷笑，眼睛弯成漂亮的月牙。

送到医院门口，徐知岁拿出手机假装发了几条短信，说她妈妈很快就到，让祁燃先回去。

祁燃没多想，嘱咐她路上注意安全便转头离开了。

没走出几步，徐知岁忽然回头叫住了他，眼睛亮若星辰："祁燃，我们现在应该是朋友了吧？"

祁燃望着她，微微一笑："当然。"

第三章

小太阳 //////

帝都的晚高峰挤得可怕，地铁上人挤人，到家已经是晚上九点多了。她从书包里摸出钥匙，一开门浓烈的酒气扑面而来，徐建明正坐在沙发上抱着个垃圾桶吐得两眼昏花。

徐知岁嫌弃地捏住鼻子，用手一个劲儿地在面前扇风："爸，你怎么又喝那么多酒啊？"

徐建明看过来，醉眼迷离："岁岁回来了？"

徐知岁换了鞋，走到饮水机边接了一杯温水给徐建明漱口，拍着他的背给他顺气："是不是又去应酬了？不是说了要学聪明点儿的吗？酒能躲就躲。"

徐建明倒在沙发上笑了笑："没事，今天喝得不多。"

"还不多，胆汁都快吐出来了吧？"徐知岁噘起嘴，半是埋怨半是心疼。

周韵正在厨房给丈夫煮醒酒汤，听见外头有动静，推门探出一个头来："你还好意思说你爸，你自己怎么回事？今天不是不上晚自习吗，怎么还这么晚回家？"

徐知岁心虚地咽了下口水，眼神飘忽："我在电话里不都跟你汇报了嘛，我同学过生日，请我们吃饭去了。"

周韵持怀疑态度："哪个同学？你才到一班几天就有好朋友了？"

"当然！你女儿是'社交小达人'好不好，同学都喜欢跟我玩。那个女生叫秦颐，我们班主任的外甥女，你要是不信可以打电话给她问问嘛。"

徐知岁暗暗捏了把汗，心想还好回来的路上已经和秦颐通好气了，不然就她妈妈这打破砂锅问到底的架势，她非脱层皮不可。

"你最好说的是实话。我跟你说，你现在最重要的事是学习，不能在乱七八糟的事情上浪费时间，等过了高考，你爱怎么玩怎么玩，我才不管你。哎呀，我的锅扑了……"周韵尖叫一声，缩回了厨房。

徐知岁朝妈妈吐舌头做了个鬼脸，徐建明揉了揉女儿的头发，笑道："别听你妈的，你们这个年纪该有的活动还是要有的，适当放松一下没有问题。"

徐知岁大为感动，连忙搂住爸爸的胳膊撒娇："还是爸爸对我好！"

"不过——"徐建明板着脸补充，"活动也要注意时间，今天回来得是有些晚了，不怪你妈说你。"

徐知岁立刻松开爸爸的手，噘着嘴不情不愿地哼了一声："知道了。"

徐建明突然想到什么，面色变得有些严肃："对了，最近上下学没遇上什么事吧？有没有什么乱七八糟的人找过你？"

"乱七八糟的人？"徐知岁想了想，茫然摇头，"没有啊，挺正常的。"

"那就好，但你自己还是要注意安全，放学之后就赶紧回家。你妈妈唠叨是唠叨，但都是为你好。"

正说着，周韵端着一碗醒酒汤从厨房出来，没好气地往徐建明面前一搁："你俩也用不着嫌我烦，过几天我就回老家去，你俩想见我也见不着了。"

"你要回南湖？去干吗？"徐知岁眼睛一亮。

周韵斜了她一眼："你舅公七十大寿，我得回去祝寿。"

"我也去！"

"不行！你给我老老实实在家待着，好好把你那半吊子的物理捡一捡。吃饭方面我也不管你，实在不行你们父女俩拿钱下馆子去。"

"哦……"

徐知岁佯装失落，在父母的双重唠叨下蔫嗒嗒地回了自己的卧室。房门一关上，她耷拉的嘴角立刻扬起笑容，手舞足蹈地无声庆祝。

国庆七天乐，老妈不在家，还有比这更快乐的事嘛！

中秋节后三四天就是国庆，学校给放了五天假，虽然比高一高二的少了两天，但对学业紧张的高三学子而言已经算是破天荒的恩惠。

周韵30号晚上就回了南湖，叮嘱他们好好吃饭，假期能休息就休息，别到处乱跑。

这话刚说完没多久，徐建明就接了一个电话，老婆前脚坐车去机场，他后脚就出去应酬，然后又是一整晚没回来。

一个人在家的日子并没有想象中那么舒服，徐知岁前一晚刷剧到深夜，原以为第二天准会睡到太阳晒屁股，没想到不到六点就醒了，太准时的生物钟到了放假反而成了一种折磨。

睡不着，她索性坐了起来靠在床头发呆，抱着毛茸茸的抱枕突然想起了祁燃。

不知道他昨晚是不是又在病床旁陪护了一夜？这时间吃早餐了吗？会不会又瘦了？

这样想着，她脑海里冒出一个大胆的念头。

她掀开被子下了床，简单梳洗打扮过后，从书包里拿了几个笔记本，换鞋出了门。

国庆节是旅游黄金周，放假第一天，帝都部分地区的交通临近瘫痪。

徐知岁从人满为患的地铁站出来，等了快一个小时愣是没见着公交车的影子，索性步行去了华协医院。

祁母的病房没有锁门，护工正在小客厅打扫卫生，沙发和茶几上堆满了亲朋好友送来的营养品和水果篮。

徐知岁理了理头发和衣裙，然后敲门。护工阿姨听见动静眯眼打量她，很快认出她是上次过来的女学生，让她进来坐。

徐知岁局促地挪进屋里，里头病房一点声响也无，她探了探脑袋，小声问："祁燃不在吗？"

护工回答："不巧，他刚下楼去买早饭了，估计得等一会儿才能上来。"

徐知岁"哦"了一声，正犹豫是在这儿等还是出去给他打个电话的时候，里头病房传来一声沉闷的呻吟，护工放下拖把小跑进去："呀，病人醒了。"

清晨的病房一片静谧，阳光透过窗户斜斜地洒在病床上，"嗒嗒"作响的医疗仪器叫人心悸。

舒静的面色比前几日见时更加憔悴，长发披散在枕头上，鼻孔里插着氧气管，手背也打着点滴。几声咳嗽后，她缓缓睁开眼睛，迷茫地打量了周围片刻，艰难地挤出几个字："我这次又睡了多久？"

"没多久，不到一天。有没有哪里不舒服？我帮你叫医生过来。"

护工按响了床头的呼叫器，医生护士浩浩荡荡来了一片。为首的科室主任检查了舒静的情况，又给她换了药，嘱咐她好好休息，具体情况回头再说。

待所有医护人员出去了，舒静才看见杵在门边稍显尴尬的徐知岁。她让护工帮忙把病床升高，拿了个枕头垫在腰下，眯着眼睛打量眼前的少女。

"你是？"

徐知岁打起精神，露出明媚乖巧的笑容："阿姨你好，我是祁燃的同学，我叫徐知岁。"

舒静觉得这个名字很熟悉，想了想，笑了起来："我记得你，你是祁燃的小学同学。毕业照上坐在第一排，个子小小的那个女生，是你吧？"

"是！"徐知岁弯着眼笑，就像得知祁燃记得自己时一样惊喜。

她走了进去，在护工阿姨的招呼下落座在病床边的一张小板凳上："我们现在也是同班同学，祁燃就坐在我前面。"

"是吗？那真是巧了。你是来找他的吧？我帮你打个电话让他赶紧上来。"舒静说着作势去摸床头的手机，然而身体虚弱，稍一动弹就浑身作痛。

徐知岁连忙按住她，懂事道："阿姨我不急的，我可以先陪你说说话。"

"那也好。"舒静捂着腹部，气喘吁吁，面色苍白得没有一丝血色。尽管已全力配合治疗，但她的症状没有丝毫好转，刚才的动作已经耗费了她所有的力气。

徐知岁见她神情痛苦，连忙问："阿姨你还好吧？"

"没事，老毛病了。"舒静靠上枕头，摆了摆手，"这些天也不知怎么了，总是吃不下东西，一睡就是一两天，害得一家人在这儿陪我受罪。"

她语气故作轻松，显然是不想旁人为自己担心。徐知岁明白她的心思也就没再多问，就像对待寻常长辈那样与她聊天，说学校里发生的事。

说话间，祁燃回来了，看见徐知岁先是一愣，继而将目光转向病床上的人，急切道："妈，你醒了？感觉怎么样？我找医生来看看。"

"我没事，刚才医生已经来过一趟了，知岁也陪我说了许久的话，等你回来我病都好了。"舒静笑着埋怨儿子去得太久了，让客人好等。

祁燃替她掖了掖被角，转头对徐知岁说："抱歉，早餐店人多，排了会儿队。"

他比前几天见时更加清瘦了，眼睛里布满红血丝，周身萦绕着困倦的气息。说话时声音沙哑，带着明显的颗粒感，许是太累了，他面色也淡，没有什么表情。

这话倒让徐知岁不好意思了，明明是她不打招呼就来的，哪里用得着他道歉。她连忙摆手说："没关系的，今天国庆节哪里人多，我也才来没一会儿，就是……正巧路过，然后就想过来看看阿姨怎么样了，顺便再把这个给你。"

她从鼓鼓囊囊的背包里拿出几个笔记本，小声说："这是我各科的课堂笔记，虽然不如你自己的做得好，但老师讲的重点都在上面了，如果你不嫌弃可以留下看看。"

她低着头，不敢直视祁燃的眼睛，只觉得自己的手架在半空中许久，他都迟迟没有反应。

就在她等到心里发虚，琢磨他若是拒绝自己该怎么圆场的时候，祁燃突然伸手接住了笔记本，露出一个很淡的笑："谢谢。"

"不客气。"徐知岁长舒一口气，将满是冷汗的双手背在身后。

祁燃将她送来的笔记放在角落临时搭起的行军床上，那是他这段时间休息和学习的地方。

因为舒静的病，他这些天也没什么心思整理，行军床显得有些杂乱，他将书和试卷收拾整齐，又顺手理了理身上的衬衣，让自己看上去不至于太过邋遢。

"吃早饭了吗？"祁燃问。

徐知岁摇了摇头，早上急着赶地铁根本没顾得上填饱肚子，她想说自己坐一会儿就走，没想到一笼热气腾腾的小笼包已然递到了她眼前。

"那正好，一起吃吧。"祁燃说。

"好。"面对美食和祁燃的双重挽留，徐知岁欣然拿起了筷子。

医生嘱咐舒静只能吃少许流食，祁燃买了粥，让护工喂给她喝。舒静喝了几口就说饱了，想起今天是国庆节，让祁燃打开电视机看阅兵仪式。

徐知岁记得，今天的马路上处处可见鲜艳的红旗。大街小巷放着爱国歌曲，她和祁燃母子就这样在病房里看完了三个小时阅兵仪式。

舒静不停感叹祖国的强大、军人的英勇，而在这个过程中，祁燃始终没有说过一句话，他安静地坐在角落，眼睛一瞬不瞬地盯着电视机，漆黑深邃的眼眸里，有向往而生动的光。

徐知岁看在眼里，不知怎的，心头酸涩。

这时的她不会想到，十年后的建国70周年大阅兵也是在医院看的。

只不过那时她的诊室外排满了前来问诊的病人，她恨不得将一分钟掰成两分钟用，只能趁去厕所的工夫匆匆扫一眼大厅里的大屏幕。

看见中国军人挺拔的身姿时，她悄悄红了眼眶——

是否因为想到了祁燃，她不愿意深究，也没时间深究。

那时的她和祁燃，已经近十年没有联系了。

阅兵仪式快要结束的时候，祁盛远风尘仆仆地从外头回来，见妻子醒了，连忙上前嘘寒问暖。

他似乎一夜没睡，眼眶乌青，脸上满是倦意，西装衬衫褶皱不堪。舒静看着有些心疼，问："是不是公司出了什么事？"

祁盛远摇头，轻描淡写地说："没什么大不了的，材料进口上出了些问题，连夜开了个会，已经解决了。"

舒静颔首，也没再多问。公司上的事务她一向是支持丈夫的决定的。

祁盛远买了水果，让祁燃洗给徐知岁吃。

几人说着话，一个年轻护士走了进来，对祁盛远说："祁先生，您来得正好，方主任找您过去，有些事情要和您说。"

祁盛远心中一紧，下意识地问："是不是检查结果出来了？"

年轻护士犹豫了一下，只说："您去了就知道了。"

祁盛远点头，心里大概有了底。他转身摸了摸妻子的头发，笑道："你先睡一会儿，我很快就回来。"又叮嘱祁燃，"你在这里照顾好妈妈，有什么事打我电话。"

祁燃看着他，不说话。

祁盛远走后，舒静关掉了电视机，说是困了要睡了。她用被子蒙住了脸，翻身背对着祁燃和徐知岁，被子下的她肩膀轻轻颤抖，喘气声时重时轻。

徐知岁觉得，她好像在哭。

祁燃显得非常不安，借口要出去打开水，让护工先照顾这边。

徐知岁知道他想做什么，开门跟了上去。

医生办公室里，普外科的方主任正拿着一沓检验单在和祁盛远交代病情，他面色严峻，不停地推着鼻梁上的眼镜，好一会儿才开口："经过这么多天的检查，现在基本可以确定，你夫人患的是胃癌……且是晚期。"

闻言，祁盛远沉默了。他低着头，接过检验单反复翻看着，再抬脸时，双眼通红。

其实这么多天，他多少已经有心理准备了，可当检查结果真正摆在眼前时，他还是无法接受。

"那是否能够手术？"他哽咽道。

方主任叹了一声，拿起几张 CT 影片放在灯光下："癌症晚期一般不建议手术了，而且她的情况不容乐观，癌细胞扩散得太快，已经影响到了全身。目前她的身体状况较差，如果执意手术可能会出现感染或贫血症状，会加速患者的死亡，所以我们专家组的建议是做保守的综合治疗。"

祁盛远静静看着医生，仿佛一瞬间难以消化这么多信息，良久，哑着嗓子开口："那如果……我是说如果，癌细胞得不到控制的话……我爱人还能活多久？"

方主任理解他的心情，但事情到了这个地步，医生能做的只有积极治疗以及告诉病人家属实情。

"按照她的情况……三到六个月吧，也有可能更短，希望你们家属做好充足的心理准备。"

"……"

门外传来一声破碎的声响，祁盛远起身查看，只看见碎了一地的玻璃磕儿，还有站在长椅边不知所措的徐知岁。

他很快反应过来，问："祁燃来过？他全部听到了是吗？"

徐知岁忍住泪，点了点头。

徐知岁找遍整个住院部，最后在天台上找到了祁燃。

他坐屋顶的边沿，双腿悬空垂下，抬头看天，一动不动，清瘦的背影里透着无边无际的戚然。

徐知岁不敢叫他，但也不想让他这么孤独。克服怕高带来的恐慌，她扶着护栏坐去了他身边，保持和他同样的姿势，仰望天空。

真是个好天气，万里无云，天空蔚蓝，远处还有阅兵飞机飞过留下的彩烟。

明明是举国同庆的日子，上天却和他们开了这么大的玩笑。

察觉到她的靠近，祁燃睫毛微微颤了颤，良久之后，说："我知道她的情况不太好，我也有心理准备，但没想到情况比我预想的更差，她甚至可能等不到我高考结束了。"

他的嗓音暗哑，藏着微微的颤，绝望的眼神犹如一根长长的刺，扎得徐知岁的心生疼。

她深深吸了口气，安慰道："别灰心，医生不是说了会全力救治的，阿姨还是有希望的。"

祁燃低头苦笑："真的有希望吗？"

徐知岁回答不上来，善意的慰藉除了暂时给人希望再无别的用处，结果不会因此逆转，该发生的还是一样会发生。

祁燃苦涩地牵起唇角，仰头闭上眼睛，回忆的闸门被轰开，往事如电影胶片一幕幕从眼前划过。

"我是早产儿，自出生起就身体不好，我妈为了照顾我受了很多罪。那时我爸的公司才成立不久，许多事都需要他们夫妻俩亲力亲为，我妈不得不公司、家里两头顾，月子没坐好，落下了不少毛病。她对我无微不至，却不像大多数母亲那样喜欢掌控儿子，即便那时我还是个半大的毛头小子，她同样会尊重我的意见。从小到大所有的玩伴都羡慕我有这样一个漂亮温柔又民主的妈妈，就连裴子熠也常开玩笑说，真希望我们是被医院抱错了，他才是我妈的儿子……"

舒静于他而言，是至亲更是挚友，他无法想象这个家没有舒静会是怎么样的。

况且，他妹妹还那么小……

三个月？六个月？都太短了！

祁燃再度哽咽，低下头去，摊开冰凉僵硬的手掌覆在面颊上。

徐知岁想要拍拍他的肩膀安慰他，然而手抬到一半却又收了回来。

"我给你讲个故事吧。我老家有个朋友，她一出生父母就离异了，她是奶奶带大的。初三毕业之后，她给我打了通电话，说她考上了省城最好的高中，可奶奶病逝了，她爸妈谁也不愿意负担她的学费、生活费，甚至没有回来看她一眼，她没有办法就辍学了。你看，不是所有人生下来就能得到父母的爱的，也不是所有人都配当父母。你能有阿姨这么好的妈妈，就已经是一件特别特别幸运的事，人的生命有期限，但她对你的爱不会。如果阿姨知道自己的情况，她一定不想家人为了她而如此痛苦吧。"

她牵了下唇角，试图让自己的语气听上去轻松一些："而且啊，癌症这东西玄乎得很，之前不是有个新闻说六旬老人坚持锻炼、保持良好心态然后抗癌成功了吗？说不定阿姨就是下一个医学奇迹呢？"

徐知岁知道，拿好朋友的不幸经历来安慰他人并不可取，然而祁燃目前的状态实在让人担心，这个时候她也顾不上许多了。

只是这一番话说完，回应她的又是漫长的沉默。

徐知岁默默叹息一声，心想这种事也急不得，总要给他一些时间让他自己消化，语言无法治愈人心，陪伴却可以。

她仰头眺望远方，祁燃却在这时抬头意味不明地看着她。她的心"咯噔"一下。

她僵硬地侧头，小心翼翼地问："你这么看着我干什么？我说错了吗？"

"不是。我只是觉得……"祁燃认真地看着她，"你好像永远这么乐观。"

徐知岁赧然，敛眸抿唇，悬空的小腿贴着屋檐晃了晃，小声嘟囔："其实也不是所有时候都这么乐观的……"

面对你，我也会有自卑的时候。

祁燃牵了下唇角，望着天空深深呼吸："不过，还是谢谢你安慰我。"

医院人来人往，楼底下的行人瞧见楼顶坐着两个人，连忙向保安说明情况。

保安见状吓了一跳，以为是有人要跳楼，当即拿着大喇叭高喊："那两个学生，有什么事情好好解决，千万不要想不开啊！"

"……"楼顶上的两人相视一笑。

祁燃扶着护栏跳下来，搭了下徐知岁的肩膀："走。"

两人从安全通道下来，和匆忙赶上去看情况的保安擦肩而过，保安没认出来他俩，风风火火地往天台去了。

徐知岁说："我们好像闯祸了。"

祁燃双手习惯性插在裤兜里，耸了耸肩，不置可否。

回到住院部十一楼的时候，电梯门正好打开，一个扎双马尾穿蓬蓬裙的小姑娘从人群中走出，眼睛滴溜溜地打量着周围。看见祁燃，她眼眸一亮，甩开牵着她的中年妇女扑上来。

"哥哥！"

徐知岁愣了一下，看着祁燃新多出来的"腿部挂件"问："你妹妹？"

"嗯。"

祁燃应声，捧起小姑娘肉乎乎的小脸，轻柔地擦拭她脸颊上的泪痕，问："柚柚，你怎么来了？"

祁柚噘起小嘴，一副快哭出来的表情："你和爸妈好久都没回家了，我害怕，我好想你们！"

"不好意思小燃，柚柚在家实在闹得厉害，老爷子说这么瞒着她也不是办法，就让我带她过来了。"中年妇女衣着朴素，应当是祁家的保姆。

"没事张姨，她迟早要知道的。"

祁燃带妹妹去了病房。一路上小姑娘显得十分不安，躲在哥哥身后不停地追问妈妈怎么了、为什么住院、这里的医生凶不凶。

祁燃耐心向她解释，说到妈妈的病情时，声音稍顿，一语带过。

祁柚没有多想，以为妈妈只是普通感冒，像她小时候那样，住院几天吊几瓶盐水就能回家了。

到了病房，祁柚径直扑向了舒静的病床，抱着妈妈号啕大哭。舒静欣慰又心疼，忍痛坐起将女儿搂在怀里。

徐知岁看到这一家团圆的一幕，自觉有些多余，拿起背包向舒静道别："阿姨，我先回去了，下次再来看你。"

"知岁，你等一下。"舒静叫住了她，将小女儿推给祁燃，有故意支走他的意思，"妹妹还没吃午饭，你带她下去买点东西吃。"

祁燃不太明白舒静要做什么，但见妹妹捂着肚子喊饿，只好答应。

等病房里只剩下她们二人，舒静拍拍床沿示意徐知岁坐到她身边来，开门见山地说："你们刚才去医生那儿听了我的病情吧？"

徐知岁脸上闪过慌乱，怕舒静多想，连忙摇头。

舒静却笑："不用瞒我。我身体怎么样我心里有数，你们即使不说，我也知道自己怕是时日无多了。"

舒静垂下头去，眼神犹如一潭死水。徐知岁握住她的手，忍着泪说："阿姨你别这样想，现在医疗这么发达，肯定能治好的。"

舒静笑着摇头，拍了拍徐知岁的手背："我不怕。我这辈子想做的事都做了，想嫁的人也嫁了，没什么遗憾。唯一放不下的就是祁燃和他妹妹，柚柚还小，也不知道以后没有妈妈该怎么办。

"还有祁燃……这孩子从小心思就重，你别看他面上满不在乎，其实什么事都憋在心里。知岁，你们是朋友，以后要帮阿姨多开导开导他，如果遇上什么过不去的坎儿，你们能帮就伸手帮帮他。"

舒静的口吻宛如在交代后事，徐知岁再也控制不住，眼泪大滴大滴地落下来："阿姨，这些不用你说，我们一定会的。"

"还有……"舒静伸手摸摸她的头发，眼神温柔，"祁燃性子倔得很，又不善表达，日后他要是惹你生气了，看在阿姨的面子上，你别和他计较，好不好？"

徐知岁抬眼，湿漉漉的眼睛里透着茫然，不知道为何，她总觉得舒静这话里透着一股别的意思。可她还来不及多想，房门就被人从外头推开了。

"是不是打扰你们说话了？"祁盛远从医生办公室回来，略显憔悴的脸上是刻意伪装出来的笑。

舒静撇过脸，不露痕迹地拭去眼角的泪水，也绽开一个笑来，说："没，我就是拉着知岁问问祁燃在学校的事情。你从方主任那儿回来？他说了些什么？"

祁盛远脱下西装外套，下意识避开妻子的目光，故作轻松道："聊了下你的病情。没什么大碍，就是个小小的胃炎，再治疗几天就没事了。"

舒静扬起眉梢："我就说嘛，我身体这么好，肯定没事！"

两人都为照顾对方的情绪而拼命掩饰，徐知岁作为屋内唯一一个知晓两边心思的旁观者，听了这段对话更加悲从中来。

她忽然觉得自己很幸运，父母身体健康，朋友平安喜乐，虽然爷爷奶奶很早过世，但那时她还太小，根本没有记忆，生离死别的痛苦她从未真正体会过。

而今天，她第一次意识到死亡原来离她那么近。

生命脆弱，未来和意外说不清哪一个先来。

祁盛远订了餐，让徐知岁留下一起吃饭。徐知岁婉拒了，说下午家里有事需要早点回去。

她坐了一会儿，没能等到祁燃回来，离开医院的路上给他发了条短信，告诉他自己先回去了。

国庆节一堵就是一整天，她依旧没能等到公交车，照例走路去了地铁站。等到上了地铁，手机才收到祁燃回复的短信：

【好，注意安全。】

【还有，谢谢。】

徐知岁回复了他一个可爱的表情，然后将手机放回了包里。

到家时，徐建明正在客厅睡觉。他昨晚被生意上的伙伴缠得脱不了身，今天早上才被司机送回来，衣服也懒得换，就这么东倒西歪地躺在了沙发上。

宿醉的人容易口渴，徐知岁给他倒了一杯水。

"岁岁回来了？"徐建明颤抖了一下，被玻璃杯磕碰在茶几上的清脆声响惊醒，抬头看钟，发现快下午六点了，强忍着头晕和胃里的不适到处找鞋，"这么晚了，饿了吧？等会儿啊，爸现在就去给你做饭。"

"不用了。"

徐知岁摁住他，说："我刚才去超市买了些熟菜，热一热就能吃了。你还是先休息一下吧，不然一会儿妈打电话过来知道你又喝那么多酒，该骂你了。"

也行，他现在脑子昏昏沉沉，烧出来的菜怕也不对胃口。徐建明拿了个抱枕垫住酸痛的腰背，半开玩笑说："那我就和她说你今天出去玩一整天都不着家，看她骂不骂你。"

徐知岁难得没有接腔，徐建明见她脸色不好，心头浮上了疑虑，握住女儿的手让她坐到自己身边。

"怎么了？心情不好？是不是出了什么事？"

徐知岁耷拉着脑袋，手搁在膝盖上抠弄着指甲。

她心里不好受，迫切地想找人倾诉，但事关祁燃的家事总不能去和班上同学说，想了想，也只有爸爸能让人放心。

"我今天去医院了，我同学的妈妈生病了。"

徐建明沉默片刻，说："是那个叫祁燃的同学的母亲吧。"

徐知岁抬眸，惊讶道："你怎么知道？"

"他爸爸是祁盛远吧？大家都是一个圈子里的人，他家的事多多少少听说了一些。他妈妈如何了？病得严重吗？"

徐知岁把自己知道的情况如实说了出来，徐建明听完心里也很不是滋味，感慨道："世事无常啊。听说盛远集团最近也出了些问题，再加上这事，不知道他还扛不扛得住。"

"他家公司怎么了？"

"听说是材料技术上出了些问题，影响到了后续所有产品的生产，具体的我也不是很清楚，只知道他们最近在全力补救，但收效甚微。"

生意上的事，徐知岁不太懂，今天看祁盛远没怎么提，还以为没什么大事，已经解决了。

她侧身靠在徐建明的肩膀上，搂住他的脖子说："爸，你以后少喝点酒吧，总是这么烂醉，对身体不好，我可不想你也病倒了。"

徐建明摸了摸她的头，满是宠溺地笑道："放心，爸爸不会有事的。爸爸妈妈会长命百岁，会看着我的宝贝女儿上大学，看你工作结婚，我还要抱我的大外孙子呢！"

　　"现在想这个会不会太早啦！"徐知岁嘴角终于露出了一丝微笑。

　　夜里，周韵打来视频电话查岗，问父女俩这一天过得怎么样。徐建明不敢让妻子知道他又出去应酬了，只说和女儿在家宅了一整天，哪儿也没去，晚饭是在小区门口的饭馆里吃的。

　　周韵并未怀疑，和丈夫匆匆聊了两句就将注意力转移到了女儿身上。

　　那头，舅公刚办完寿宴，一大家子十分热闹。周韵将亲戚们全都叫了过来，徐知岁隔着电脑屏幕和长辈们打招呼，被迫接受了一场来自七大姑八大姨的灵魂拷问，弄得她头皮发麻尴尬症都犯了，连忙找了个借口挂断视频。

　　之后的两天，徐知岁窝在家补作业。徐建明托朋友给她搞来了一套B师大附中的物理试卷，要她认真看看。

　　做题的时候，QQ就挂在电脑上。

　　班级群里聊得火热，有人问作业，有人晒国庆旅游照，徐知岁偶尔回上一两句，闲了再刷刷空间。

　　那个时候还没有微信，同学之间联系用得最多的就是QQ，养宠物、偷菜、抢车位是学生党津津乐道的话题。反倒是后来长大工作，这个软件的意义于"打工人"而言只剩下收发文件，以及打游戏时的一个账号，仅此而已。

　　秦颐见她在线，发来连环轰炸，抱怨假期无聊，耳朵被老妈念叨得起茧子。

　　徐知岁见状问她要不要一起去郊外的灵济寺走走，权当散心。秦颐欣然应允，两人约好第二天早上在公交车站见。

　　灵济寺是位于西郊的深山名刹，依山而建，距今已有千年历史，是帝都最有名气的寺庙之一。平日里来这儿祈福的人就很多，眼下又是旅游旺季，善男信女如织。

　　两个姑娘特意起了个大早，没承想到达时缆车售票口早已排起了长龙。按照这个前进速度怕是中午之前都无法到达山顶，两人商量了一下，决定步行上山。

　　在休息了第二十八次之后，秦颐再次耗完了体力，坐在石阶上气喘吁吁："不行不行了，我爬不动了，现在只觉得这两条腿都不是我的了。"

　　徐知岁也有些累了，从包里拿了一瓶水，坐在她旁边休息。

秦颐灌了一大口，终于缓了过来，把水搁在石阶上，弯腰按摩着小腿，说："姐妹，市区办动漫展你不去，心血来潮跑来寺庙拜什么佛呀？"

徐知岁叹了口气："权当是来求个心理安慰吧。你呢，就当是来锻炼身体了。"

秦颐皱眉问："你是不是遇到什么事了？"

"没有。"徐知岁迟疑着说，"不是我，是祁燃。"

祁燃家的事秦颐也有所耳闻，作为同学她只能说非常遗憾，然而徐知岁如此上心，很难不让人心生疑惑。

她嗅到了八卦的味道，瞪着智慧的大眼睛凑过来："老实交代，你和祁燃怎么回事？别和我装傻！祁燃没来学校的这段时间，你整个人都不在状态，冒着被母亲大人骂得狗血淋头的风险，往返三个小时也要跑去医院给他送试卷，现在又为了他来烧香拜佛，说只是普通同学，鬼都不信！"

话说到这份上，徐知岁也不打算藏着掖着了，坦然道："好吧，我承认，他对我而言的确是个特别的存在。"

"！"秦颐眼睛瞪得像铜铃，"什么情况？"

"你继续走，我就告诉你。"徐知岁朝秦颐伸出一只手。

秦颐顺势拉起她，拍拍裤腿重整旗鼓："不就是爬山嘛，姐姐就当是来减肥了！"

正值赏枫好时节，红叶似火，溪水潺潺，风中掺杂了泥土和青草的味道，她们踩着落叶拾阶而上，长路漫漫，仿佛没有尽头。

在这样一个初秋的上午，徐知岁第一次与人分享自己的少女心事，那些只能记录在日记本上的心酸和甜蜜终于有了倾诉的对象。

她从小学转学说到为了祁燃考重点高中、重点班，种种琐碎恍如昨天，真正回忆起来才让人惊觉——原来她和祁燃已经认识整整十年了。

秦颐听着听着，不禁流露出艳羡的神色："年轻真好，青春真好！"

徐知岁被她的样子逗笑了，戳了下她的额头说："这话说得，你不是也是正青春吗？"

"能一样吗？我的世界至今没有出现过一个让我觉得特别的男生，我从小到大碰见的不是长得丑的就是没有风度的钢铁直男，像蒋浩那样的，烦都烦死了。"

"你急什么，说不定大学里头帅哥排队等着你呢。"

"也是！"秦颐弯弯眼睛，"不过，你现在打算怎么办？不想和他说些什么？"

徐知岁沉默了会儿："不知道，等他家里的事过去了再说吧。"

灵济寺门口有一汪池塘，放眼望去一片红色，如繁星多的锦鲤为这古老幽深的寺庙平添了几分灵动肆意的生气。

徐知岁在门口买了一捆香烛，分了秦颐几支，就着殿外的烛火点燃，插进了香炉里。

寺里有大大小小不下十座宝殿，两人不懂其中玄妙，就随着人流挨个菩萨拜过去。

秦颐听路人说文殊殿的菩萨能保佑升学，眼眸一亮，塞了一大把钱进功德箱，虔诚地对着菩萨三叩首。

徐知岁去了三宝殿，听说这里的平安符很灵验，是庙里住持诵经开光的，她排了很久的队，花了小半个月的零花钱终于为舒静求得了一个。

另一边，裴子熠与宋砚也搭乘缆车上了山，两人在寺庙里随意逛了逛，不期然看见两个熟悉的身影从殿中出来。

裴子熠的面色顿时古怪起来，压着嗓子说："她怎么在这儿？"

"谁？"宋砚回头，四处张望。

"我同桌啊。"裴子熠没好气地瞪着宋砚，"是不是你偷偷告诉她我们要来这儿的？"

宋砚无辜又无奈，回给他一个白眼："我才没那么无聊。"

"那肯定是蒋浩那个大嘴巴，除了他没别人知道。"

宋砚"呵呵"两声："你想多了。"

裴子熠压低声音警告："你不许招惹她们过来……"

话还没说完，宋砚已经扬高了声音，对着在老榕树下休息的少女招了招手："徐知岁！"

裴子熠："……绝交吧。"

徐知岁闻声回头，看见了两个男生。她用胳膊碰了碰正在研究下山路线的秦颐，示意秦颐往那边看。

秦颐面露惊喜，没想到在这种地方还能遇见同学，想也没想就挽着徐知岁的胳膊快步朝他们走去。

裴子熠在宋砚耳边蚊子哼哼："我觉得她肯定是从别人那儿打听到我们今天要来这儿，特意跟了过来，准备和我来个偶遇。啧啧，好有心机。我猜她一会儿张口第一句话准是'好巧，你也在这儿'。"

宋砚"嘁"了一声，正想骂他自恋，两个姑娘就已来到跟前，徐知岁仰着小脸，露出两个甜美的梨涡："好巧，你们也来这儿了。"

宋砚差点咬到舌头，深信一切只是裴子熠想太多的他竟然在这一刻突然产生了一丝动摇。

裴子熠扬起眉梢："是啊，这么巧，你们也是来祈福的？"

秦颐半真半假地说："不，我们是来给她求姻缘的。"

徐知岁面红耳赤，伸手拧了一下秦颐的腰："别胡说。"

四人一边聊一边四处逛逛，秦颐自告奋勇充当起了导游的角色，将方才从别人那儿听来的典故依葫芦画瓢地和两个男生说了一遍。到头来却发现，这地方裴子熠比她俩熟悉多了，不仅和住持认识，还成功带他们进入后殿吃到了香喷喷的斋饭。

下山的时候，秦颐坚决要坐缆车，她的双腿已然发软，再下一次天梯怕是要彻底废了。徐知岁没意见，她也有些累了。两个男生见状，自觉地去排队买票。

等待的时间格外无聊，秦颐无意间瞥见路边有个算命的瞎子，觉得有点意思，拉着徐知岁来到摊前，饶有兴致地研究起瞎子手里的八卦盘。

"算命的，你这签怎么求啊？"

瞎子捋了捋胡子，说："摇签十元一次。"

才十块钱，也不贵嘛，秦颐二话不说拿起签筒，有模有样地晃了几下，没几秒，一支竹签应声落地，她捡起来递给算命的："帮我瞧瞧。"

瞎子用指腹摸了摸竹签上的文字，笑了："哟，上上签。"

秦颐乐了，迫不及待地追问："那你赶紧说说我将来会怎样？"

瞎子没吭声，默默伸出一根手指。秦颐不解："什么意思？"

"解签一百块。"

"你杀猪呢？刚才怎么不说？"

瞎子又捋胡子："这解签的价格是根据你命格定的，不是所有签文都值这个价。"

秦颐心想摇都摇了，不如听听这瞎子怎么编故事，于是一咬牙，从兜里掏了一张粉色票子给他。

既然是支上上签，瞎子后面说出来的话自然也差不到哪儿去，大意是秦颐出身好，命里有贵人相助，日后能考上个好大学，嫁个好夫婿，是个大富大贵的命。

徐知岁听着觉得有趣，也想让他给自己算上一卦，付了钱，摇了支签。

瞎子接过竹签摸了摸，面色一变，支吾道："你这个签……要解的话就收你二十块吧。"

秦颐一听就来气了，叉着腰和瞎子理论："为什么我的这么贵，她的就那么便宜？老爷子，你怕不是随口开价吧？"

瞎子冷哼："都说了，每个签不一样，越好的签文越贵，她这个签就……你先付了钱，我再告诉你。"

徐知岁半信半疑地点头，正要从口袋里拿出钱包，一道慵懒的男声从头顶落下："别解了，我们不算了。"

裴子熠不知何时来到她身边，握住她的胳膊将她从地上拉了起来："不就是信口胡诌嘛，你想听什么故事，回头我讲给你听。"

徐知岁茫然，算命的却急了："你说谁信口胡诌呢！我这叫看破天机，你个毛头小子懂什么！"

"那你有没有听过一句话叫'天机不可泄露'，你收了钱就敢往外说，也不怕天打五雷轰。"裴子熠看也懒得看他，对两个女生扬了扬手里的缆车票，"走了，宋砚还在入口等我们。"

说罢，他松开徐知岁，转身走得潇洒。徐知岁看看他，又看看秦颐，拽着她快步跟了上去。

被这么一搅和，原先对算命感兴趣的旅客也都散了，瞎子推下眼镜，对着几人的背影啐了一口："呸，毛都没长全就敢坏我生意！反正以后有你俩苦头吃！"

上了缆车之后，秦颐才后知后觉地心疼起她那打了水漂的一百块钱。

宋砚当着她的面毫不顾忌地嘲笑，一时不知道该说她单纯还是她钱多烧得慌，那瞎子根本不瞎，他上次来的时候还看见那人躲在角落数钱来着。

徐知岁说："我们就是算着玩的，没有当真。"

她心里明白，裴子熠是因为听到她的签不好才不让瞎子往下说的。算命这种事，即便对方说的是假的，心里却多多少少会有芥蒂。

裴子熠跷着二郎腿坐在角落，脸上没什么表情，仿佛没有听见她说话。徐知岁也就不再自讨没趣了，拢拢外套，靠在秦颐肩膀上闭目养神，下了缆车之后还要走很长一段路才能坐到公交车。

山间风大，凉意从半开合的窗户钻进来，裴子熠抬头，看见少女随风翻飞的发丝。

她睡着的模样很乖很安静，五官线条柔和，皮肤在阳光下呈现出粉嫩的白皙。

空气中弥漫着清新的洗发水香气，少女发梢拂过他的肩膀，搔得他心里痒痒的。

裴子熠扭过头，不露痕迹地关上窗，过了会儿，不知想到什么，平直的唇角很浅地扬了下。

下山的旅客太多，停车场堵到瘫痪，四人在车站等了近两个小时也没能成功挤上一辆回市区的公交车。

眼看着天就快要暗了，裴子熠给家里打了个电话，不出半个小时一辆黑色奥迪就停在了他们面前。

坐在后排柔软的真皮座椅上，秦颐揉着膝盖感慨："裴少爷，你有这待遇为什么不早点打电话？"

裴子熠耸肩，漫不经心地答了句："本来是想感受一下平民生活的。"

秦颐听完直接呕血。

她一上车就活了过来，和宋砚天南地北地扯了一路，而徐知岁累到没了聊天的欲望，一上车就靠着窗户睡着了。

裴家司机沿路送他们回家，徐知岁到家时，已将近晚上八点。

徐建明在书房看上个季度的财务报表，见女儿满身疲惫地回来，放下手里的工作去厨房给她煮了碗面，顺便提醒她："你妈明天下午就要回来了，你收收心，抓紧时间复习功课。回头月考要是考砸了，她不削你才怪。"

徐知岁当时应下了，可第二天一早徐建明喊她起床吃早饭，推门一瞧，房间里空空如也，这小皮猴又跑出去了。

徐建明大概猜到她去了哪里，也懒得管，只摇头感叹："还是等王母娘娘回来收拾你吧。"

正如徐建明所料，徐知岁又去了医院。

她是想将平安符交到祁燃手里的，但祁燃并不在医院，舒静也在祁盛远的陪同下去做放疗了，病房里只有保姆和正在争分夺秒补假期作业的小祁柚。

祁柚认出她是哥哥的同学，告知祁燃回家拿东西了，不知何时回来，让她坐下等一等。

徐知岁和小祁柚聊了会儿天，又辅导她做完数学试卷，仍然没有等到祁燃。她怕回去晚了会被周韵抓个现行，于是将东西交给祁柚，揣着遗憾离开了。

电梯口人人行色匆匆，有护士推着刚做完手术的病人从电梯间里出来，徐知岁侧身让路，就是这么一个短暂转身，祁燃从另一部电梯里出来，两人擦肩而过。

祁柚做了一上午作业，头晕眼花，看啥都觉得是方程式，打开电视机准备偷会儿懒，看了还没半分钟祁燃就推门回来了。

她天灵盖为之一震，赶忙摸到遥控器关了电视，从沙发上跳下来背手站立，扯出一个讨好又卖乖的笑来："哥，你回来了。"

祁燃在门口就听到了动画片的声音，但并未戳穿，将带来的水果递给保姆，慢条斯理地卷起衬衫袖扣，坐在祁柚身边问："卷子做完了吗？"

祁柚垂首哼哼："做完了。"

"拿给我检查。"

祁柚不情不愿地将试卷交了出去，即便是在医院也没能逃脱被哥哥抽查作业的命运，有个学神哥哥压力真的好大哦！

祁燃坐在窗户边，目光微垂，手肘撑在膝盖上，修长的手指翻过试卷，阳光映出他沉默的剪影。从进门到现在，他的嘴角始终紧绷着，祁柚见他心情不好，觍着脸蹲过去，趴在他的膝盖上撒娇。

"哥哥，你别不开心了，我给你讲个笑话吧。有一天奥特曼在上课，老师问了一个问题，奥特曼想举手回答，然后老师就哈哈哈……死了！"

笑话没讲完，小姑娘自己倒先笑得前仰后合，祁燃不冷不淡地睨了她一眼，没作声。

祁柚没气馁，调整气息继续说："有一天，白猫和黑猫一起去蹦极，白猫蹦了，黑猫没蹦，你知道为什么吗？因为——"

她自顾自唱了起来："啊啊啊，啊啊啊，黑猫警长（紧张）！"

祁燃无奈地按了按额头，唇角终于露出了一丝浅淡的微笑："你在哪里看来这么冷的笑话？"

祁柚仰起小脸傻笑："是那个美女姐姐教我的，她教了我好几个笑话，说如果你不开心了就让我讲给你听。"

"美女姐姐？哪个？"

"就是上次在电梯间遇到的那个姐姐，好像是你的同学。"

"她来过？"祁燃下意识地翻看手机，担心是自己刚才光顾着走路遗漏了短信或者电话，然而通知栏里没有一条提醒。

"对呀，她等了你好久都不见人，赶时间就先回去了。我的数学试卷就是她辅导我做的。"

祁燃收起手机，又将妹妹的两张试卷翻看了一遍，怪不得，他刚才还在想错误率这么低，都不像祁柚的风格了。

"哦，对了。"祁柚想到什么，站起身在口袋里摸了摸，拿出一个红底绣金挂件搁在祁燃腿上，"她还让我把这个给你，说是昨天去什么寺庙求来的。"

祁柚挠着下巴回忆，却怎么都想不起那个地名了，明明哥哥进来之前她还喃喃重复了两遍。

"是灵济寺。"祁燃说。

小姑娘眼眸一亮："对，就是那儿。不过，你怎么知道？"

祁燃淡笑不语，也从上衣口袋里拿出一个平安符。

祁柚惊奇出声："咦！和她给的一模一样，这个你哪里来的？"

祁燃将两个平安符一起摊在掌心里，将流苏一丝一丝地理好，像对待自己珍视的宝贝："是你子熠哥早上给我的。"

徐知岁到家没多久，周韵就从机场返回家中，太后班师回朝，她的好日子算是到头了。

周韵从南湖带回了大包小包，说是家里亲戚送的特产，有名贵的红酒茶叶，也有自家腌制的辣白菜。周韵没想要，走的时候人家硬塞到她包里的。

周韵在家排行老三，上头有两个哥哥。三兄妹成家之后因为妯娌关系不和，彼此之间的感情渐渐淡了。反倒是后面来了苏都，她的两个嫂嫂主动联系过她几次，明里暗里有借钱的意思，周韵没答应。

这次回家大嫂嫂对她殷勤备至，二嫂嫂也难得主动和她说了几句话，大有缓和关系的意思。

周韵知道她们葫芦里卖的什么药，八成是希望她能记着他们两家的好，等将来家里孩子毕业了能到徐建明的公司求个好工作。

可周韵心里一直有个结，当年她父母相继病重，两对兄嫂通通冷眼旁观，还是她挺着大肚子在病床边照顾，为二老送的终。

说起这些事，周韵也是糟心得很，她摇头调侃："以前没觉得这些亲戚对我有多好，如今咱们发达了，连小时候吃过他们家几根甘蔗的事都拿出来巴结。都是些势利眼啊，要是哪天咱们家遇到了事，他们怕是巴不得不认识咱们才好。"

闻言，徐建明的脸色有些难看，帮着妻子整理行李时明显心不在焉。在一旁啃小菜干的徐知岁眼尖地捕捉到他的异样，凑过去问："爸，你怎么了？发什么呆啊？"

徐建明回过神来，只是笑笑，三言两语岔开了话题。

徐知岁便没有多想，回房收拾自己的书包去了。

国庆节结束之后，祁燃回了学校上课。这是舒静的意思，她的病一时半会儿是不会有结果的，医院里有保姆有护工，祁燃的外公外婆也常来帮忙，他能有这份孝心舒静已然知足，不能因为自己而耽误了他的学业。

祁燃回校那天早上，学校照例举行升旗仪式。他站在班级队伍的最末端，身姿笔挺，如清风朗月，神情还是一贯的淡，深邃的眼眸中却多了一丝坚毅成熟。

女生们频频回头看他，操场上引起一阵不小的骚动。

当初他请假，别班同学旁敲侧击向一班同学打听缘由，然而同学们也只知道他家中有事，不知其中缘由，女生们因此失落了好几天。

如今他回来，消息很快在各班的队伍中传开。

台上正在发言的教导主任厉声呵斥了好几次，然而效果甚微，什么也阻挡不了少年人一颗躁动的心。

十月中旬，六中高三年级和 B 师大附中高三年级联合举行了一次模拟考。卷子是附中老师出的，不论是试卷难度还是考试要求都参照着高考来。两天考下来，徐知岁觉得自己脑袋都要炸了。

但凡涉及考试，学校总是很有效率，考完的第二天，成绩就逐科出来了。到了礼拜一，全校排名也粘贴在了公告栏处。

徐知岁料到自己不会考得太好，这次物理太难。她以为自己做好了心理准备，没想到当她亲眼看到成绩和排名时还是忍不住崩溃了。

636 分，全校第 45 名。

这个成绩放在从前她或许会开心，可放在如今就意味着她在班级的排名是倒数的。

上中学以来，她习惯了自己是班上的优等生，成绩名列前茅。突然成了班里吊车尾的家伙，她一时间难以接受，强烈的自尊心破碎一地。

而祁燃呢，尽管近半个月没有来学校，但他年级第一的宝座依然无人可撼动，不仅如此，这次考试中，他物理、数学拿了双满分，总分远超第二名近 30 分，简直不可思议。

有长相有才华人品好，看见他就会让人萌生出"他才是女娲娘娘精心雕琢出来的人类，而自己不过是随手捏个泥巴凑数而已"的想法。

裴子熠也不必说了，他是那种读书玩乐两不耽误的学生，即便是上课偷偷睡觉，考试照样能拿高分。所以在课堂上老师往往不太管他，只要他别太过分影响到其他同学，通常都随他去了。

秦颐和宋砚的成绩虽然在班上不太拔尖，但也说得过去，一圈比较下来，徐知岁开始怀疑人生。

按照学校的习惯，模拟考结束之后就要举办家长会，不知道周韵女神看见她那拖后腿的物理成绩，心脏是否能承受得住。

在此之前，孙学文先给班上学生开了一次严肃的班会，上从态度，下至客观因素，全面分析他们与 B 师大附中优等生的差距。

考得差的被训了个狗血淋头，缩着脑袋不敢吭声，考得好的也不敢骄傲自满，老孙只要谈论起成绩鞭策永远多于夸奖。

班会结束后，孙学文让所有学生收拾东西去走廊，按照排名依次站立。

这是一班的特色，每次考试结束按照成绩分配座位，考得好的同学享受优先选座权。

以祁燃和裴子熠的成绩，自然是最先进入教室的那一批，窗边倒数一二排的风水宝地常年被他们占据着，其他人抢不到，也懒得争。

而大多数同学早已不吃孙学文这一套了，换位子这种事于他们而言不过就是走个过场，进了教室后从哪儿站起来就从哪儿坐回去。

不过，也有少部分同学出于舒心或者别的目的重新选择座位——秦颐就是其中一个。

因为和徐知岁关系要好，她自愿换到后排去，可椅子还没坐热，就被她姨父一个眼神给瞪了回去，老老实实抱着书包去了第一排正中间的位子——那是她妈提的要求，说是防止她上课走神。

还有一位便是吴婉婉。她是班上的文艺委员，成绩不错，原来一直坐在前三排的位子，这次不知怎的，突发奇想跑去了裴子熠身旁的位子坐下。

裴子熠正百无聊赖地看着自己的漫画，一见来的人是她，脸色瞬间冷了下来，扭头直勾勾盯着她，眼神透着几分莫名的幽怨。

吴婉婉被他瞪得头皮发麻，心情无比忐忑。

她就是瞧见徐知岁原来坐在这儿，所以觉得裴子熠应该不排斥和女生同桌才特意选了这个位子。没想到不仅是他，似乎连前排的宋砚也不怎欢迎她坐在这儿，回头看看她，欲言又止。

她茫然问："我不能坐在这儿吗？"

裴子熠毫不留情地回答："不好意思，这里已经有人了。"

吴婉婉顿时脸红了个透彻，觉得委屈却仍想要挣扎一下，撇着嘴问祁燃："班长，是这样吗？"

祁燃转头，很轻地牵了下唇角，然后朝她坚定地点了一下头："是。"

吴婉婉还能说什么，既然人家不欢迎她又何必留在这里自讨苦吃，很快收拾书包回前排去了。

走廊上，徐知岁正在为能不能继续和祁燃坐前后桌而发愁，等了好半天才轮到她选座位。走进教室，她发现原先的座位还空着，悬着的一颗心终于落了地。

徐知岁抱着书包欣喜地走过去，却在和吴婉婉擦肩而过时被对方狠狠地剜了一眼。徐知岁觉得莫名其妙，自己和她交集甚少，不知何处得罪了她。

不过徐知岁并未放心上，没有什么能破坏她此刻的好心情，哼着小曲儿开心心地入了座。

裴子熠撑着脑袋看她，语气漫不经心还带了几分嫌弃："唉，又要和你这个小麻雀做同桌，叽叽喳喳吵死了。"

徐知岁冲他做了个鬼脸："那你搬走好了。"

"明明是我先选的位子，我为什么要搬？"

"哼，谁嫌我烦谁搬。"

两人斗嘴的场面说是幼儿园的小朋友吵架也不为过，宋砚好心来劝，反而成了他们共同"攻击"的目标。

　　宋砚叫苦连天，找来祁燃评理。祁燃扫了几人一眼，不冷不淡地丢下一句"幼稚"，嘴角却露出了久违的舒心的笑。

　　三人见状，相视而笑。

　　目的达到了。

第四章
好好 //////

家长会定在周五下午。

午休过后，孙学文带领全班同学打扫卫生，将成绩表贴在讲台最显眼的地方。这还不够，每个学生必须把自己的试卷逐科整理好摆在桌上，供家长审判。

重点班家长对孩子的学习很上心，离规定时间还有二十分钟时，家长就几乎到齐了。

徐知岁这边照旧是她家周韵女士出席。周韵今天特意盛装打扮，换上了平时不常穿的连衣裙和高跟鞋，一走到班级门口立即成为家长中的焦点，同学们都向徐知岁投去了羡慕的眼神。

"岁岁，你妈妈真漂亮，你们俩长得好像啊。"秦颐说。

徐知岁皮笑肉不笑，心想她妈妈的优雅恐怕维持不了多久，一会儿看见她的试卷，庐山真面目很快就会暴露。要知道周韵女士教训人的时候，是不会因为顾及形象而有所收敛的。

果然，在看到徐知岁的物理成绩之后周韵的脸色一瞬比一瞬黑，隔着窗户狠狠剜了徐知岁一眼。

徐知岁从妈妈杀气腾腾的眼神中读出了自己马上要死翘翘的危机，若不是台上孙学文已经开始发言，她毫不怀疑周韵女士会提着包冲出来教训她一顿。

徐知岁觉得自己很有必要先找个地方躲一躲，不然家长会还没结束，她就要死于周韵一记记冰冷的眼刀之下了。

她埋着头往洗手间的方向走，在拐角处撞上了刚打完球回来的祁燃和裴子熠，幸好她动作灵敏地避开，否则她白嫩的小脸就要和祁燃手里的篮球来个亲密接触。

祁燃见状把篮球往身后藏了藏，裴子熠却不知死活地用打完球的脏手在徐知岁眼前虚晃了一下："走这么快赶去投胎啊。"

徐知岁侧身躲开，哭丧着脸说："反正我离死期也不远了。"

裴子熠不是很理解她的心情，挑眉不以为意地说："不就是开个家长会嘛，有这么严重吗？"

听听，这说的是人话吗？金字塔顶尖的学霸是不会理解他们这些普通人的心情的！徐知岁回头送了他一记白眼，转身钻进了洗手间。

裴子熠一脸茫然，用肩膀碰了碰祁燃问："不是，她那是什么眼神？我说错了吗？"

祁燃冷冷睨他一眼："你这人什么都好，就是长了一张嘴。"

徐知岁在洗手间磨蹭了许久，秦颐怀疑她是不是掉厕所里了，不停发来短信催促，她这才不得不出来面对现实。

蔫儿吧唧地回到班级门口，徐知岁特意躲避着周韵的目光挑了个视线死角站立。

秦颐凑过来，眼神上下打量她："你是不是来'姨妈'了？"

"没。"徐知岁有气无力地趴在走廊的护栏上，"就是一想到自己那烂成泥的物理成绩，我就想一头撞死。"

"哎呀，一次考不好而已，下次再战不就是了？"秦颐试图安慰她，从口袋里拿出一包大白兔奶糖递到她眼前晃了晃，"给，吃颗糖，缓解缓解心情。"

徐知岁瞥了一眼，不为所动："你多大了？还买这个吃？"

"不是我买的，是祁燃刚才替老师下去买水的时候带回来的，说是班费有多，一人发了一些。"秦颐如实说。

"祁燃买的？"徐知岁眼神瞬间亮了起来。

秦颐朝她翻了个白眼，鄙夷地"嗤"了一声："啧，瞧你那点出息。"

徐知岁撇了撇嘴角，无言反驳，眼睛略略扫了一圈，发现周围同学手上或多或少都拿了一颗，却没有像秦颐这样捧着一整袋的。

"你为什么有这么多？"

"不知道啊，祁燃就这么给我的，叫我跟你分着吃。"秦颐给自己留了两颗糖，其余通通塞进了徐知岁手里。

给她？看着手里奶糖，徐知岁脑子里冒出了一个大胆的想法，心跳也失去了平衡。

可很快她就暗暗摇头否定了这个想法，祁燃没有理由这么做，肯定是她想太多了。糖是让秦颐分给她的，又不是独独给她一个人的。

虽然有些小失落，但奶糖入口，糖衣在舌尖化开时，她感受到了前所未有的甜蜜。

鉴于徐知岁的偏科情况，家长会结束后，周韵被物理老师单独叫去了办公室谈话。物理老师请她看了这次模拟考的成绩单，又语重心长地分析了徐知岁在校的学习情况，希望家长能够督促。

从前的家长会，周韵都是作为优秀学生家长上台发言的那位，何曾沦落到被老师留下谈话的地步？

她内心落差巨大，一股火噌噌往上冒，可偏偏物理老师说的话句句在理，她不敢吭声，只能一个劲儿地点头，承诺回去一定找徐知岁好好聊聊。

从办公室里出来时，其他家长已经散得差不多，周韵一眼就看见了坐在后排的徐知岁，面无表情地走过去，重重叩了三下她的桌子："徐知岁。"

这一声全名叫得徐知岁头皮发麻，凉意从尾椎骨蔓延至整个椅背——她爸妈极少喊她大名，通常出现这种情况就是要收拾她了。

可等了大概半分钟，周韵都没有反应，只是将她搁在桌面的试卷一股脑塞进包里，丢下一句："回家！"

徐知岁便明白她妈心里压着火，顾及在学校才给她留了几分面子。

回家的一路，周韵踩着高跟鞋走得头也不回，徐知岁背着书包闷头跟在后面，还未到家，腿已然开始发软。

打开家门的瞬间，周韵压抑已久的小火山终于爆发，废话不多说，进门就要先罚徐知岁十下手板。她四处找不到戒尺，索性抄起了阳台上的衣架，徐知岁吓得一哆嗦，直接跳上了沙发，大呼救命。

两人一追一躲，闹得家里鸡飞狗跳。

这一幕正巧被提前回家的徐建明撞见，血压霎时二来了。

"不就是开个家长会？怎么还动起手来了？"他甩了公文包，顺势将女儿护在身后，拉扯过程中不可避免地被衣架误伤了胳膊。

周韵满屋子追人，早已累得气喘吁吁，此刻见徐建明也要和她作对更是气不打一处来，拿衣架指着父女俩的鼻子骂："你让她自己告诉你怎么了！都是你惯出来的好女儿！"

徐知岁揪住爸爸的衣角不敢说话，周韵见状怒气更加，从包里一把抽出她的试卷拍在桌上。

"不敢说是吧？那我帮你说！这次模拟考物理考了 62 分，单科成绩全班倒数第二名！你说你生物接近满分，化学也 90 分以上，就不能分点心思给你可怜的物理吗？我就是拿脚趾答题也比你考得高！"

徐知岁小声嘟囔："你脚趾会握笔吗？"

"你还敢顶嘴！"

眼看周韵又要抄起衣架，徐建明连忙回头瞪了徐知岁一眼，拉开母女俩之间距离，一边给周韵拍背顺气，一边扶她到沙发坐下。

等周韵情绪稍微平静些了，他拿起卷子粗略一扫，眉头也跟着皱了起来。

在他的印象里，徐知岁就算再偏科，物理也没掉出过 80 分。不过眼下不是火上浇油的时候，调解一场家庭大战才是正经事。他讪笑两声，说："是有点偏科哈，不过岁岁肯定也不是成心的，咱们努把力，下次考试一定能追上去的。"

"是，她不是成心的，她的心思全部放到那些花里胡哨的事情上去了！每天回来就钻进房间写日记，还想着和人家考同一所大学呢，你瞧瞧你这成绩，连人家的项背都望不着，你拿什么和人家考同一所大学？"

周韵正在气头上，想到什么就说什么，完全没有考虑到女儿的感受。

徐知岁原也知道是自己没考好，打算沉默到底由着妈妈骂，可这番话一出来，她瞬间脖子耳朵红了个透彻，不自觉扬高声音："你偷看我日记了？你怎么可以偷看我日记呢！你懂不懂什么叫作隐私！"

周韵自知说漏了嘴，眼神闪躲，嘴上却不饶人："我不是故意看的，是打扫卫生时无意间翻到的。再说，你的那些小心思我和你爸早就知道了，先前没有说破是觉得你够清醒，没有因此受到影响，可现在我不允许你在关键时刻掉链子！"

徐知岁怔怔看着眼前的父母，一时之间，悲从中来。

她很难形容自己的感受，那感觉就像自己精心铸造了一座玻璃房，自以为有了一方隐蔽的小天地，殊不知旁人将她的一举一动看得清清楚楚……有一天玻璃房碎了，羞耻和委屈通通涌了上来。

那天她和妈妈大吵了一架，具体说了些什么已经记不清了。只记得最后两人声嘶力竭，对楼邻居频频向他们这儿张望。

周韵说"我都是为了你好"，她说"我不要你管"。

摔门躲回房间后，徐知岁哭了很久很久，藏在书房的"秘密"被她抱在怀里，想要赌气撕掉，却又不舍得。

晚上，徐建明推门进来，屋内一片漆黑，徐知岁缩在角落，将头埋进膝盖。徐建明走了过去，温厚的手掌搭住她的肩膀上："别跟妈妈生气，等哪一天你做了母亲，就能理解她现在的心情了。"

徐知岁不说话，肩膀轻轻颤抖着。

徐建明继续说："其实在你这样的年纪，有喜欢的人是很正常的事，谁都是从年轻过来的，都有悸动的时候，爸妈不反对，但不希望你因此耽误前途。你妈妈说话虽然偏激，但道理是对的。事情要分主次，你那么聪明，不用我们多说应该都明白吧。"

良久，徐知岁仰起泪湿的小脸，很轻地点了一下头。

徐建明捏了捏她的小脸："走吧，去吃饭，你爸可是难得下厨。"

吃饭的时候，周韵也在，母女俩谁也没说话，甚至连眼神都不曾有过接触。

其实徐知岁心里早就不气了，只是很委屈，莫名的委屈。

她觉得妈妈无论如何都不应该看她的日记本，更不应该以为她好的名义说着刺伤她的话。

后来的很长一段时间里，母女俩一直处于冷战状态。

周韵自顾自地给她报了个物理校外辅导班，徐知岁为此又生了一段时间闷气，但到了补课的时间还是乖乖地去了。

据徐建明说，周韵为她找的这位郑老师是国家特级教师，退休后被教育机构聘走，专门为高三学生补课，每年带的学生不超过二十个，周韵托了好几个朋友才勉强为徐知岁争取了一个名额。

物理补习班在周六的下午和晚上，郑老师很喜欢随堂测验，作业也布置得特别多。在他看来，学理科就是要多刷题，徐知岁之所以基础还行但成绩不好，就是因为刷的题不够。

为此徐知岁不得不挤出更多的时间在物理上，补课之前就得把学校里的作业完成，周六周日疯狂刷题。

不为别的，她也是知廉耻的，不想下次家长会上还被老师单独点名。

那段时间，徐知岁不仅要应付学校里繁重的作业，还要完成补习班老师布置的试题，每天过得非常疲惫，秦颐最常对她说的一句话就是"呀，你的黑眼圈怎么又重了"。

就连经常损她的裴子熠也突然变得温柔了，一本正经地关心她是不是身体不舒服。

好在，郑老师的魔鬼训练成效显著，这效果直接反应在十一月的月考成绩中，徐知岁的物理成绩由原先的勉强及格上升到班级中游水平，总分则直接挤进了年级第二梯队，成了这学期十位插班生中的最强黑马。

周韵嘴上不说，心里却是高兴的，成绩出来的那天晚上特意给女儿煲了一大锅鸡汤，给她好好补补身体。

接下来的几天，母女俩关系有所缓和。

周韵早晨起床看天气预报，说今天会下雨，吃早饭时便往女儿书包里塞了一把伞，提醒她雨天路滑，晚上回家小心。

和大多数父母一样，周韵是拉不下脸同孩子道歉的，她的和好方式无外乎两种——叫女儿吃饭和多给女儿一点零花钱。

徐知岁深知以她妈妈的傲娇性格，很有可能过了这村就没这店了，下次别说下雨了，就算是下冰雹，王母娘娘也不会管的。所以在周韵主动抛出台阶后，她很识趣地下了，不仅收了伞还难得嘴甜地夸妈妈早餐做得好吃。

母女俩相视一笑，这一章就此揭过。

出门时，徐知岁想了想，趁爸妈没注意，偷偷多拿了一把伞。

一整日都是大晴天，秋风萧瑟，金黄的银杏叶铺满整个校园。到了傍晚，天空下起淅淅沥沥的小雨，且有逐渐转大的趋势。

晚自习上课前，不少同学家长来学校送伞，裴子熠对此嗤之以鼻，用笔戳了下左前方祁燃的肩膀，问："欸，祁燃，你带伞没？"

祁燃摇头，昨晚舒静的情况不太好，他今天一早是直接从医院过来的，根本无心顾及这茬。

搁从前，他也不必在乎这个，若是遇上恶劣天气，舒静自会开车来接他，可如今他更关心小祁柚是否安全到家、保姆接到人了没。

裴子熠观察着他的神情，故作轻松地笑了一下，说："没事，大不了淋雨回去呗，要是感冒了明天正好不用来上课了。咱俩雨中飞车，想想就挺酷的！"

祁燃说："把单车停在学校，打车回去。"

裴子熠耸耸肩，跷着二郎腿没正经地调侃："唉，你让我又失去了一次在女生面前耍帅的机会。"

祁燃回头不冷不淡地觑他："没有人会觉得一只落汤鸡帅。"

裴子熠咬牙切齿，却也无法反驳。

饮水机的水桶空了，两人趁课间去搬水，回来时，祁燃的抽屉里多了一把雨伞，没有留字条，也没有做标记，就是一把很普通的蓝色天堂伞，边缘嵌了银边。

他依稀记得自己在哪儿见过……

裴子熠走过来瞧了一眼："你不是说没带伞吗？这不是？"

"不是我的。"祁燃回神，将雨伞卷好，收进了书包。

裴子熠更觉得奇怪了，这家伙竟然没有将别人偷偷送来的东西扔到失物招领处，而是小心翼翼地收了起来，有点反常。

他将疑惑的目光转向宋砚。

宋砚亦是茫然，摇头说："我刚才去厕所了，什么也不知道。"

裴子熠"啧"了一声，撇嘴道："看来又是哪个女生送的。"

正趴在桌上假寐的徐知岁睫毛微不可察地颤了颤。

十一月底，六中举办了一年一度的运动会。

说是秋季其实并不合理，因为那时帝都已逐渐入冬，不少人裹上了厚厚的毛衣和棉服。以往这个时候，帝都已经迎来了初雪，今年却迟迟没有动静。

开幕式这天，天气阴沉，全校师生站在平坦开阔的田径场听着校领导冗长的发言，冷风直直往领口里灌，冻得手脚都失去了知觉。

在六中两年多，高三的"老油条"们早已对运动会失去了兴趣，重点班的学霸们尤甚。

高考在即，谁也不愿耽误时间，与其去操场上跑得一身臭汗，不如在教室多刷几道题。

理三（1）班阳盛阴衰，尽管孙学文鼓励大家踊跃报名，但不少女子项目仍然无人理会。仅有几个报名参加的，还是体育委员宋砚求爷爷告奶奶求来的。

非常不幸，徐知岁就是其中一位。

那天宋砚突然示好，请她喝了一杯八块钱的珍珠奶茶，她就被忽悠得忘了形，等她回过神来的时候报名表上已然写下她的名字，项目是高三女子200米田径。

所以当开幕式结束之后，其他女生回教室焐着暖手袋自习，她却只能在寒风中等待检录。

好在她没有白白挨冻，比赛中她最大的竞争对手、也是她曾经的同学，因为起跑不当摔了一跤，没能获得比赛成绩，而她超常发挥，赢得了小组第一，成功进入决赛。

对于这个结果，徐知岁自己也很是意外。

200米决赛在第二天，头天下午是集体赛的九人十足、跳长绳和迎面接力。

由于是团体项目，每个班必须参加，又有男女人数的要求，理三（1）班几乎所有的女生都被迫上场。

接力检录前，宋砚让参加比赛的同学在空地处集合，一共二十人，十男十女，迎面而站。

接力讲究排兵布阵，起跑和冲刺都要快，研究来研究去，第一棒的位子留给了裴子熠，再由擅长冲刺的祁燃负责压力最大的最后一棒。

"双子星"共同参赛的场面实在难得，女生蜂拥而至，将本就拥挤的跑道堵得水泄不通，裁判员一再维持秩序，比赛才得以继续。

确认选手全部到齐后，裁判员中的一位举着小红旗带领男生组去对面跑道候场。

擦身而过的瞬间，徐知岁鼓起勇气叫住了祁燃。

祁燃回头，垂眸看她，目光里有些许疑惑。

徐知岁眼睛弯成漂亮的月牙，眸底似有星光闪烁："加油！"

祁燃笑了，嘴角扬起轻浅的弧度："你也是。"

接力赛在一片欢呼声中拉开序幕，五个班为一组，每班二十人。

跑道两边站满了人，各班班主任也在人群里，孙学文让宋砚帮忙递话，说要是拿了第一就请全班去小卖部买零食，选手们立刻士气高涨。

一班在最靠里的那一道，旁边就是啦啦队和观众。起跑枪声响起后，裴子熠就如离弦的弓箭般冲了出去，凭借长腿优势将其他班的选手甩在了身后。

交棒成功，第二位同学跑出两三米，别班的一棒才将将抵达终点。

有了一个完美的开端，接下来的比赛堪称大快人心，十几棒下来一班一直处于一个领先的状态，偶尔有落后也很快被追了上去。

徐知岁是女生组的最后一棒，接力棒交接到她手上的时候，一班的优势已经十分明显，足足拉开了第二名五六米的距离，人群里有同学开始提前庆祝。

徐知岁握紧接力棒，用尽全力冲了出去，耳边呼啸着呐喊声，而前方，祁燃朝她伸出了手——

有那么一瞬间，她仿佛听不到周围的嘈杂，只觉得这世界静得只有她和祁燃两个人，此刻他们眼底只有彼此。

一想到在终点等她的是自己心心念念的少年，徐知岁心底仿佛就有了动力，步伐轻盈，越跑越快。

然而，就在距离终点不到十米的时候，旁边观赛的人群中突然伸出了一只脚……

徐知岁躲闪不及，被绊倒在地。

"哎呀！摔了！"

观众一片哗然，大多数人由于站得太远并没有看清发生了什么，还以为是徐知岁自己用力过猛摔倒了。只有个别同学看到了事发过程，可等他们回过神来的时候，刚才那个地方已经没有人了。

摔下去的那一瞬间，徐知岁的脑子是蒙的，身体不受控制地往前扑，膝盖重重磕地，接力棒从掌心飞了出去，滚出半米远。

她来不及多想，本能地爬了起来，忍着疼捡起接力棒继续往前跑。

然而她摔得太重，膝盖始终发不上力，速度大不如前，步伐也一瘸一拐。饶是如此，徐知岁也咬牙坚持着。

因为她知道，祁燃还在前头等她。

她没有很想赢，可她不想让祁燃输。

交接棒的那一瞬，两人手指短暂触碰。

徐知岁的手掌因为摔跤时双手撑地而磨破了皮，接力棒递出去的时候她整只手都在颤抖，待祁燃拿稳之后，她整个人再次摔了下去。

"别管我！"

祁燃想扶，被徐知岁制止了，他深深地看了她一眼，然后坚定地冲了出去。

他跑得极快，跑步姿势也很好看，观赛人群沸腾了，所有女生的目光都锁定在他的身上，呐喊声一浪高过一浪。

可惜的是，徐知岁那一摔耽误了许多时间，隔壁两个班后来者居上，祁燃用尽全力也只拿到了第二的成绩。

三班因为这场意外获得了小组第一，他们振臂欢呼，有相识的女生特意跑过来阴阳怪气地和徐知岁说谢谢。

"多亏你，不然我们班还没那么好运呢！"

徐知岁连装都装不出一个笑来，心里别提多难受了。

"摔痛没有啊岁岁？"

没有参赛的秦颐从观赛区挤进来，想到的第一件事就是先将徐知岁从地上扶起来，他们班的钢铁直男也真是，那么娇滴滴一个姑娘摔在地上那么久愣是没一个人去扶。

徐知岁摇了摇头，喉咙哽咽，说不出话。

吴婉婉拨开人群走过来，板着脸指责："都怪你，要不是你摔那一跤我们班才是第一。"

秦颐气不打一处来，双手叉腰与她理论："你这人怎么说话的？她又不是故意的！"

"故不故意重要吗？反正是因为她我们才输的！你看三班班主任，嘴都快咧到耳朵后面去了，你知不知道他和我们老孙不对付？这下丢脸了全怪你。"

吴婉婉越说越过分，秦颐听得怒火噌噌往上冒，卷起袖子挡在徐知岁面前与她理论，大有"你要是想打架我也不怕你"的气势。

祁燃和裴子熠也从对面终点跑了过来，裴子熠提溜住吴婉婉的衣领，将她往后面拉了拉，说话时声音里有明显的不悦："不会说话就闭嘴，没人当你是哑巴。"

"我又没说错，明明是她……"

"行了。"祁燃回头，目光警告地觑着吴婉婉，"别再说了。"

吴婉婉瘪嘴，负气地跑开了。

祁燃走到徐知岁面前，伸手想扶她的胳膊，手在半空顿了顿，终是缩了回去，换成一声低低的，与普通同学无异的关怀。

"没事吧？"

看见他跑来的那一刻，委屈和愧疚的情绪如潮水扑面而来，汹涌得要将徐知岁吞噬。她忍住喉咙酸涩的紧缩感，摇了摇头："对不起。"

"你不需要道歉，这是团体比赛，输赢都不是你一个人的责任。而且刚才宋砚问过裁判了，我们虽然是第二名但也进了年级决赛，还是有机会赢名次的。"

"真的？"徐知岁眼睛明亮起来。

"嗯。"祁燃点头，对旁边的秦颐说，"送她去医务室看看吧。"

"好。"

为了方便活动，徐知岁只穿了一条单薄的运动裤，她这一跤摔得不轻，裤管磨破，左腿膝盖流了血。

医务室的老师替她处理了伤口，嘱咐她近几天不要碰水。

从医务室出来，运动会已经散场了，徐知岁往一班大部队的方向望了一眼，没有看见祁燃，应该是有事先走了。

眼前不禁浮现起摔下去的那一幕，她当时依稀瞥见了一个人影，此刻深想，心底五味杂陈。

冬天的傍晚天黑得很早，秦颐家住得远，要赶着搭公交车，徐知岁婉拒了她送自己回家的提议，自己一瘸一拐地回了家。

她家这片是老小区，六层高的矮楼，没有电梯，物业换了好几家，路灯坏了也不见修。

徐知岁抄了小路，远远看见徐建明从车里下来，心想爸爸今天回来得真早，正要开口喊他，三个彪形大汉突然将他围在了车边。

那三个男人身形极壮，一身紧身牛仔裤加黑色皮外套，手上都夹着根烟。

借着昏黄的灯光，徐知岁隐约瞧见其中一个男人卷起袖子的半截胳膊上文着大花臂，说话时不停抖腿，看上去不像善类。

担心爸爸是遇见流氓了，徐知岁下意识加快步伐。

刚走了没两步，徐建明也瞧见了她。

他面色微怔，随后快速和面前三人说了些什么。大花臂将烟头摁灭在徐建明的车门上，对另外两人勾了勾手指，消失在了拐角。

徐建明似乎深深地松了口气，低头稍加整理，再抬眸时眼中带笑，快步朝徐知岁迎了过去。

"今天这么早就放学了？"

"嗯，今天运动会，不用上晚自习。爸，刚才那几个人是谁呀？"徐知岁盯着那三人离开的方向拧起了眉头。

徐建明迟疑了一下，说："哦，问路的。这边巷子多，他们给绕晕了。"

徐知岁没好气地撇嘴："问路还往你车上摁烟头，什么素质！"

"这年头什么样的人都有，懒得和他们计较。"徐建明干笑，看见女儿擦破的裤腿，转移话题问，"你这腿怎么回事？"

"跑步摔了，当着全年级的面，丢人死了。"徐知岁懊恼地挠挠脖子，眼神委屈。

"真不小心。"徐建明摸了摸她的头，提提裤脚蹲在她的身前，"上来吧，爸爸背你回家。"

徐知岁笑嘻嘻，倾身趴上爸爸坚实的后背，搂住他的脖子："那你可不能嫌弃我胖了。"

徐建明圈住她的大腿，往上颠了颠："爸爸什么时候嫌弃过你，你变成什么样都是我的宝贝女儿。"

巷子烟火气浓郁，路灯将两人的影子拉得很长，不时有相识的邻居和他们打招呼，徐建明点头回应，徐知岁却显得格外沉默。

"怎么了？有心事？"徐建明问。

徐知岁心不在焉地玩着卫衣上的抽绳，张了张嘴，欲言又止。

可这件事憋在心里太难受了，左思右想只有爸爸可以倾诉。

"其实我摔跤是因为今天跑接力赛时有人故意伸脚绊我。倒下去的时候，我看见了她的脸，是我以前五班的同学，上午我们俩还一起跑了200米来着。"

"你们之间有过节吗？"

徐知岁认真想了想："我印象中没有，而且我以为我们至少是朋友，所以我才想不通她为什么要这样做。难道仅仅因为她自己跑步时摔跤了，就想我和她一样出丑？"

她越想心里越不是滋味，尤其当时祁燃就在她对面，他一定看清楚自己摔下去时那狼狈的丑样子了。

徐建明沉默不语，过了一会儿才慢慢道："这世上有句话呀叫'日久见人心'，你拿她当朋友，她却在背后想着怎么害你。所以岁岁，你要吃一堑长一智，以后长大了这样的人会越来越多，你要自己留个心眼，千万别像……别被人卖了还帮人家数钱。记住，害人之心不可有，防人之心不可无。"

不知怎的，这话明明是徐建明在教育她，可徐知岁却从他的语气中听出几分自我感慨的意思。但她没有多想，愣愣点头，回答："知道了。"

徐家住在六楼，爬楼梯本就费力，何况背着个人。

徐知岁心疼爸爸，刚上二楼就坚持要从他背上下来，自己握着扶手一点点地走。

到家时，周韵正在做饭，见徐知岁受伤当即关火围了过来，一边给她找药，一边抱怨她怎么这么不小心。

晚上，徐知岁洗了澡换了药，好在腿上的伤没有太严重，到了第二天已经能正常走路了。

因为受伤，她错过了女子 200 米的决赛，虽谈不上遗憾，但心里始终硌硬。

最终，她将那个故意绊她的女生举报到了教导处。在老师的批评教育下，那女生当面与她道歉，徐知岁接受了，却并不原谅。

她从来就爱恨分明，不是个大度的人。

之后的接力赛决赛，秦颐代替徐知岁上场，她从未跑过接力赛，紧张到差点掉棒，好在有惊无险，顺利将交接棒递到了祁燃手中。

而这个过程中，三班的对手因为交接不力而出现失误，祁燃成功反超，取得了第一名。

所有比赛结束后，孙学文履行自己的承诺请全班吃零食。

别的同学拿的都是薯片辣条什么的，徐知岁却不知死活地在大冬天要了个冰激凌，谁见了不喊她一声"壮士"。

而与众不同的下场是——她因此感冒了大半个月。

十二月最后一天，学校在大礼堂举办一年一度的辞旧迎新晚会。

节目是团委老师早就审核好的，每个年级选五个节目上台，中间穿插了两个教师表演。

理三（1）班因为学业繁重并没有人报名参演，但这并不影响他们观看的热情，现场气氛热烈，欢呼声涌上天际。

晚会进行到一半的时候，孙学文出去接了个电话，回来时神情凝重，问后排同学祁燃在哪儿。

男生随手指了一下，孙学文很快走过去，弯腰附在祁燃耳边低低说了句什么。

祁燃面色转瞬沉了下来，眼中闪过痛色，站起身不管不顾地朝大礼堂外头跑去。

不少女生的目光追随着，直到他消失在门口。

他这一走，徐知岁变得心不在焉，台上节目如幻灯片一闪而过，演的什么她一点儿都没看进去，连鼓掌也忘了。

没过多久，宋砚和裴子熠也请假走了。

三人一直到晚会结束也没再回来。孙学文不说，班上没人知道原因。

当天晚上回家，徐知岁鼓起勇气拨通了祁燃的电话，一连几个，无人接听。到了凌晨，她又试探地给他发去了一条短信。

【新年快乐呀！】

依旧无人回复。

她隐隐猜到了什么，可这念头刚冒出来，立刻被她摇头挥开了。

她掀开被子跑到窗前，对着夜幕之上的半轮月亮双手合十，祈祷千万别是这样。

不然，他该有多难过啊。

元旦节，学校给高三学子放了两天假。但这两天徐知岁几乎没闲着，第一天去物理补习班上了一整天的课，第二天在家完成了学校老师布置的六张卷子，每天都熬到深夜。

三号返校，宋砚和裴子熠回来上课了，祁燃的位子却还是空的。

徐知岁更加不安，刨根问底地向宋砚打听原因。宋砚起初不想透露，斟酌一番还是说了。

"反正你是自己人，告诉你也没什么。祁燃的妈妈在跨年那天晚上病逝了。"

祁母的遗体在去世第二天就送去火化了，尽管殡仪馆的一条龙服务更加方便，祁盛远还是坚持在家中为亡妻操办后事。

出殡那天正好是周日，学校放假一天，徐知岁翘了物理补习班，偷偷联系了宋砚、裴子熠，一起去了祁家。

祁家住在星河湾别墅区，西临森林公园，东靠永安河，地理位置优越，环境宜人，小区门口是一条上了年纪的老街，随处可见苍苍梧桐。

读小学的时候，徐知岁曾在班主任的班级手册上匆匆瞥过一眼祁燃家的地址，记在了心里却一直不敢也没机会靠近。

没承想今天第一次来，为的却是丧事。

下出租车时，两个男生已经等在门口，裴子熠带他们过了小区门禁，看门的保安朝他点头微笑，徐知岁这才知道原来裴子熠家也住在这儿。

祁、裴两家是世交，当年房子买在一处，他和祁燃有光着屁股长大的交情。祁母生病后，裴家人前后帮了不少忙，当时的主治医生就是裴母帮忙联系的。

三人并肩往里走，祁家是最深处临近河边的那一栋。

三层高的小洋楼，此刻院子里站满了前来吊唁的宾客。舒静生前是极好的人，噩耗传来，亲朋好友悲痛万分，绝不能让她的身后事冷清了。

祁盛远正在门口招待宾客，隔着围栏瞧见徐知岁三人，神情微变，与身边人说了几句，就越过人群朝他们走来。

他停在离他们几步远的位置，对两个少年颔首示意，最后目光停留在徐知岁身上："来了。"

徐知岁小心翼翼地说："祁叔叔，请节哀。"

祁盛远别过脸去，深深吸气，许久才沙哑着声音道："去里头看看祁燃吧，那孩子在他妈妈灵前坐三天了，一句话也没说过。你们几个是他的好朋友，替叔叔劝劝他。"

徐知岁望了眼里头，点头说好。

灵堂没有开灯，两抹烛火在祁母的遗照边摇曳。那是她年轻时的一张证件照，笑容温和，眉角眉梢都洋溢着幸福。两边摆满花圈，祁燃身穿孝衣跪在中间的蒲团上，垂着头，背影寂寥，全然不似记忆中那个俊朗少年。

裴子熠走进去，弯腰拍了拍他的肩膀，那些安慰的话语明明就在嘴边却怎么也说不出口，事情没有发生在自己身上，谁又能真的感同身受呢？

想起舒静阿姨往日对自己的照顾，裴子熠鼻子一酸，那些哽在心头的千言万语最后只化作一句苍白无力的"节哀"。

祁燃缓慢而迟钝地抬起头，眼神空荡荡的，毫无生气。

察觉身后还有人，他微微动了动身子，在回眸的瞬间视线不期然与徐知岁撞上。他深深看了她一眼，很快又低下了头。

他憔悴了不少，连日的悲痛令他眼眶深陷，肉眼可见地消瘦了。

徐知岁从未见过他这样，顿时心痛如刀绞，眼泪不受控制地夺眶而出，想过去劝他多少吃点东西，别让祁叔叔担心，刚要开口却被宋砚拦住了。

"算了，这种事别人说什么都没用，得他自己想开。"

宋砚拿了几支香，就着灵前的烛火点燃，分给徐知岁和裴子熠。

徐知岁接过香烛，对着舒静的遗像深深鞠躬，弯腰，眼泪大滴大滴砸在了地上。

前来吊唁的来客越来越多，祁盛远分身乏术，裴子熠和宋砚也被叫去帮忙。

徐知岁是个生人，谁也不认识，看着院里人来人往，互相点头寒暄，她局促地站在门口，不知该做些什么。

保姆见她尴尬，招呼她去客厅喝茶，她接过水杯落座在沙发上，借此机会打量了几眼屋内的格局。

中西结合的装潢很有格调，厅里的茶几木椅都是用上好的楠木打制的，徐知岁不太懂这些，但一看就知价格不菲。

在南湖老家的人眼里，她爸爸徐建明能带着妻女来帝都开公司，买得起这里的两套房子已然算是实打实的成功人士了，然而今日来了祁家才见识到什么是"人外有人"，她家在三环附近的那套房子竟还不如祁家半个院子大。

相比之下，祁盛远这样的才能被称为优秀企业家吧，而她爸爸顶多算得上是个发了点小财的小老板。

不过，眼下的条件她已经很满足了，徐建明能单枪匹马在帝都立足何尝容易，只要一家人平安健康就好。

"呜呜……"

正出神想着，角落里传来的啜泣声拉回了她的思绪，那哭声很细很轻，不仔细听，很难听真切。

徐知岁放下茶杯，顺着那声音的源头找去，看见了独自蹲在楼梯拐角的祁柚。

楼梯间的小窗半开着，冷风直直往里头灌，祁柚缩在漆黑的角落，身上只有一件单薄的连衣裙，怀里抱着只毛绒娃娃，看着可怜极了。

祁家没有得力女性主事者，祁盛远一个人忙里忙外应接不暇，祁柚的外公外婆又年事已高，沉浸在白发人送黑发人的痛苦中无法自拔，一时间没人顾得上照顾这小的。

徐知岁心头微酸，蹲过去摸了摸她的头发："祁柚，姐姐带你出去好不好？这里冷，别着凉了。"

"我不出去。外面的人全都拿那种奇怪的眼神看着我，我想我妈妈，可他们都说妈妈去另一个世界了。"祁柚抬头，泪汪汪的大眼睛看着她，"姐姐，你说妈妈还会回来看我们吗？"

徐知岁别过头去，哽咽不出声。

许久之后，她脱下自己的黑色毛呢大衣罩住祁柚小小的身体，一边将祁柚扶起一边说："你妈妈变成了星星，她会一直在天上看着你，只是没有办法和你说话。我想她要是看见你为她这么难过，应该也很伤心，所以柚柚，你和哥哥都要振作起来，只有你们过得好，妈妈在天上才能安心，知道吗？"

祁柚看着她，半信半疑地点了一下头，伸手擦干了脸颊上的泪。

徐知岁让祁柚带她回了房间，找出干净衣服给祁柚换上，又把祁柚乱糟糟的小辫子拆开重新梳理。一番拾掇下来,小姑娘终于恢复了从前的灵动。

等她们从楼上下来,丧席已经开始。

祁燃依旧跪在灵前没动,保姆过去喊了两次,他没有反应,整个人好像没了生气。

他的状态着实让人担心,徐知岁心里焦急,又怕自己说话祁燃听不进去,想了想,弯下腰在祁柚耳边低语。

"知道了。"祁柚听完,点点头,松开徐知岁的手朝祁燃跑去,扑进哥哥怀里将徐知岁教她的那些话嘀嘀咕咕地复述给他听。

徐知岁在裴子熠的催促下入了席,一边吃菜一边留意着兄妹俩的动态。

许久之后,两人不知说了些什么,祁燃突然回头朝她的方向看过来。徐知岁错开眼,若无其事地埋头喝汤,心里却兵荒马乱,不知道小祁柚有没有将她供出来。

她翻来覆去纠结了好半晌,再抬眼时,祁燃从蒲团上站起来,低头拂了拂褶皱的衬衣,牵起妹妹的手朝他们走过来……

"我饿了。"

这是祁燃这几天里主动开口说的第一句话。

他来得突然,以至于在场的人一时没反应过来。还是徐知岁往旁边挪了一个位子,将空位让给他,又默默换了一套新餐具。

祁燃入座在她身旁,低低地说了声:"谢谢。"

"不客气。"徐知岁颔首,轻声回应,目光悄悄扫过他的侧脸,默默松了一口气。

宋砚和裴子熠终于回过神来,一个给他盛汤,一个给他夹菜。在座的其他人也小心翼翼地打量着他。

裴子熠拿手肘撞了下祁燃的胳膊,笑骂:"你终于活过来了,吓死我了。"

祁燃抿了抿嘴角,似乎是想努力扯出一个笑来,却只是让自己的表情看起来不那么悲痛:"我知道你们想说什么,但是……给我点时间。"

酒席匆匆结束,众人乘坐大巴去墓地,将舒静的骨灰安葬了。

祁盛远抱着亡妻的遗像走在最前面,祁燃牵着祁柚跟在他身后,送葬的队伍有十几米长。祁燃的爷爷早年在战场上受了伤,腿脚不利索,支着拐杖驻足在院子门口,目送他们远去。

大巴刚驶出小区,天空开始飘雪,纷纷扬扬且越下越密——今年帝都的初雪来得格外晚。

祁燃推开车窗伸手接了一片,雪花在他的掌心悄然融化,凝成晶莹的水滴。

他妈妈生前最爱下雪天，如今她要走了，雪花也来送她一程。

道路落了积雪，大巴不得已放慢了车速，到达郊外墓地已经是两个小时后的事。

落葬仪式由祁盛远亲自主持，发言时他几度哽咽，祁柚和她的外公外婆在一旁抱头哭得喘不上气。

祁燃死死盯着墓碑上妈妈的照片，悲莫大于无声，眼前一幕幕、耳边一句句都在提醒着他，从今以后他没有妈妈了。

所有的流程走完，天色已晚。祁盛远送宾客去停车场，大部分人怎么来的怎么回去，但徐知岁必须赶去补习班那边上晚自习。

一个小时前，她收到周韵发来的短信，说今晚下雪会开车去补习班那边接她，要她下了课别乱走在门口等着。

徐知岁不想自己逃课的事情被发现，所以选择打车先行一步。

她向裴子熠、宋砚打了声招呼，又跑去和祁盛远告别。祁盛远说这边偏僻，不好打车，担心她的安全叫来祁燃送她回去。

待宾客全部去了停车场，祁燃领着徐知岁从小路出去。

下山的路多石阶，石阶上积雪成冰容易打滑，徐知岁一步一步走得很慢，祁燃十步一回头，见徐知岁没跟上就站在原地等她，脸色已经没有那么难看了，却也没有多余的表情。

这个关头，徐知岁本不想麻烦他的，但这边实在偏僻，周围又都是墓地，她一个人走夜路实在有些害怕，只好硬着头皮跟在他身后。

出了墓园，终于走上平坦大道。

这边鲜有人来，马路上只有几道深刻的车轮印，更别提行人，白雪覆满山头，道路积雪没过脚面，踩上去又松又软"咯吱"作响。

两人都没打伞，徐知岁一抬眼就能看见雪花落在他的发梢与肩头，忽然就特别希望这条路没有尽头。

"今天……谢谢你。"祁燃放慢了脚步，声音冰凉，夹杂在这寒冷的风雪中格外清晰。

徐知岁愣了一下，不知他的谢从何而起："不用这么客气，其实我也没帮上什么忙。"

"我是说，"祁燃顿了顿，抬眸认真地看着她，"谢谢你帮我安慰祁柚，她和我说的那些话，也是你教她的吧。"

"这个啊。"徐知岁莞尔一笑，"没关系的，是我应该做的，毕竟我们是……朋友嘛，我也希望你能早日从悲痛中走出来。"

雪越落越大，风卷着雪花旋转，打在脸上点点冰凉，徐知岁闷头往前，忽然感觉旁边没了声音，一回眸，看见祁燃垂头站在雪地里，脸上是与跪在灵前时如出一辙的哀痛。

"我那天赶到医院的时候，她已经咽气了。我爸说她走得很痛苦，一句话也没留下，只是看着他一直哭一直哭。"

祁燃声音沙哑："这段时间，我一直很自责，早知道那会是最后的日子，我抽空多陪陪她该有多好。可在那之前我因为忙着考试，已经三天没去医院了。她走之后，我心里空得能够跑马，我不知道她的遗愿是什么，不知道她希望我成为一个怎么样的人。我害怕自己让她失望……"

祁燃双手握拳，不可抑制地颤抖。

徐知岁眼眶湿润，走到他面前，伸手扯了扯他的袖子。

"你不要这么想，不管舒静阿姨的遗愿是什么，她一定不希望看到你为了她一蹶不振。你一直都是她的骄傲，我相信比起你是否按照她的心愿走下去，她更愿意看到你活成自己想要的样子。很久之前我看过一部电影，里面有一句台词令我印象深刻。一位身患绝症的父亲对他的孩子说：'我不能够出席你人生中每一个重要时刻，但只要每个重要时刻你的心里都有我，那我就没有遗憾了。'所以祁燃，难过宣泄出来就好了，斯人已逝，生者如斯。"

说完这些，气氛再次陷入沉默。借着昏暗的路灯，徐知岁看见他微微颤动且潮湿的睫毛。

或许有朝一日失去至亲的痛苦会被时间冲淡，然而遗憾永远无法弥补，没能见上妈妈最后一面，将成为他心中永远的痛。

祁燃别开脸去，悄悄拭了拭眼角。

许久之后，他轻牵了下唇角，对徐知岁说："走吧。"

一直走到主干道，马路上的车辆才逐渐变多，两人在路边站了一会儿，拦到了一辆出租车。

徐知岁上车给司机报了地址，祁燃走到车前默默看了眼车牌，走到驾驶位的窗边叩了两下窗户。

司机摇下车窗，他从口袋里摸出两张红色纸币递了进去，又对后排的徐知岁说："注意安全，到了给我发消息。"

"好，拜拜。"

车子缓缓启动，祁燃的身影映在后视镜上随着距离拉远变成了一个小小的黑点，徐知岁看着他，心里五味杂陈。

第五章
成名在望 //////

祁燃回到停车场时，载满宾客的大巴刚刚驶离，裴子熠在最后一排推开窗户跟他摇手，祁燃比了个手势示意他电话联系。

柚柚跟外公外婆回他们家了，因为父兄没有时间照顾她，未来很长一段时间她得和二老一起生活。

停车场里没剩几辆车，祁燃在路口的停车位上看见了祁盛远的车，但人并不在车上。

他拿出手机尝试拨打爸爸的电话，拨通的那一刻停车场最里头的某辆车后传来了熟悉的手机铃声，仅响了几秒，很快被挂断，紧接着电话里提示他对方正忙请稍后再拨。

祁燃收了手机，循着那铃声响起的方向走去，听见车后响起一道雄厚的男声。

"祁董，我觉得这件事情你有必要仔细考虑一下，或者召开董事会听听大家的意见。我们已经被欧美国家封锁了技术，现在连一个小小的主板零件都无法自给自足，这几个月不得不花高价向日韩公司采购，公司已然受到了重创。这种情况下美国知名的 W 集团愿意收购'盛远'并答应提供技术支持，于我们、于员工都是最好的选择，我不懂你在犹豫什么。"

说话的人姓瞿，如今是盛远集团的董事，也是和祁盛远白手起家的老战友，祁燃从前经常见他，很容易就辨别出了他的声音。

沉默了一会儿，祁盛远说："我不是犹豫，我是坚决反对。外国为什么针对我们，目的不明显吗？消灭式合资是他们惯用的伎俩，所谓的技术支持不过是他们用来谈判的诱饵，他们是想逼我们妥协，然后一步步合并吞没。这种恶意竞争并非少数，曾经风靡一时的X品牌就是这样消失的！'盛远'是我和舒静共同的心血，我绝不允许它倒在外国人手里！"

瞿董声调明显高了几分："你说得容易！你有情怀难道我没有吗？可眼下的问题要怎么解决？没有技术我们只能向别人买，他们狮子大开口说多少就是多少，否则我们的产品就做不下去。如今成本超额，公司能不能撑下去都是问题，你拿什么去和外国几个大集团斗？"

祁盛远说："怎么斗不了！当年抗美援朝那么难，父辈们不都打赢了？区区一场商战还能死人不成！求人不如求己，我明天就让技术团队开始搞研究。"

"你拿什么研究？外国那些技术国内有几个人能搞得明白？好的人才都选择留在国外，愿意回国的有多少？你也不想想，如今公司岌岌可危，等得到你研究出来的时候吗？"

"总有另辟蹊径的办法！真要是倒了，大不了东山再起！但卖给外国人，绝不可能！"

祁盛远将烟头狠狠扔在地上，作势转身离开，一回头却看到祁燃站在身后不远处直勾勾地看着自己。

他微微愣住，捏拳抵在唇边咳了一声，上前搭住祁燃的肩膀："没事的，回家吧。"

回去的车上，父子俩各怀心事，谁也没说话。

祁燃一闭眼，耳边全都是瞿叔叔刚才说的一番话。

早在舒静生病之初，他就知道家里的公司出现了一些问题，那时候他一门心思都在想妈妈的身体，顾上不多问，加上祁盛远每次回答都轻描淡写，他总以为事情不大。

可原来，已经危及了公司根本。

盛远集团是做电子起家的，技术封锁等于挖走了一个企业的根基，这是让多少企业都为之畏惧的手段，而此刻的"盛远"正在经历这样的水深火热。

在妈妈生病的这段时间里，爸爸是怎么熬过来的，祁燃不敢想象。

他不知道自己该做什么能做什么才能帮助到公司，但此刻，心里有一个声音无比坚定——

不能就这样让盛远集团倒了。

那也是他妈妈的心血。

期末考试前的一段日子，各科老师开启了题海战术，每天不停地做试卷讲题，去趟洗手间的工夫，桌面就被新发下来的试卷堆满了。

那段时间，徐知岁每天学到昏天黑地，晚上睡觉时梦里都是一物体做匀变速直线运动求它的加速度。每每醒来，总是吓得一头冷汗。

好在皇天不负有心人，她的期末成绩十分理想，周韵女士大感欣慰，因而多奖励了她两天懒觉。

高三年级的寒假只有短暂的十几天，而这十几天的假期徐知岁也没能闲着，有大半时间是在补习班里度过的，并不比在学校轻松多少。

除夕前三天，补习班停了课，徐知岁跟着妈妈四处买年货。

小的时候她最喜欢的就是过年，如今也还是，因为每当这个时候不论她提什么要求妈妈都会答应她。

今年的年货置办得格外讲究，从王府井买到三元里菜市场，足足逛了两天都没完。徐知岁问起缘由，周韵说是她的小表舅江途回国了，带了未婚妻要来他们家过年。

江途是周韵姑姑的儿子，当年江途的父母南下打工，因为经济原因不得已将儿子寄养在了周家。

江途当时年纪小，周家两个表哥总是欺负他，周母也对他不冷不热的，只有周韵对他好，两人不是亲姐弟更似亲姐弟。

父母去世后，他和老家的亲戚断了联系，唯一还保持联系的只有周韵。

江途比周家那两兄弟都争气，不仅考上了大学，还申请了公费留学，前不久博士毕业被国内一家知名的生物科技公司聘用了，年后就上任。这次他们小两口回国在帝都暂时没找到落脚的地方，周韵索性请他们到家里来过年，图个热闹。

大年三十一早，徐知岁和爸爸去机场接人。

江途如今三十出头，身材偏瘦，模样斯文，身上有一股科研人员独特的气质。

去机场的路上徐知岁还在担心小表舅会像电视里的研究员那样"英年早秃"，见到本尊才发现是她想多了，人家不仅头发茂密而且长得也很帅。

他的未婚妻乔琳是在国外长大的华侨，言谈举止都散发着自信的光芒，泰而不骄，思想前卫，不仅徐知岁很喜欢和她聊天，周韵也对这个准弟妹十分满意。

江途两口子的到来让这个除夕变得格外热闹，天还没暗，年夜饭就已上桌。

周韵生怕乔琳吃不惯，各种口味都做了些。这可便宜了徐知岁这只小馋猫，望着一大桌子美食挑花了眼。

年夜饭过后，周韵一边看春晚一边教乔琳包饺子，徐建明继续拉着江途小酌。

醉意上头，难免心生感慨，江途晃着酒杯说："说真的，自从我爸妈走后我有许多年没过过这么温馨的春节了。往年这个时候，我大概会在实验室，用一顿泡面敷衍自己，想象碗里有妈妈的味道，那感觉别提多冷清了。"

听到这话，正在奋力啃螃蟹的徐知岁微微一怔。

她想到了祁燃，舒静阿姨不在的第一个春节，他应该很不习惯吧。

想了会儿，她抽了张纸巾擦手，匆匆跑回房间从枕头底下摸出小灵通给秦颐发去短信。

【美女，去放烟花吗？】

那头很快了肯定的回应。徐知岁抓起外套，趁着爸妈心情不错，丢下一句"我找同学玩去了"就开门溜了出去。

除夕夜不好打车，徐知岁骑着周韵平时买菜用的小电驴去六中门口同秦颐会合。

秦颐在附近奶奶家过年，收到消息后就跑出门，来的路上正好碰见一家烟花店没有关门，顺带买了一箱烟花和三大捆仙女棒。

徐知岁给她递了头盔，秦颐跨上小电驴问："咱们去哪儿放烟花？"

徐知岁神秘地眨眨眼："到了你就知道了。"

半个钟头后，小电驴停在某高档别墅区的门口，秦颐看见"星河湾"几个大字立刻明白了，摘下头盔气呼呼地说："好啊，敢情我今晚是来当电灯泡的啊！"

徐知岁笑笑："人多热闹嘛。"

与此同时的祁家，祁盛远刚刚撤下没吃完的年夜饭，祁柚摸摸自己瘪瘪的小肚子，觉得自己并没有吃饱。

保姆阿姨不是本地人，春节要回家和家人团圆，往年除夕的年夜饭都是舒静亲自下厨。而今天，掌勺的人变成了祁盛远。

食材是保姆回老家前就买好的，祁盛远早早结束了公司的事务，照着食谱忙活了好几个小时，碗碟也摔坏了几只，但结果并不尽如人意，不是咸了就是焦了，小祁柚吃得直皱眉头。

这也不能怪祁盛远，这几年舒静将这个家打理得太好，他什么都不用操心，早已不记得上次掌勺是什么时候了。

望着一桌没怎么动的饭菜，祁盛远鼻头泛酸，眼眶一下就红了。

祁燃看在眼里，挽起衣袖主动帮忙收拾，祁盛远却撇开了他企图端盘子的手，故作轻松道："我这儿不用你操心，你去陪陪妹妹吧。"

祁燃知道他是想一个人待会儿，没再坚持，返回了客厅。

祁老爷子年纪大熬不住，吃过饭就去房间睡了。祁柚接通电源自己打开了电视机，看着春晚里的歌舞抱怨节目过于无聊，电视台为什么不能与时俱进搞几个年轻人喜欢看的节目呢。

祁燃坐过去，拿起遥控器正要给她换少儿频道，兜里的手机突然响了。

祁柚抢先将手伸进他的口袋，拿出手机看了眼："咦，没有备注，这人是谁呀？"

祁燃瞥了眼号码，眸中闪过异样，拧了拧眉拿回手机："别乱看我手机。"

"嘁，小气。"

祁柚噘着嘴抱怨，祁燃没有理会，拿起手机走到一边，按下了接听键。

"喂。"

"喂，祁燃，吃年夜饭了吗？"少女的声音轻快而愉悦，像是永远充满了活力。

祁燃低低应了声："嗯，吃过了。"

"那你现在在干吗？有空吗？"

"有空，怎么了？"

"你打开窗，看外面。"

祁燃疑惑，但还是照做了，走到正对大门的窗边拉开窗帘，透过院里昏黄的路灯往外望。

大门口站着两个女生。

"嗨，祁燃！我在这儿！"徐知岁向他招手，怕天太黑他看不见自己，忙着又蹦又跳。

听见动静，小祁柚跑了过来，趴在窗户上一探究竟，说："哇！是那个姐姐！"

祁燃心头微动，滚了滚喉结问："你怎么来了？"

徐知岁拿起两捆仙女棒朝他挥舞："要不要一起去放烟花？我和秦颐买了好多好多！叫上小祁柚一起呀！"

祁柚眼眸顿时明亮，扯着祁燃的袖子可怜巴巴地乞求："哥哥，我可以一起去吗？"

没有小朋友不喜欢放烟花，更何况今天还是除夕。

祁燃无法拒绝妹妹的撒娇，望了望窗外，脸上终于有了笑容，拿起手机对满脸期待的徐知岁说："好吧，那你等我们一下。"

外头温度很低，风也大，祁燃披了件外套又给祁柚裹了件厚厚的羽绒服。

小祁柚早已迫不及待，穿上鞋就往外冲，还一个劲地嫌他慢。

祁燃牵着妹妹来到大门口，徐知岁正和秦颐埋头数着仙女棒的数量。

她今天穿了件米白色的羽绒服，脖子上围了大红色围巾，耳朵罩了兔子图案的毛绒耳罩，整个人圆滚滚的，显得特别可爱。

听见脚步声，徐知岁抬起头，露出两个甜甜的小梨涡，眼睛亮晶晶的，笑容一如既往的明媚："来了？"

"嗯。"

祁燃看了眼她身后的小毛驴，很快明白两人是一路吹着风过来的，低低说了句："不冷吗？"

缩在后头的秦颐"哼哼"两声，用眼神无奈地回答他——你觉得呢？

徐知岁则是憋了股傻劲，拍拍自己厚实的羽绒服笑道："没事，我们穿得多。"

祁柚着急放烟花，不停地问着去哪里玩。

徐知岁提议去河边，方才从那边经过觉得风景不错，场地空旷没有太多遮挡正好适合燃放烟花。

祁燃也觉得可行，一行人随即往河边的方向走。

快到河岸的时候，祁燃的手机又响了，这次是裴子熠打来的。

他按了接听键，刻意放慢了脚步。

裴子熠在电话那头问他吃过饭了没有，在家无不无聊，要不要下来一起走走。

"我们下楼放烟花了。"祁燃说。

"哟，难得啊，你还有这番童趣！"裴子熠漫不经心地调侃。

祁燃下意识看了眼徐知岁的背影，如实回道："徐知岁和秦颐也在这儿。"顿了下，礼貌性地补充了一句，"你要不要一起过来玩？"

裴子熠迟疑了一会儿，再开口时语气带着明显的欣喜："好，把你们的位置告诉我。"

祁燃挂了电话，追上徐知岁的步伐，在她身侧沉声问："我让裴子熠也一块过来了，不介意吧？"

徐知岁微微怔住，心想完犊子了，他可比秦颐讨厌多了。可尽管心里再怎么不情愿，裴子熠好歹是她的同桌，除夕夜一起出来玩也无可厚非。

"当然不介意，人多热闹嘛。"

她笑着说欢迎，内心却在流泪。只有秦颐懂得她的心思，默默递给她一个同情的眼神。

裴子熠来得很快，外套里头是没来得及换下的居家服。他气喘吁吁地问："你们两个女生怎么跑这边来玩了？"

徐知岁正在给祁柚分发仙女棒，没空搭理他。

秦颐朝他吐了吐舌头："你就当我俩闲的吧。"

裴子熠笑："那你俩可真够闲的！"

跑这么老远就是为了来河边放个烟花，女孩子的世界他可真理解不了。

不过既然来都来了，作为一个有风度的绅士那就陪她们玩玩吧。他走到徐知岁身边朝她伸出了手："哎，给我几根。"

"你一个大男生玩什么仙女棒！"徐知岁没好气地瞥他，径直越过他朝祁燃走去。

裴子熠不服："你这是性别歧视！凭什么祁燃手里也有？"

徐知岁头也不回："哦，他那是'仙子棒'。"

裴子熠语塞，他怀疑自己被针对了，但没有证据。

另一边的祁燃并没有听到两人的对话，他去借打火机了。

说来也是好笑，他们一行人浩浩荡荡过来放烟花，到了河边才发现根本没有打火机，附近商铺也关门了，无奈之下他跑去找散步大爷借了一个。

三个女生围着他点火，河边风大，打火机怎么也打不着。祁燃背过身用手挡着风，又打了一次，红色的火苗蹿出，照亮了他俊朗的脸庞。

祁柚抢先点了一根，仙女棒的焰火如电光般漂亮，小姑娘拿着烟花活蹦乱跳，在黑夜中画出漂亮的弧度。

裴子熠看着眼馋，作势去抢秦颐的，秦颐尖叫着乱躲，祁柚无奈分了他几根，郑重其事道："子熠哥，你不要这么幼稚好不好？"

裴子熠再次无语，伸手去掐祁柚的脸蛋。秦颐怪他欺负小孩，不客气地给了他一脚。

三人笑闹成一团。

徐知岁趁机跑回祁燃身边，指着他脚边的大烟花兴奋道："祁燃，我们点这个大的吧？"

"你敢吗？"祁燃含笑打量她。

徐知岁老实地摇了摇头："不太敢，但我想试试。"

祁燃想了想，终是答应了："好吧。"

他将大烟花搬到更远的石阶上，递给徐知岁一根仙女棒："你用这个点火，点完就往回跑。"

徐知岁点头说好，拿着点燃的仙女棒慢慢靠近烟花，猫着身子又怕又兴奋，一手捂住耳朵，一手去找引火线。

点燃的一瞬间，她本能地往后退，忽然间感觉有人握住了她的手腕拉着她往后跑，一回头，看见祁燃棱角分明的侧脸。

徐知岁愣了一下，视线缓慢往下，落在两人交握的手掌上，嘴角不自觉地扬起微笑。

两人跑到相对安全的位置，等了一会儿，大烟花不见反应。

就在徐知岁以为这是个哑炮打算过去看看的时候，一道火光蹿天而出，随即绽开一朵朵斑斓的焰火，又如流星般散落。

暮色沉沉的夜空没有半颗星子，却被这绚烂的人间烟火点亮，震耳欲聋的轰鸣起此彼伏。

徐知岁忽然觉得很感动，偏头去看祁燃，他的眼眸里映着烟火的光亮。

像是感应到她的目光，祁燃也侧头看过来，挑眉问："怎么了？"

徐知岁微笑："新年快乐，祁燃。"

她在日记本里偷偷跟他说了无数次这句话，今天终于能够正大光明站在他面前亲口送上一声祝福，而她为此努力了很久很久。

祁燃牵唇浅笑："新年快乐。"

烟花绽开的一瞬间，那边笑闹的三人不约而同停了下来，仰起头，痴迷地望着夜空的斑斓花朵，久久无人出声。

好一会儿，小祁柚才反应过来，随手丢了燃烧殆尽的仙女棒跑到徐知岁身边，晃着她的手臂道："姐姐，我们对着烟花许愿吧！我同学说在烟花燃尽之前许下心愿，愿望就一定会实现的。"

"啊？真的有用吗？"徐知岁面露疑惑。

祁柚已然闭上了双眼，呢喃了一句什么，又睁开一只眼看她："试试不就知道了。"

也对，试试又不花钱，万一真实现了呢。

这样想着，徐知岁双手合十，对着夜空虔诚许下心愿——

愿所爱之人平安顺遂。

愿高考金榜题名。

愿未来的每一年，站在他身边的人都能是我。

最后一朵烟花消散，天边恢复了短暂的宁静。

徐知岁睁开眼，祁燃拿了一根仙女棒站在离她不远的地方静静看她，见她看过来，用打火机点燃递给她："许了什么愿？"

她接过，神秘一笑："愿望说出来就不灵了。"

祁燃无奈地摇头："刚才祁柚也是这么说的，你们居然连语气都一模一样。"

许多年后，每当夜深人静时回忆起这天，徐知岁总会觉得无比遗憾。

命运总爱开玩笑，若当时她知道后来的数年连见他一面都成了奢侈，她一定会再胆大一些，别总想着来日方长，大大方方向他袒露心意，或许他们之间就会有别的可能了。

可惜，没有如果，他们再也回不到这个烟火绚烂的夜晚，回不到纯粹美好的十七岁。

将近十一点的时候，各家家长打来电话催促回家，几人收拾完燃放垃圾，在小区门口分别。

回去的路上，祁柚困到走不稳，手里却紧握着剩下没放完的仙女棒，嘴里嘟囔着明天还要来河边放烟花。自从妈妈生病，小姑娘许久没这么开心过了。

寒风呼啸而过，祁燃伸手给妹妹戴上棉袄的帽子，小姑娘拨了拨头发，仰起小脸看着祁燃，笑得意味深长。

"干什么？"祁燃亲昵地刮了下她的鼻子。

祁柚鼓了鼓腮帮子，一脸认真地说："哥，我觉得岁岁姐姐是个好人。"

"小孩子懂什么。"祁燃在妹妹肉嘟嘟的小脸上捏了一把。

"我懂的可多了！"祁柚勾手示意哥哥靠近，等祁燃蹲下后附在他耳边说，"我还看出来哥哥你……"

她低低地说出几个字，祁燃微怔，很快又笑了起来："人小鬼大，回家后别乱说话。"

"我知道！"

徐知岁回到家里，不出意料地被妈妈骂了个狗血淋头，说她一点儿安全意识都没有，女孩子怎么能在外面野到半夜。

徐知岁被教训得满头是包，无奈向江途投去求救的眼神。

江途拿她没办法，只好帮忙说话："算了姐，大过年的，就让她玩玩吧。咱们都是从她这个岁数过来的，你像她这么大的时候还不是总一个人跑省城去玩？"

"一码归一码，教育孩子呢你说我干吗？"周鹜脸上挂不住，端了刚包好的饺子去厨房下锅。

她一走，一直在旁边观战的徐建明偷偷向江途竖起大拇指，低声说道："高，还是你有办法治她，平时我们父女俩只有挨训的份，都不敢出声。"

江途大笑，举杯和徐建明碰了一个。

零点钟声敲响，周鹜端上热腾腾的饺子，一家人互道新年快乐。

徐建明和江途分别给徐知岁塞了个厚厚的红包，她高兴得不得了，又说了一箩筐吉祥话。

回到房间后，她迫不及待地清点起自己的压岁钱，数目非常可观，足够她毕业后来一场说走就走的旅行。

春节过后，徐知岁继续投身日以继夜的学习中，她没有忘记自己的目标，决心在最后的半年里全力以赴。

　　然而没过多久，一场乌龙事件却让她被一个男生缠得脱不开身。

　　事情的起因源于徐知岁的粗心，她不慎将钥匙掉在了补习机构的大厅内，等了下课回去找时发现自己的钥匙正被一个陌生男生攥在手里把玩着。

　　徐知岁上前告诉他钥匙是自己遗失的，请他归还。男生笑说："你可得好好感谢我，刚才要不是我阻止，你的钥匙就被几个小学生捡走了。"

　　人家都开这个口了，徐知岁也不是个吝啬的人，就请他去隔壁饮品店喝了杯奶茶。

　　简短的聊天之后，徐知岁得知男生名叫张智，在隔壁化学班补习，巧的是他也是六中的学生，两人算是校友。

　　张智说他曾在办公室与她有过一面之缘，但徐知岁并不记得他。

　　那天之后，张智就像一张狗皮膏药，怎么也甩不掉，死乞白赖要做徐知岁"最好的朋友"。每天下课在教室门口等着，毫无顾忌地当着同学的面对她说些露骨的话，仗着自己家有点小钱换着花样给她送东西，有时是巧克力，有时是小礼品。徐知岁对此感到非常无语，多次明确表示拒绝，但对方没有丝毫退缩。

　　这种情况一直持续到了年后开学，张智行事十分高调，闹得全年级都知道。那段时间，徐知岁见了他就像老鼠见了猫，拔腿就跑。

　　然而张智阴魂不散，常常厚着脸皮来班上找她，当着全班同学的面扬声大喊："徐知岁，你出来一下。"

　　每当这种时候，徐知岁如果置之不理，他就会喊得更大声，巴不得整个走廊和隔壁班都能听见才好。班上某些男生也会抱着看热闹不嫌事大的态度跟着瞎起哄。

　　为了尽快把张智打发走，徐知岁不得不硬着头皮出去将他带到人少的楼梯间问他有什么事。

　　"这周补完课有什么安排吗？"张智问。

　　徐知岁木着脸并不看他："回家复习。"

　　"别复习了，都学一周了不累吗？适当放松放松，周末我请你去看电影？"说着，他从兜里掏出两张电影票，手指夹着在徐知岁眼前晃了晃，"最近很火的《暮光之城》，看不看？"

　　张智当初考上六中是有些运气的成分在里头的，上高中后又结识了一些社会上的朋友，成绩更是一落千丈，常年考试垫底。

　　父母为他报了不少补习班，但他显然已经放弃自己了，三天捕鱼两天晒网。

家里没有办法，开始替他联系国外的大学，想送他出去镀层金，这样一来他对学习就更不当一回事。

可徐知岁和他不是一类人。

她沉了口气，拒绝得不留情面："你找别人去看吧，我没有时间，也请你以后别再来打扰我了。"

她转身要走，张智飞快地往前跨了一步，伸手将她拦了下来："为什么？我对你够用心了吧，你用得着这么不给面子吗？"

他一改方才的嬉嬉笑笑，眉宇间浮上一层戾气，语气也充斥着不爽，大有"你今天不说清楚我就不让你走"的意思。

徐知岁冷冷看着他，压着最后一丝耐心说："我和你说过多次了，我有自己心仪的朋友。"

"你们女生都爱用这么烂的理由吗？"张智像听了个笑话，不屑地"呵"了一声，可他笑着笑着，嘴角突然僵住了——徐知岁平定的眼神说明了一切。

"行！你可真行！"

张智从小就是要风得风要雨得雨的人，徐知岁的态度让他自尊心严重受挫，觉得自己所有的张扬都成了笑话。他将电影票揉成一团，用力地往楼下一抛，重重撞了下徐知岁的肩膀，咬牙切齿地离开了。

徐知岁吃痛，捂着肩膀回头狠狠瞪了他一眼，心里却默默舒了口气，想着至少以后自己能清静了吧。

而她不知道，他们的谈话被班上某些八卦的同学偷听了去，很快传得尽人皆知。

"不得了！我刚亲耳听到徐知岁拒绝了那个张智，你们猜猜，理由是什么？"

"什么呀？赶紧说。"一伙少男少女都围了过来兴奋地竖起耳朵。

那人将徐知岁的话复述了一遍，周围人再次炸开了锅，对班花的私事感到无比好奇。

蒋浩和人讨论了一圈，乐呵呵地跑来后排，一屁股坐在徐知岁的课桌上随手抓了本她的课本在手上转着玩："哎，你们觉得徐知岁说的那人是谁啊？会不会是咱们班的？"

"我说你一个大男生能不能不要这么八婆，人家的事儿和你有毛线关系。"裴子熠懒洋洋地直起身，双手抱胸一脚将人从桌上踹了下来。

蒋浩揉揉腿："我就问问不行嘛。再说，我才不信你们不好奇！"

"好奇个屁。"

裴子熠笑骂，眼底却闪过一丝得意。

蒋浩直觉他知道点什么，正准备刨根问底，手上的书本突然被人抽走。

祁燃走了过来，将徐知岁的书放回原位，难得严肃地觑了眼蒋浩，说："你有这时间，不如先去把黑板擦了，下节是班主任的课。"

蒋浩一拍脑门，这才想起来今天自己值日，也来不及多想祁燃为什么对自己冷脸，一溜烟跑上了讲台。

徐知岁回去时，同学们看她的眼神暧昧又怪异，这让她心里多多少少有些不舒服。

她下意识地去看祁燃，比起其他人，她更在乎他的反应。

他如果生气了，是不是代表他心里也是在乎她的。

可他没有，他一如既往边听歌边写题，神色淡淡没有多余的情绪，仿佛周围发生的一切都与他无关。

徐知岁坐回位子，心情犹如一团乱糟糟的毛线，剪不断理还乱。她望着祁燃笔直的背影，一股深深的失落感油然而生。

他是真的感受不到，还是根本不在意呢。

上课铃打响之后，徐知岁拍拍脸蛋收起了那些胡思乱想。

等待老师进门的间隙，裴子熠突然咳了一声，没头没脑地问她："要不那个物理补习班你就别去了，眼不见心不烦的，免得那人又骚扰你。我亲自给你补，不比外头的家教差。"

徐知岁有些茫然，不懂他怎么突然变得这么乐于助人了。

正好孙学文端着保温杯走进教室，她也没有刨根问底的兴趣，蔫儿吧唧地说："不用了，我妈昨天刚交完一个学期的学费。"

距离高考只剩一百天，在这最后的冲刺阶段，学生们感受到了更大的压力，一周一小考，半月一大考，晚自习也由原来的两节加至三节。

每天都有做不完的试卷讲不完的题，就连唯一能喘口气的周末也被学校用来补课。

高三是黎明前最暗的夜路，是鲤鱼跃龙门前的一刹那，每个人都迫切期盼这样枯燥的日子赶紧过去，却不得不披星戴月只争朝夕。

周六下午，刚结束了一场模拟考，小半个月都阴沉沉的天气终于在这天放了晴。趁着成绩还没出来，学生们有了一段得以喘息的闲暇时光。

从考场出来后，裴子熠直奔篮球场占位置。为了这场考试，孙学文已经很久不让他们打篮球了，再不抓紧运动运动，他浑身骨头都要僵了。

祁燃被老师留下帮着整理试卷，兜里的手机响个没完没了，裴子熠隔两分钟就给他打个电话，要他快点过来，高二那帮小学弟嚷着要和他俩切磋球技。

祁燃回了个"嗯"，动作依旧不紧不慢的。

来到篮球场已经是半个小时后，裴子熠正和高二篮球队队长单挑，运在手里的球几次被对方截断，搞得他非常不爽。见祁燃来了，他立刻叫了暂停，擦擦汗朝祁燃跑了过来。

"你干吗去了，再不来那弟弟都快被我虐死了。"

祁燃哂了声，将路上买的矿泉水丢进他怀里："是吗？我怎么看着是你被人家压制得死死的？"

裴子熠拧开瓶盖大口大口地灌水，猛地听到这句话险些被呛着。

他抹了把嘴，将瓶子扔到书包边："不拆穿我会死吗？别废话，赶紧脱衣服上场，让这帮小弱鸡见识见识咱们六中'双子星'的默契，分分钟完爆他们！"

"行，来吧。"祁燃挑眉。算起来他也许久没有碰球了，手还真有些痒。

三月的天，天气逐渐回暖，他解开校服拉链，里头是件简约白T，领口偏低，隐约可见半截锁骨，熠熠生辉的眉眼里是掩不住的少年气。

简单热身过后，两人返回球场，叫了同年级的男生组队和高二学弟来场不一样的较量。

"双子星"组合对战高二篮球队，这样的神仙阵容难得一遇，比赛开始不久就吸引了大片女生为之驻足。

祁燃打前锋，子熠打后卫，运球、传球、投篮，两人配合十分默契，很快将比分拉开。

中场休息，祁燃领着队友商量战术，说话间一段突兀的闲聊冷不丁跌进耳朵里。

"欸，张智，我记得你前段日子不是经常找一班的徐知岁吗？怎么后来没动静了？"

"嘁，那女的，不提也罢！总而言之一句话，她不配！"

张智啐了一句，不屑地吐了两个脏字。那字眼就像晴天里的一声惊雷，炸响在篮球场的上空，祁燃和裴子熠双双回头，眼神逐渐冰冷。

张智对身边的状况浑然未觉，懒洋洋地勾勾手指问旁边的人要了一瓶水。

同伴也惊讶于他突然转变的态度，继续问："不是吧，她不是长得挺清纯的吗？"

张智喝了水，将瓶子抛回去，跷着二郎腿，不屑道："清纯个屁，我以前是不了解情况，才被她的外表给骗了！你是不知道她以前那些事，我都不愿提！说出来污了别人的耳朵！"

"真的假的？"

张智哼了一声："骗你有意思？我跟你说她呀……"

另一侧，祁燃的沉稳出现了裂缝，早已在一串串不堪入耳的字眼中红了眼睛，垂在身侧的手悄然握拳，指节均已泛白。

他暗咬后槽牙，动了动僵硬的脖子，眼底浮上一层戾气："裴子熠，我看他不爽很久了。"

裴子熠卷起袖子，拳头按得"咯咯"作响，冷笑："正好，老子很久没和人打架了。"

祁燃和裴子熠把张智给揍了，这事闹得沸沸扬扬，据说当时场面一度混乱，张智被按在地上打，毫无还手之力。

事后，张智又哭又闹，他爸带着一大家子亲戚把教导处给围了，硬逼着老师给个说法。

教导主任无奈，打电话把祁燃和裴子熠的家长也请了过来。

处理过程不得而知，只听说双方都态度强硬，教导主任一个头两个大。

新一周的升旗仪式上，主任严肃通报了这起事件，并要求三人各交一份三千字检讨。

此事传开，全校一片哗然，徐知岁更是当场蒙了。

这段时间学校里流传的一些莫须有的流言她并非全无察觉，走在路上的时候总觉得有人在她身后指指点点，大家看她的眼神总透着怪异。

她为此难过了一段时间，也猜到流言蜚语背后的始作俑者是谁，但很快就想开了，谣言这东西清者自清，她没必要为了这种事影响备考的心态。

可眼下，祁燃竟然和人动手了？那个人还是张智。

她的心脏怦怦直跳，呼吸也紊乱了，很难不去猜想他们打架的原因是否和自己有关。

她按捺住内心的波澜，回到教室后装作不经意地问祁燃："你们好端端为什么和张智打架？"

祁燃眼角挂了伤，闻言收拾东西的动作顿了顿，反应漠然而冷淡："没什么，私人恩怨。"

私人恩怨，他们俩能有什么恩怨？据她所知，在此之前祁燃和张智从未打过交道，难道是在篮球场出了什么事？

徐知岁还想再问下去，祁燃却不怎么想继续这场谈话，抬眸直视她："还有什么事吗？"

他的眼神毫无温度，甚至带了点冷漠的疏离，犹如一盆冰水兜头浇下来，徐知岁炽热的心瞬息凉了个透彻。

不知道为什么，今天的祁燃让人觉得很陌生，虽说他平时就是个话不多的性子，但从没像今天这样让人觉得无法接近，死气沉沉的。

徐知岁想他是不是还在因为打架的事生气，可反观裴子熠就像个没事人一样，没心没肺地到处吹嘘那天自己有多厉害。

"没，没有。"徐知岁默默退回了自己的座位。

不久后裴子熠吹着口哨回来，徐知岁将同样的话也对他问了一遍。

裴子熠摸摸鼻子，表情心虚："你别多想，我就是单纯看他不顺眼，顺便为你出一口气。"

"那我是不是还得谢谢你？"

徐知岁皮笑肉不笑，裴子熠并没听出她在说反话，厚着脸皮说了句："不客气，谁让你是我同桌呢。"

早晨第一节课，是孙学文的数学课。

进门后，他给大家发了高考报名表，并用了半节课的时间交代该怎么填，每个学生仅此一张，千万不能填错。

孙学文在台上语重心长，祁燃却拿着高考报名表愣愣地出了神。

他回想起了上个周末，因祁盛远去国外出差，爷爷腿脚不便，教导处那边是祁盛远的助理替他出面解决的。

回去的路上，助理接了几通电话，听话头好像是 W 集团又派人来谈收购的事宜，公司那边的人搞不定，让他赶快回去。

助理深感压力巨大，挂了电话，摘下眼镜疲惫地按了按眉心。

祁燃心头微动，问："公司现在的情况很严峻吗？"

助理叹了口气："是，可以说是前所未有的困局了。材料供应链断了，目前产品的生产都成了问题，祁董这次出差就是去日韩寻找新的合作商，但目前还没有消息。"

祁燃攥紧手心："那技术部门呢？这段时间有没有突破？"

助理嘲讽地笑了一声，摇了摇头："根本指望不上。这个研发工作本就困难，更别说生产技术都掌握在少数外国企业手中，想要自给自足，没有精细的设备根本做不到。对手公司拿捏住了我们这个弱点，企图将'盛远'赶出市场，W 集团那边也开始给我们施加压力，用高价挖走了我们好几个研发人员，许多员工看不到希望，选择了跳槽……"

祁燃听完陷入了漫长的沉默，右眼眉骨不知是因为受伤还是别的，此刻突突起跳疼得厉害。

助理并未察觉他的异样，望着窗外自言自语："要是咱们公司有自己的技术人才，能自己做研发，一切问题就迎刃而解了。可那些出去读书的，但凡学到了某个高度，就很少有人愿意回来。唉，中国企业，道阻且长啊……"

"好，报名表收起来好好保管，明天早上统一交到我办公室。现在把卷子拿出来，我继续讲题。"

孙学文高亢的声音将祁燃从回忆里拉了出来，他深深地看了眼手里的高考报名表，将其对折收进了书包。

晚上回到家，客厅还亮着灯，祁老爷子在书房的摇椅上打盹，手里摊着本看了一半的经济学读物，盖在腿上的毛毯因为翻身而落在了地上。

祁燃走过去，捡起毛毯抖抖灰，轻手轻脚给爷爷盖上。

年纪大了睡眠浅，稍有风吹草动很快就惊醒，祁老爷子睡眼迷蒙地坐起身，盯着祁燃看了好半天才认出是自己孙子回来了。

"回来了，爷爷在厨房给你留了夜宵，给你端来啊。"老爷子低头找拖鞋。

"不用了爷爷，我不饿，就是想和您说说话。"

凉风从窗户缝隙钻进来，清冽拂面，老爷子睡意消散了大半，笑意温和道："行啊，好久没和我们家小燃聊聊天了。你别嫌爷爷唠叨就行。"

"不会。"祁燃很浅地牵了下唇角，眼底却无半分笑意。

老爷子不动声色地打量了他一眼，见他面色凝重，知他有心事，缓缓道："有什么事可以和我这老头子说道说道，我虽古板跟不上你们年轻人的想法，但我的年纪摆在这儿，经历的事情也比你们多，总能给你理出个道理来。"

祁燃沉默，在爷爷身前蹲下，双手搭在他的膝盖上，犹豫再三，终是开了口："爷爷，我想出国留学。"

祁老爷子面露怔忡，眯了眯眼睛，联想到他这两天的不对劲很快明白过来："是为了你爸公司的事吧？"

祁燃点头。

"可爷爷记得，你之前的理想是考国防科大。"

祁燃垂下眼眸，露出些许难过，闷声道："可我也不想眼睁睁看着公司倒了，那是爸妈一辈子的心血。"

祁老爷子当然明白他的心结，自舒静去世后，这孩子一直郁郁寡欢，如今又得知公司陷入困境内心难免有了负担。

作为孩子的爷爷，他内心也是纠结的，一方面他欣赏祁燃身上的责任感，另一方面他又不希望这孩子背负这么大的压力。这条路一旦选择了，就没有反悔的机会了。

老爷子想了很久，像小时候那样轻柔地摸了摸祁燃的短发，语重心长道："其实不管是进入国防科大还是出去学习国外科技，最终的目的都是一样的，那就是为中华之崛起而读书。这些年国家的军事在不断发展，可中国企业在国际市场受到的打压却没有停止过。若有朝一日，你真能带着技术学成归来，带领大家做大做强，那也是一种荣耀。如果你决定出国，爷爷希望你记住自己的初心，牢记自己是为什么而赴洋求学。如果你还是想坚持自己最初的理想，那你就不要让自己背上这么沉重的包袱，坚定去做自己想做的事。就算有朝一日公司倒了，也与你没有关系，你不必为此而感到内疚，知道吗孩子？"

祁燃在书房里坐了一夜。

第一缕晨光透进窗户的时候，他拿起手机给远在国外出差的祁盛远打去了电话。

父子俩聊了近一个小时，祁燃眼眶深陷，思路却依然清晰。

通话结束后，祁燃从书包里翻出了那张高考报名表，眼睛一动不动像是要把薄薄的一张纸看穿。

不知过了多久，他深深吸了一口气，错开眼，将报名表锁进了抽屉。

孙学文是早读之后才发现祁燃没交报名表的，他将人叫到了办公室，询问缘由。

祁燃缄默，片刻说："老师，我放弃高考了。"

"你说什么？"孙学文不敢相信自己的耳朵，猛地从座位上起身，动作幅度太大，茶水洒得到处都是，衬衣湿了大片，一时间狼狈万分。

然而他顾不上收拾自己，没有什么比祁燃刚才那句话更让他震惊的。

"你不参加高考？！开什么玩笑？"

祁燃回避着他的目光，声音低沉而清晰："孙老师，我是认真的。"

孙学文一时之间难以接受，半晌无言。

祁燃是他从高一一手带上来的，性格他了解，从来就不是个冲动的人，若早有出国留学的打算怎么之前从没听说过？

他耐心询问原因，祁燃没具体回答，只说决定要去国外念书了，如今才三月，申请大学还来得及。

孙学文见从祁燃这儿打听不出原因，当场拨通了祁盛远的电话，话里话外都是劝他们再想想的意思。

祁盛远那边的信号并不稳定，说话声音断断续续的："祁燃不是个轻易下决定的孩子，既然他已经想好了，那我们做家长的就只有支持他的份。不好意思，让老师操心了。"

闻言，孙学文也就不再多费口舌了。

祁燃是难得一遇的好苗子，以他的成绩不参加高考固然是学校的损失，但每个人有每个人的路要走，像他们这样的家庭想把孩子送去国外镀金深造也可以理解。只是以后就不能常见到这孩子了，想想还真有些舍不得。

他撑着膝盖坐下，花了好长一段时间才接受这个事实，末了，对祁燃摆摆手，说："行吧，我知道了，你先回去上课吧。"

"老师……"祁燃迟疑，"这件事能不能先不要让班上同学知道？"

孙学文缓慢抬头看了他一眼，意味深长地说："我可以不说，但到了那个时候，该知道的总是会知道的。"

祁燃没再多言，朝孙学文深深鞠了一躬，退出了办公室。

第六章
为爱而生 //////

随着高考日益临近，考试成了家常便饭。每个学生对自己的水平心里都有了底，有人依旧在为多挣一分两分而拼命，有的人再怎么学也就那样了，不如放松心态，查查什么学校适合自己。

四月底的一次九校联考，徐知岁的成绩史无前例地挤进了年级前十，得到了各科老师的赞许，就连不曾给过她好脸色的语文老师对她的态度也有了明显松动。

班会课后，孙学文分发了《填报指南》，让大家有空先了解，定个目标才有奋斗的动力。

徐知岁坐到秦颐身边，两人头靠头捧着《填报指南》选学校。以她俩的成绩考985、211基本没问题，难的是如何选专业。秦颐比较恋家，大概率会留在帝都读大学，而徐知岁……

她只想离祁燃近一点。

这样想着，她鼓起勇气走向祁燃，眼里有明亮而热烈的光："祁燃，恭喜你这次又是年级第一，考国防科大肯定没问题。"

祁燃正在看一本英文书，具体是什么徐知岁也没仔细看，只注意到当自己声音响起的时候，他眉头微蹙了下，随即把书收进抽屉，又拿了支笔握在手里。

"国防科大不仅要成绩，还要通过严格的体检和政审，现在说这些都还太早了。"

他的声音淡漠，望着她的眼神冰凉得没有一丝温度。

徐知岁微微一愣，笑容有一丝僵硬："不好意思，我对这个不是太了解，所以我也想问问你，以我的成绩你觉得南方有没有适合我的学校？"

"你想考去南方？"

"是啊，南方也有很多不错的大学吧，要是运气好，说不定我还能和你在同一个城市读书，到时候假期我就去找你玩。哦不对，军校应该管得很严，不能随意进出吧？不过没关系，我可以……"

"现在想这些还太早了。"祁燃毫无征兆地打断她，错开眼，攥紧手里的笔盖，"以后的事情谁又能说得清楚。现在高考都是先出成绩再填志愿，你不如先把成绩稳定了，再去琢磨读哪所大学的事。"

徐知岁站在原地不知所措，像个做错了事的孩子惶恐不安地看着他。

好半天，她收回目光，垂下眼睫忍着委屈说："祁燃，你最近是不是心情不好，遇到什么事了？"

祁燃眼中闪过一丝异样，很快又平静如常，只有呼吸变深，似乎在努力压抑着什么："没有，你不要胡思乱想。"

徐知岁更加茫然，还想说什么，祁燃却仿佛失去了耐心，先一步起身，离开教室。

擦肩而过的瞬间，祁燃偏了偏身子，宁愿撞到别人的课桌，也尽可能减少与她的肢体触碰。徐知岁仿佛在他眼底看到了厌恶，手指紧紧捏着衣摆，不争气地红了眼睛。

真的是她胡思乱想吗？可这已经不是她第一次被他陌生的态度刺痛了。

自从上次打架事件过后，祁燃对她就像变了个人一样，浑身上下都透着冷淡和疏离。

老师让他叫她去办公室，他让裴子熠代为传话；宋砚请客吃饭，他看见她也在随行的人里，便借口有事不去了……

她不明白这是为什么，分明除夕那夜他们相处得还那样愉快，秦颐也从朋友那儿打听来小道消息，说就是因为她，祁燃和裴子熠才和张智动手的。可转头，她就被视作了洪水猛兽，祁燃像是刻意避着她，连一句完整的话都不愿意和她多说。

她为此失落了好长一段时间，以为是自己做错了什么惹他生气，但寻遍了自己身上所有的原因仍没有答案。

她好像坐在一辆过山车上，以为自己伸手就要摘到云朵了，转头却跌入了万丈深渊。

下午连着两节都是语文课。

天气慢慢热了起来，窗外的鸟儿鸣个没完没了，叶老师那自带催眠效果的嗓音配上枯燥的文言文解析听得人昏昏欲睡。

徐知岁沉浸在低落的情绪中无法自拔，鬼使神差地在草稿纸上涂涂画画，老师说了什么她半个字也没听进去。

课上到一半，老师讲课的声音突然停了，旁边裴子熠推了推她的胳膊像是在提醒什么。徐知岁回过神，叶老师已经站在了她的桌前，皮笑肉不笑地盯着她桌上画了一半的素描画像。

徐知岁下意识地用书遮掩，叶老师却手疾眼快先一步抢走了她的画纸，拿在手上打量几眼，阴阳怪气道："画得真不错！没想到咱们班还多了位艺术家，敢情我在台上讲得口干舌燥，你躲在后头少女怀春？那不如让大家瞧瞧这是哪位帅哥！"

说罢，她举起来向大家展示。

同学们纷纷起哄，站起身一探究竟。

"谁呀谁呀？这画的是谁啊？"

"不知道啊，看不清。"

"别说，画得还挺好。"

"我去，什么情况？"

教室里顿时乱成一团。

祁燃本无心关注，然而叶老师就站在他身边，他抬头的瞬间无意间扫到了一眼。那是张未完成的素描肖像，少年侧身回望，衣角飘扬，然而眉眼尚未完工，并不能准确分辨出是谁。

他扭头看了眼徐知岁，她面色惨白，难堪地低着头。

而叶老师并未因此停止刁难，反而将画像揉成了一团狠狠扔在地上："都什么时候，脑子里还装着那些不干不净的想法！下次再这样，把你家长叫过来！"

下课之后，同学们仍在讨论那张素描画像，有人说画的是祁燃，有人说发型瞧着更像裴子熠。当然那也可能只是一张普通的肖像画，或许是哪个动漫人物也未可知。

然而叶老师的话给了人遐想的空间，更何况这件事的主角是徐知岁，谁会不想知道班花的心里藏着谁呢？

同学们交头接耳，徐知岁对此置若罔闻，她木着脸捡起地上的纸团，像对待自己珍视的宝贝，用手轻轻拂去上头的灰尘，裹平，夹进了书里。

秦颐跑来安慰，说叶老师就是这样，说话特别伤人，让她不用理会。

徐知岁摇了摇头，说自己没事，结果却趴在桌上一下午没动。

晚上放学，裴子熠心里仍怄着一口气，再次将叶老师从头到脚吐槽了一遍。宋砚听着听着觉得有些不对劲，叶老师固然有不对的地方，但人家针对的又不是他，他何必这么愤愤不平？

"我怎么觉得你最近这么奇怪？从前叶老师刁难别的同学的时候，你通常都一副事不关己高高挂起的态度，今天怎么气得好像叶老师抢了你钱似的？还是因为你对徐知岁……"宋砚摸摸下巴，意味深长地觑着裴子熠。

裴子熠倒也坦荡，或许他从一开始就不打算藏着掖着，摸摸脖子换了一副无所谓的表情："是又怎么样？她偷画我都被叶老师教训成那样了，我还不能给她一点机会……哎！"

祁燃下楼的脚步骤然停住，裴子熠差点刹不住身子撞了上去，好在他一贯动作灵敏，拉了一把边上的扶手这才没让自己摔个大跟头。

"祁燃你干吗？害人差点摔一跤。"裴子熠茫然地看着楼梯上的人。

祁燃短暂地怔了下，几秒后扶了扶书包肩带，抬眸淡淡说了句抱歉。

宋砚看出祁燃有心事。祁燃这段时间总是这样心不在焉的，但他了解祁燃，只要祁燃自己不想说，就算把嘴皮子都磨破了也问不出个所以然来。于是他不露痕迹地勾住裴子熠的肩膀继续先前的话题："你总说人家欣赏你，怎么欣赏这么久了也没见她有什么动作？怕是你自己想入非非吧？"

"滚，你才想入非非呢！"裴子熠甩开他搭在自己肩膀上的手，正了正衣襟说，"她那是脸皮薄不好意思开口，或者在等待一个合适的时机，你说是不是啊祁燃？"

或许是觉得祁燃的沉默来得诡异，裴子熠故意把话头抛向他，然而话问出口却迟迟等不到对方的回应。

祁燃像是没有听见，缄默地拐进教学楼后头的车棚，避开纷乱而出的车流径直走向自己停在角落里的单车。

车棚的路灯昏暗，他拿车钥匙试了几次，始终对不准锁孔，手腕也没来由地轻微颤抖。接二连三地，他没了耐心，也不再和车锁较劲，慢慢直起身子，木然看着面前的单车，像是思考了很久般地开口："有件事，一直没有告诉你们……我打算出国留学了。"

这话一出，宋砚和裴子熠俱是一怔，不禁怀疑自己的耳朵。换成别人，他们会说"别闹了怎么可能"，可祁燃不是会拿这种事开玩笑的人，他认真的神情足以说明一切。

裴子熠花了半分钟才慢慢消化这个消息，叹了口气问："什么时候决定的？"

祁燃说："老孙给我们发高考报名表那会儿，时间仓促，没来得及告诉你们。申请学校和一些出国的手续都在办理当中，顺利的话六月份就能走了。"

"那高考呢，你还参加吗？"裴子熠问。

祁燃摇了摇头："不参加了，老孙那边我已经打过招呼了。"

裴子熠讷讷地点头。

两家长辈都是朋友，祁盛远眼下的处境他多多少少也听说了些，祁燃会在这个时候选择出国想想也能理解，只是他们从小就厮混在一起，突然间有个人要走，心里一时特别不是滋味。

"那……"宋砚还处于茫然之中，张了张嘴想问什么，想了想只化作一声叹息，"算了，既然你已经决定了，当兄弟的只能支持你。出了国要好好照顾自己，别忘了放假回来看看。"

祁燃望着他笑："好。"

五月中旬，学校在运动场举行了一次高三年级的高考誓师大会。大会请了国内著名的教育学专家来为考生们做心理辅导，校领导一再强调请班主任务必确保每个学生都能到场。

说是心理辅导，其实不过是老师单方面地给学生灌输心灵鸡汤，在考前打上一针强有力的兴奋剂，以免有些学生到了末期出现后劲不足的情况。

可这样的场面每年都有，对于在六中待了三年的"老油条"来说早已见怪不怪了，大家只关心今天的太阳大不大，在操场上枯燥的两个钟头要怎么度过才好。

因着大会的时长比较久，学校要求每个班的学生自己搬凳子去操场，以班级为单位依次坐好。

下午第一节课下课，教导主任就在广播里通知入场，学生们一窝蜂拥出教室，犹如蚂蚁迁徙，凳子或举或抬，途中还有学生打闹，走廊楼道堵得水泄不通。

徐知岁和秦颐走在一起，挪了许久才从教室走到了楼梯口。

中途徐知岁的手机响了一声，以为是谁给她发了短信，拿出来一看，又是通信商催她交话费了。

即便她卡里余额充足，这样的短信还是隔三岔五就来炸一炸。徐知岁没有搭理，按了返回键，百无聊赖之间又往下翻了翻。

为了备战高考，她这段时间的交际圈特别简单，收件箱里除了爸妈给她发的日常短信，几乎只剩下些乱七八糟的垃圾广告。

而她和祁燃的消息往来还停留在三月初的某一天，她因为胃痛临时请了半天假，让祁燃帮忙和来查勤的老师说一声。他是班长，这种事情历来都归他管。

当然，他也只是公事公办，回复了一个"好"字，然后再无多余的问候。

徐知岁看着那串熟悉的号码发了会儿呆，正要把手机收回口袋，后背被人猝不及防地撞了下。

她毫无防备，整个人往前倾了下。幸亏秦颐手疾眼快地扯住了她的胳膊，这才避免她从楼梯上滚下去，否则下面一条条生冷的凳子腿，后果不堪设想。

"没事吧？"秦颐拍拍胸口，也是一副被吓着的模样。

徐知岁喘息着摇头，她是虚惊一场，可她的手机就没那么幸运了。

撞击发生的瞬间手机从她手里飞了出去，滴溜溜滚了十几级台阶，最后还被前排不知情的同学踩了一脚。等它被好心人捡起的时候，已是破铜烂铁一块，电板是电板屏幕是屏幕的，徐知岁试了几次都无法正常开机。

"谁呀！走路不长眼吗！楼梯上是开玩笑的地方吗？"秦颐转过头就要发飙，然而楼梯上走动的人那么多，一时竟难以分辨谁才是罪魁祸首。

"算了，反正这个老年机也用好几年了，不值什么钱。"徐知岁叹了口气，坏了也好，这样她就不用时时刻刻看手机，担心错过他的消息了。

见她自己都不计较了，秦颐也不好多说什么，挽着她的手继续往楼下走。

在本班位置上坐下没多久，誓师大会就正式开始了。

教导主任又是一番强调纪律的长篇大论，等底下安静了才请出今天会议的主讲。

徐知岁一边听着，一边借来秦颐的手机用校服遮掩着偷偷给周韵发消息，告诉她手机坏了，如果要找她就给这个号码打电话。

周韵那边很快回了消息，责备她怎么那么不小心，又嘱咐她晚上下了课及时回家，别在外头耽误时间。

徐知岁回了个"好"，转身把手机还给秦颐，却在回头的一瞬间冷不防撞上一道幽深的目光，身体猛地僵住了——

祁燃的视线停留在她身上，眼眸深邃，若有所思。发现徐知岁看过来，他飞快挪开了眼，装作什么事都没发生过一般回头和裴子熠交谈。

徐知岁心脏又是一阵绞痛，他分明是在看她，为什么不敢承认？

"看什么呢？"秦颐接过手机，发现徐知岁的走神也跟着回过头，却只看见孙学文警告的眼神，怕怕地缩回脖子。

"没什么。"徐知岁面无表情地回过头。

台上的老师还在慷慨激昂地讲述高考的重要性，拿出一个个经典案例鼓励学生不要在最后关头掉链子。

专家到底是专家，三言两语就戳中了学生的心窝子，现场气氛被调动，每个人都聚精会神地听着，恨不得立马回去背他个三千单词。

演讲的效果比预期还要好，专家开始鼓励学生上台互动，底下却鸦雀无声，原本情绪高昂的学生立刻缩着脖子不敢看他，一时间竟无一人有勇气站上台。

这个年纪的孩子大多羞涩，怯于当着全校师生的面发言，另一方面也是害怕自己夸下海口，结果却不理想，那样更丢人。

就在专家面露尴尬，犹豫是否进入下一环节的时候，人群中突然站起了一个女生——

徐知岁举起手："老师，我有话要说！"

所有人的目光齐齐向她望去。秦颐眨眨眼睛，很快猜到了她想做什么，捉住她的衣角晃了晃，小声说："岁岁，你别冲动。"

然而徐知岁只是拍了拍秦颐的手背，在全场轰鸣的掌声中淡定地走了出去。

她没有冲动，她是真的有很多话要说。

她受够了现在这样，什么都不清不楚的。她像是被人绑在木桩子上受着千刀万剐的罪，一刀一刀的，连死都不肯给她一个痛快。

徐知岁站上主席台，从教导主任手里接过话筒，向台下礼貌地鞠了一躬，自我介绍道："老师好，大家好，我是来自理三（1）班的徐知岁。"

专家老师笑了，夸赞道："小姑娘瞧着弱不禁风，没想到勇气可嘉。来，接下来的时间交给你，欢迎畅所欲言！"

徐知岁问："畅所欲言的意思是，我什么都可以说吗？"

"当然，只要一切和学习和高考相关的内容你都可以聊。"

"好，那我开始讲了。"

徐知岁缓缓面向观众。她不是一个小家子气上不了台面的人，可当她握住话筒，面对近千双直勾勾的眼睛时，还是不争气地打了一个激灵。

既然来了，就没有退缩的机会，她默默在心底给自己打气，垂着眼皮深吸了一口气，开口道："刚才老师说让我们聊聊目标和理想，这个我不太擅长，上次写作文我还拿了个不及格来着。"

底下哄笑，紧张的气氛缓解了不少。

徐知岁继续说："一直以来我都是一个不知道自己要什么的人，我到现在还没想好自己想考哪个大学、学什么专业，我妈总骂我没心没肺。其实也不尽然，换一个角度说，我大概是和大家的目标不太一样。认识我的同学大概都知道，我初中的时候成绩挺一般的，后来到了六中，学校汇聚了整个区的优秀学生，我的成绩在其中顶多算中等，连重点班的尾巴都摸不到。我之所以这么努力学习，从班级末游爬到上游都是因为……在我的心里一直有个很重要的人。"

这话出口，台下同学逐渐躁动起来，有人尖叫起哄，有人吹口哨。

原本昏昏欲睡的裴子熠精神为之一振，他默默坐直了身子，若有其事地整理起发型，还推了推旁边的宋砚，着急问："帅吗帅吗？发型没乱吧？"

宋砚翻了个白眼："急什么呀，主角是不是你还不一定呢。"

裴子熠"喊"了一声，不以为然："我看你就是嫉妒！"

裴子熠眼里心里透出来的期待和欢喜让祁燃更加沉默，他看了一眼台上在起哄声中变得紧张不安的少女，然后长久地垂下眼睛来，视线没再往上抬一寸。

这时下课铃打响，学弟学妹们也趴在走廊上凑热闹，嘹亮的广播声回荡在整个校园里。

徐知岁捏了捏手心，告诉自己都是小场面，上次被语文老师批评已经够丢脸的了，也不在乎再丢一次脸。

"他是我所有努力的动力，是我用尽全力想要追逐的目标。为了他，我努力考六中，拼命挤进重点班，将来我还想和他去一个城市上大学。"徐知岁缓缓抬起眼睛，目光穿过人群炯炯地落在那个少年身上，"今天，我站在这里，就是想告诉他，我……"

说到关键处，话音戛然而止，徐知岁拍拍话筒，发现电源被人拔了，教导主任正在几米开外黑着脸瞪着她，那眼神仿佛要吃人。

台下一片哗然，暗骂主任不做人事，好歹让她把那个名字说出来再拔呀！

徐知岁被教导主任拉下了台，直接带去办公室训话。

专家老师拿起话筒打圆场，试图将刚才发生的事情解释为一场同学之间的良性竞争。可台下的学生早已心不在此，交头接耳讨论的都是徐知岁的大胆行径。

对她来说很重要的那个人到底是谁？答案其实很好猜，她自身条件优越，那些愣头愣脑的钢铁直男基本上没机会。理三（1）班长得帅的男生只有那么几个，和她念同一所中学的更是不多，想来想去也就那么两个人。

也对，谁能扛得住六中"双子星"的魅力呢。

而另一边，身为八卦话题主角之一的裴子熠却在这议论声中陷入了沉默。

他想起了刚刚那幕，他打起精神准备迎接她的心意，要送给她的回答在心里已经呼喊了无数遍。徐知岁朝这边望过来，眼神是那样坚定、明亮。

然而那一刻他却猛地怔住了。

他看得清清楚楚，她所望着的那个人，并不是他。

散场之后，裴子熠失魂落魄地回到教室。徐知岁还没回来，想来是被主任留下做思想教育了。

他望着她空空的课桌发呆，脑海里全都是她那双漆黑的眼睛。

不是他？真的不是他吗？怎么可能？

他倏地想到什么，手忙脚乱地翻出了徐知岁压在书堆最底下的语文课本，飞快翻动着，片刻之后找到了那张夹在书页里的素描画。

纸张上布满褶皱，那是被语文老师揉捏的痕迹。画像依然定格那一天，徐知岁未再花时间完成它，人物的五官模糊不清，只有一个大致的轮廓。

饶是如此，裴子熠还是在反复的观察之后寻到了蛛丝马迹，画像上的少年眉心藏了一颗浅浅的痣。

"祁燃。"

裴子熠忽地叫了一声。祁燃回头，目露疑问："怎么了？"

深邃的眉眼间，眉心痣清晰可见。

裴子熠愣愣看着他，嘴角勾起了一丝苦笑："没事。"

傍晚时分，裴子熠叫了祁燃一起去学校外面的馆子开小灶。

六中是不允许学生上课期间外出就餐的，但"上有政策下有对策"，学校停车场后边有片围墙倒了几块砖，比其他地方矮了许多，一些个子高、弹跳力好的男生常常从这里翻出去改善伙食。

刚上高中那会儿，裴子熠挑剔的胃十分吃不惯食堂那清汤寡水的饭菜，隔三岔五就拉着祁燃和宋砚出去下馆子。后来裴父缩减了他的零花钱，食堂也在数次整顿后提高了口味，他才慢慢改了一身公子哥的臭毛病。

上次翻墙是什么时候，两人都不太记得了。许久不来，围墙边被人放了几个废旧的木头箱子，踩着它翻过去省了不少力。

他们熟门熟路地去了以前时常光顾的小餐馆，点了两三个小菜。老板娘一家是川渝人，辣椒放得跟不要钱似的，几口菜下肚，热汗呼啦啦往外冒，在这初夏的天里吃上一顿倒也觉得痛快。

结完账，祁燃拿了两罐裴子熠最爱喝的碳酸饮料。

离上课时间尚早，裴子熠提议找个地方坐一坐。他们去了学校废弃已久的后勤楼，如今那里早已成了杂物间和男生们的避难所。

好在这会儿并没有人，裴子熠三两下爬上了两米出头的矮围墙，坐在墙头优哉游哉地晃着脚，对底下的祁燃露出得意的笑："怎么样，身手不错吧？"

祁燃笑笑，也跟着翻身上了墙，坐在离他不远不近的位置。

从这个角度，依稀能看见喧闹的教学楼。晚自习前的大课间，是一整天里最热闹的时段，高一高二的楼层闹哄哄的，走廊被成群结队出来放风的少年霸占，见了美女就朝人家吹口哨，与楼上高三的压抑气氛形成鲜明对比。

"留学的事准备得怎么样了？"裴子熠率先打破了沉默。

祁燃说："挺顺利。上周刚收到斯坦福大学的拟录取通知，签证预计月底也能下来了。"

"行啊，不愧是学神，QS世界排名第三的大学，你轻轻松松就拿下了！来，为了庆祝你出国念书，不用经历筛沙子一般的高考，咱俩必须碰一个。"

裴子熠拿起喝得快见底的饮料与祁燃碰杯。祁燃顺势喝了一口，淡笑："别给我戴高帽子了，以你的实力去了也照样能考上，只是你自己不想罢了。"

"得了吧。"裴子熠不以为然地摆摆手，"我可没有你那么开明的父母。我妈好不容易混上个副院长，现在一心希望我也能学医，将来好继承她的衣钵；我爸呢，最近刚升任正厅，又希望我选个既踏实又轻松的专业，以后跟他混。为这个，夫妻俩在家吵得不可开交，愣是没一个人问问我的意见，烦都烦死了。"

祁燃垂下头，嘴角的笑意带着几分苦涩。但凡还有别的法子，他也不愿意放弃梦想漂洋过海去那么远的地方求学，妹妹那么小，爷爷身体不好，还有……

他放心不下的事情还有很多，可这些现在已经没有必要说出口了。

裴子熠又问："那你去了那边之后多久回来一次？"

祁燃眯了眯眼睛："不好说，得到了那边等一切安定下来了再做打算。"

裴子熠长长叹息一声，语气颇为遗憾："以后再想找你，可就不是穿着拖鞋出门溜达一圈的事了。从小到大咱俩都混在一起，连宋砚都是上了初中之后才认识的，以后早上没人在我家门口催促我上学，想想还挺舍不得的。嘻，不过这样也好，国外的学校多自由，听说每周都有舞会或派对，到处是金发碧眼身材性感的美女！你小子从小桃花就多，说不定这一去，洋姐也为你疯狂了！到时候交了女朋友一定告诉我啊！"

"我看你是喝多了。"祁燃一副受不了的表情，捡起手边的一块碎石子就往裴子熠膝盖上扔。他没用多少力，石子在空中划出一道漂亮的抛物线，最后却连裴子熠的鞋面也没碰到。

裴子熠还是笑："去你的，你喝可乐会上头？"

祁燃斜睨他一眼，并不言语，低头把玩着手里的易拉罐，手指在瓶口处反复画圈。裴子熠也安静了下来，有些失神地望着远处稀稀落落的淡淡灯光，不知在想什么。

突如其来的沉默让原本还算愉快的气氛变得有些微妙。

不知过了多久，裴子熠突然开口并试图观察旁边人的表情："有个事想告诉你。"

"嗯，你说。"

"我打算毕业以后追徐知岁。"

祁燃果然脊背一僵，清明的眼眸里闪过一丝阴霾，漫长的沉默过后是他沙哑又沉闷的声音："你喜欢她吗？"

"当然！"裴子熠想也不想就回答，"起初只是觉得她很特别，后来也不知怎的每天时不时就会想起她。她和我以前认识的女孩都不一样，好像永远明媚得像个小太阳，时而古灵精怪，时而又让人拿她没办法。就像今天的誓师大会，哪个姑娘有她那样的胆子敢当众给教导主任一个下马威，怕是现在还在教导处被老师骂得狗血淋头吧……"

裴子熠顿了顿，端起手里的饮料晃了晃，发现已经一滴不剩，索性直接将罐子丢进了离墙边不远的垃圾桶。

"像她这样的女孩，明里暗里惦记她的人肯定不少，不过没关系，她很好，我也不赖。如果……"他悄无声息地看了眼垂头不语的祁燃，"我是说如果，有人大大方方站出来跟我说'我也喜欢她'，这也没什么，都什么年代了，大不了公平竞争呗，你说是吧？"

祁燃那么聪明，应该能听懂自己的意思，有些事不必挑明，心思大家都懂。可他始终噤若寒蝉，像一尊没有情绪的大理石塑像冰冷地僵坐在那里，这让裴子熠心里忽然没了底。

就在他以为今天是等不来祁燃的回答时，祁燃身子终于动了动，紧接着从墙头跳了下来。

"裴子熠，我要出国了。"

言简意赅的几个字，是他的答案，也是态度。

第一节晚自习开始之后，徐知岁终于得以从教导处回来。

她这么一闹，教导主任被气得肝颤，直接指着她的鼻子骂，说自己主持了这么多年的誓师大会，还从没遇见过这种事！她一个成绩优秀模样乖巧的好学生，如何能有这么大的胆子。

毫无疑问，她被训得不轻。教导主任罚她当场写一份两千字的检讨书。但徐知岁这人平时看上去文文静静的，脾气倔起来还真是三头牛都拉不回。

她不肯写，反问教导主任她错哪儿了，后头的话不是被他亲手掐断了吗？既然什么都没说，仅凭一句"他是我所有努力的动力，是我用尽全力想要追逐的目标"，如何就能定她的罪？专家不也说这是同学间的良性竞争吗？

在这种如同耍无赖一般的逻辑下，教导主任哑口无言，一时竟拿她毫无办法。

就这么僵持了几个小时，教导主任败下阵来，给孙学文打去电话，让他来教导处领人。

搁平时，信奉"棍棒底下出人才"的教导主任是没这么好说话的，但这不是只有十多天就要高考了嘛，徐知岁成绩优异，实在没必要因这事耽误他们本就所剩不多的时间。

孙学文将徐知岁领回了教学楼，徐知岁做好了被班主任耳提面命的准备，然而他只是用手戳了戳她的额头，恨铁不成钢地说："你这小姑娘啊，胆子忒大！"然后就从外套右侧口袋拿出两个还冒着热气的菜包子递给她，"你师母亲手做的，拿去垫垫肚子。吃完了赶紧回去复习。"

徐知岁忍了一天的眼泪，在这一刻不争气地淌了下来。

回到教室，徐知岁在同学们的注视下走回自己的座位。祁燃的座位又空了，他最近总是这样，课上到一半突然请假走了，问宋砚只说他家里有事，其余一概不知，而常将"现阶段没有什么比高考重要"挂在嘴边的老师们竟也多次默许了他这种做法。

又是一盆冷水闷头浇下来，人不在，徐知岁甚至没办法摸清楚他对今天所发生的一切是什么态度。

漠不关心？还是即使她没把话说完，他仍能明白她的意思？

答案无从得知。

课后，秦颐找徐知岁一起去洗手间。

走到没人的楼梯口，秦颐小心翼翼地问："你现在打算怎么办？实不相瞒，我今天下午偷偷观察了祁燃的状态，他好像并没有因为大会上的事受到影响。可能他根本就没听明白，也可能……"

"他根本就不在意，对吧。"徐知岁淡淡地看向走廊外。夜幕沉沉，仅有的几颗星在黑暗中摇摇欲坠，犹如除夕那晚的天气，只是少了绚烂的焰火，显得冷清而悲凉。

她说："可是秦颐……我不甘心。"

6月1日是高三年级最后一天上课。

那天正好也是儿童节，一向节俭的孙学文在午后自掏腰包买来大包小包的零食，带着全班在教室开起了茶话会，会议主题为"欢度六一"，也庆祝他又送走了一届学生。

徐知岁记得那天，一向不苟言笑的孙学文背过身去默默拭了好几次眼角，他说："经历了高考，你们就不再是小孩了，以后也就不能名正言顺地过儿童节了，所以今天什么也别想，好好玩！"

原本还算愉快的气氛在孙学文的感慨下忽然变得伤感，不管愿不愿意，分别的时刻总是会来。

有人抱头痛哭，有人发泄般地撕了试卷和练习册往楼下丢，飘飘扬扬宛如一场盛夏的大雪，教导主任气得脸色发白却又不知为何迟迟没有发作。

而徐知岁在这样的气氛下做了一个大胆的决定——她要约祁燃单独见面。

这绝非一时冲动。关于这件事，她思考且酝酿了很久。今天过后，她就再也没有机会和祁燃坐在同一个教室上课，她不能再望着他的背影发呆，不能趴在走廊上看他打球，不能在做眼保健操时悄悄从指缝里偷看在讲台上写班级日志的他……

再不说出口，就真的来不及了。她不甘心就这样结束，她要为自己的青春争取一个交代。

好的，坏的，都行。

当面开口有诸多顾虑，况且眼下祁燃不在教室。她的手机先前摔坏了，周韵说反正马上就要毕业了，等高考结束再给她换新的，这会儿连短信也没法发。

徐知岁斟酌再三，决定用学生之间最原始的交流方式——塞字条。

她从笔记本上撕下一页白纸，斟酌许久，郑重写下：

祁燃，5号是我生日，能请你吃蛋糕吗？正好，我有些话想对你说。5号下午一点，我在学校旁边的遇见餐厅等你，不见不散。

徐知岁

"写什么呢？"

最后一个字没能写完，披散在肩头的长发被人胡乱揉了一把，裴子熠咬着个冰激凌凑过来一探究竟，徐知岁心脏"咯噔"一下，下意识地捂住字条，板着脸道："不许看！"

"神神秘秘的，不会是情书吧？"

"和你没关系。"

"喊，小气鬼，前两天白给你买早餐了。"裴子熠皱了皱眉头，转身和几个男生闹作一团。

他一走，徐知岁飞快地将字条一折为二，趁周围同学都低头忙着自己的事，站起身装作不经意路过，将它夹进了祁燃的《考前指南》中。

《考前指南》是孙学文自己编撰打印的小手册，里面记录着高考注意事项以及一些能让人放松心情的冷笑话，祁燃回来一定会看。

事情办成后，她去了趟洗手间，怕错过祁燃看到字条时的反应没敢耽误太长时间。回来时，上课铃正好打响，祁燃也不紧不慢地回了自己的座位。

下午头两节课，分别是生物和化学。

到了这个时候，老师已无多少知识点能讲，无非是叮嘱一些考试要领及答题格式，然后再漫不经心地和学生聊聊天。

徐知岁等了两节课，祁燃都没碰他的《考前指南》。

好在最后一节是班会，孙老师在台上强调心态的重要性以及一些考前准备，祁燃百无聊赖地拿起那本《考前指南》随意翻了翻。

他看见了那张字条。

徐知岁深深地抽了一口气。

世界仿佛都静止了，她能清晰地听到自己的心跳，每一下搏动随着他展开字条的手越来越快，越来越急。

就在她怀疑自己会不会因为心跳太快而猝死的时候，祁燃终于看完了字条上的内容，然后——

将那薄薄的一张纸撕成了碎片，随手塞进了抽屉。

所有美好的幻想在这一刻被毫不留情地打碎，徐知岁脸色霎时惨白，整个身子控制不住地颤抖，只觉得被他撕碎的，不只是那张字条，还有她缝缝补补的一颗心。

那天是如何结束的，徐知岁已经记不清了，只混沌地听见前排女生因为不舍分离哭成了一片，孙学文在下课前祝大家金榜题名，教室里的热闹与嘈杂像是从极遥远的地方传来。

可饶是如此，她依旧不甘心，内心有个声音反复为祁燃寻找着借口。

他或许看过一遍默默记在了心里，只是不希望不相干的人看见所以才销毁了字条。

他会来的，他一定会来的，那天是她生日，她只是想请他吃个蛋糕而已，他没有理由缺席。就算以后不在一个城市读大学，他们至少还是朋友，还有十几年的同学情分打底……

在这样的忐忑与不安中，徐知岁浑浑噩噩地度过了接下来的三天。她尝试静下心来复习物理公式，但效果甚微，书本在桌上摊了一个下午，愣是一个字也没看进去。

生日这天，父母并没能在家陪她，徐建明有工作上的客户要见，周韵也正好约了体检，答应会尽早回来，晚上给他们的小寿星做大餐。

父母不回家，徐知岁出门反而容易不少。她早早换上了自己最漂亮的裙子，又特意打理了头发，涂了层提气色的唇膏，离约定时间还有一个多小时就迫不及待地出了门。

蛋糕是她提前订好的，就在小区附近，去的路上顺便给取了。

来到那个名叫"遇见"的茶餐厅时，里头并没几桌客人。厅里放着不知名的外文歌曲，每张桌上都摆了鲜花，服务生聚在吧台聊着最近的娱乐八卦，环境浪漫也温馨。

徐知岁选了个靠窗边的位子坐下，很快有服务生上前点餐，礼貌询问有几人、点些什么。

徐知岁只要了一杯柠檬水，说剩下的等朋友来了再一起点。

与此同时的星河湾，祁燃从杂物间找出了家里最大号的行李箱，将整理好的衣物和生活用品分门别类地收纳入箱。

宋砚坐在他的床边，望着那满满几大箱东西，悻悻地问："非得这么早就过去吗？还以为你至少能在这边过完暑假呢。"

祁燃耸耸肩，淡淡道："没办法，去那边之后还有很多事等着安排。"

宋砚叹了口气，往软塌塌的床垫上一倒："算了，那句话怎么说来着，青春没有散场的宴席嘛，就算我们三个从小一起长大，也终有分开的那一天。你看裴子熠现在就这么'塑料兄弟'了，知道你要走，连送都不来送一下。"

祁燃将整理好的箱子拉上拉链，提在手里掂了掂："他说他有事，明天早上我去机场的时候再来送我。再说，我这房间乱糟糟的，他来了反而添乱。"

"也对，他一来你那一柜子的手办肯定就要被搜刮走了。"宋砚从床上爬起来，撇开满地的杂物挪到书柜前，贼兮兮地回头冲他笑，"不过，我拿几个你应该不介意吧？"

祁燃无奈地觑了他一眼，摆摆手："拿吧，别给我掏空就行。不过拿人的手短，以后就麻烦你们多帮我照看一下柚柚和爷爷，我不在国内，很多事情都心有余而力不足。"

"当然！"宋砚拍拍胸脯，"我拿柚柚当亲妹妹，对爷爷更是敬重得很，以后只要没事，我就来你家蹭饭！"

祁燃弯唇："多谢。"

宋砚喜滋滋地挑选自己喜欢的手办，想到什么，迟疑着问："不过……你真的打算就这么走了？"

"什么意思？"

"我是说，就算真的决定要离开，至少也和自己觉得重要的人好好道个别吧。"

"……"祁燃若有所思地垂下眼睛。

天色渐黑，茶餐厅的顾客换了一拨又一拨，徐知岁手里的柠檬茶早已见底，而她要等的那个人迟迟不见踪影。

服务生再次上前委婉地询问："您好，您等的朋友还没来吗？好几个小时了，或许您可以先点餐？"

徐知岁回神，脸上泪痕残存，早已没了来时的光彩。

她勉强挤出一个笑来，让自己看上去不至于那么狼狈："抱歉，我能借用一下你们的电话吗？"

服务生被她的样子吓着了，连连点头："当然，就在吧台。"

徐知岁回了句"谢谢"，在旁人困惑的目光中走到吧台，拿起座机拨出了那串早已烂熟于心的号码。

"对不起，您拨打的号码正忙，请稍后再拨。"电话里的女声这样提醒。

她握着话筒的手微微颤抖，指甲掐进掌心的肉里，红着眼对服务生解释："不好意思，我朋友可能还在路上，我还得再等一会儿。"

服务生用极度怜悯的目光看着她："没关系，您请便。"

徐知岁坐回了之前的位子。她自嘲地想，连服务生都觉得她可怜了，自己这样坚持真的有意义吗？事到如今，她已经不敢奢望能和他有什么结果了，然而只是想要一个答案就这么难吗？

一双白色男士运动鞋进入了视线，略带犹疑地停在她的桌边。徐知岁惊喜地抬头，却发现来人并非她要等的那个人。

裴子熠用同样惊讶的眼神看着她："巧了，你也在这儿？"

徐知岁的脸色比先前更难看了，用只有自己和裴子熠能听到的声音闷闷地问："你来这儿做什么？"

裴子熠还是笑，随意拿起桌上的菜谱："这是餐厅，我当然是来吃饭的……好吧，实话和你说，我和我爸妈吵架了，出来躲个清静。"

说着，他瞥了眼徐知岁搁在一边的蛋糕，挑眉道："你今天过生日？那这顿饭我请你吧。"

他招手叫来服务生，看着菜单摇摆不定，抬眸征询徐知岁的意见："你有什么忌口的吗？"

徐知岁站了起来，面无表情地看着他："你一个人吃吧，我有事要先走了。"

从餐厅出来，徐知岁打车去了星河湾。祁家大门紧闭，屋内没有一丝光亮，连保姆都不在家。

她暗自失落，片刻后又猛地反应过来，这是不是正好证明祁燃也出门了？他或许正要去餐厅见她，自己这么一走，会不会就和他错过了？

她拼了命往回跑，手里提着的蛋糕被颠得糊作一团，幸而一出大门就遇上了出租车，司机师傅见她着急的模样以为小姑娘遇见了什么事，车速提得很快。然而再次到达"遇见"，等待她的只有空荡荡的大厅和正在打扫卫生准备打烊的服务员。

徐知岁仍抱有一丝幻想，上前询问服务生刚才自己离开之后，有没有一个十七八岁男生来找过她。

服务生摇了摇头，指着她身后的某个方向说："只有他在那儿。"

徐知岁回头，然后，看见了站在玻璃门后的裴子熠……

徐知岁不知道自己是怎么走出茶餐厅的，每一步都像踩在软塌塌的棉花上，让人觉得眼前的一切是那么不真实。

就在她踩空台阶，整个人就要摔下去的时候，一只手稳稳地扶住了她。

她抬眼看他，眼神迷茫得像个孩子。眼前的人和他有着相似的身形，留着差不多长度的头发，一样喜欢穿白球鞋，可偏偏……

他不是他。

徐知岁收回目光，面无表情地跟他说了"谢谢"，然后推开了他搭在自己腕上的手。

裴子熠追了几步，冲着她的背影喊："你等的人他不会来了！他想来早该出现了，而不是这样让你像个傻子苦苦等了几个小时！徐知岁，看清现实吧，会在这里等你的只有我！"

徐知岁捂住耳朵，落荒而逃。

她不明白自己为什么要这么难堪，对了，她爸妈还在家里等着给她过生日。

徐家。

一阵规律而急促的敲门声打断了周韵的泪水，她下意识握紧了手里的报表，目光死死盯着那扇门，仿佛那外面的是能毁灭一切的洪水猛兽。

徐建明握了下妻子颤抖的手，沙哑着嗓子安抚道："别怕，我先去看看。"

周韵没有反应，眼神一如既往充斥着恐惧。他叹了声，起身走到门后，打开猫眼见外头站着的不是刚才那伙人，这才松了口气，转动门锁。

来人是个十七八岁的少年，瞧着有些眼熟，上来就问徐知岁在不在家。

徐建明此刻心乱如麻，实在无心去探究他是谁，半掩着房门，将客厅的一片狼藉挡在身后，淡淡道："她出去了，还没回来。"

男生表情失落，后来又说了句什么。徐建明被那件事搅得精疲力竭，没心力再去应付任何人，迫切地想结束这场谈话，随口应下，不等男生再说什么就急切地给门落了锁。

客厅里是散落了一地的 A4 纸，从超市买来的食材还放在鞋柜旁边，新鲜的活鱼在袋子里徒劳地挣扎。

在周韵得知那件事后，她发疯似的把公司所有的报表和资料都翻了出来，然而事实比她所看到的数据更加严峻。

"现在怎么办？如果不是那伙人找上门，你打算瞒我到什么时候？"周韵从沙发上站起来，脸色惨白。

就在今天下午，周韵拿到了她的体检报告，诊断显示她除了有轻微的低血糖之外并无其他异常。她欣然回了家，今天是岁岁十八周岁的生日，她还得赶回去为女儿做上一顿丰盛的生日大餐。

对了，蛋糕也订好了，是岁岁喜欢的巧克力味。

过两天就是高考，伙食得做讲究些，等高考一结束他们一家人就去海边旅游，机票她都订好了。

然而当她提着食材从超市出来，兴致盎然地琢磨今晚的菜谱时，她的头发突然被人抓住，身后一股猛力将她拖去了偏僻的巷子。

后背重重砸在墙上，震得她眼前一黑，还来不及反应，三个混混模样的男人围了上来。一人直接抢过了她的包，将里面的东西一下倒了出来，在没有翻到任何值钱物品之后，另外两人开始对她动手动脚。

周韵在反抗之下捡起脚边的板砖就往他们身上砸，颤抖着声音警告："你们再敢上前一步我就报警！"

那三人不怒反笑，其中一个文着大花臂的男人轻而易举夺了她手上的板砖，顺势掐住她的下巴道："行啊，报警就报警！你老公欠了我们那么多钱还不起，老子也想找警察叔叔讨个说法咧！"

"欠钱？"周韵蒙了，她从未听徐建明提起过。

那三人见她一副全然不知的模样，顿时也就觉得没了意思。

大花臂扯扯腰带，吊儿郎当地站直了身体："哥几个也不想跟你废话，具体怎么回事回家问你老公去！今天来也就是想警告警告你们，替我转告徐建明，上次约定的期限马上就要到了，再还不起钱，老子弄死他！"

周韵失魂落魄地回到家。接到妻子电话的徐建明很快赶了回来，得知那伙人已经找了周韵的麻烦，他知道事情再也瞒不下去，不得不和盘托出。

徐建明的公司是做电子变压器生意的，产品对销北美，业务能力在国内市场算不上多出挑，但好在多年以来发展平稳。

变故发生在 2008 年，一场突发性的金融危机席卷全球，徐建明的公司也因此陷入困局。公司的合伙人之一也是他多年的好友老刘劝徐建明将公司转卖，徐建明不同意，两人因此起了分歧。

当时老刘已经有了举家移民的打算，多次争吵无果，便趁徐建明没有察觉，卷走了公司大笔财产，给原本就岌岌可危的公司送上致命的一击。

为了保住公司，徐建明狠下心借了高利贷，危机是暂时过了，但那如滚雪球般越滚越多的利息早已超出了他能负担的范围。他不得不四处求人，试图通过扩大公司业务来挽救困局，这也是他近年来应酬变多的原因。

然而，效果并不理想。做生意的人最讲究利益，但凡消息灵通的多少知道点他的事，谁还愿意蹚这浑水？发展到今天，公司几乎成了个空壳子，借的高利贷也因数目太大无法偿还，那帮催债的二流子已经逐渐没了耐心。

想到这些，徐建明颓然地闭上眼睛，身体靠着墙壁慢慢滑落："对不起，我以为我能处理好……"

事到如今，周韵已经没有心力去追究谁对谁错了，当务之急是将欠下的债还清，大不了等事情平息他们再东山再起。不能让那些流氓再继续骚扰了，他们今天会找上她周韵，明天就有可能骚扰岁岁……

想到这里，周韵再也无法平静，她冲进房间，发了疯似的翻找。

她还有一笔私房钱，是当年父母留给她的嫁妆，实在不行他们还可以把三环边上的大房子给卖了。

然而，她存折上的数字和那堪比天文数字的利息相比，简直九牛一毛，三环的房子也在贷款之前就被拿去抵押，只是周韵对此一无所知。

她坐在地上崩溃大哭，徐建明跪在她面前一个劲地扇自己耳光："是我没用，是我没能让你们母女过上好日子，还拉你下泥潭。"

周韵也不拦，只是怔怔地看着他："我给我两个哥哥打电话，我好歹是他们的亲妹妹，出了事他们不会不管的。"

徐建明按住她企图寻找手机的手："没用了，春节的时候我已经找过他们了，一听到是要借钱，他们连说辞都懒得找，直接挂了电话。"

周韵闭上眼睛，无声绝望。

房外传来门锁转动的声音，是徐知岁回来了。周韵连忙抹去脸上的泪痕，对徐建明说："把东西收一收，这件事先别让岁岁知道。"

徐建明点头。

出了房门，徐知岁正在玄关换鞋，周韵瞥了眼墙上的挂钟才发现时针已经指向夜里十点。还有两个小时，岁岁的十八岁生日就要结束了。

她双手无措地背在身后，努力让自己的声音听上去和往常无异。

"回来了？看妈妈都给忙忘了，这就给你做饭啊。"

"别麻烦了。"徐知岁叫住她，"太晚了，直接切蛋糕吧。"

三个人心里都装着事，夫妻俩并未注意到女儿脸上那不合时宜的悲伤，也没过问她这一天都去了哪里、和谁在一起。同样徐知岁也未察觉到父母为她唱生日歌时，那藏在笑脸下的眼泪和颤音。

吹蜡烛时，徐建明问徐知岁为什么不许愿。徐知岁木然看着摇曳的蜡烛，眼底古井无波："没必要了，反正也不会实现。"

蜡烛被吹灭，房间陷入一片无声的黑暗。

第二天，是高三学生返校拍毕业照的日子。

天气阴沉得厉害，蜻蜓飞得很低，人仿佛置身于一口巨大的蒸笼之中，闷得汗如雨下，衣衫湿哒哒地黏在后背，很不舒服。

徐知岁在校门口遇上了刚下公交车的秦颐，她今天打扮得很靓丽，为了拍毕业照特意换上了新买的连衣裙，头发也是精心编理过的。

而明显在外貌上更加有优势的徐知岁今天却显得格外素净，她只穿了普通的白 T 配牛仔裤，头发随意散落在肩上。虽然她极力掩饰，但秦颐还是一眼就注意到了她那双哭到红肿的眼睛。

关于她的计划秦颐是知道的，只消一眼便明白是怎么回事了。

"他回绝你了？"

徐知岁讽刺地扯了嘴角："不，他压根儿没去。"

秦颐是个急性子，最见不得姐妹受委屈，何况昨天还是岁岁的生日。

她拉起徐知岁的手："走，我们找他去！"

到了教室，孙学文已经站在讲台上，准备在拍照之前先将准考证发了。这是他的一贯作风，怕个别马大哈在假期弄丢了准考证，所以直到高考的前一天他才会把准考证发到学生手里。

秦颐看见她姨父那张严肃的脸，吓得肩膀一颤，哪里还敢造次，只得将满肚子的质问咽了回去，缩着脑袋溜回自己的座位。

徐知岁沉默地回了自己的最后一排，尽管心里有个声音在疯狂叫嚣，别管他了，他根本不会珍惜你的心意，甚至不把你当朋友。但她仍不死心地注意到她前面那个位子是空的，他没来，东西也搬空了。

孙学文挨个发了准考证，直到最后一张被人领走，徐知岁都没能听到祁燃的名字。

拍毕业照这么重要的日子，下午还要统一组织看考场，祁燃没理由不来。徐知岁找到了正在和同学讨论考场的宋砚，笑了笑，让自己的脸色不至于那么难看。

"宋砚，祁燃他是提前找孙老师领了准考证吗？"

宋砚收住了刚才的嬉皮笑脸，诧异而认真地看着她："你不知道？他没跟你说？"

"说……说什么？"徐知岁心头一紧，一个可怕的念头涌了上来。

宋砚愣住了，完全不知如何开这个口。不对，不论他说什么，事实都太残忍了。

这时蒋浩走了过来，勾住宋砚的肩膀，往自己嘴里塞了块口香糖，含含糊糊说："祁燃不参加高考，他要出国念书了，斯坦福大学，可太厉害了！你竟然不知道？"

"什么？！"徐知岁听见自己的世界有什么东西在坍塌，"那他现在在哪儿？"

宋砚不想瞒她，叹了口气说："他今天上午的航班飞美国……"

徐知岁转身就跑。

徐知岁冲出校门，生平第一次不讲道理地截了别人先拦下的出租车，唯恐晚了一秒，就再也见不到祁燃了。被插队的男人在车外对她进行恶毒的咒骂，她置若罔闻，关上车门对司机说："师傅，去机场，要快！"

出租车在车水马龙的长街疾驰，或许是被徐知岁的泪水吓着，司机不断从后视镜投来目光，好心询问她是否遇到了坏人，需不需要送她回家。

徐知岁不答，只是一个劲地摇头，求他快点，再快点。

司机说："没办法再快了，这边到机场本来就要一个多小时的车程，今天还是周末，不堵车就不错了。"

于是徐知岁借了司机的手机疯狂拨打那串烂熟于心的号码，她不记得究竟呼叫了多少次，但电话里的提示都是一样的。

他关机了。

漫长的煎熬过后，车子终于驶入了机场。几乎是在车子停下的第一刻，徐知岁就放下车费冲了出去。

她在人声鼎沸的机场大厅疯狂奔跑，魔怔了一般。身边是行李箱摩擦地面的杂音和行人投来的异样目光，她无心顾及，每一个细胞都在挣扎呐喊。

祁燃，求求你别走，别这样离开，至少让我和你说句再见！

机场显示屏上密密麻麻翻滚着几十条航班信息，宋砚说他要去哪儿读大学？对，斯坦福，旧金山。徐知岁一目十行地看过去，今天上午飞旧金山的航班有两趟，其中一趟已经起飞一个小时了，还有一趟……

还有十分钟停止登机！

徐知岁赶去安检处，在等待安检的人群中迷茫穿梭，排队的乘客那么多，每一个都不是他。

眼看就要来不及，徐知岁一咬牙冲进了安检口。然而机场的安保检查严格，哪里是她想闯就能闯的，还未跑过行李检测带，年轻的安检员就将她拦了下来。

"小姑娘没有登机牌你不能进去！"

"不好意思，我找人，麻烦你让我进去！"徐知岁哭着恳求。

"不行，机场有机场的规定。"

"就十分钟，求你……"

机场广播响起，播音员用三种语言轮流通知飞往旧金山的航班停止安检，飞机将在不久后正式起飞。这意味着不管祁燃在不在那架飞机上，她都见不到他了。

徐知岁整个人突然就脱了力，沿着安检门的边缘慢慢蹲坐在冰冷的瓷砖地板上，然后开始崩溃大哭。

她哭得撕心裂肺，哭得不管不顾，闭上眼睛，心里有什么在一点一点慢慢死去。

路人纷纷驻足观望，安检小哥莫名万分，一脸无辜地向乘客和领导解释："我没欺负她，真没欺负她！"又去拉地上的徐知岁，"小妹妹，你先起来，有什么话好好说。你要找谁，我让广播帮你通报。"

徐知岁还是哭，仿佛整个世界都崩塌了。最后安检人员没了办法，将她带到了休息室。

徐知岁不记得自己哭了多久，只知道当她回过神来的时候面前站了好几个身穿制服的姐姐，有人拍着她的后背，温柔地安慰："没关系的，没关系的，人走了就走了。他离开，你的生活还要继续，你才这么小，还能遇见很多人，总有比他好的。"

会有吗？真的会有比他好的吗？

徐知岁不知道，她只知道自己费尽心思靠近他，最后却连他的一句再见也换不来。

他或许很早就有了出国的打算，所以他才不断请假，经常看英文教材。可他从来没想过要告诉她，也许觉得没必要，因为在他心中她根本就是个无关痛痒的人。

她捧着一颗炽热的真心来到他面前，只消他一个眼神，她就有了为他颠覆一切的勇气，而他就像一块顽固不化的冰山，任她怎么做都焐不热，到头来反而害得自己遍体鳞伤。

徐知岁谢绝了机场民警送她回家的好意，今天情急之下闯安检口已经耽误了别人的工作，她不想再给任何人添麻烦了。

站在视野开阔的南广场，她突然觉得很迷茫，那种感觉就好像自己的人生突然失去了目标，也失去了信仰。

头顶不断有飞机划过，或者祁燃就在其中的某一架上，可那又怎么样呢？她追不回他，他也不会为她留下。

他们就像两条相交线，短暂交集过后渐行渐远。

徐知岁仰起头，望着阴沉的天空喃喃自语："祁燃，再见。"

学校的毕业照应该拍完了，徐知岁直接打车回了家。

出租车上的广播不断播报着城市新闻，明天就是高考，很多道路都要封锁。她还没来得及去看考场，不过不要紧，他们班大多数同学都在本校考试，她也一样，哪个教室在几栋几楼早就记得一清二楚。

出租车司机是个热心肠，听说她是即将参加高考的考生，好心地给她打了折，下车前还祝她高考顺利。

徐知岁淡淡地谢过，转身进小区大门时与一辆急促赶来的救护车擦肩而过。

这个小区住了不少老人，常有人病症发作半夜叫来救护车，徐知岁脑子尚在迟钝之中，并未多想，在回家之前先去门口的小卖铺买了一瓶水。

她不想让爸妈看出端倪。

祁燃走了，但高考还是会来，她的确失去了多年以来为之努力的信仰，但她更不想让同样重要的父母失望。

而且现在，她迫切地需要一纸录取通知书，带她离开这个伤心的地方。

她慢腾腾地往家的方向走，来到单元门口时发现救护车就停在那儿，楼下围满了人，或摇头叹息，或失声尖叫。

她听见有人提到一个名字，心脏狠狠一抽，忽然挪不动自己的腿了。

片刻之后，她如孤魂野鬼般向前挪动步子，每走一步都在心里默默祈祷，不要，千万不要。

有人回头看见她，说了句什么，紧接着人群主动散开。

徐知岁终于得以看清里头的一切——

有人倒在血泊里，犹如一个没有生气的傀儡，鲜红的血从他身下慢慢流淌开，也染红了他的白衬衫。

徐知岁用了许久才得以分辨清眼前的画面不是梦境而是现实，那个面目狰狞、浑身是血的男人不是别人，正是她的爸爸徐建明！

时间倒回一个小时前，徐建明和周韵在家为债务的事情发愁。

他们打遍了所有亲戚朋友的电话，然而世态炎凉，除了江途愿意将为数不多的三十万存款借给他们，其余的人对他们是避之不及。

送走江途后不久，门铃再次响起。

透过猫眼，徐建明瞧见外头站着一个个矮清瘦的男人，陌生面孔，对方声称自己是新来的物业，说徐建明停在楼下的车被某家的小朋友砸碎了玻璃，让他下去看看。

徐建明开了门，也就在那一瞬间，以大花臂为首的、提前潜伏在楼道里的催债人员夺门而入，在徐建明还没反应过来之前就不由分说地将他们夫妻二人按住。

大花臂说今天是约定好的最后期限，再拿不出来钱，就要对他们不客气。徐建明求对方再宽限几日，可他一拖再拖的表现让大花臂早已没了耐心，动辄一脚猛踹他的腹部。

徐建明本就长得斯文，从来也不是会和人随便动手的性子，哪里经得住他这一脚，当即痛得眼前一黑发不出声来。

敢放高利贷的人，手上多少有些手段，大花臂见要不到钱，开始领着人暴风似的打砸。

家里的电视机被踢碎了，柜子被推倒了，书本文件散了一地，能砸的都砸了。他们翻箱倒柜，寻遍了家里的每一处角落之后，除了一些周韵平时佩戴的首饰和一本六位数的存折再无值钱物件。

大花臂找不到钱，牙齿都快咬碎了，暴怒之下他注意到了并不算年轻但身材出挑、容貌优雅的周韵，一时起了别的心思。

他让人将周韵按在凳子上，不顾她的挣扎捏住她的下巴，说着最下流恶心的话语。徐建明还不上钱，他就用最卑劣的手段羞辱他。

周韵牙齿磕出了血，徐建明愤怒呐喊，可大花臂的动作并未因两人痛苦的挣扎而停下，反而更加兴奋，甚至开始脱周韵的衣服。

他一边动作一边拿起桌上的一张全家福，色眯眯地打量着照片上的两个女人。

"你这男人本事没有，老婆孩子一个个倒挺标致。这上面的小姑娘是你女儿吧，长得真漂亮，看模样也才十七八岁吧？等老子和兄弟们先办了你老婆，回头再找这个小妹妹玩。"

其余的男人开始起哄。

一伙人嬉嬉笑笑，快乐全部建立在别人的痛苦之上。

徐建明红了眼睛，妻子女儿是他的底线，绝不允许任何人伤害她们。

盛怒之下他额前青筋暴起，终于在大花臂得逞之前挣脱了那只按住他的手，如发疯的野兽般扑向大花臂，和大花臂缠打在一起。

大花臂骂了句脏话，石头硬的拳头砸在他身上。

徐建明弱不禁风，块头也不如大花臂，然而他摆出拼命的架势，大花臂一时也挣脱不开他。

周围没人帮忙，一伙人嬉笑地看笑话。

有人说："哥几个别搭手，敢单挑我们彪哥，看样子胆子不小，那就让他玩，今天不被揍个半死就算他走运！什么玩意，也看不看自己几斤几两。"

两人从客厅缠斗到了阳台，徐建明被一次一次打趴下，又一次一次爬了起来。

大花臂被彻底激怒，掐住他的脖子将他按在大开的窗台上，老式楼的窗台本就低矮，两人个子又高，大半个身子都悬到了窗户外面。

徐建明喘不上气，脸涨得通红，手上力度却丝毫不松。大花臂朝徐建明吐了口口水："我看你是活腻了，好，老子成全你。"

他双手发力，徐建明从窗台上翻了出去。

身体彻底失去控制之前，徐建明用力抓住了大花臂的手腕和肩膀，将他整个人拖了下去……

六层楼的高度说高不高，却足以要了一个人的性命。

伴随他们落地的是周韵撕心裂肺的尖叫。大花臂摔进绿化带里，尖而长的树枝直穿心肺，而徐建明以一个诡异的姿势砸在了水泥路上，正如徐知岁现在所看到的模样。

彻底失去意识之前，他用尽最后一丝力气看了眼六楼的某个窗户，嘴唇微动，无声地说了句："对不起。"

徐知岁不知道自己是怎么走到爸爸跟前的，明明早上出门前，徐建明还跟她说今晚要给她做好吃的，明天不上班，会送她去考场。而现在，他静静躺在血泊里，没有一丝生气。

徐知岁缓缓蹲下，嘴唇几度张合，喉咙却像被掐住，痛苦到发不出任何声音。

她想将爸爸抱起来，可他身上都是血，眼睛也睁着，就那么直愣愣地看着她，看着她……

"求求你们救救他！求求你们救救他！"徐知岁哀求前来查看情况的医生。

随车来的护士将她扶到一边，象征性地拍拍她的肩膀："医生会尽力的。"

接下来的一切犹如一场兵荒马乱的电影。

警察来了，带走了其余涉案人员；晕倒的周韵被发现，年轻警察将她抱下了楼；医生经过一段时间的抢救，宣告伤者因失血过多当场死亡。

高考伴随着一场暴雨的降临如期而至，两天日子过得飞快，结束后再回头望，恍惚得像梦境。

整个校园回荡着庆祝的呐喊声，裴子熠在这高亢的气氛中冲出考场，他已经想好了，高考结束后他要向徐知岁告白。

他不怕被拒绝，他有时间等她回心转意，他要和她报同一所大学，让她知道祁燃虽然走了，但他还在原地，从不曾离开。

然而等到考场人散尽了，都没有看到她的身影。

后来，他从班主任孙学文那里得知，那一年，徐知岁没有参加高考。

第七章
后来的我们 //////

　　"没有人觉得我生病了，他们只会说我矫情，说我抗压能力差。可他们不知道，我每个夜里都睡不着，不知怎的就想流泪，每天过得昏昏沉沉，压抑得喘不过气。我讨厌这个世界，不知道活着的意义是什么，我甚至想过就这样了结自己……

　　"我尝试过求救，但就连我身边最亲近的人都无法理解我的痛苦，他们告诉我不要胡思乱想了，没什么大不了的，他们从不理解我在承受什么。"

　　心身医学科的诊疗室里，年轻女孩在拿到自己的心理评估报告后，在徐知岁面前崩溃大哭。

　　评估报告显示，她患有严重的抑郁症。

　　尽管每天要面对几十乃至上百个这样的病人，徐知岁还是尽可能耐心地从专业角度给了女孩理解和安慰，告诉她一些自我调节的方法，并征询她的意见，是否愿意接受药物治疗。

　　抑郁症已经不是区区几句言语就能治愈的，也不是让病人想开点就能解决的，它是个病，严重时有躯体症状，需要药物干预，当然，更需要社会的包容和理解。

　　只是后者，大环境尚且无法如此宽容。

　　有人得了抑郁症而不自知，有人明明知道自己病了却不敢去医院，因为拿着抑郁症的证明回公司销假会被人当成笑话。

　　诸如此类的心酸苦楚，徐知岁已经听过太多太多了。

　　这是今天最后一个病人，在为女孩开完处方、告知每种药的用法用量，以及一些调节心情的方法后，徐知岁趴在桌上，深深地叹了一口气。

她中午没有吃饭，同事帮忙带上来的盒饭已经凉透了，一会儿还要和明天值班的医生交接工作，索性晚饭也懒得吃了，从抽屉里拿出几个小面包勉强垫垫肚子。

　　"徐医生，你晚饭就吃这个呀？"

　　小护士冯蜜路过诊室，瞥见徐知岁一边啃面包一边翻阅资料，停下脚步，斜倚着门框直摇头："你也太敷衍自己了，能不能尊重一下你的胃？走，吃火锅去，今天我们科室和神经外科搞聚餐，一起去啊。"

　　徐知岁抬头瞧了她一眼，合上手里的资料："我就不去了。明天下午在魔都有个精神医学的研讨会，谢主任已经过去了，我明天一早也要赶飞机过去，就不和你们去折腾了。玩得开心！"

　　冯蜜不死心，水汪汪的大眼睛里满是遗憾："有帅哥也不去？"

　　"不去。"徐知岁回答得斩钉截铁，脱下白大褂换了自己的外套，再三检查包里的资料，确定没有遗漏，这才关了电脑和设备。

　　冯蜜不敢挡着她关门，很自觉地退了出去，撇着嘴叹息："唉，看来又要让那几位男士失望了，我们的院花徐医生心里只有她的工作，其余凡尘俗事仙女是不会参与的。"

　　徐知岁淡笑着跟她往外走："我倒是想参与凡尘俗事，但咱们科室的情况你又不是不知道，哪一个不是天天忙得脚不沾地？不是摆架子，是真没时间。"

　　"我懂我懂，谁让你是谢主任最中意的学生呢，什么研讨会啊做课题都带着你，可他怎么不操心操心你的终身大事？一点休息的时间都没有，还怎么让人谈恋爱。"

　　冯蜜替她打抱不平。为了调出研讨会的时间，她已经大半个月没有休息过了，每天都是科室最早一个来，最晚一个走的，那些男医生想请她吃个饭都约不到时间。

　　私底下常有人开玩笑，说以徐医生的忙碌程度，不知道的还以为她不是心身医学科的，是急诊外科的。

　　徐知岁却觉得这样没什么不好，她的生活需要大量的工作填满，不然就什么都不剩了。

　　出了长济医院的大门，不同路的两人互相道了别。

　　徐知岁看了眼时间，在坐公交车和打车之间犹豫，最后觉得这个点还是坐地铁回去比较快。

　　地铁站离这儿不远不近，步行过去怎么也要二十分钟，城市天色已暗，高楼亮起斑斓的彩灯，就这么一路看过去，倒也称得上好风景。

　　才刚进入十月，空气中已经有了初冬的寒意，徐知岁裹紧风衣，扯开绑了一天的马尾，任由微风拂面吹乱发丝，这是一天之中她唯一觉得放松的时刻。

她可以不是心身医学科最年轻的坐诊医师，也不用是别人口中和妈妈相依为命的懂事女儿，她只是她自己，仅此而已。

经过十字路口，正好碰上附近一所中学下课，成百上千号穿着蓝白色校服的学生迎面走来，嬉笑打闹，个个朝气蓬勃。徐知岁与他们擦肩而过，竟有一瞬间出现了错觉，恍惚觉得自己也回到了那个和他们相仿的年纪。

但很快，急促的喇叭声很快将她拉回了现实——她现在是个衣着成熟举止沉稳的都市女青年，因为踩着高跟鞋走得太慢而被一伙骑电瓶车的小男生给嫌弃了。

看着他们恣意张扬地从身边经过，徐知岁非但没恼，还流露出了些许艳羡的眼神。

时间带走了很多东西，逝去的生命和青春永远不可逆转。而她也是后来才明白，长大不是积年累月，而是一夜之间。

徐建明坠楼身亡的那天，徐知岁觉得她整个世界都塌了，犹如一脚踏空跌进了万丈深渊，从此万劫不复。

一切来得太突然，她甚至不明白到底发生了什么，她就永远永远失去了最疼爱她的爸爸。

得知丈夫的死讯后，周韵大病了一场。在那前一天，她也不过才刚刚得知公司面临的危局，还未从绝望中打起精神，第二日就被迫经历了前所未有的屈辱，又目睹徐建明为了保护她而坠楼，精神方面受到了极大创伤。

她昏睡了三日，醒来后整夜整夜地崩溃大哭，变得胆小怕人，就连自己的亲生女儿都无法靠近，一度得靠医生打镇静剂才能平静下来。

在这样的重大变故下，徐知岁放弃了高考。后来从警方的调查和家里留下的破碎信息中，她才勉强拼凑出了整件事的来龙去脉，噩梦也接踵而至。

警方逮捕了这起恶性催债案件的所有相关人员，也顺藤摸瓜端掉了藏在高利贷背后的那只黑手，相关新闻在本市的晚间频道连续追踪播报了近一个月。

与此同时，徐建明的公司也因他的去世而宣告破产，他名下的所有财产被法院没收且拍卖，所得的资金用于归还债务。

不久之后，家里仅剩的那套六中附近的房子也被法院贴上了封条，徐知岁没有家了。

事情发生之后，她老家的两个舅舅只来帝都看过病中的周韵一次。

他们各自给徐知岁留了一张银行卡，数目少得可怜，加起来都不够付周韵的医药费，言语间更是句句不离自家的艰辛和不易，明里暗里都是希望徐知岁不要赖上他们的意思，她也刚好满十八岁了，又是个女孩子家家，实在不行别念书了，总有维持生计的法子。

徐知岁自小与这两个舅舅不怎么亲近，但是那时没有经历过世态炎凉的她还是被两人的做法和态度气得浑身发抖，直接拿银行卡甩在他们脸上，轰出了医院。

后来，是江途在关键时刻帮了她们娘俩一把。

那时他刚入职不久，薪水并不高，好在他之前送去给周韵夫妇救急的那笔钱并未被那帮流氓拿走。他用那笔钱替周韵垫付了医药费，在医院附近帮徐知岁租了房子，又联系学校让她去复读，叫她不论如何不能再自我放弃了。

复读的那一年，徐知岁从不与人提起，事实上她自己也很少回忆。

那是一段昏暗无比的光阴，她每天在八人间的寝室小床上醒来，身边是与她同样沉闷的高考失利的同学，她们很少交流，有的只是刷不完的题和背不完的单词。

时间的背后仿佛有双无形的手，拨动表盘，也推着人无法回头地往前走。

无数次从噩梦中醒来，徐知岁都觉得真正的徐知岁在那个闷热血腥的下午随着爸爸的咽气也死掉了，活下来的只不过是一具没有灵魂的行尸走肉。

她不知道自己命运的航线最终会驶向何处，只能放任自己在汪洋大海上孤独地漂泊，反复绝望又反复振作，周韵已经倒下了，但她不能。

后来经过医生的诊治，确定周韵患上了创伤性应激精神障碍，她变得阴沉，变得警惕，在无人的角落对着空气喃喃自语。

好在乔琳常来照顾，徐知岁才得以喘息，有足够的精力去复习。

一年后，她考上了中南大学，读的是精神医学。之所以选择这个专业，也是因为周韵的情况需要更加专业的照顾，而她们已经没有足够的钱去支撑这方面的开支了。

中南大学在南方，徐知岁带着妈妈暂时离开了这个伤心的城市。离开也好，眼不见为净，或许对周韵的病情能有帮助。

徐知岁向学校申请了外宿，在附近租了套房子。

大学生活并不比高中轻松多少，医学生的学业本就繁重，课余时间她还要外出兼职赚取生活费。江途已经帮了她们太多，她不能再一直欠下去了。

不住校且兼职的缘故，徐知岁在学校并没有什么朋友，因为外貌出众，她常被嫉妒她的女生造谣是在外面被人包养了，想要追她的男生也因此望而止步。

徐知岁从不在乎那些风言风语，比起这些，她更在意自己的课题选得好不好，老师要的资料什么时候交，周韵最近发病的次数变多了，房租又涨价了，而她做家教的那户人家最近有搬家的打算，她或许得重新找一份工作……

这种生活的压力，她无法与人倾诉，那些被家庭保护着的同学或许根本无法理解。

然而曾几何时，她也是被父母捧在掌心的小公主……只是那样的日子，再也回不去了。

幸而大学期间她遇到的老师都很不错，她的班导得知她的家庭情况时常给她帮助，她优异的学业每年都能给她带来一笔可观的奖学金，也赢得不少老师的青睐。

本科毕业后她被直接保研，在一次学术研讨会上被精神医学专家谢成业看中，破格收她做了关门弟子。她也因此几番辗转，最后又回了帝都，从小小的实习生做到了现在的问诊医生。

其中付出了多少心血和努力，只有她自己知道。

在地铁上的时候，徐知岁收到了秦颐发来的微信，说自己出差回来了，问她有没有时间约饭。

徐知岁告诉秦颐明天自己要出差，秦颐回了她一个哭泣的表情。

家里刚出事那会儿，徐知岁和身边所有的同学都断了联络，也包括她当时最好的朋友秦颐。

出于自尊心，她不想让任何人知道她正在经历着什么，看她笑话也好，可怜她也罢，对她来说都可能会是压垮她的最后一根稻草。

高考放榜那天，她路过六中，光荣榜上添了许多好成绩，不用看也知道会有很多她熟悉的名字。她很难不去想象，如果没有那场意外，自己的名字应该也会在上面。可哪儿来什么如果，过去种种如黄粱一梦，梦醒了，和她再也没有关系了。

和秦颐恢复联络是在大一。秦颐无意中从孙学文口中得知徐知岁在湘市上大学，巧的是当年因为志愿滑档秦颐没能顺利留在帝都，而是被湘市的一所双一流大学录取，离徐知岁只有两站路的距离。

她翘了一整天的课，蹲守在中南大学校园的主干道上，逮着人就问认不认识医学院一个叫徐知岁的女生。

遇见的时候，徐知岁刚刚做完兼职，正准备去图书馆自习，从包里拿出校园卡，一抬眼，看见漫长的石阶上坐着个熟悉的身影。直到那人缓缓站起来，面容随着距离的缩短而逐渐清晰，她才恍然发现，自己并不是在做梦。

两人遥相对望，双双红了眼睛。

徐知岁带秦颐回了自己租住的小屋，周韵睡着了，她们就在逼仄的阳台上说话。

关于自己的遭遇，徐知岁轻描淡写一语带过，可眼前的一切不会说谎，简陋的出租屋、抱病的妈妈、打不完的零工……无不诉说着她这一年过得有多艰难。

秦颐当着她的面大哭了一场，问她为什么不早点告诉自己。徐知岁鼻尖也跟着发酸，眼泪却怎么也掉不下来，只是轻轻地拍着秦颐的背，说："秦颐，人总要长大的，我长大的方式太过残忍，但愿你能一直快乐。"

秦颐眼泪再次决堤。

重逢之后，秦颐一直用自己的方式笨拙而真诚地帮助着她们母女。徐知岁不肯要钱，秦颐就给她介绍兼职，或是打着"父母寄来一堆乱七八糟的特产"的名义将东西全部搬进她家。秦颐开始研究下厨，这样她打工回来就能吃到热喷喷的饭菜……

徐知岁对此很感激，也很庆幸在人生最灰暗的时刻还有这么一个贴心的朋友，毕竟这世道落井下石多，雪中送炭少。

大三的时候，有学弟向秦颐发起了猛烈攻势，对方条件不错，对她也百依百顺，秦颐有些动心，却又害怕对方只是玩玩而已，犹豫不决间来找徐知岁拿主意。

徐知岁没见过那男生，对他的所有了解都是从秦颐口中得知，她只能从朋友的角度给出一些建议，感情这种事，最后的决定权还是在秦颐自己。

然而秦颐思考了半天，问出的第一句话却是："你和祁燃真的没有联系吗？"

徐知岁愣了很久，说话时声音比自己预想的还要平静。

她说："没有。"

祁燃。

她不记得自己有多久没有听到过这个名字了，往事重提，恍如隔世。

家里的变故来得太突然，她还未来得及深想祁燃离开的原因，噩梦就纷至沓来。她这才发现曾经的自己是多么幸运，她住在父母为她搭建的梦幻城堡里，不用为衣食住行发愁，除了学习她不需要操心别的，爱情就是她心中天大的事。

可有一天，城堡坍塌，她不得不单枪匹马扛起生活的重担。在经历过独自料理父亲后事、医院一次次的催费和亲戚的袖手旁观之后，她忽然在某一天看开了。

和生存的压力比起来，她不过是爱了一个不爱她的人，那点痛苦又算什么呢？

　　法院查封房子的前一天，徐知岁回家里收拾东西，想带走却带不走的东西太多，一时不知从何理起。

　　鬼使神差地，她走进了书房。

　　里面早在那伙人的打砸下变得面目全非，书籍资料散落一地，徐知岁锁在抽屉里的那个铁盒子也没能幸免，好在里面的东西还在。

　　存了好几年的日记本，偷偷画下的素描肖像，还有小学时的毕业照……曾经都是她最宝贝的东西。

　　她捡起来重新收回铁盒子，坐在满地狼藉中一张张一页页地翻看，仿佛自己也随着那些文字画面重新活了一次。那个世界没有生离死别的血腥，没有病房的刺鼻消毒水味，只有她和那个叫祁燃的少年。

　　那是她的，一整个青春。

　　徐知岁觉得在这种时候这种场景，自己应该大哭一场的，可她一滴眼泪都掉不下来。也许徐建明去世那天她哭得太歇斯底里，耗尽了自己所有的泪水，从此不管遇到什么事，她都没有想哭的欲望。

　　在看完所有东西之后，她平静地找来一个不锈钢盆，将她曾经视若珍宝的东西扔进去，然后一把火烧成灰烬。

　　看着那跃动的火苗，徐知岁和自己说："青春结束了。"

　　回到家，周韵正在做饭，听见开门的动静回过头来，淡淡地说："回来了，准备吃饭。"

　　徐知岁应了声，换鞋去厨房洗手。

　　经过这些年的调理，周韵的身体已无大碍，精神方面也基本恢复正常——至少外人是这么认为。

　　事实是她每天仍在服用药物，病情发作时那些疯狂的举动足以让母女二人双双崩溃。

　　好在这样的情况只是少数，平日里周韵与常人无异，生活能自理，也能正常交流。

　　徐知岁上大三的时候，周韵尝试出去找工作，但情况并不理想，年纪摆在那儿又多年脱离社会，想进好单位捡起她的老本行几乎不可能了，只能靠打些零工补贴家用。

　　徐知岁工作后，她也跟着回了帝都，如今在离家不远的小商场里做财会，薪水勉强过得去。

　　母女俩现在住的这套房子是两年前买下的，那时徐知岁在网上连载的漫画突然火了，有公司联系出版，给了一笔算不上多丰厚但也足够改善生活的版权费。

徐知岁用这笔钱在帝都重新买了房子，虽然地段不好，她每天上班得坐一个小时的地铁，每月还需还按揭贷款，但至少她又有家了。

晚饭是简单的两菜一汤，桌上照例摆着三副碗筷，周韵给自己舀了勺汤，又给对面的空碗里添了一勺，喃喃抱怨这几天下班晚，等她去到超市买菜，连块新鲜猪肉也没有。

徐知岁静静听着，却不回应，因为她知道那些话周韵并不是说给她听的。

周韵当初大病一场，醒来一度不愿相信丈夫已经离世的事实，不，应该说她现在也不承认。出院后她甚至不愿意去徐建明的坟前瞧上一眼，家里至今没有一张他的遗像，每年换季还会添上几件男士的衣服。

徐知岁起初无法接受她的自欺欺人，后来却也慢慢想通了，如果这样能让妈妈好好活着，自己又何必去戳破她好不容易才搭建起来的泡沫城堡。

就当爸爸还在身边吧，只是换了一种方式守护她们。

"这次出差要去多久？"周韵在给那只空碗夹完菜后突然问。

徐知岁喝了口汤："暂时不清楚，最少也要三四天，久的话可能要一周。我已经和舅妈说好了，这几天她会过来照看你，你就……"

"我好得很，不需要谁来照看！"周韵急切地打断她，"人家乔琳也是两个孩子的妈了，哪儿来时间天天往咱们家跑？我天天也要上班，又不是残废在家，能出什么事？再说，家里有你爸陪我，又不是……你这是什么表情？你也想说我魔怔了是不是？"

"没有……"

话没说完，周韵夺过徐知岁的饭碗狠狠摔在地上，"哐当"一声，瓷片混杂着没喝完的汤水溅得到处都是。

徐知岁不知道自己又是哪句话没说对，惹得周韵发了这么大的脾气，但这种情况已经算好的，周韵病情发作的时候更可怕的事情也不是没有。

她早已麻木，也疲于和妈妈解释她其实根本不是那个意思，只是沉默地找来垃圾桶将破碎的瓷片小心翼翼地收拾了，以免周韵用它们做伤害自己的事。

收拾完残局，她给妈妈倒了杯水："我明天一早的飞机，很早就要出门，一会儿洗完澡就先睡了。你这几天出门记得带好钥匙，要是实在忘了，就去找物业的刘阿姨，我会在她那儿放一把备用。还有，这个月的药，我给你开回来了，你记得按时吃。"

说完这些，徐知岁回到卧室，锁上了房门。

良久之后，外头传来女人的啜泣声，她叹了口气，转身进了浴室。

也许是长期加班的缘故，她这一天特别累，已经没有力气再给周韵更多的安慰。现在，她只期盼长夜无梦，能睡个好觉。

但很遗憾，没能如愿。

她好像一直都改不掉一有任务就失眠的习惯，神经紧绷了一整晚，下半夜的时候似乎迷迷糊糊睡着了，可没两个小时就被预先设置好的起床闹钟吵醒。为了不耽误飞机，她不得不强打起精神从温暖的被窝里爬起来。

过完机场安检已经是两个半小时以后的事了，徐知岁在登机前和老师谢成业取得联系，那边发来了这次研讨会的详细地址。由于参加的人太多，主办方不安排接送，她落地后得自己打车过去。

早班机上的乘客并不少，徐知岁的座位在经济舱的中段，虽然不靠窗，但前后左右没有闹腾的熊孩子，空姐见她戴上眼罩昏昏欲睡，贴心地给她准备了毯子。

飞行时间只有两个小时，徐知岁决定抓紧时间补觉。这几年工作的经验告诉她，研讨会一旦开始后面几天连续通宵也不是不可能的。

昏昏沉沉正要与周公碰面之际，机舱广播突然响起一道急促的通知："女士们、先生们请注意，现有一名乘客突发疾病，若飞机上有医务工作者，请您即刻前往公务舱帮助救治。"

几乎是本能反应，徐知岁掀掉眼罩站了起来，对正巧路过的空姐说："你好，我是医生，请带我过去。"

患者倒在公务舱的过道上，以一种极度诡异的姿势快速抽搐着，他的手脚扭曲，嘴角不停吐着带血色的沫子。

徐知岁虽是心理医生，但在校期间也学过许多临床知识，很快分辨出该患者是癫痫发作了。

有热心的乘客想起身扶他，徐知岁却是一惊，大喊一声跑过去："别碰他！"

那乘客吓了一跳，连忙收回了手。

徐知岁跪到患者身边，以最快的速度撑开他的眼皮进行检查，然后松开他的衣领，让他平躺在舱板上，头偏向一边，防止分泌物堵塞呼吸道。

"麻烦给我一条毛巾！"徐知岁回头对空姐说。

很快有人递来毛巾，她三两下折成小块塞进患者嘴里，以免他抽搐时咬到自己的舌头。

癫痫是种可怕的病，发作时没有任何方法能缓解患者症状的痛苦，她能做的急救就这么多，接下来要等患者自己慢慢平复。

不知过了多久，地上的人抽搐渐缓，身子慢慢变得松弛，但仍处于一种昏昏然的模糊状态。

徐知岁松了一口气，从地上慢慢站起来，对空姐说："先不要动他，让他平躺一会儿。另外，联系地面的救护车，他这种情况还是要送到医院进一步检查。"

"好。"

另一边的头等舱，男人西装革履，领口微敞开，鼻梁上架着副金色边的蓝光眼镜，视线一瞬不瞬地落在面前的笔记本电脑上。

下飞机之后有个会议，此刻有一堆数据等着他处理，他不喜欢吵闹，在公共场合工作习惯戴着隔音耳塞。

但此刻，前头混乱的动静还是影响到了他，后排的乘客挪来前面看热闹，走动时不小心撞到了他的电脑，他手一晃，按错了几个数字。

他微微蹙眉，摘下耳塞问一旁的助理："出什么事了？"

助理蒲新起身望了一眼，很快压低声音回道："祁总，好像是有人突发疾病，乘务人员正在实施急救。"

"发病？"祁燃抬头看了一眼，只望见公务舱里乌泱泱地围了一群人，依稀瞧见上有个穿雾紫色针织衫的女人正在救治，背对着他，看不清脸。

他不爱多管闲事，专业的事情应该留给专业的人去做，短短一眼便收回目光，低头去看腕上的表。

飞机不久之后就要降落，而他手上的数据还没有处理完。

十五分钟后，飞机平缓地降落在虹桥机场，机组提前与地面取得联系，救护车早早地等候在了跑道边。

为了不耽误救治时间，乘务长通过广播请乘客们少安毋躁，给需要帮助的人让出一条宝贵的生命通道。机舱门一打开，救护人员立刻举着担架上来抬人，先前给患者做急救的医生也跟了下去，一边走一边交接情况。

祁燃不经意往窗外瞥了一眼，然后再也无法收回视线。

女人穿了一件雾紫色针织衫，长发随意地散落在肩头，明眸皓齿，眼弯如月，说话时嘴边荡漾着两个甜甜的梨涡……

同样的一张脸，也时常出现在他的梦里。

"借过，借过一下！"

祁燃穿梭在人头攒动的机舱里，身后是被他重重摔下的笔记本和一脸茫然的助理。他甚至顾不上给刚刚完成的数据做保存，也来不及去想如果数据丢失了怎么办，等他反应过来的时候，人已经离开了座位，仿佛被某种模糊的本能驱使着。

他生平第一次懊恼自己太过理智，如果刚才他能多看几眼，或许不用等到下飞机，就已经将她认出来了。

然而这种可能已经不复存在。

机组人员正在组织乘客有条不紊地下机，人流挡住了他的步伐，祁燃的动作不再克制，拉开一个挡在机舱门口半天不走的青年就冲了出去。

他还没想好追上之后要和她说些什么，只知道内心有个声音在疯狂叫嚣——不能让她就这么走了！

他下了云梯。谢天谢地，救护车还停留在原地，几个穿白大褂的医护人员正合力把患者抬上车。

祁燃跑了过去，四处张望，并没看见紫色的身影。他抓住那个年长一些的医生，如同抓住了最后一根救命稻草："人呢？刚才和你说话的那个女人呢？"

医生被口罩遮住了大半张脸，唯一露在外面的那双眼睛宣泄着他的莫名和不满："刚才和我说话的女人有好几个，你说哪一个？"

"穿紫色衣服，在飞机上给病人做急救的那个！"

"她啊，她已经离开了。"

"那你看到她去哪儿了吗？"

"我怎么知道，这里来来往往的人那么多。让开让开，别耽误我们救治病人。"医生挥开祁燃的手。

祁燃在原地怔怔片刻，很快又朝出口大厅跑去。

行李传送带边上站满了人，一眼望过去，背影框似的有好几个。他跑到跟前，不对，这个不是她，那个也不是……

路人投来异样的目光，年轻女子回头时脸上写着茫然，而他在这一次次的认错中变得绝望。难道真的是他看错了吗？她并未出现，一切只是他的幻觉？

直到传送带上最后一个行李被取走，祁燃心里那团期待的火苗彻底被扑灭。

太久了，久到他都忘了还有时间的存在，那个反复来他梦里搅扰的身影再也没出现过。他不知道她生活在哪个城市、过得好不好，她犹如人间蒸发般彻底消失在他的世界里。

或许很多次，他们在人潮涌动的街头擦肩而过；或许他不经意间路过的某家咖啡店，她不久前刚来点了一杯冰美式；又或许就像今天这样，明明搭乘同一架飞机，一个在头，一个在尾，却怎么也遇不到。

"祁……祁总，怎么了？"

蒲新追了上来，停在祁燃跟前气喘吁吁，手里是刚刚被他撇下的电脑。在他身边工作了近五年，蒲新还从未见过他如此失态。

祁燃回过神来，疲惫地按按眉心："没什么。以为遇见一个故人，但……大概是我看错了。"

蒲新小心翼翼地打量他的神情："是不是最近太累了？为了准备今天这场交流会，您有将近一周没有好好睡觉了吧？"

"也许吧。"祁燃舒了口气，顿了下，仍不死心地说，"帮我留意一下最近的新闻，如果有报道今天飞机上乘客发病的事，记得拿给我看。"

"哦。"蒲新不明所以，但还是应下了，"那我们现在走吗？刚联系过了，接我们的车已经在门口了。"

"嗯，走吧。"

祁燃这次来魔都是来参加一场行业交流峰会的。他大学读的是电子工程专业，大二的时候开始参与盛远集团部分产品元件的研发，他整理数据资料传回国内，祁盛远领着研发团队实践，不久之后在当时公司最为紧缺的内存器上取得了重大突破。

虽然短短几年想完全摆脱对进口的依赖还不太现实，但集团内部看到了希望，对手公司也因此重新审视他们的实力。

大学毕业后，他成立了自己的团队，目标不再是只顾追赶别人的脚步，要想彻底摆脱国外巨头公司的压制就必须拥有比他们更先进的技术，这条路漫长且布满荆棘。

后来，盛远集团的崛起受到了不少关注和赞扬，那段自救的故事在国内广为流传，真要聊起来，大概能说三天三夜。好在最初那段困难的时光已经过去，"盛远"早已不是当年那个为了一个小小的零件而四处求人的小集团，这些年公司在电子与互联网领域颇有建树，不仅能自给自足，还能帮助其他公司一同渡过难关。

祁燃这些年一直处于国内和硅谷两头奔波的状态，一边学习一边致力于研究。

大二那年圣诞节，学校放了长假，他第一次回国，高中玩得好的几个男生约他出去小聚。他想起托人寄到美国的毕业照，装作不经意地问："对了，咱们班的毕业照怎么只有四十八个人？徐知岁没拍？"

蒋浩边喝酒边随口回："嗐，你说她呀！当年不知道什么原因她根本没参加高考，就跟人间蒸发似的，谁也联系不上她，同学聚会也没见她来过一次。"

后来话题被人岔开了，祁燃脑子却像被人轰了一炮，破碎的信息在脑海炸开一道刺目的白光，回过神来时，五脏六腑都像被人撕碎了。

他一秒都待不下去，借口还有事处理提前离了席。

出了大门，他片刻都等不了就给宋砚拨去了电话，然而那时宋砚已经进了部队，电子设备不允许随身携带，一连拨了几个都无人接听。

他想起了裴子熠，又在通讯录里乱翻了一通，许久之后才发现自己并没有裴子熠的新号码——自从那晚深聊，两人之间的关系发生了微妙的变化，联系也越来越少，出国留学后仅有的几次联系还是通过邮件。

他去了徐知岁之前的家，敲了半天门，没人开，后来是邻居看不下去，好心告诉他里头根本没人住，说这房子里死过人，搁置一年多了，一直卖不出去。

这个消息无异于晴天惊雷，瞬间压垮了他紧绷的神经，回去的路上险些出了车祸。

到家后，祁盛远见他失魂落魄，问他出了什么事，祁燃一言不发，脸色白得吓人。但知子莫若父，祁盛远多少猜出了些原因，这才将自己知道的消息和盘托出。

"那孩子的爸爸在你出国那天坠楼身亡了，具体是因为什么，圈里人传得五花八门，说什么的都有，我也不好妄加揣测。只知道后来他们家公司破产了，母女俩也消失在大家的视野里，像是为了刻意避开什么，没人知道她们去了哪里又经历了什么。没和你说是因为……那段时间我在国外，知道得也比较迟，就算告诉了你也无法改变什么，徒增悲伤罢了……"

那天祁盛远似乎说了许多宽慰他的话，祁燃一句也没听进去，脑海里唯有一个想法，父亲去世、公司破产、错失高考，打击一个接着一个，那样的日子他想都不敢想，而她又是怎么熬过来的呢？

后来祁燃尝试多方打听徐知岁的消息，皆无结果，命运总爱和人开玩笑，谁能想到当日一别竟是十年多的时间。

三天的交流会进行得特别顺利，盛远集团从不吝啬与同行分享经验，在当前经济的变革下，唯有合作共赢才能长远。

交流会结束的当天晚上，主办方在酒店举办了庆功酒会。

宴会厅布置得颇有格调，宾客的衣着也显得十分隆重，尤其在场的年轻女性，一个个浓妆艳抹，礼服华丽。

祁燃记得交流会上男性管理者居多，怎么结束之后反而多了这么多陌生的面孔。

"祁总，你这次的分享真是让人受益匪浅，没想到你年纪轻轻还有这样的格局，实在让人钦佩。"

入席不到半个小时，这已经是第五个过来与他寒暄的老总了，毫不例外，这人的身边也跟了个年轻女人。瞧模样大概二十四五岁，容貌艳丽，身材高挑，却穿了一件与其气质并不匹配的纯白色轻纱礼服，多少有点刻意清纯的意思。

祁燃扫了来人一眼，礼貌地起身与说话之人握手："哪里，我和盛远集团还有很多不足之处，将来还要向刘董多多请教。"

被叫作"刘董"的男人笑意更盛，对祁燃的欣赏又添了几分，如今年轻一代人才辈出，可是像祁燃这样不骄不躁，谦卑有礼的着实少见。

胳膊被人轻轻晃了晃，刘董明白是有人等不及了，便偏了偏身子，向祁燃介绍道："这个是我的小侄女，今年刚刚硕士毕业。说起来也是有缘，她和你还是大学校友呢。"

女人挽了一下耳边的碎发，抬眸间的娇羞恰到好处："学长好，之前我们在校友会上见过一次，我是生物力学专业的，不知道你还记不记得？"

祁燃牵了牵唇角，口吻冷漠："那估计是不记得了，我这人比较脸盲。"

女人的笑容僵在脸上。好不容易逮着机会，没想到祁燃的态度还是这么冷漠，把话都堵死了，分明是不愿跟她多费口舌。

一时间气氛尴尬，她不知道如何再开口继续。

这时候，蒲新拿着平板电脑走了过来，停在距离他们两米的地方，看了看祁燃，欲言又止。

"不好意思，失陪一下。"

"请便。"

祁燃放下酒杯欠身离开，走到蒲新跟前问："怎么了？"

蒲新拿起手里的平板电脑，界面停留在某视频平台的新闻上："有网友拍下了那天飞机上发生的事并且传到网上，现在许多新闻媒体争相转发。您看，就是这个。"

他将平板电脑递过去并按了播放，画面随即切换到某个路人视角，机舱里一片混乱，有人倒在地上不停抽搐口吐白沫，机组乘务人员紧急求助，一位紫衣女子跟了上来，检查片刻后回头说："麻烦给我一条毛巾。"

那张脸正对镜头，祁燃本能地按下暂停……

她的气质变了，头发也短了些，精致的五官却一如从前。祁燃开始相信那天在飞机上自己没有看错，屏幕里的女人就是她，徐知岁。

他点开评论，伸出去的指尖微微颤抖着。

网友纷纷夸赞镜头里的女主角做法专业，点赞最多的一条评论是：【三分钟，我要这个人美心善小姐姐的全部信息。】

底下有人回：

【我知道我知道，这是我们医院的同事，本人比视频上更漂亮。】

【提名字应该没关系吧？前不久挂过这个姐姐的号，本人真的好温柔。】

【说说说，做好事必须留名！】

【帝都长济医院，心身医学科，徐知岁。】

祁燃深深吸了一口气，视线落在那一串简短的地址上，再也无法挪开。

徐知岁刷到这条新闻的时候，正坐在酒店会议厅的角落修改第二天谢成业要用的PPT。看到自己出现在视频里，她脑海里闪过的第一反应竟然是，怪不得女明星要拼了命减肥，上镜胖十斤果然是真的。

那天她忙着照顾癫痫发作的患者根本没发现有乘客拿出手机录了像，下飞机和救护人员交代了情况后就打车直奔酒店，早知道视频会被全网转发，她那天早上就应该化个妆的——至少也该把那一对国宝似的黑眼圈遮一遮。

正想点开评论，谢成业来到她跟前，手里是两个热腾腾的盒饭："修改得如何？"

徐知岁放下手机，将笔记本电脑转了过去："差不多了，老师您看看。"

"行，你先吃饭。"谢成业将其中一个盒饭搁在她手边，自己则在旁边找了个空位坐下。

这期关于抑郁症临床研究新方向学术研讨会的规模很大，不仅有来自全国各地的骨干医师，还有几百名高校研究生参与。谢成业作为主讲专家之一，每天要面对各式各样的提问和咨询，实在分身乏术，修改演讲PPT的工作自然而然落到了他唯一带来的学生徐知岁的身上。

把工作交给徐知岁他是最放心不过的，这个姑娘有能力，心思也细，很多事情一点就通，这也是当初他一眼相中她的原因。

PPT做得很严谨，谢成业满意地合上电脑，目光不经意扫过她搁在鼠标垫旁的手机，边打开盒饭边说："这个新闻我看了，你做得很好，也算是给我们长济长脸了。早上副院长给我来了电话，说病人家属找到医院，要给你送锦旗。这是好事，不过你要戒骄戒躁，不能因为上了新闻就飘飘然，治病救人本就是医生的本分。"

"是，我知道了。"徐知岁艰难咽下一口小青菜，莫名地就想到了徐建明。从前她爸爸也是这样，总爱在人吃饭的时候说教，搅得人食欲全无。

如果徐建明还在世……

徐知岁吸了吸鼻子，没敢往下想。

见她脸色不太好，谢成业给她拧开一瓶水，说："来这边就没出去逛逛？晚上不是有时间给你们自由活动吗？"

徐知岁戳着碗里的米饭，面无表情地回："没，不知道去哪里。"

"那你就整天闷在酒店？我可听平安的黄院长说他们医院的女同事每晚都出去晃悠，东西都买了好几箱了。你也出去走走，适当放松还是要的。"谢成业停下筷子，意味深长地看着她，"你也是这方面的行家了，自己的情况应该多注意才是，该怎么调节不用我多说吧？"

徐知岁垂下眼皮，默不作声。

谢成业的提醒也点到即止，转而笑了起来："早知道时间这么充裕，我就让我家书毓也一块过来，你们年轻人在一起也有话聊，免得他整天闷在实验室，女朋友也找不到。"

谢书毓是谢成业的独子，年纪和徐知岁相仿，这些年谢成业明里暗里有撮合他俩的意思，但两人工作都太忙，见面不过寥寥几次，对彼此的印象虽然都不错，可也说不上有多投缘。

一听老师提起这茬，徐知岁浑身都不自在了，匆匆吃了几口米饭就起身，收拾东西溜之大吉："老师您慢慢吃，我突然想起来我朋友让我帮她买点东西，我今晚就出去走走，绝不让您在酒店瞧见我。"

"哎，我……"谢成业望着她的背影又是摇头又是叹气，"这两个孩子，怎么每次提起这事都一个德行，敢情就我老头子一个人干着急是吧？"

研讨会的酒店在浦东保税区里头，这边靠近外环，乘地铁去市区至少半个小时。徐知岁看了眼时间，不打算去体验魔都的晚高峰，在马路上闲逛了十几分钟，进了路边的一家书店。

这是一家非常普通的书店，人不多，但环境安静，书籍整洁，窗边摆了几张桌椅，可供客人免费阅读。徐知岁随意逛了逛，被一本放在漫画区中心位的书籍吸引，随手拿起翻了几页。

两个身着校服的女学生挤了过来，其中一位拿起一本兴奋道："看，《暗恋》！这就是我跟你说过的那本超好看的漫画！我都看三遍了，里头的故事真是又心酸又真实。"

另一个女生说："这本我知道。当时作者只在微博连载的时候我就追了，不过故事到男主角出国就戛然而止了，很多粉丝去问，作者大大都说不会有下部了。"

"啊，真的吗？好可惜啊，我还期待着男女主角能来个再续前缘呢。"

女生眼珠子一转，说："我们去微博上私信作者吧，指不定问的人多了，她心一软就肯出下部了呢。"

"好主意。"

徐知岁咳了一声，心虚地放下漫画去了另一侧。等两个女生出了书店，她点开微博，登录了那个名为"岁岁平安"的账号。

果不其然，收到了好几条催更私信，但因为发的人太多她也分不清哪条是刚才那两个小姑娘发的。

她随意点开几条看了看，很快又关上手机。

家里出事后的很长一段时间，徐知岁都患有睡眠障碍，入睡成了她一天之中最困难的事，几乎夜夜都在经历睁着眼睛等天亮的孤独。

　　偶尔身体累极了会昏昏沉沉睡上一段时间，可只要一闭上眼睛噩梦就会接踵而至。她总是梦见爸爸去世的那天，他倒在血泊里，睁着眼睛就那么看着她，看着她。也梦见自己奔跑在空旷的机场，哭得歇斯底里，就为留住一个人……

　　她不敢闭眼，梦境比现实更加残忍，它会逼着你去回忆那些你拼了命想忘记的东西。

　　那么多辗转反侧的不眠夜，她总要想办法熬过去，漫画《暗恋》就是在那个时候被创作出来的。

　　故事的女主角是她自己，内容就是她做过的那些傻事。起初只是为了自我疏解，画画成了她唯一能逃避现实的方式。她告诉自己，再回忆最后一次，等那个漫画里的女孩将她所经历的青春全部经历一遍，她就彻底将他忘记。

　　那时用微博的年轻人越来越多，她也尝试将漫画发到微博上，以便记录和保存。没想到一年多后的某一天，她的漫画被一位坐拥百万粉丝的情感博主转发而意外走红，关注她的人越来越多。

　　她更新得很慢，有时三四个月才出一话，在医院实习期间更是难得挤出时间，但读者们都耐心等着她，每次更新都能有几十万的点赞。

　　最后一话结束的时候，出版公司看中了她的故事和人气，意向出高价买下漫画的版权。徐知岁原本不想卖的，可那时她们母女刚回帝都，处处要花钱，谁会蠢到和钱过不去呢？

　　后来漫画的销量非常理想，出版公司多次联系她出续集，都被她直截了当地拒绝了。

　　她不想迎合别人的口味去编造一些虚无缥缈的情节，在她看来，这个故事到这里真的就结束了，并且事实的确如此。

　　久别重逢这种情节多存在于小说和电视剧中，现实里更多的是两两相忘，各自安好，即便生活在同一个城市也没有缘分再次相遇。

　　她从未想过再次遇见他。

　　遇见了又能如何？她早已不是从前的她，也过了恋爱比天大的年纪。

　　研讨会结束已经是两天后的事情了，谢成业留在魔都和兄弟医院的朋友小聚，徐知岁却不得不提前收拾行李，买最近一班的飞机回帝都继续工作。

　　没有办法，同事祝医生的妻子突然早产，身为丈夫的他必须陪在身边照顾。

科室少了个人问诊，冯蜜打来电话求助，说外头排队的病人多到站不下，有人等得不耐烦，当场发了脾气，差点和值班医生动起手来。

徐知岁人缘好，遇到问题的时候大家第一时间想到的都是她，何况她留在魔都的确没有事做，游玩没兴趣，逛街不愿动，不如早些回去投身工作。

飞机落地是上午九点，徐知岁带着行李箱直奔医院。

科室外站满了等候问诊的病人，护士台被围了个水泄不通，隔老远都能听见冯蜜扯着嗓子维持秩序。

看见徐知岁回来，冯蜜如见救星，拨开人群就跑了过来，小尾巴似的跟在她身后："徐医生你总算回来了，再不给他们安排就诊，我这小护士台非被人掀了不可。"

徐知岁边走边找钥匙："下次和挂号员说说，人手不足的时候就别放那么多号出去了。"

"说了说了，但没用，楼下自助挂号机老是坏，明明没号了还让人家付费。系统维护的人修了两天也没修好，每次挨骂的都是我们这帮小护士。"冯蜜噘着嘴抱怨。她才来医院半年多，挨的骂受的委屈都比从前二十几年还要多。

徐知岁拧开办公室的门，将行李箱推到一边，又换上白大褂："行了，我这不是回来了嘛。赶快去安排病人进来吧，争取今天天黑之前能下班。"

"好嘞！"冯蜜蹦蹦跳跳跑回了护士台。

办公室里的电脑有些年头了，系统很卡，开机需要大半天，徐知岁好整以暇，在桌前等了又等，才堪堪进入到输入密码的页面。

门口传来脚步声，徐知岁瞥见一双黑色男士皮鞋，鞋面光亮，干净得不染纤尘，一看即知价格不菲，可以想象它的主人应该是个极为讲究的男人。

她以为是病人进来了，边埋头输入密码边说："不好意思，麻烦等叫号再进来。"

来人却不吭声，停在离她工作台半米的地方静静等待。

在这总是充斥着消毒水气味的诊室，徐知岁奇异地嗅到了一丝清淡的木质香气，像盛夏的梧桐树，熟悉又陌生。

她抬眸瞥了眼来人，很快又低下头去继续专注输密码，足足过了好几秒，男人的五官才在她反应滞后的脑海里逐渐清晰。

她停下了敲打键盘的动作。

犹如电影里的慢镜头，短短的一瞬被切割成了无数个苍白的画面，徐知岁脑海里闪过无数个片段，却怎么也拼凑不出当年的模样。

她悲哀地发现，尽管过了十年，自己还是能够一眼就认出他。

冷光灯下，男人西服挺括，头发似乎短了些，那双漆黑的眼睛依旧深邃，却不再是青葱少年的模样，眉宇间多了成熟和经历，远远看着，清冷又矜贵。

而她，只觉得好陌生。

"好久不见……知岁。"

来人率先打破了这份沉默，声音低沉而温和，让人恍惚有种时光倒流的错觉。

徐知岁扯了扯嘴角，站起身，目光平稳地对上他的视线，微笑如常，一如对待一个不太熟悉的故人。

"好久不见，祁燃。你也是来看病的？不过你得先去外面排队等待叫号，我刚刚回来，电脑还没打开。"

她坐了回去，继续和那串长而复杂的密码较劲。最后一个数字是什么？她先前明明记得的……谢天谢地，终于开机了。

祁燃在她疏离的态度中短暂失落，眸光黯了黯："不，我是来找你的。"

"找我？我是医生，找我可不是什么好事，更何况我这里是心身医学科，心理上有障碍的人才会想来见我。"徐知岁还是笑，语气却忍不住地刻薄起来。

祁燃沉默，困惑地看着她。

徐知岁回避他的目光，视线全都落在跟前的电脑屏幕上。她顺利打开了医院的系统，一系列操作下外面广播开始叫号。

她抬眼望向祁燃，下逐客令："还有什么事吗？你也看见了，我这儿挺忙的，外面还有一堆人在排队。"

"等等。"祁燃脸上难得出现了着急的神情，仿佛错过这次她又会从自己的世界消失。

他上前两步，单手撑在她的办公桌上："我想和你聊聊。"

话音刚落，一个微胖的中年女人出现在门口，看见里头站着个男人，有些迷茫地问："医生，是到我了吧？"

"没错，你进来吧。"

这是个来复诊的病人，徐知岁记得她，伸手接过她递来的病历卡，抬头对祁燃说："不好意思，我要工作了。"

微胖女人也抬头看他，眼中带了些许扭捏，他一个陌生人杵在这儿，让那些本就隐私的病情变得更加难以启齿。

祁燃想自己大概来得不是时候，于是往后退了退："你什么时候下班，中午应该有午休吧？"

徐知岁眼皮也不抬一下："不一定，忙起来的时候哪顾得上什么午休。"

"那我就等到你有时间。晚上总要下班吧？六点还是八点？"

徐知岁不作声了，手里那张病历卡因为她无意识地紧握而变得弯曲。

祁燃深深看了她一眼，转身退了出去："你先忙，我就在外面大厅，多晚我都等你。"

门被人轻轻带上，徐知岁鼻头微微发酸，一遍一遍翻看患者之前的病况，明明都是她亲手写下的记录，此刻却一个字也看不进去。

微胖女人见她半天不说话，伸长了脖子试探地问："徐医生，我这病是有什么问题吗？"

徐知岁回神，摇了摇头："没，只是在回忆你之前的情况。最近怎么样？睡眠有改善吗？"

……

一整个上午，诊室的病人不断，徐知岁尽可能地认真接待每一位，只是偶尔显得有些心不在焉，同样一句话需要患者重复两次。

上午最后一个号叫完，徐知岁看了眼墙上的挂钟，快一点了。已经过了午饭时间，离下午正式上班又还有一个小时，她没有食欲，却又不知道自己该做些什么。

正想着，诊室的门被人叩响，她心脏微微一颤，喉咙也一阵紧缩："进。"

冯蜜探了个头进来，不怀好意地问："徐医生，都下班了，还在这儿干吗？"

见着是她，徐知岁松了口气，整理着桌面回："那你又偷偷摸摸地来干什么？"

"我哪里偷偷摸摸了？"冯蜜钻了进来，坐到她对面，双手托腮朝她拼命眨眼，"我就是想来问，外面那个帅哥是谁啊？长得也太没天理了吧？你是不知道，他往那里一坐，咱们整层楼的小护士都不淡定了，就五官科的那个小何，她一上午都装模作样往人家面前经过三回了，十分钟之前终于鼓足勇气上去要号码，结果被人家一句'不好意思，我在等人'就给回绝了。徐医生，他到底是谁呀？"

徐知岁瞥了一眼她那花痴的模样："谁说他是在等我的。"

"哎呀，你别卖关子了，我之前都看见他来找你了！"

徐知岁叹了口气，淡淡地回："不是谁，就是个多年不见的普通朋友。"

冯蜜翻了个白眼，一副"你骗鬼呢"的表情："我才不信，哪个普通朋友会这样？他三天前就往这儿跑了，每次来只问一句话'徐知岁医生在不在'，我们说不在，他也不急着走，就坐在你的诊室门口发呆。我们都猜测……"

"猜测什么？"

"猜测他是你的前男友！"

"无聊。"徐知岁没好气地剜了她一眼，低下头继续写病历，顿了顿，又迟疑地问，"那他现在还在外面吗？"

"在啊，一直没走，也没见他去吃饭。"

徐知岁在得到答案后，脸色变得更加难看。冯蜜打量她的表情，片刻后识趣地站了起来。

"你忙你忙，我先走了啊。下午病人不多，岑医生一个人应该忙得过来，你要是有事就不用来了，反正今天本来就没安排你值班。"

冯蜜笑嘻嘻地退了出去，诊室倏地变得安静，时钟的嘀嗒声回响在耳边，听得让人心悸。

徐知岁望着电脑右下角的时间怔怔出神，手里的记录本被她揪破了一个角而不自知。良久之后，她按了按眉心，终究还是选择脱下白大褂走了出去。

午休时分，诊室外等候的人依旧很多，她推开门，一眼就望见了坐在大厅冰冷座椅上的祁燃。

他弯着腰，手肘撑着膝盖，时而抬手看表，时而揉捏眉心，像是疲惫极了，但在忍耐，任由周围人拥挤吵闹，他却安静得仿佛另一个世界。

他的西装外套被脱下搭在扶手上，单薄的衬衫白得晃眼，侧脸轮廓分明，喉结明显。

有那么一瞬间，徐知岁记不清他十七岁的模样了。眼前的人举止成熟、气宇非凡，完全褪去了当年身上青涩的少年气，而这改变一次次地提醒她，他们之间隔着的是整整十年跨不去的岁月。

或许是感应到有人在看自己，祁燃抬起了头。看见徐知岁停在自己几米开外，他立刻站了起来，几步走到她面前，略带惊喜地说："忙完了？"

徐知岁闷闷地点头："你吃了没？"

"没有。"

"那正好，对面有个茶餐厅，我们边吃边聊吧。"

祁燃被徐知岁带去了那个名叫"静觅"的茶餐厅。她和那里的老板似乎很熟，一进门，对方就与她热络地打招呼，并将好奇的目光投向她的身后。

"很少见你带异性过来。"年轻女老板毫不掩饰地打量祁燃，却忍住没问他们的关系。

徐知岁也没有解释，微笑地与她寒暄几句，便径直走向了靠近窗边的一个位置。

祁燃跟了过去，将手里的西装外套搁在一边。

很快有服务生上前点菜，徐知岁熟稔地点了几道自己平时常吃的，又将菜单递给祁燃。祁燃随意翻了翻，最终在服务生的推荐下点了两道这里的招牌下午茶。

服务生走后，沉默来得悄无声息。

祁燃喝了一口杯里的柠檬水，不知是糖放少了还是他的味蕾出现了错觉，柠檬水涩得发苦。这不是他以往喜欢的味道，如今却成了填满他内心空洞的唯一稻草。

他看着徐知岁，有种不真实的感觉。她坐在明与暗的交界处，阳光从她的后方投来，让她每一根发丝都在发光。可她给人唯一的感觉就是淡，清淡的眉眼，淡漠的神情，明明就那么安静地坐在你眼前，却让人觉得什么也抓不住。

"什么时候回国的？"徐知岁突然开口。

"大学毕业就回来了。这几年忙于研发，常常国内国外两头跑。"

"哦，挺好的。这些年常在网上看到关于盛远集团的新闻，你的功劳很大，看来国外的大学的确是比国内好啊。"徐知岁点点头，语气不无嘲讽。

祁燃把玩着手里的杯子，低头若有所思，片刻后才说："你呢？你过得好吗？"

徐知岁笑了，仿佛听了个冷笑话，没想到有一天会从他口中听到这么俗套的开场白。

她耸耸肩，回得轻描淡写："挺好的。如你所见，我现在是一个普普通通的医生，每天忙得脚不沾地。对了，我时间不多，下午还要回去上班。"

所以你有什么话尽快说完。

祁燃听出了她的话外音，黯然垂下眼眸，一时间揣摩不清她对他的态度，她应该知道他来找她并不是为了简单的寒暄。

"很抱歉，伯父的事……我是后来才听说的。"

徐知岁脸色微变，握着杯子的手微微收紧："都过去了。人生总会有一些不可预知的事情，谁也不知道明天和意外哪个先到。再说这件事和你没关系，你没什么好抱歉的。"

"我给你打过电话，也发过邮件，但都没收到你的回复。"

"哦，是吗？"她还是淡淡的，"手机号换了，邮箱早就不用了。"

"我的号码没变，你为什么没有跟我联系？虽然当时我在国外，但是只要……"

"只要什么？"徐知岁不客气地打断他，"我想这是我的家事，就算当时的确遇到了些问题，现在也都过去了，我没有必要去和一个普通男同学诉苦吧，你说呢？"

祁燃深深注视着她，脸色更加难看："你果然生我的气了。"

徐知岁别开脸去，几个深呼吸之后，她说："我不明白你为什么突然找我说这些。如果你只是因为知道了我家里的变故，大发慈悲想要可怜我，那大可不必。最痛苦的那段时间也已经过去了，我现在过得很好，有工作有朋友，不需要任何人安慰，你大可以收起你的怜悯之心，安安心心去过你自己的生活。反正，这么多年都这样过来了，不是吗？"

她强迫自己平静，可语气还是抑制不住地激动。碰巧服务生过来上菜，见状以为他们在争吵，不知所措地看着他们，进也不是，退也不是。

徐知岁闭了闭眼，开始后悔自己一气之下的尖酸刻薄。她其实没有必要这么说的，他们已经在彼此世界消失了十年，有些事情心知肚明就好，何必说出来呢？就这么糊里糊涂地过下去算了。

她不想再待下去，提上包决定要走："抱歉，我先走了，如果你还有胃口，那请慢用。"

"别走。"祁燃忽然起身拉住了她的手腕，两人错着一个身位，徐知岁听到他用近乎恳求的口吻说，"别走……至少，把这顿饭吃完吧。"

徐知岁鬼使神差地坐了回去。

后来这一餐饭吃得堪称煎熬，两人都没怎么说话，却也没怎么动筷子，大厅里放着不合时宜的恋爱歌曲，听得人心里怪腻的。

徐知岁看着窗外的车水马龙，有那么一瞬间她恍惚看见了当年坐在窗边苦苦等待的自己。同样是茶餐厅，同样是布满阳光的午后，他却迟到了十年。

时间果然是世上最好的解药，她从没想过有朝一日自己还会如此平静地和祁燃相对而坐，不再因为他的一句话、一个动作而乱了心跳。

用完餐，两人在谁结账这个问题上拉锯许久，徐知岁不想欠他的人情，祁燃却说这是基本礼仪。

服务生看着同时递过来的两张卡，再次蒙了，最终还是老板娘姜辞出面，将徐知岁企图付款的手给按了回去，巧笑倩兮道："这种事还是让男士来吧，不然下次人家都不敢约你吃饭了。"

徐知岁想说哪里还有下次，然而姜辞手快，将卡在 pos 机上一过，账单便已打了出来。她只好收回自己的那张卡，朝祁燃勾起一个礼貌却僵硬的笑："谢谢。"

祁燃低头在账单上签字。他的字潦草了许多，行云流水，一笔勾成，带了些岁月的沉淀，却依然是好看的。

他将银行卡收回皮夹，转头对徐知岁说："走吧，我送你回去。"

一路上，徐知岁走得很慢，祁燃也放慢脚步与她并肩走着，尽管两人之间隔着足以站下一个两百斤胖子的距离，微风吹来的时候，他还是能闻到她发丝的清甜。

穿马路的时候，徐知岁仍在发呆。

这片没有红绿灯，过斑马线是否放慢车速全靠司机的自觉。闹市区来往的车辆络绎不绝，有司机按响尖锐的喇叭，眼看就要和尚在神游中的徐知岁来个"亲密接触"，祁燃手疾眼快地拉住她的胳膊，将她整个人往后一带。

"看车。"他低声提醒。

徐知岁心下也是一惊，顿时懊恼自己怎么能在过马路的时候开小差。可等她回过神来，才发现自己以一种极为窘迫的姿势半靠在他怀里……这个认知让她眉心重重一跳，立刻站直身体，不露痕迹地拉开与他之间的距离，拢了拢被风吹乱的头发说："谢谢。"

祁燃蹙眉："除了这句，你就没有别的话能对我说了吗？"

徐知岁沉默并且很认真地想了想，然后缓慢摇头。

好像真的没有什么可说的了。

"走吧。"祁燃沉了口气，走在徐知岁右侧，帮她阻挡开往的车辆，到了反方向又不动声色地站到了左边。

徐知岁加快了步伐，心情也因此变得浮躁，不明白他为什么要这么做。

进到医院大厅，认识她的人慢慢多了起来，有同事休息之余投来八卦的目光。

徐知岁不习惯成为众人视线的焦点，停下脚步说："就送到这儿吧，再见。"

"等等。"

转身之际，祁燃叫住了她。他三两步走到她跟前，迟疑道："我还能再来找你吗？"

徐知岁偏头避开他的目光，深呼吸，正要开口说什么，身后突然有人叫她的名字。

"原来你在这儿啊，找你半天了！"

她闻声回头，看见裴子熠从食堂的方向走来，身上还穿着工作时的白大褂，手里提着份盒饭，在看到站在徐知岁对面的男人时，面色明显一怔，好半天没回过神："祁……祁燃。"

祁燃却并不惊讶，慢慢站直身体，点头微笑："子熠，好久不见。"

"好久不见。"裴子熠走了过来，面色已经没有最初那么难看。

他看看祁燃，又看看徐知岁，似是困惑地问："你们怎么碰到一起了？"

徐知岁觉得这个事情一时半会儿解释不清楚，何况没有解释的必要。她抿了抿唇，视线落到他手里提着的盒饭上，问："裴医生，你找我有什么事吗？"

“没什么，就是听你们科室的护士说你没去吃饭，就想着帮你带一份。”

徐知岁淡淡道：“谢谢，不过我已经吃过了。”

“是吗？”裴子熠目光扫过祁燃，自嘲地勾起唇角，“看来是我多此一举了。”

徐知岁当然听出了他话里的落寞，然而她只是低头看着脚尖，默不作声，她不知道自己在心虚什么。

按照他们两人以前的关系，祁燃应该早就知道她和裴子熠是一个单位的同事了，然而通过刚才的聊天，祁燃似乎是最近才知道她在这里的，而他对裴子熠说好久不见？

太多思绪缠在一起，徐知岁有些头痛。

裴子熠看向祁燃，语气意味不明：“什么时候回来的？这次又打算在国内待多久？”

祁燃淡笑：“有几个月了，这次回国就不打算走了。你呢？之前不是在市九医院，什么时候跑长济来了？”

裴子熠耸耸肩：“那边有什么好的，在我妈眼皮子底下做事，整天束手束脚的，没什么意思。”

听着二人客套又疏离的寒暄，徐知岁陷入一种难以言喻的窘迫和不安中，一心只想快点从这尴尬的处境中抽身。她不停地抬手看表，好一会儿才找到个合适的时机插话：“不好意思，我真的还有事，先走了。”说完，转身跑进了电梯，直到电梯门缓缓合上，也没再往外头看一眼。

心身医学科在五楼，此刻午休尚未完全结束，扎在自己工位上的同事并不多，等待医生上班的患者却坐满了整个大厅。

徐知岁刚从电梯里走出来，正百无聊赖剪指甲的冯蜜眼尖地瞥见她，小哈巴狗似的凑上来，笑容暧昧。

“徐医生，午餐吃得怎么样啊？那帅哥人呢？怎么不见他送你回来？哎，他是做什么工作的？我刚才查了一下，他手上那块表堪称天价，把我卖了也不一定买得着。”

徐知岁停下脚步，表情无语问天：“冯蜜，我突然发现你爸妈给你取这个名字还真是取对了。”

“啊？什么意思啊？”冯蜜眨巴眨巴眼睛。

“你能不能不要像只小蜜蜂一样整天在我耳边嗡嗡嗡，我的头已经快炸了。”

冯蜜噘嘴，表情委屈：“人家这不是关心你的终身大事嘛，你怎么还不领情？”

徐知岁睨她一眼：“我谢谢你了，刚才在食堂也是你说漏嘴的吧？”

"我也不是故意的，裴医生问我你去哪儿了，我就……好吧，我下次注意。"冯蜜撇撇嘴角，走回工作台，将乱糟糟的记录本垒成一沓，低声喃喃，"真是旱的旱死，涝的涝死，啥时候能让我遇见个帅哥就好了。"

徐知岁摇摇头，回到办公室，看着黑屏的电脑，思绪变得遥远。

再次遇见裴子熠是在三年前一场与兄弟医院的交流会上，那时的他已然是市九医院最年轻的儿外科医生，俊朗帅气，前途无量，身着西装往演讲台上一站，惹得一众小护士看直了眼睛。

谢成业与裴子熠当时的老师是旧交，演讲结束之后谢成业领着她过去打招呼，两人因此不可避免地打上照面。

那天之后，两人恢复了联系，不久后裴子熠考进了长济医院的儿科。听说因为这事裴母差点和他翻脸，责怪他家里铺好的路不走，偏要来这人才济济的长济医院当什么凤尾。

徐知岁知道，这其中的原因或许和自己有关，她再怎么迟钝也能察觉到他对待自己的不同。然而她还是选择回避，她做不到口是心非，也不愿意践踏任何人的真心。

即便所有人都对她的做法无法理解，裴子熠那么优秀，家世又那么好，她还有什么不肯放低姿态的。

但只有她自己知道，她是害怕看见裴子熠。因为一看见他，那段尘封的往事又被勾起，一看见他，她就忍不住想起从前那个和他形影不离的少年。

她想，这辈子她大概很难再去爱别人了，可如果非要找个伴余生才算完整，她希望，能找个和她过去无关的人。

酒吧里，五色灯光交错迷离，年轻女歌手在台上唱着轻缓的情歌，宋砚在服务生的引领下沿着卡座一路往前，一眼就看见了孤零零坐在吧台边喝酒的祁燃，面前已有喝空了的酒瓶子，显然已经等了许久。

几乎是同时，祁燃也看见了他，抬手招呼："这里。"

宋砚坐过去，脱下外套搁在腿上，打量着周围说："怎么选了这么个地儿？未免太清静了吧？"

这是个静吧，客人喝酒聊天安静听歌，没有迪厅的喧闹，祁燃觉得这里挺好，他实在无法适应那种嘈杂的环境和震耳欲聋的音乐。

他把自己跟前的一杯酒往宋砚手边推了推："这次休假几天？"

"就三天，收假后就要出任务，估计没有小半个月回不来。"

说起来也是天意弄人，当年祁燃一心想考军校，最后关头却不得不为了现实放弃理想。而宋砚呢，从小立志做个躺着就能赚钱的大老板，大学时却阴错阳差参加了征兵，成了一名光荣的特种兵，经过几年的磨砺，如今已是个支队的队长了。

当年那一头总是被班主任嫌弃的凌乱短发不见了，取而代之的是干净利落的短寸，站姿也不再歪歪扭扭，眼神凌厉，处处透露着干练。祁燃看着他，眼底流露出些许羡慕。

宋砚喝了一口酒，挑眉问："说吧，找我什么事啊？你这个工作狂竟然没有闷在你的研发室，真是难得。"

祁燃笑："怎么，没事就不能找你出来喝酒了？'

宋砚撇撇嘴："也不是，就是吧……在电话里听你声音不太对，是不是出什么事了？"

祁燃若有所思地垂头，看着杯中晶莹的液体，低声说："我今天去见徐知岁了。"

"咳……"宋砚含着的半口酒差点喷出来，抹了抹嘴角，眼神无比惊讶，"你找她了？她在哪儿？"

"长济医院，她现在是那里的医生。"

"长济医院……"宋砚下意识咽了下口水，"那不就是裴子熠的单位？"

祁燃将杯里的酒一饮而尽："是，我今天去的时候正好碰见他了。"

宋砚也喝了一口酒，眼神怔怔的，好半天没缓过神来："也就是说裴子熠早就知道徐知岁在长济了，所以才不惜冒着被他妈扫地出门的风险换单位？但他什么都没有跟我们说……好吧，人在感情方面果然都是自私的。"

裴子熠转到长济工作是三年前的事。关于这事，宋砚还是某次和他妈妈聊天时得知的，他当时还觉得奇怪，裴子熠放着市九医院大好的前程不要，跑去长济做什么，现在看来，裴子熠怕是早就知道徐知岁在那儿，也知道祁燃在找她，所以什么都没有说。

宋砚叹了口气，不无惋惜地说："我记得以前，你和裴子熠关系是最好的，甚至在我之上，大家都称你们是六中双子星。可自从你出国之后……问句我不该问的，你们变成如今这样，是不是因为徐知岁？"

祁燃默然，宋砚继续说："感情的事我这个外人本不好讲什么，但好歹当年的事情我都看在眼里。那时裴子熠一直觉得徐知岁是对他有意思，我却觉得未必，我不相信身为当事人的你一点都没有感觉到。祁燃，我就问一句，你这些年拼了命地找她，是不是因为……"

"是。"祁燃的回答十分坚定。

宋砚倏地笑了，举杯和他碰了一个："看来你终于肯直面自己的真心了。"

祁燃醉醺醺回到家，屋内一片漆黑，祁盛远睡下了，连祁柚养在家里的小猫小狗也躲在角落休息了。黑夜静得人发慌，心里像被掏空了一块。

他摇摇晃晃地上了楼，摸到房间，也懒得开灯了，解开外套就倒在床上。

翻身的时候，他下意识去摸枕头下面的东西，像以往一样总要看上两眼才能安心入睡。

手在枕头底下摸了又摸，什么也没捞着，他强忍着胃里的不适按亮床头柜上的台灯，掀开枕头再找。

还是没有。

床单被套被人换过了，不是早上那套，枕头下面空荡荡的什么也没有。

原本模糊的意识瞬间清明，祁燃腾地坐起身，在房间里翻箱倒柜，任何角落都不放过。

"张姨！张姨你睡了吗？"一阵徒劳寻找过后，祁燃下楼敲响了保姆的门。

睡梦中的张姨被这动静惊醒，片刻后披了件大衣起身，打开门，睡眼蒙眬地看着他："怎么了小燃？出什么事了吗？"

"你今天打扫我房间了？我枕头底下的东西你有没有看见？"祁燃努力让自己的声音听上去不那么急切。

"那个啊……"张姨反应了几秒，说，"我今天收拾床铺的时候不小心掉出来了，我见是张照片就给你放书房里了，但是……"

话还没说完，祁燃急匆匆转身进了书房。

他的书房鲜让人进，东西也是按照自己的习惯摆放的，半分钟后终于在右手边第一个抽屉里找到了他要的东西——平安符和一张残破的小学毕业照。

"这照片怎么破了？"他捏着毕业照问门口的人。

张姨挠挠头，倚在门框边满是歉意地回："不好意思啊小燃，照片掉出来的时候我没注意，被'保时捷'给扒着了……实在不好意思啊。"

"保时捷"是祁柚养的一只猫，除了它，她还养了一大堆的猫猫狗狗，这丫头刚结婚，许多东西还来不及搬去自己家，这几只小猫也暂时留在了祁家。

"猫呢？"祁燃问。

张姨尴尬一笑："祁柚怕你发火，今天下午就把猫给接走了。"

"犯罪凶手"跑了，"作案现场"被清理了，祁燃现在连火也没地方发了。

幸而最重要的那部分没有被损毁，他闭了闭眼，再抬眸时情绪终于平复了些。

"算了张姨，这事不怪你，你先回去睡吧，打扰你休息了。"

"哎，好。"

张姨带上了门。

祁燃在桌前颓然坐下，沉默地抚平了照片上的褶皱，找出胶布，尽可能小心地修复破损的痕迹。

这是一张旧到泛黄的小学毕业照，背景是他们小学的田径场，他站在班级的最后一排，绷着脸直视镜头。

他斜前方站着个扎双马尾的小姑娘，俏皮地比着剪刀手，因为笑得太用力，眼睛眯成了一条缝——那是十二岁的徐知岁。

也是他与她的唯一一张合照。

最早注意到这个女生，是在她转校过来第一周。

那天早上司机送他去学校，路上一辆疾驰的小轿车和一辆载满水产品的自行车迎面擦过。自行车的车主是个五六十岁的老爷爷，因为上了年纪，车身又重，小轿车还没碰着他，他自己就先扶不稳车头摔倒在地。

水产品倒了一地，到处都是活蹦乱跳的鱼虾，老爷爷顾不上检查自己的伤势，连滚带爬地去捡鱼虾。他说，那是他好不容易从河里捞来要拿到菜市场去卖的。

然而小轿车的车主只是摇下车窗说了一句"你是自己摔倒的我可没撞到你"后，冷漠地离开了。

有路人投来怜悯的目光，却没有人为他停下脚步，包括当时的祁燃也因为一时的迟疑没有让司机停车。

只有一个扎着双马尾的小姑娘停了下来，背着书包帮他满大街捉鱼捉虾。污水弄脏了她洁白的校服，鱼尾拍打在她红扑扑的脸蛋上，她模样笨拙，眼底却有明亮的光。

后来，祁燃意外发现这个小女生竟然是他们班新来的转校生，当天因为迟到被老师训斥了，同学也嫌她身上又脏又臭没人愿意靠近。

或许是从小生活在南方的缘故，她个子小小的，说话带着南方特有的口音，同学们对她并不友善，男生不止一次嘲笑她是"村口的小芳"，女生不愿意带她玩。

竞选班委那天，她上台毛遂自荐，结果也在意料之中，没有人选她，可祁燃还是为她举了手。

虽然她看上去不太漂亮，成绩也一般，但她善良也有爱心，和那些整天围在他身边的女同学不一样。

不过令他没想到的是，那天之后她也常常围绕在他周围，像只小蜜蜂似的嗡嗡嗡说个不停。

祁燃怕吵，通常不搭理她，她却能一个人自问自答，并且乐在其中。

上了初中之后，他依旧能在学校看到她的身影。

她好像还是不太机灵的样子，升旗仪式站错班级，课间十分钟从他的窗边晃过三次，连篮球比赛也能认错队伍，他们班进球她却比谁都高兴。

　　到了高中，她站在新生开学典礼的发言台上，扬言一定会考上重点班，祁燃第一次发现她好像也挺漂亮的……

　　那时的他并未意识到自己对她的好感，真正把她放在心里是在高三那年。

　　母亲的突然离世成了他心里无法磨灭的痛，如果没有她的安慰与陪伴，他或许没有那么快能走出来。她绕路给他送作业，雨天偷偷往他课桌里塞雨伞，除夕来找他放烟花……那时的他就在想，她究竟是个怎样的女孩呢，好像永远没有烦恼，永远那么乐观开朗，明媚得像个小太阳，照亮并温暖着身边的人。

　　他从来不是一个喜形于色的人，青涩的感情更是藏在心中不让任何人知晓，何况那时他的家庭出现了巨大的问题，对她的感情也因此压抑再压抑。

　　出国的决定做得非常艰难，但在当时没有比这更好的办法了。

　　那段时间他总在想，自己到底能给她什么呢？"盛远"前途如何尚未可知，自己出国求学也不知归期，让她明白自己的心意又能如何？让她等吗？还是让她和自己一起出国？

　　既然连自己的前程都看不清，那又何必耽误一个姑娘的大好青春？

　　更何况……裴子熠也喜欢她。

　　裴子熠那晚的坚定一度让人以为他会和徐知岁走到一起，这样也好，他就能安心地出国，了无牵挂。

　　然而事实却并非如此，想念来得凶猛，抬头看的云像她，身边拂过的风像她，耳边听的歌唱的都是她……

　　他不止一次地后悔，后悔自己的自负，自以为能放下的，到头来却发现她的名字从未心底消失。也后悔自己的迟疑和懦弱，如果当时把话说开，总好过糊里糊涂就把她推向别人。

　　得知她家的变故，他是痛心的。他无法想象她是如何熬过那段艰难的岁月，更无法原谅在她需要帮助的时候在大洋彼岸一无所知的自己。

　　时隔多年再次相遇，她的变化很大，记忆中的她总是爽朗明媚、爱笑爱闹、做事也毛毛糙糙的，如今却成熟内敛，与他说话总带着一种无法言喻的疏离，像是隔了一座永远逾越不了的山峰。

　　他想，她是生他的气了。

　　想到这里，祁燃痛苦地闭上眼睛，酒精的作用尚未完全散去，脑袋有些昏沉。他趴在桌上，脸颊紧紧贴着那张残旧的毕业照，昏昏入睡前，脑子里只有一个念头——

　　这一次，无论如何都不会再放她走了。

第八章
倔强 //////

　　周末休息，徐知岁和秦颐约好一起逛街，顺便把从魔都带回来的特产拿给她。

　　秦颐比约定好的时间晚到近半个钟头。坐上她的副驾，徐知岁问："怎么来得这么晚？路上堵车了？"

　　"别提了，碰见一家子傻货！"秦颐满脸晦气。

　　"怎么回事？"

　　"新娘在我们家订的婚礼策划，酒店布景选的是白绿色小清新系，我们一再和新人确认这个色调他们家长辈是否能够接受，他们说没问题。结果，今天彩排两方父母看见布场立刻不干了，说结婚怎么能用白色，还说我们婚庆公司咒他们，要我们临时改成喜庆的大红色。可物料都是事先准备好的，怎么可能说换就换，底下的人搞不定那两个老太太，所以我就过了一趟。"

　　"后来呢？"徐知岁饶有兴致地问。

　　"后来？"秦颐冷笑一声，"布景是不可能临时换的，新郎父亲就买来一堆大红色的'囍'字贴在我们的布景上。你能想象那个画面吗？浪漫唯美的婚礼现场，贴了一堆红双囍！我过去的时候新娘妆都哭花了，还是没能拧过她那强势的公婆。"

　　"我的天，竟然还有这样的……"徐知岁一脸费解，又想笑又替那新娘觉得悲哀。

　　说起来人生有时真是奇妙，秦颐大学读的是生物研究，并一直认为自己会在这个专业里扎根，直到毕业后的一年，她参加了一场同学的婚礼……用秦颐自己的话说，那布景丑到惨绝人寰，前无古人后无来者，瞬间浇灭了她对美好爱情的所有幻想。

她和徐知岁吐槽了这场婚礼的设计师整整三天，并扬言若是自己设计绝对美得人见人夸。

机缘巧合下，她还真认识了一位学舞台设计的朋友，两人一拍即合，合伙开了婚礼策划公司，经过数年努力，如今在帝都小有名气。

两人一边聊天一边琢磨要去吃什么，难得假期能凑到一起，自然不能敷衍度过。

前方路过红绿灯，秦颐放慢了车速，缓缓停下，不经意望向窗外，视线突然被某个从商场出来的身影吸引，瞳孔逐渐放大，嘴巴也惊讶得合不上。

"看什么呢？"徐知岁回过头来。

秦颐一惊，连忙去捂她的眼睛："别看别看。"

然而来不及了，徐知岁已经看见了从商场出来的祁燃，以及他身边提着大包小包的妖艳女人。

那女人身材窈窕，衣着时髦，因着保养得当并不能准确判断出年纪，但属于扎在人堆里一眼就能看见的浓颜系大美女类型。祁燃和她并排从商场出来，有说有笑地走向停在路边的一辆黑色劳斯莱斯幻影。

祁燃始终保持着倾听的模样，脸上表情也淡淡的，但不难看出他对身边的女人并不反感，甚至主动帮她打开了车门。

徐知岁看着他们，心里钝钝的，说不上来什么感觉。

秦颐揉了揉鼻子，干笑两声道："那什么，没想到在这儿还能遇上老同学哈。不过话说他俩什么关系？怎么感觉那女的要比祁燃大上几岁？他难道好这口？"

徐知岁木着脸，喃喃自语："不奇怪啊，都过去这么多年了，他身边肯定出现过很多形形色色的人。再说大家都年纪不小了，娶妻生子理所应当的，人总不能一直活在过去吧。"

她声音很轻，像在和秦颐说话，也像在说给自己听。

"其实岁岁，你没必要……"

秦颐担心她会因为眼前这幕而伤心，安慰的话还没说出口却被徐知岁打断了。

"我没事秦颐，真的没事。"她扯了下唇角，语气无波无澜。

前方跳转绿灯，后排车见她们不走，不停地按喇叭催促。也正因为听见这声响，祁燃下意识朝这边望过来，一眼就看见了坐在车里注视着他们的徐知岁。

他心里"咯噔"一下，立刻放下手里的购物袋朝她们所在的方向快步而来。

秦颐慌了神，眼睛紧紧盯着那边："他……他好像走过来了，怎么办？我们要不要停下和他打个招呼啊？"

徐知岁收回视线，按上车窗："秦颐，开车。"

"可是……"

"开车！"

秦颐踩下油门。

"知岁，徐知岁！"看着眼前那辆车缓缓启动，邓燃加快了步伐，到最后一向举止稳重的他甚至在马路上跑了起来。

双腿当然没法和四驱较量，没追几步，他就被远远甩在车后。身后的车辆冲他鸣喇叭，催促他赶紧离开。

祁燃望着她们离开的方向站了一会儿，颓然退回路边。

乔寻洵将他的反常和落寞尽收眼底，等人慢慢走回车边，她双手环胸笑得幸灾乐祸。

"怎么，遇见前女友了？该不会是误会什么了吧？"

祁燃神色烦躁，靠在车边拿出手机："我打电话让司机来接你回去。"

"你就这样把我丢在这儿啊？你也太不孝了。"

祁燃沉了口气，一脸严肃地看着她："我还有事。"

"行行行，你们兄妹俩一个德行，翻脸比翻书还快。一个个都嫌我烦，我也不在这儿自讨没趣了，我回家找我老公去。"

乔寻洵从购物袋里翻出一支香水："喏，这个送你，限量款，女孩子都喜欢，拿去好好哄哄人家。不过可别让祁柚那丫头知道啊，这支香水她没有，回头知道我买了却不给她，那丫头得气死！"

祁燃接过，淡淡说了句："谢谢。"

坐在日式料理店清雅的隔间里，秦颐看着满桌小巧而精致的菜肴忽然之间没了进食的欲望。徐知岁坐在她对面的椅子上发呆，心事重重的，手里的纸巾都快被她绞烂了。

"打扰一下，这边上菜。"

服务生清脆的声音让徐知岁回过神来，见秦颐没动筷子，她一边绾起松散的长发一边说："吃啊，怎么不吃了？这家日料店平时很火爆的，要不是今天来得早，周末很难订到位置。"

她声音淡淡的，让人拿捏不准她在想什么。秦颐咽了下口水，艰涩地问："岁岁，你真的没事吗？"

"能有什么事。"徐知岁语气轻松，往秦颐碗里夹了一块寿司，"你尝尝，不是早就说想吃了。"

秦颐拿起筷子，顿了顿又放下：“这事也怪我，其实我很早就知道他回国了，只是不知道该不该告诉你。前不久我还见过他一次，在他妹妹的婚宴上，只不过他没认出我。”

“和你有什么关系。”徐知岁扯了下嘴角，笑容却是僵硬，“我也有事没来得及跟你说，他前几天找过我一次，我们一起……吃了个饭。”

“他找过你？”秦颐睁圆眼睛，“那你们聊了些什么？”

“能聊什么？你也说了，他妹妹都成家了，这中间隔着这么多年，心里就是再有执念，也被生活磨平了，有什么放不下的？”

秦颐撇撇嘴：“也对，裴子熠跟你还是同事来着，凭他俩的关系，他应该早就知道你的消息，过了这么多年突然出现，什么意思嘛！不过……我看他追上来时的样子似乎有话要讲，你说会不会是我们误会什么了？”

徐知岁搅着碗里的汤，眼神滞了滞：“误不误会又有什么关系呢？你刚才也看见他开什么车了，我们这样的普通人平时在路上碰见都不敢靠近它，我和他……早已不是一个世界的人了。”

“可……”

秦颐还想再说什么，嘴刚张开，就被徐知岁夹来的一块米糕堵住了。

她弯着眉眼对秦颐笑：“快吃吧，是谁来的路上说自己饿死了？”

秦颐便明白她是不想再继续这个话题了，鼓着腮帮子吞了一整块米糕，又喝了口水，轻巧地将话题岔到别处。

难得一起吃顿饭，秦颐当然不会放过这能尽情向闺密吐苦水的机会，她神色夸张地吐槽着她遇到的奇葩客户。徐知岁淡笑倾听，总能在恰当的时机、恰当的点上给予回应，可她的眼神总是恍惚，秦颐觉得不管她看上去听得多么认真、表情多么愉悦，总是有些心不在焉。

日料套餐里有生鲜三文鱼，徐知岁吃不惯，只堪堪尝了一片，没几分钟就去洗手间上吐下泻。

“你这是怎么了？”秦颐担忧地拍着她的背。

“没事，”徐知岁接了一捧清水漱口，“就是胃里不太舒服。”

她这几年肠胃不好，是常年吃药落下的毛病。激素药大多伤胃，没有像某些患者那样身材走样，她已经觉得自己十分走运了。

见她人不舒服，秦颐也就打消了饭后去逛商场的念头，结完账，直接开车将她送回了家。

车子停在小区门口，秦颐突然想起还有事没跟她说，一拍脑门道：“瞧我这脑子，一直记着要跟你说的，差点就忘了。是这样，我姨父不是今年刚退休嘛，又赶上他过六十大寿，蒋浩那伙人撺掇，说要搞个同学聚会，顺便给我姨父祝寿，他们让我问你有没有时间。”

徐知岁松开已经搭上门把的那只手。

她不在班级群里，也从不主动去了解当年那些同学的现状，以往每次的同学聚会她虽有听说，但从未出席。

然而这次不一样。当年她选择复读，一时找不到合适的学校，是孙学文出面联系了以前的老同学，这才帮她在那个重点高中争取到了一个名额。

孙学文对她的好她一直都记得，如今他要过六十大寿了，就算不为别的，只为让老师高兴高兴，她也不应该推托的。想到这儿，她说："聚会定在什么时候？"

"下周六晚上，在千逸酒店。"

"行，那天我休息，到时候给你打电话。"

"好。"

电梯口等了不少人，有刚上完课外兴趣班回来的小学生，有带着狗遛弯回来的老阿姨，搁平时徐知岁会选择走楼梯，她家在五楼，步行上去并不费事。然而今天她实在身体不适，宁愿多等一会儿，也没有力气再去折腾了。

等了将近五六分钟，终于赶上一趟稍空些的电梯，她走进去按了楼层，然后习惯性地站去角落。

电梯门刚合上，握在手里的电话响了，拿起来看了眼，是串没有备注的本地号码。怕铃声影响到电梯里的其他人，她几乎是想也没想就按下了接听。

"喂，你好。"徐知岁捂着话筒，声音压得很低。

那头稍许沉默，过了会儿传来一道低而磁的男声："喂，是我。"

徐知岁脑海里轰地闪过一道白光，她怔了怔，下意识地看了看手机。

没错了，是那串曾经烂熟于心的号码，只不过时间隔得太久，她几乎没想过还会有再接到他电话的一天。

她捏了捏背包的带子，说："你哪儿来的我的号码？"

"我去了你们医院，你同事告诉我的。"祁燃回答得很诚实。

不用想，肯定是科室那几个小护士说漏了嘴。但也不能怪她们，只能说敌人太过狡诈，他若装成病患煞有介事地问上一句"请问有徐医生的联系方式吗？我找她有急事"，小护士们没有不给的道理。

她闷闷地"哦"了一声："你找我有什么事吗？"

"今天在商场门口你看见我了是吗？"

徐知岁迟疑，不知道该如何作答。正好这时电梯停在五楼，她跟站在她前边的一对母女说了声"借过"，欠身走了出去。

"我知道你看见了，但事情不是你想的那样。"等不到她的回应，祁燃的语气显得有些着急，"乔寻洵，就是今天走在我身边的那个女人，她其实……是我爸的现任妻子。"

徐知岁试图找钥匙的手在包里顿了顿，脑海里再度闪过那张美艳的面孔，一字一顿地重复："你爸爸的，现任，妻子？"

"是，我爸再婚了，对方还是个没比我大几岁的女人。"

"你同意了？"徐知岁本能地问出了心里的疑惑，这个消息带给她的惊讶让她暂时抛开了本该有的理智。

祁燃叹了口气，苦笑："不同意又如何呢？我妈都离开那么多年了，可老头子还有几十年要过，总不能永远孤零零的一个人。这些年他身边出现过无数个女人，但怕我和柚柚心里介意，他宁愿单着。后来柚柚上了大学，我也主动提出让他遇见合适的不妨留意一下，他这才选择的再婚。柚柚倒是闹过一阵，不过如今她和乔寻洵相处得还不错。"

话虽如此，可一想到祁叔叔和小娇妻的年龄差……徐知岁还是觉得哪里怪怪的。

祁燃继续解释："原本今天是我爸要去接她的，但他临时有个会要开，正好我回家顺路，就打电话让我去了，没想到被你遇见了。"

"你其实没必要和我解释这些，这是你的家事。"徐知岁也从最初的震惊中回过神来，口吻变得疏离，在包里翻找一阵，终于找到钥匙，开门将包扔在沙发上，然后四处寻找周韵的身影。

"不，有必要，当然有必要。我不想你误会。"

徐知岁感受到自己的心脏狠狠抽了一下，步伐也略带迟疑。她深深吸了一口气，淡淡道："不好意思，我这边还有事，先挂了。"

祁燃再度沉默，再开口时声音里是掩不住的失落："好，那我回头再找你。"

徐知岁承认，她急匆匆挂断电话的确是有逃避的成分在里面，她不理解祁燃为什么突然要和她说这些。但她并没有骗他，她确实有急事——她找不到周韵了，厨房里有处理到一半的食材，油烟机还开着，本该放在刀架上的那把菜刀却不见了。

这个认知让徐知岁心惊肉跳，她想到了之前发生过的事，立刻倒吸一口凉气，颤抖着手拨通了周韵的电话。

熟悉的手机铃声从房间里传来，周韵没把手机带在身上。徐知岁推开家门，在楼道上疯狂寻找，任何一个角落都不放过。

没有，没有，还是没有！

她冲下楼梯，一边跑一边给乔琳拨去电话："喂，舅妈，我妈今天有去找你吗？"

乔琳回："没有啊，我一直带着小宝在家呢。是不是出什么事了？"

徐知岁跑得更急了，声音染上了哭腔："我妈不见了！家里的菜刀也不见了！她没带手机我找不到她！"

"菜刀"这个字眼也让乔琳慌了神，几乎是立刻站了起来，拿起外套就要出门："你别急，先在家附近好好找找，我现在就开车过来。"

"好。"

挂了电话之后，徐知岁奔跑在小区的各个路口。她去了物业，每天坐在门口织毛衣的刘阿姨说一整天没见着周韵，保洁阿婆说依稀看见周韵从东门出去了。她又跑去东门，将附近周韵可能会出现的地方找了个遍，仍没有周韵的身影。

她想到了几年前的某一天晚上，周韵发病了，也是拿着一把水果刀将自己反锁在房间，试图自我了结。幸好徐知岁及时用备用钥匙打开了门，否则后果不堪设想。

然而今天，周韵又去了哪里呢？

徐知岁跑不动了，蹲在地上大脑一片空白，绝望之际她透过眼前模糊的雾气看见远处缓缓走来一个身影，衣着身形都像她的妈妈。

"你穿个拖鞋蹲这儿干吗？欸，眼睛怎么红了？"

周韵用奇怪的眼神打量徐知岁，徐知岁却在这漫不经心的声音里回过神来，一把抱住眼前的人，委屈得直跺脚。

"你跑哪儿去了！我到处找你！"

"我没去哪儿啊，我就去对面马路的超市里买了把菜刀而已。"周韵把手里的东西往身后藏了藏，以免伤着她。

"菜刀？"徐知岁迷茫地看着周韵。

"是啊，家里那把菜刀旧了，剁个排骨就剁裂了，我就下楼去买。谁知道忘了带手机，门口那小卖部又不肯收现金，我就走到远一点的地方去买了。"

"……"徐知岁挠挠跑得有些凌乱的头发，又气又好笑。

没错，她刚才的确看见厨房有切了一半的排骨，想来是她关心则乱，压根儿没往这方面想。她舒了口气，将妈妈手里的刀接了过来，挽住妈妈的手："好了，回家吧，下次记得带手机。"

到家之后，周韵钻进厨房继续未完工的晚餐，徐知岁则打着上厕所的由头给乔琳回了个电话，告诉她周韵没事，是自己神经太过紧张了。

乔琳宽慰了她几句，又问了她最近的情况，说等自己这边不忙了再来看她们母女。

徐知岁挂了电话，刚从通话页面退出来，微信弹出了一条通知。她边开门边点了进去，发现是一条请求加好友的提示，对方单名一个"R"，头像是星空下的一张剪影，备注：祁燃。

徐知岁盯着那个名字看了几秒，默默点了忽略。

晚上的日料并不顶饱，吃下去的几乎也都吐了出来，肚子里空空的，徐知岁又跟着周韵一起吃了顿晚餐。她想起祁燃在电话里说的那些事，祁盛远终于步入一段新的婚姻了，不知道这对他们兄妹来说是喜还是悲呢。

其实这些年，她也想过让周韵忘掉从前，重新开始一段新的感情，这或许对她们母女来说都是好事。然而在周韵的世界里，她坚信徐建明从未离开，又怎么会坦然接受别的男人？

记得刚回帝都的那一年，物业的刘阿姨见她一直这么单着，有心给她牵红线，可话还没说完就被周韵指着鼻子骂了回去，说刘阿姨咒她，她丈夫明明还活着，为什么要她改嫁。

徐知岁记得，那天刘阿姨看她的眼神比见了鬼还恐怖，从此之后再也没人敢提这事，徐知岁也打消了这个念头。

晚上躺在床上，微信弹出的好友请求一直没断过。

R：【知岁，通过一下。】

R：【岁岁，睡了吗？】

R：【岁岁，我是祁燃。】

……

岁岁，岁岁，谁允许他这么叫的！

徐知岁看着那时不时弹出的消息，越想越心浮气躁。他电话里最后的那句"我不想你误会"反复在脑海里盘旋，她不想去猜，可那些蠢蠢欲动的念头怎么也按不下去。

他为什么突然来找她说这些？为什么又怕她误会？他已经在她的世界里消失了那么久，为什么不继续消失下去呢？

空虚的夜晚最怕想起过去，徐知岁恳请回忆别再来折磨她，但数次尝试入眠，皆以失败告终。

睡不着，头也痛，可明天还要上班。

这大概就是成年人的悲哀，不管前一天再如何天崩地裂，时间都不会因你而停止，擦干眼泪，第二天还得若无其事地工作。

徐知岁叹了口气，起身在包里翻找，就着床头柜提前摆好的温水，吞下了一小片安眠药。

R：【今天忙吗？】

周二上午，在好友列表里躺了一整天的账号终于有了动静。徐知岁暗骂自己没出息，怎么就鬼迷心窍地就通过了祁燃的好友申请。虽然他自作聪明地换了一个号，但朋友圈一连几条都是关于盛远集团的相关新闻，除了他还会有谁？

她转念一想，又觉得算了，反正他都已经有她的电话号码了，一个微信而已，加就加了吧。

她刚给病人开完药，看见消息并没着急回复，不紧不慢地和病人交代用药事项。

等送走了下午的最后一个病人，她才拿起手机不冷不淡地回了句：【每天都很忙。】

祁燃：【那今天什么时候能下班？】

徐知岁：【有事吗？】

祁燃很长一段时间没有回复，大约过了半个小时，他的消息再次进来：【我在你们医院门口等你。】

徐知岁盯着那简短的一行字，心弦轻轻颤了下。

晚上，保洁阿姨进门打扫卫生，看见里面还有人不免吓到了："徐医生你还没下班啊？我看外面人都走光了，还以为你也走了。"

徐知岁笑笑："嗯，还没。在忙课题，一会儿就回去。"

保洁阿姨动作利落地把她的办公室拖了一遍，和蔼道："你们也是蛮辛苦的，不过还是要注意身体。我这边忙完了，那先走了。"

"欸，好。"徐知岁讪讪的，手指不停地敲打着键盘，可天知道她手上的这篇论文从下午打开到现在，不过才比昨天多了不到三百字。

眼看整层楼都走空了，她终于磨磨蹭蹭换好衣服，走出办公室。

医院门口的路边停了不少车辆，放眼望去并没有那辆惹眼的劳斯莱斯。

距离祁燃上一条消息发出已经过了两个多小时，这期间他没再发一条消息过来打扰或催促她，甚至也没有表明这趟的来意，会不会已经等不及离开了？

徐知岁将手机攥在手心，一时间说不上来自己是松了一口气还是失落他竟然如此没有耐心。

时间太晚了，怕周韵等久了着急，徐知岁正摆弄着手机，纠结是走路去地铁站还是打车回去，一双黑色的亮面皮鞋跃进了她的眼里。

皮鞋往上，是熨帖挺括的西裤，男人身材修长，西装外头披了件黑色的羊绒大衣，更衬得比例完美。见她抬头，他扬了扬嘴角，笑容温和地说："忙完了？"

徐知岁愣愣看着他，脑海里闪过的第一反应是——他真的在这儿等了两个小时？

"你来做什么？"她问。

"今天工作少，下班没事就想来见你。饿了吗？要不要一起去吃一点东西？"

祁燃的语气再自然不过，有一瞬间徐知岁联想到了科室里那些小护士的男友，他们也会在单位门口等心爱的姑娘下班，然后搂过她们的肩膀，问上一句"今天去吃什么"。

可她心里很清楚，她和祁燃不一样。

她默默往后退了两步，态度疏离："不用了，我妈还在家里等我。"

"那我开车送你回去。"

"我自己能回去，你有什么事直接在这里说吧。"徐知岁口吻不耐。

祁燃深深吸了一口气，不解地望着她："岁岁，我们非得这样说话吗？"

徐知岁被这莫名亲昵的称呼点燃了脾气，捏紧包带再次往后退了两步："你能不能别这么叫我！我们没有那么熟！"

祁燃垂下眸去，欲言又止。即便他背对着光线，徐知岁也能清楚地看见他眼中一闪而过的黯然。

她别开脸去，强迫自己不去想他为什么会有这样的反应。

她并没有说错，难道站在他的角度自己不就是一个普普通通十年未见的老同学吗？他何必呢？

气氛一时陷入微妙的尴尬，两人相对而立，就这样静静僵持着。大门口仍有交接班的医护人员来来往往，其中不乏相识的，徐知岁已然看到几个隔壁科室的男医生从一旁经过，好奇的目光始终倾向他们这边。

"哎，那不是徐医生吗？"

"那男的是谁？不会是她男朋友吧？"

"没听说她有对象了呀？"

"看样子好像吵架了。"

看热闹的人越来越多，徐知岁无法忽视那些异样的目光，抿了抿唇，对祁燃说："没事的话，我就回去了。"

"等等。"祁燃拉住了她手里的包，绕到她身前，"不早了，就让我送你回去吧。"

祁燃今天没有开他那辆跑在路上别人都要避让三舍的幻影，而是开了一辆低调的银灰色奔驰，难怪刚出来的时候没有看到他。

　　车里的味道很淡，没有令人不适的皮革味，很干净，像他身上的凛冽的男性气息。

　　徐知岁靠在副驾的真皮座椅上，也不管他车里是否开了空调，按下窗，任由冷风吹进来。

　　祁燃系好安全带，发动引擎，没入霓虹灯影的车流里，一手打着方向盘，一手在电子屏上滑动："你家地址在哪儿？我导航。"

　　徐知岁不说话，偏过脸去看窗外，并不想作答。

　　祁燃瞧了她一眼，见她不吭声，干脆关了地图："没关系，如果你不想回家，我们就兜兜风。你想去哪儿？我知道世贸那边夜景不错。"

　　谁要跟你去兜风？谁要跟你去世贸？你怎么不开到昌平去！徐知岁在心里暗自腹诽，想了想，还是败下阵来，不甘又无奈地打开地图软件，在搜索栏输入她家小区的名字。

　　风和花园。

　　祁燃瞥了一眼导航，轻轻牵了下唇角。

　　一路上都没人说话，祁燃心无旁骛地开车。他车技很稳，不像有些人那样急躁，时而急转弯，时而来个急刹车，颠得人晕头转向。

　　音响里放着支离破碎的音乐，徐知岁始终保持扭头看窗外的姿势，呼吸匀称，似乎是睡着了。直到车子缓缓停在风和花园的门口，她才慢慢睁开眼睛，坐直身体去拿包。

　　"谢谢，我先回去了。"她一刻也待不下去，那伤感的情歌唱得人心烦意乱的。

　　手刚搭上门把手，只听"咔哒"一声，车门被人锁上了。

　　徐知岁讶然回头："你这是干什么？"

　　祁燃解了安全带，深深叹了一口气："你就这么不愿意面对我吗？甚至连好好说话的机会都不愿给我？"

　　徐知岁冷笑着松开了门把手："好，你要说什么，我听着。"

　　祁燃转过身面对她，眸中闪过一丝涩意，声音也喑哑："对不起岁岁，我来晚了。"

　　车内没有开灯，只有外边的路灯微微透来昏黄的光，他的轮廓一半在明一半在暗，看着她的眼神却是那样认真。

　　徐知岁感受到自己的心跳在不自觉地加重，呼吸间也都是他的味道。

　　她捏了捏拳头，也不打算继续和他装什么客气的老同学，干脆把话挑明了："你到底什么意思？"

祁燃垂下眼眸："我知道你在生我的气，气我当年出国没有告诉你，甚至在最后的那段时间还刻意避着你。关于这些，我也很后悔。如果当时能不那么自负，或许后面很多事情都会不一样。得知你家出事后，我尝试了一切方法去找你，但因为各种原因，我的确不久之前才得知你的消息。很抱歉，你陪我度过最艰难的时光，我却没有在你最难过的时候陪在你的身边。"

徐知岁怔怔地看着他，缝缝补补的心脏再次被剜了一刀。

她钝钝地想，哦，原来过去她的心意，她做的那些傻事，他并非全然不知啊……她觉得鼻尖酸酸的，可眼睛涩得直疼。

"所以呢？你现在想回来拯救我了吗？还是你觉得亏欠，良心不安？"

祁燃皱了皱眉，沉默地看着她的眼睛。

徐知岁避开他的目光去看窗外。是，她承认，最初的那些时候，她恨过他，怨过他。怨他为什么在自己最艰难的时候一走了之，恨他为什么对自己的处境不闻不问。

可更多的时候，她还是会不争气地想他。

想他在身边该多好，就算不能投进他怀里崩溃大哭，至少远远看着他，她就有了撑下去的动力。可他就这样悄无声息地走了，不仅离开，还以最残忍的方式带走了她的信仰。

那么多孤独潦倒的夜晚，都是她一个人苦苦熬过来的，是她一个人！而他祁燃又在哪儿呢？

后来有一天，她忽然想开了，不就是寥寥几十年吗？没有信仰又如何？孤魂野鬼又如何？就这样过下去吧，一辈子或许没有她想象的那么长。

而就在她拼尽全力终于快要释然的时候，他回来了，告诉她"抱歉，我来晚了"，多轻描淡写的一句话呀，如何能抵消她为他掉过的那些眼泪？

她慢慢松开了紧握的拳头，目光空洞地望着前方："祁燃，拜托你别把自己想得那么伟大，你拯救不了我什么，我也不需要你的拯救。你不用为当初决定出国的事情跟我道歉，每个人都有选择自己前途的权利，而我不过是你抉择下选择舍弃的那一部分罢了，没有什么对与错。"

祁燃说："不是这样的，当时发生了很多事情，我无法和任何人讲，更不敢给你什么承诺。或许我这样说你没办法理解，但当时一切都是未知的，我没有把握一定会成功，也怕最后一无所有，什么都给不了你。"

徐知岁笑了，她想到了当时被他撕掉的那张字条。

其实她要的从来就不是什么承诺，无非"坦诚"二字，若他清清楚楚告诉自己出国的计划，她或许不至于那么伤心，再不济，她还可以等。

可他偏偏选了最残忍的方式去践踏她的心意，让她觉得自己的青春都喂了狗。

她深深吸了一口气："所以现在你成功了，就想回过头来可怜曾围在你身边团团转的流浪猫？可是你有没有想过，流浪猫或许已经不需要你了。如你所见，我现在过得很好，你也不必为我曾经对你有过不一样的感情而感到愧疚。"

她的声音带着藏不住的颤音，脸隐在暗处，祁燃看不清她的情绪。他伸出手轻触她的眼角，却并未摸到眼泪。

"岁岁，不是你想的那样……"

徐知岁一把拍开他的手，身子也往旁边缩，像是怕极了他的触碰："别说了，我现在很累，麻烦你开门让我回家。"

祁燃看着她，握在方向盘上的手轻微颤抖着："如果我不肯放你走呢？"

徐知岁回以冷笑："别逼我叫保安。"

祁燃垂下头去。

片刻后，徐知岁听到车门解锁的声音。

她推门下车，毫不犹豫，害怕再晚一秒，自己好不容易筑起的城墙就会因他而心软倒塌。

她一直往前走，跨进小区大门，淡淡地和保安大叔打招呼。路口转弯，她余光下意识地往门口的方向瞥，那辆银灰色奔驰还停在原地，没有要离开的意思。

回到家里，周韵还在等她吃饭，徐知岁没什么胃口，只喝了两碗汤就回房休息了。

或许是知道今晚注定失眠，睡觉前她吞了一整片安眠药，又放了半个小时的催眠音乐，躺在床上昏昏沉沉失去了知觉。

如她所愿，一夜无梦，只不过醒来时，眼角潮湿，枕边也湿了一大片。

后来几天，徐知岁下班时总能在单位门口看见那辆银灰色奔驰。

他并不打扰，她走路去地铁站，他就远远跟着，她也装作没察觉。下地铁之后，永远有一辆轿车在出站口等候，打开大灯为她照亮漆黑的人行道。等她穿过马路，顺利进入小区，他便消失在夜色中。

徐知岁想，就让他心血来潮吧，或许过几天他觉得没意思了，自己就消失了。然而他的每日出现引起了不少同事的注意，医院里关于他的议论也从未停止过。

某天中午，她在电梯口遇到了正好来找谢成业取东西的谢书毓，两人好久没见，就一起去职工食堂吃了个饭。

一段闲聊过后，谢书毓欲言又止地问："徐医生，你最近是不是遇到什么事了？"

"啊？"徐知岁困惑，"怎么说？"

"上周我在医院门口看见你了，你当时脸色不太好，像在走神，愣愣地就从我身边擦过去了。"

"是吗？"徐知岁干笑，"可能是早上起早了，还没睡醒，所以没看到，不好意思啊。"

谢书毓有些担忧地看着她，说："是吗？我上来的时候听科室里的刘医生说，最近好像总有一辆车在你上下班的途中跟着你，你是不是遇到什么事了？需不需要我帮忙？"

徐知岁这才发现，一切不过是她的自欺欺人，她刻意忽略祁燃的存在，却忘了他这样的人，不论走到哪里，都是众人瞩目的焦点。

她插科打诨地将此事揭过，谢书毓也就没再多说。

中午时间不多，两人仓促地结束了这顿饭。分别前，谢书毓说："食堂的饭菜实在不怎么样，有机会的话我请你去外面吃吧，或者去家里，我妈老是唠叨好久没见你了。"

徐知岁当然听出了他的弦外之音，想了想，笑回："好。"

周六晚上有同学聚会，下班之前徐知岁同秦颐商量好，到时间来单位门口等她。

下午不忙，徐知岁研究了几个病例。到了快下班的点，冯蜜带来一个从内科转过来的病人，说是什么检查都做了，一直找不到病因，内科那边就建议病人转到他们心身科看看。

紧随冯蜜进来的是一男一女，年纪皆在四十以上，徐知岁瞧了一眼病历本上的名字，对其中的那个女人说："你是季薇？"

"不，我是她妈。"女人回身，将一个模样清秀的女孩强行拉了进来，语气不耐，"别扭什么，要看病就好好看！"

徐知岁打量这个名叫季薇的小姑娘，诊疗记录上写她刚满十七，可在她身上丝毫看不见这个年纪应该有的朝气和活力，相反，女孩面色苍白，眼眶凹陷，浑身瘦得只剩一把骨头。

"大致什么情况？"徐知岁翻看诊疗记录，示意季薇在自己对面坐下。

季薇低头不语，她母亲帮着回答："说是头痛，浑身提不上劲。内科外科都去了，该做的检查也做了，什么事也没有。可这丫头非说自己就是不舒服，医生就建议我们来这边。"

女人打量着周围，毫不掩饰自己的怀疑："心身医学科？听都没听过，该不会就是精神病科吧？"

徐知岁扫了她一眼，懒得和她解释心身科和精神科两者的区别，只认真观察着季薇的反应。小姑娘双手摁在膝盖上不安地揉搓，指甲参差不齐，完全陷进了肉里，很明显是经常啃咬。

她轻声问："除了头痛还有没有别的不舒服的地方？这种情况持续多久了？"

季薇摇头，声音小得像蚊子哼哼："没有了，大概……很久了，记不清了。"

"睡眠怎么样？早上起床是不是觉得更加疲惫？"

季薇垂下头，说："睡不着，每天晚上都睡不着，脑子里面有根筋一直紧绷着，怎么也放松不了。"

季父冷哼："现在的小孩就是日子过得太舒服了，整天胡思乱想，晚上不睡觉，白天又像条虫一样趴在课桌上。我们家长供她吃供她喝，每天辛苦得不得了，她不好好读书也就算了，还总是无理取闹给我们惹麻烦，现在学也不去上，整天闷在家里……哭哭哭！就知道哭，我哪句话说错了？我和你妈养你容易吗？"

眼见季父就要发脾气，徐知岁连忙起身将人拉开，并示意冯蜜将两个家长先带出去："这样，让我和她单独聊聊，二位先去外面休息一下，回头我叫你们。"

夫妇俩不情不愿地退出诊室，徐知岁带上门，给季薇递了张纸巾："你爸妈总是这样说你吗？"

季薇啜泣着点头。

徐知岁深深叹了口气，又去翻看她的诊疗记录，心里对这个姑娘的情况大致有了底。

"是不是很久没有开心过了？对什么都提不起兴趣、思维迟缓、记忆力也明显下降？"

季薇还是点头。

徐知岁抿了抿唇，迟疑地问："那……有没有自伤自残的行为？"

季薇不说话，紧紧咬着下唇。片刻后，她撩起袖子露出手臂——白皙的手腕上遍布伤痕，那明显不是被人伤害的，是她自己用利器划伤的。

徐知岁仅仅看了一眼，眉头紧锁，太阳穴突突起跳。

后来，在和季薇的聊天中得知，这个小姑娘有这种症状已经将近两年了。她家境普通，父母从小对她十分严格，总是打压，从未有过夸奖，凡事总拿她和班里最好的学生比。

在这样的成长环境中，她自小养成了自卑敏感的性格，做什么都小心翼翼的。但不管她如何表现，父母对她都不满意，导致她常常觉得自己一无是处，前途渺茫，活得毫无价值。

　　她本就是个谨小慎微的姑娘，上高中之后又因为性格不够合群而遭到了同学们的排挤和欺负。她尝试向老师和父母求助，可只得到冷漠的回应，老师问她："你怎么不找找自己的原因？他们怎么不欺负别人？小孩子之间小打小闹没什么大不了的，你要是一门心思在学习上哪有这么多事？"

　　从那以后，她开始自我怀疑，感到无助和无望。因为受到同学们的欺负，她不敢去学校，可就连最亲近的父母也逼迫她。她只好把自己锁在房间，一次一次地做傻事。

　　听完她的倾诉，徐知岁内心百感交集。鉴于季薇的情况比较严重，脑部CT和心电图的检查皆有问题，心灵评估报告更是指向她有严重的抑郁症、焦虑症和强迫症，最好的治疗方案就是立即住院。

　　徐知岁叫了她父母进来，两口子一听住院立刻就炸了。

　　女的表情不满，男的则是直接开口骂："我家小孩明明什么问题都没有，为什么要住院？你们医院就知道坑钱，兜兜转转忽悠我们做了好多检查，这会儿又要住院，欺负我们老百姓什么都不懂，商场里宰猪也不带这样的！你们领导在哪儿，我要投诉你们！"

　　徐知岁和冯蜜费了很多口舌去和他们解释什么是抑郁症，以及季薇的病情严重，必须住院观察。

　　闹了大概半个多小时，夫妇俩才答应去住院部办理手续。临走前那男人还戳着季薇的额头抱怨："我们那代人什么苦都吃了，不是照样活得好好的？什么抑郁症，我看你就是装病坑老子钱！"

　　望着三人离去的背影，冯蜜叹了口气，蔫嗒嗒地感叹："小姑娘真可怜，碰上这么一对父母。"

　　徐知岁也跟着发了会儿呆，做医生这么久，什么病例没见过，以为自己早已练就了一身刀枪不入的神功，但一想到小姑娘那双空洞无神的眼睛，心里还是忍不住发酸。

　　她拍了拍冯蜜的肩膀："众生皆苦，唯有自度。走吧，下班了。"

　　隆冬的傍晚，天黑得很早，徐知岁从医院出来，秦颐的车子已经在门口等候多时了。她上了副驾，秦颐正在里面补妆，见她进来，上下打量了她几眼，满意地眯起眼睛。

　　"很有觉悟嘛，竟然还知道化妆了。"

　　工作的原因，徐知岁平时很少化妆，每天夜里睡得晚，早上起不来，到了冬天更是巴不得长在床上，有那化妆的时间还不如节省下来睡懒觉。

但她天生底子好，即便是素面朝天也是实打实的美女，化妆不过是锦上添花，让她看上去更加精神些。

徐知岁瞥了秦颐一眼，绷着脸道："我有你说的那么不修边幅吗？"

秦颐收起粉盒，叹了口气："要不怎么说人比人气死人呢？你看看你这皮肤，就算不化妆也比我好太多了！我还是不折腾了！"

她发动引擎，驱车驶离停车场，扫码付费的时候发现高中群里已经发了不少消息。她点进去看了眼，对徐知岁说："好像到了不少人，蒋浩还是像上学的时候一样废话多，催我好几遍了。"

徐知岁调整了一下坐姿，靠近椅背笑说："你俩怎么还像上学时候那样不对付？还真是不是冤家不聚头。"

秦颐哼了一声："得了吧，你可别乱点鸳鸯谱，人家蒋浩都快结婚了，要不是想着做他那单生意，就凭他话那么多，我早把他删了。"

"秦老板你可太现实了！"

秦颐挑眉笑笑："你习惯就好！不过，我还听他说祁燃今天会来，也不知道是真是假。要是真遇上了，你打算怎么办？"

徐知岁心弦微动，别过头去看窗外，后视镜里一辆银灰色奔驰不远不近地跟着。

她默默收回目光："凉拌！"

聚会的酒店在市中心，路上遇上晚高峰，原本只有二十分钟的车程硬生生给堵到了一个小时。

蒋浩在群里不停地催促，急躁之下，秦颐的路怒症又犯了，逮谁撑谁，随手拍上一段都是能冲上网络热门的单口相声。

徐知岁越听越乐，原本还有些惶恐的心也因此放松了不少。

在服务生的引领下，两人来到预先订好的包间，里头早已乌泱泱坐满了人，互相推杯换盏，好不热闹。

蒋浩闻声回头，见进来的是秦颐，放下酒杯连连埋怨："哎，我说秦大姐，您还能再磨蹭点吗？是打算一会儿咱们都吃完了，您直接过来结账是不是？"

秦颐没好气地瞪他："催鬼呢！我又不是故意的，帝都交通什么情况你不知道啊！"

蒋浩笑了一声，这么久没见，这小辣椒的脾气还真是一点没变，难怪这么多年了也没个对象。他张了张嘴，正欲再说些什么，目光突然就被她身后紧随而来的女人吸引，立刻站起身迎接。

"徐知岁？哎呀，真是好久不见！要不怎么说还是秦颐有本事呢，也就你能请得动咱们班的班花了！"

秦颐又送了他一个白眼，没再作声。倒是徐知岁有些羞涩地笑了笑，不自然地和大家打招呼。近十年没见了，每个人的变化都很大，有些同学的名字分明就在嘴边，却怎么也记不起来。

这个包间很大，足足能容纳三大桌人，孙学文和师母早已入座主桌。裴子熠也来了。他今天休息，来得比她们早，自从徐知岁进门，他的视线就没离开过她。

因为秦颐的关系，徐知岁去了主桌，入座时与裴子熠点头示意，下意识选了一个远离他的位子。

刚入座，孙学文就隔着圆桌叫她的名字，问她周韵的身体如何。当初徐知岁家里的事，孙学文是知道的，但在同学面前不好多说，寥寥几句带过了。

有好奇的同学顺着话题往下聊，问起她的近况、住哪儿、做什么工作、当时为什么没参加高考。徐知岁笑容不变，轻描淡写地一语带过，顺势和他们科普起了什么是心身医学。

其实关于同学们的情况，徐知岁倒是时常能从秦颐那里听来不少，比如蒋浩毕业后回六中当了老师，和孙学文成了同事，今天的同学会就是他一手撮掇的。

又比如总是看徐知岁不顺眼的吴婉婉，大学毕业后匆匆嫁了人，如今已经是两个孩子的妈了。

闲聊间，有人问："哎，蒋浩，你不是说祁燃也会过来？怎么等半天了还没见着人啊？你这家伙怕不是吹牛吧？"

蒋浩"啧"了一声，一脸笃定："我还能骗你们不成？他电话里亲口答应我的。"

"他现在可是世界五百强企业的少东家，咱们这个小聚会还能请得动他？"

"别乱说，祁燃不是那种人，可能有什么事给耽误了吧。"

话虽如此，但蒋浩心里也跟着虚了。这些年他和祁燃很少联系，就连联系方式也是辗转了好几个朋友才打听到的，打电话过去的时候祁燃似乎正在忙，回复很淡，隐约能听到电话那头有开会的动静。

蒋浩不敢叨扰太久，直接说起帮老孙过生的事，又说多年没露面的徐知岁都答应参加了，祁燃作为老孙最喜欢的学生，若是缺席多少说不过去。

祁燃听完沉默，过了会儿让他把地址发过去，便没了下文。

说实在的，蒋浩也不能确定祁燃到底会不会来，反正牛是吹出去了，大不了一会儿再找个说法圆回去！

"想什么呢，这么入神？"徐知岁发着呆，突然感觉一只大掌在她的后脑轻搭了下，回过头，发现是裴子熠不知何时和人换了位子，坐到了她的旁边。

"没什么，就是觉得空调好像高了，有点热。"徐知岁莞尔一笑，给自己倒了杯水，没说自己是在想那辆一路跟着她们的银灰色奔驰，为何在下高架之后又掉头回去了。

"有吗，我怎么没觉得。"裴子熠的声音还是一贯的漫不经心，说着就伸手来探她的额头，"你该不会是着凉了吧？"

徐知岁本能地躲开，撩了下耳边的碎发尴尬道："没有，可能是我穿得比较多。"

她是知道裴子熠心意的，所以刻意保持着距离，但没想到他竟然会当着众多同学的面表现得与她如此亲昵，反倒叫她有些不自在了。

裴子熠看出了她的疏离，眼底闪过一丝受伤，正欲再说什么，包厢门被再次打开，只听蒋浩一声惊呼，大家的目光不约而同朝一个方向望去——

祁燃姗姗来迟。

他今天没穿西装，一身休闲打扮，身形颀长笔直，眉峰微敛，不似往日那般让人觉得难以靠近。

在他身后，是同样便服出席的宋砚。宋砚可能是在出任务期间受了伤，右手上还缠着白色的绷带。

"祁总！宋大队长！哎呀，难得难得，可算把你俩盼来了！"蒋浩立刻上前迎接。

在座不少人也跟着站了起来。

握手、拥抱、寒暄，一时间热闹非凡。

祁燃理所应当地被安排在紧挨着孙学文的位子，同时那位子也正对着徐知岁。

入座时，两人目光不可避免地对上，徐知岁慌忙避开，祁燃微微皱眉，继而将目光转向了她旁边的裴子熠。两人互相点了头，然后再无交流。

晚宴正式开始之后，喝酒在所难免。

徐知岁虽然不太能接受国内的酒桌文化，就比如从前徐建明谈生意，好像不喝个烂醉那合同就没办法签似的，什么"不喝就是不给我面子"的说法更是荒谬，然而没有办法，人是活在社会中的动物，有些人情往来不可不避免。

她平时很少喝酒，但今天不一样，今天是孙学文的六十大寿，同学们纷纷起身敬酒，她也不能失了这份礼节。只不过开了这个头，后面的劝酒就躲不掉了。她的酒量其实还不错，但胃疼是老毛病，第三杯酒递到面前的时候，她的胃已经隐隐有些不舒服了。

秦颐见她脸色不好看，有些担忧地问："没事吧？"

徐知岁摇头，拎包起身："我出去透透气。"

她的离席打乱了对面某人闲谈的心思，目光跟随着她，直到沉重的木门被合上隔绝了他的视线。而后和人聊天，明显心不在焉，没过多久就寻了个理由欠身离开。

露天阳台视野开阔，晚风吹在身上，让人神志清明了不少。徐知岁刚刚去过洗手间，没能如愿吐一场，胃里还是火辣辣的，很是难受。

身后传来脚步声，迟疑地停在她身后不远，过了会儿，她听见那个熟悉的声音问："你还好吗？"

徐知岁回头看了他一眼，闷闷地"嗯"了声："还行，死不了。"

祁燃站到她身后："喝不了就不喝，不用逞强。"

"别说得你很了解我一样，你怎么知道我的酒量在哪儿？"徐知岁抬眸看他，眼中不无嘲讽，"就像我，从来就不知道哪一面才是真的你。"

记忆中的祁燃总是清清冷冷，不善于交际，总喜欢戴着耳机一个人待着，而刚才的他谈笑自若、应对自如，即便胃里再如何翻江倒海，面上也丝毫看不出来。该说，这就是男人的成长吗？被迫去适应社会，被迫去学会人情世故，可是看着这样的他，徐知岁觉得陌生又害怕。

他不再是从前那个少年了，她也回不去了。

祁燃沉默了一会儿，说："平时多有应酬，很多事情自然而然就学会了。但请你相信，我对你说的每一句话都是出自真心。"

徐知岁笑了，眉眼依旧弯弯，眼底却多了些说不清道不明的东西。

她拢了拢外套，从祁燃身边擦肩而过："先问你自己信不信吧。"

从阳台回来的路上，祁燃去了一趟洗手间，出来时看见裴子熠倚在洗手台边，手里夹着烟。

"儿科医生也抽烟吗？"祁燃绕过他，打开了水龙头。

裴子熠轻笑："儿科医生也有烦恼的时候，工作太忙总要找种方式缓一缓吧。别说我了，你也不是练就了一身千杯不醉的本事。"

祁燃低头洗手，不说话。

裴子熠摁灭了烟，转身看着镜子里的两人，突然感慨："咱们俩上一次坐下来一起吃饭，是不是还是十年前，一起翻墙出去的那天晚上？"

"应该是吧。"

"时间过得真快啊。我记得那一天我告诉你我喜欢徐知岁，你竟然都没什么反应。"

祁燃关掉了水龙头，定定看着他："你到底想说什么？"

裴子熠对上祁燃的眼睛："祁燃，你是不是后悔了？后悔出国，后悔把她让给我？"

"你错了，感情从来不是个物件，没有什么让不让的。"祁燃说，"我只后悔自己没有紧紧抓住她，但这一次，不会了。"

回到包间后不久，徐知岁收到了裴子熠的微信，说院里突然有个急诊，他必须回去。

做他们这一行的半夜被召回是常事，何况他所处的还是人手不足的儿童外科，徐知岁回了个"好"字，犹豫了半分钟，又发出一句"注意安全"。

刚回完消息，原本属于裴子熠的那张座椅被人拉开，祁燃在大家暧昧的目光中坐到了徐知岁的身边。

有人起哄，也有人搞不懂情况，只有徐知岁装作什么也没发生，平静地和秦颐聊着天。

正说着，吴婉婉突然起身，端着一杯酒来到徐知岁跟前，笑语晏晏道："来，班花，咱俩也喝一个吧。"

徐知岁看着自己那杯被她倒得满满当当稍不小心就会洒出来的红酒，真的很想说，大家都是女人，女人就别为难女人了。然而即便是已经结婚嫁人，吴婉婉对她还保持着一份莫名的敌意。

"都是老同学，怎么单单不给我面子？"

徐知岁胃里刚舒服一点，实在不想再往洗手间跑了，皮笑肉不笑地说："酒量摆在那儿，总不能往死里喝吧？"

吴婉婉瞟了她旁边的男人一眼，回过头不无挑衅地说："没事，一杯红酒而已，即便是喝醉了，也有人送你回去不是吗？"

徐知岁冷冷与她对视了一会儿，算是明白今天这杯酒自己若是不喝，吴婉婉就没完没了了，于是心一横，起身去接酒杯。

手指刚刚触碰到杯脚，那杯酒却冷不防被人截走，祁燃先她一步夺过酒杯，仰头将那杯红酒一饮而尽。

"这样可以了？"他将杯子倒过来，冷冷看着劝酒的人。

霎时间，吴婉婉的脸色变得十分难看，眼底似有泪珠在打转："果然啊，班花就是不一样，毕业这么多年了，咱们班的男神还是这么护着你。"

徐知岁没作声，视线全都落在祁燃递回来的那个空杯子上。那是她的杯子，边沿处还有她浅浅的唇膏印。她怔怔地坐了回去，祁燃弯腰给她盛了碗汤："喝点汤缓一缓。"

徐知岁看了一眼，并不领他的情。

桌上气氛变得微妙，大家面面相觑，心底默默揣摩着两人的关系，然而当事人之间气氛古怪，大家便不好乱开什么玩笑，心照不宣地岔开话题，只是递到祁燃面前的酒一杯一杯就没断过。

桌上红的白的空了好几瓶，见大家吃得差不多了，孙学文带着师母率先离了场。他们没年轻人那股闹腾劲了，年纪大了也熬不住。

一伙人浩浩荡荡地送他们到酒店门口，蒋浩觉得意犹未尽，提议转场，去楼上包间唱K。

徐知岁原本也不想去的，奈何秦颐兴致正高，禁不住她的一再挽留，也跟着上了楼。

秦颐是麦霸，一进包间就迫不及待地展示歌喉，徐知岁坐在靠近点歌台最角落的位置，眼神空洞地望着屏幕，愣愣出神。

不知过了多久，她感觉身边的沙发微微下陷，紧接着她闻到了一丝酒气，以及他身上那淡淡的梧桐清香。

她拢了拢外套，默默往旁边挪了挪。

唱了没一会儿，蒋浩又让服务生搬来了两箱酒，有人提议说干喝酒没意思，不如玩点游戏。琢磨之下，选了个玩骰子的游戏，六人为一组，数字最小的人接受惩罚，必须说一个真心话，或者喝酒。

徐知岁不想再喝酒了，推辞着没参加，而一贯对这种娱乐活动不感兴趣的祁燃竟没拒绝。

第一轮下来，吴婉婉输了。

在被追问是喝酒还是选择真心话的时候，她一脸坦荡地放下骰子："那就选真心话吧，反正这么多年过去了，也没什么不能释怀的。我高中时候暗恋过我们班一个男生，他是……是祁燃。"

这话一出，全场一片哗然，徐知岁也感受到自己的心脏猛地颤了下。那感觉迟缓却强烈，她忽然间明白了，吴婉婉对她的那些恶意从何而来。

她下意识去看祁燃，他的脸庞隐在黑暗中，让人辨不清神情，明明所有人都在为这个突如其来的大八卦而震惊兴奋，他却冷淡得仿佛一个局外人。

"我从高一就喜欢他，后来因为他出国还偷偷难过了好一阵。"吴婉婉深吸了一口气，语气变得轻松，"不过这也是很久以前的事了，我现在都结婚了，那些想法早断了，现在说出来大家就当个玩笑听听吧。"

徐知岁静静看着她，心底忽然生出一丝感慨，这感慨无关嫉妒，无关同情，只因她们为同一个男生付出过青春。

秦颐唱完一首歌，默默坐到了她身边，见她表情黯然，轻轻搭了下她的肩膀："唉，难怪她一直那么针对你，原来是因为这个。"

徐知岁叹了口气："她何苦呢，我和她又有谁真的赢了呢？"

不过是一个比一个伤得更深罢了。

说话间，那边已经展开了第二轮，输的是祁燃。众人跟着起哄，根本不给他选择喝酒的机会。

"我来问我来问！我相信这个问题大家都好奇！请问班长，高中时那么多女生喜欢你，你有没有对谁动过心？"

祁燃手掌压在酒杯上，淡笑不语，就在所有人都以为他肯定不会回答的时候，他低沉的嗓音从黑暗中传来："自然是有的。"

包间里炸开了锅，同学们一个比一个兴奋，有人追问："那是谁？"

祁燃还是笑，眼睛却无意识地瞟向某处："这好像是两个问题。"

"嘁！"八卦听了一半，太难受了，众人连忙催促再开第三轮，怎么都得让祁燃说出那个名字来。然而第三轮，第四轮，第五轮……祁燃都摇到了全场最大的点数。

秦颐看着那边闹腾的一伙人，心下也开始疑惑了。她联想到那天的追车事件，还有刚才祁燃为岁岁挡的酒，一个不确定的念头从心底冒了出来。

她看了看身边的人，迟疑地问："岁岁，问你个问题。"

"嗯。"

"你还喜欢他吗？"

徐知岁微微攥紧了拳头，目光在祁燃身上短暂停留。

她已经不是当年那个为了爱情可以不顾一切的小姑娘了，成年人的爱情就像天平，你爱我一分，我还你一分，都小心翼翼地计较着得失。成长这条路上，她失去了很多东西，其中一个便叫勇气。她再也没有当年的心气能那么轰轰烈烈地去爱一个人了。

她收回目光，怅然摇头："不喜欢了。"

她的声音不大不小，在这嘈杂的包间里恰好只有她们两人能听见。

然而有人这时候点了切歌，音乐正式播放前有那么一两秒的空白，这温软的一声跌进了旁边人的耳朵里，祁燃低垂眼睫，紧握酒杯的手克制而颤抖。

从来没有一场聚会像今天这样煎熬。

徐知岁分明坐在灯光迷离、音响喧闹的KTV包间里，却觉得自己犹如热锅上被灼烧的蚂蚁，坐也不是，站也不是，笑也不是，哭也不是。

她的焦灼来源于她不知道自己此刻的心慌从何而来。

祁燃退出了那个无聊的游戏，面前的酒瓶却空了一个又一个。

每当听见他倒酒的声音，徐知岁的心就越乱一分。她强迫自己去忽略这个人的存在，可当自己无意识放空的时候，脑海里就会有两个声音在激烈拉锯。

一个声音问：他为什么要自己灌自己？他刚才喝得已经够多了，再喝下去会不会出事？真醉了的话一会儿怎么回去？

另一个声音说：别管他，要喝就让他喝吧，不是还有宋砚给他开车吗？大不了叫代驾。

徐知岁觉得或许自己也醉了，否则怎么会如此心烦意乱？

她迫切地想要缓口气，拎包起身，去了洗手间。中途，她接到了谢书毓的电话，说谢成业有一份材料让他带给她，问她在哪儿。

徐知岁说自己正在参加同学聚会，大概不太方便拿。谢书毓问了地址，发现离他所在的方位并不远，索性开车给她送了过来。

在酒店门口等了不到十分钟，谢书毓的车就停在了跟前。

徐知岁拢了一下被风吹乱的头发，对推门下车的谢书毓挤出一个温和的笑："什么材料啊？那么着急？"

"好像和你正在做的课题相关，具体我也不知道。晚上回我爸妈家吃了顿饭，我爸就让我回来时顺路带给你。"谢书毓说着将东西递到她手里，又看了看她身后空旷明亮的大厅，"聚会结束了？"

徐知岁随意翻了下那本资料，卷了卷塞进包里："还没有，不过我坐那儿也不知道自己该干什么。怎么了，有事吗？"

谢书毓扶了下眼镜，有些不好意思地笑了："也没什么事，本来还想问你有没有时间一起去看场电影的，如果你在忙，或许我们可以约下次？"

"不用了，就今天吧。"徐知岁听见自己说。

坐在谢书毓的车里，徐知岁开始怀疑自己是否做出了一个不理智的决定。不可否认，她离开同学聚会的很大一部分原因是不知道如何面对祁燃，然而答应谢书毓的邀约是否又是从一个泥潭跳入了另一个泥潭呢？

可无论如何，她人已经在车上了，后悔已然来不及，只能拿出手机给秦颐发去消息，告诉她自己有事先走了。

秦颐那头倒是回得很快，听说有人来接，也就放心了，让她注意安全，有什么事给自己打电话。

徐知岁应下，让她也早点回去。

谢书毓选的电影院就在千逸酒店附近，因着是周末，即便现在已过夜里十点，排队买票的人还是很多。

在谢书毓的提议下，他们选了一部青春题材的爱情片。

故事还算新颖，高潮部分的时候后排几个小姑娘哭得一把鼻涕一把泪，谢书毓偷偷观察徐知岁的神情，做好了为她递纸巾的准备，可直到影厅重新亮起灯光，徐知岁愣是连鼻子也没吸一下。

谢书毓开玩笑说："没想到你的泪点还挺高的。"

"是吗？"徐知岁目光空洞地看着前方，"可能我见过比这更惨烈的青春吧，所以对剧情的接受度比较高。"

谢书毓凝视了她一眼，没再多说。

深夜，月色微凉，寒意从四面八方袭来，徐知岁拢紧外套，还是冷不丁打了个寒噤。小区的保安大叔在亭子里打盹，徐知岁没有惊扰他，静静地往家的方向走。

踩在小区昏暗的林荫小道上，她满脑子都是下车前谢书毓对她说的那些话。

他说："知岁，要不我们两个试试吧？"

徐知岁怔了一下，满脸通红地闪躲。她没有立刻给出回应，而是在思考片刻之后说："让我想想再给你答案行吗？"

谢书毓答应了，说会尊重她的想法。

突如其来的一句话，让徐知岁本就烦躁的一颗心更加乱了。诚然，谢书毓是一个不错的结婚对象，他工作稳定，家庭殷实，长相也还过得去，和他在一起是舒服的。

何况谢成业早有撮合他们的意思。

不得不承认，比起知根知底的裴子熠，她心中的天平更加倾向于相处时间并不长的谢书毓。他们有共同话题，有彼此热爱的工作，三观也吻合，有的时候看见他就像看见了另一个自己。如果人到了一定年纪就必须给自己找一个伴，他们的确是再适合不过了。

可徐知岁不能确定自己对他到底是怎样一种感觉，是友情，还是恋人未满的好感？这种感觉是否能支撑她心甘情愿地将自己的一切交付给他？她不知道。

此刻她的脑子就像一团毛线，乱糟糟地拧在一起，剪不断理还乱。

或许是这一天发生了太多事，徐知岁感觉自己的脑袋昏昏沉沉的，以至于进入单元楼时完全忽略了那辆停在门口的银灰色奔驰。

夜里几乎没人，徐知岁很快等来了电梯。

到达家里所在的楼层，正要拿钥匙开门，一阵清冽的酒气钻入鼻尖。她皱了皱眉，还来不及反应就被人从身后拥住。

他的气息太过熟悉，以至于几乎是他身体贴上来的瞬间，她就知道了来人是谁。

她下意识转过身，刚刚看清他的眉眼，张了张嘴，还未来得及说什么，一种温热而柔软的触感就降落在她的唇上——

祁燃吻住了她。

他的吻霸道而热烈，近乎失控地掠夺着她的呼吸。

徐知岁脑袋里一片空白，就这么睁大眼睛茫然地看着他，等反应过来的时候，他舌头已经不由分说地撬开她的牙关探了进来，缠绵地与她纠缠在一起。

几秒之后，徐知岁脑里断了的那根弦终于接上，她开始挣扎反抗，然而男人的力量远在女人之上，她被抵在墙上，完全无法将他推开，只得用双手不停敲他的胸膛示意他停下。

"祁燃你清醒一点！"

好不容易有了片刻喘息的机会，他的唇又贴了上来，声音压抑喑哑，就这么唇抵唇地说："清醒不了。"

徐知岁觉得自己快要窒息了，更加用力地敲打他胸口，脚也开始乱踢。

祁燃抵住她的双膝，捉住她不安分的双手举过头顶，扣在墙上，凉唇辗转来到她的脖颈和耳垂，沉醉呢喃着她的名字。

"岁岁，岁岁……"

"可是怎么办，我还喜欢你。"

徐知岁浑身如电流穿过，整个人僵在那里。缓过神来后，她趁着他双手力道渐弱挣脱了他的钳制，一把推开他，扬起手，一个结结实实的耳光扇在他的脸颊上。

"你清醒一点！"她还沉浸在那个突如其来的吻给她带来的混乱中，思绪支离破碎，只能一味地重复这句话。

祁燃被推得撞在了墙上。

楼道里反应迟钝的感应灯终于在这时候亮了起来，徐知岁看见他大口大口地喘息着，胸口剧烈起伏，额前的碎发就要扎进眼睛里，偏向一边的脸颊上逐渐浮现出泛红的巴掌印。

她觉得自己手心麻麻的，和他的脸一样疼。

"祁燃，你到底想怎么样？"徐知岁强迫自己冷静，声音却止不住地颤抖。

祁燃慢慢站直了身体，望向她的眼睛里有潮湿的泪意："岁岁，回我身边来吧，再给我一次机会。"

"凭什么？你觉得我会阻碍你的前途，我就要像垃圾一样被踢开，现在你想起我了，我就要乖乖回到你身边？祁燃，你这样对我公平吗？"徐知岁愤怒地看着他。

"不是那样的，我心里一直有你。"

徐知岁沉默了，酸涩的感觉直直涌了上来，她忽然觉得委屈，很委屈很委屈。可这委屈并不来源于被他唐突的愤怒，而是替过去的自己感到悲哀，为什么等到十年后他才肯说出这句话？当时的他做什么去了？

他们到底错过了什么，或许只有时间才能给出答案。

她哽咽着开口："到底是心里有我，还是自认为可以拯救我？我要的从来不是你知道我过得不好，回过头来可怜我你知道吗！"

祁燃站直了身体，困惑地看着她："我对你的感情从来不是可怜，你为什么不肯相信？你也喜欢过我不是吗？"

"是，我是喜欢过你。可你也说了，那是从前，我们之间隔着的是十年跨不去的时光，任何事情都无法弥补，这些还有意义吗？你放过我，我也放过你，这样不好吗？"

"我不相信，除非你亲口说你不爱我了。"

祁燃缓慢靠近她，逼迫她直视自己的眼睛。

徐知岁别开脸去，那几个字就在嘴边却怎么也说不出口。祁燃轻轻握住她的手："告诉我，我要怎么做，你才能给我一个补偿的机会？"

这些年在外人眼里，他从来都是一个清高矜傲的性子，即便与人相处时翩翩有礼，也都是居高临下的，此刻却像一个一心恳求原谅的孩子，在她面前低到了尘埃里。

徐知岁静静看着他，过了一会儿，将他的手指从自己掌心一根一根掰开。

"那就从我的世界消失。"

第九章
阴天快乐 //////

祁燃好像真的消失了。

后来的很长一段时间里，徐知岁再也没见过他。

下班回家的路上，身后不再有轿车默默跟随，没有人打开车灯为她照亮漆黑一片的小巷子。

微信里的头像安安静静躺在列表里，没有再给她发过一条信息，朋友圈也从来刷不到他的动态。

徐知岁和自己说，这样不是很好吗，他们各归其位继续过自己原本的生活，就像从来没有重逢过一样。

而当她闭上眼睛，满脑子都是他的眉眼、他的味道，和那天突如其来的那个吻。

心像被人挖走了一块，做什么都钝钝的。

她不愿深想这种情绪从何而来，每天照常上班，点灯熬夜，挤时间准备论文，生活继续两点一线。

谢书毓来找她的次数越来越多，两人一起吃饭，偶尔看个电影，实在没有时间就趁着午休在医院的职工食堂或者马路对面的茶餐厅边吃边聊。

和他在一起，徐知岁觉得很自在，他们默契得像镜子里的自己，心心相印的左右手。

谢书毓总会在适当的时候给她关心，尊重她的意见，也主动沟通自己的想法。她不用费心去猜他在想什么，不用担心下一秒就要失去，不计较得失，也不奢望回报。

徐知岁不止一次地想，要不就答应和他在一起吧，他的性格和自己多么合适，生活不就该这样平平淡淡的吗？

可每当她要下定决心的时候，心里总会有个声音出来阻止她——你真的甘心吗？你爱他吗？如果不爱，那你爱的是谁？

答案呼之欲出，却又被她狠狠按下。

周三这天，为庆祝徐知岁忙碌了小半年的论文顺利发表，谢书毓约她中午一起吃饭。

因为午休时间不多，两人照例约定在"静觅"见面，这里离徐知岁单位只隔着一条马路，谢书毓开车过来也不过十分钟的时间。

中午不忙，徐知岁一下班就过去了，还是那个靠窗的老位置，一边等，一边抱着手机研究病例。

等了大概半个小时，她接到了谢书毓的电话。

"抱歉知岁，实验室临时有些事情要处理，比较急，我大概过不来了。"

徐知岁想都没想，连连点头，说："没关系，你忙你的，我们改日再见就好了。"

挂了电话之后，她看着窗外发了一会儿呆，想到自己肚子还是空的，抬手叫来服务生，点了一道自己最常吃的意面。

帮她送餐的是这里的老板娘，姜辞。

餐盘送上桌，姜辞并没有着急离开，而是饶有兴致地端了杯柠檬水在她对面坐下："我们徐医生还真是善解人意，被追求对象放了鸽子竟然连一句怨言都没有。"

姜辞曾是谢成业的病人，那时徐知岁还在谢成业手底下做实习生，或许是两人有着相似的经历，年龄也相仿，一来二去倒成了身边为数不多能说得上话的朋友。

徐知岁歪着脑袋想了一会儿，也说不上来自己为什么一点情绪也没有，接到电话后唯一的反应竟然是——哦，那我要快点吃饭，一会儿还要上班。

她皱了下眉头，说："没什么好生气的吧，大家工作都忙，互相理解嘛。"

姜辞晃动水杯，意味深长地看着她："到底是不生气，还是根本没有抱期待？"

徐知岁垂下眼眸。

餐厅音响从轻缓的古典乐切换到了忧郁的情歌，徐知岁听过这个低沉中略带沙哑的声音，同时也不想再继续刚才的话题，看了看姜辞说："你什么时候喜欢这种调调的音乐了？"

姜辞挑眉："嗯，受一位男顾客的推荐，觉得还不错。他说这是他在国外念书的时候最喜欢的一首歌，陈奕迅的《阴天快乐》，你觉得如何？"

徐知岁沉默不语。

姜辞打量着她的神情继续说："这位男顾客特别有趣，每天早上很早就来光顾，就坐在你现在坐的这个座位，点一杯冰美式，什么也不做，就看着窗外，直到看见某个人从尽头的拐角出现，急匆匆穿过马路，踏进医院，他才肯安心离开。日复一日，我都快被他打动了。"

徐知岁面无表情地说："是吗？那你未免也太感性了吧。"

姜辞放下杯子："人家都这么卑微了，徐医生当真一点机会也不给？"

徐知岁冷笑："你是被他收买了来当说客的？"

"不，我只是站在旁观者的角度，希望我的朋友认清自己的真心。"

徐知岁没有食欲了，放下叉子困惑地看着眼前的人："那位周先生也三天五头来找你，怎么不见你给他一点机会？"

姜辞收起脸上的笑意，眼中闪过一丝嘲讽："周慕迟和他不一样。"

徐知岁说："是一样的。"

两人同时陷入沉默，充满故事感的歌声还在继续。

翻山越岭之后，

爱却神出鬼没，

你像一首唱到沙哑偏爱的情歌。

……

旅途中坐一坐，

在秋千上的我，

原来我忽略的，

如今想纪念也没用，

那些时光的因果。

……

叫阴天别闹了，

想念你都那么久那么久了，

我一抬头就看你那个酒窝。

……

徐知岁一刻也坐不下去了，匆匆结账离开了"静觅"，害怕多听一秒，久违的眼泪就会决堤。

"徐医生，你没事吧？"

回医院的路上，徐知岁在小花园里遇见了那个在她手里确诊入院的十七岁少女季薇。

徐知岁努力对她扯出一个笑："没事，我当然没事。"

季薇犹疑地看着她："可是你的脸色看上去很差。"

闻言，徐知岁用手机壳背面的小镜子照了照，发现自己脸色惨白，状态看上去十分差劲。她揉了揉脸颊，试图让自己看上去不那么吓人。

"你呢？你在这儿干什么？"

徐知岁后知后觉地发现季薇孤零零一个人站在这儿，身边并没陪护，身上穿了一件看上去并不算保暖的棉袄，里头是洗得发白的医院病号服。成人的码数穿在她瘦骨嶙峋的身上，显得十分违和，她整个人苍白得像一张一触即破的薄纸。

季薇垂下眼眸，心事重重地踢着路边的小石子："我出来透透气。"

徐知岁察觉到一丝不对："你爸妈呢？是不是出了什么事？"

季薇眼神闪躲，好一会儿才说："我爸妈在和周医生说我出院的事。"

"出院？"徐知岁皱起眉头。

她前两天才在食堂碰见了季薇的主治医生，闲聊时问起了季薇的情况，她记得周医生当时的原话是："生理状况经过调理已经有所好转，但小姑娘心结太重，还需要再观察。"

一般像季薇这种情况，并不建议居家治疗，住院就是最保守的。周医生经验比她丰富，不可能提出这种建议。

她看着季薇，担忧地问："是不是出了什么事？"

季薇低下头："我爸妈说医院坑人，说我根本没病，是无病呻吟，他们不想再浪费钱了。"

徐知岁一时之间不知道该说些什么了，没想到时隔这么久，这对夫妻还是不肯放下心中的成见真正了解他们的女儿。

她带着季薇回了住院部，一出电梯就遇上了到处找人的季母。

季母一把将女儿拉到自己身边，眼神戒备地打量了徐知岁，回头责怪道："乱跑什么？回头出了什么事又是我和你爸受罪。"

徐知岁没计较对方的态度，耐着性子问："季薇妈妈，听说你们打算出院？"

"不是准备，是已经！我们已经办好出院手续了，马上就走。学校老师说了，她再不回去上课，就要给她办退学，我们可不愿折腾了。"季母没好气地拉着季薇回病房收拾行李。

徐知岁跟了上去，在病房门口撞见了刚从里面出来的周医生。周医生满脸通红，脖颈上青筋暴起，显然已经和季父吵过一架，看见徐知岁来了，稍稍收敛起怒火，指着里头的人说："这一家子简直没法沟通！"

"我说错了吗？你们就是一帮庸医，专坑我们钱的！我女儿根本没病，没病！"季父冲出来，大有要和周医生再干一架的架势，幸而被周围好心的病人家属拦住了，这才免去了更多的麻烦。

周医生忍了又忍，基于自己的职业素养才忍住想要动手的冲动。他摔门回了办公室，季父却得寸进尺，冲着他的背影骂得更难听了。

一片混乱之中，季薇捂住耳朵爆发出一声崩溃的尖叫："啊——别吵了，我跟你们回去！我不治了，不治了！"

徐知岁做医生以来，见过太多病例，却没有一次像这次这样让她觉得力不从心。

她拦不住季父要让女儿出院的决心，只好一遍一遍地交代季薇要按时吃药，如果有任何不对劲的地方一定要回医院就医，千万别做伤害自己的傻事。

季薇点头，眼泪止不住地往下掉。

出院之前，季薇转过身拥抱了徐知岁："姐姐，谢谢你。"

如果时间能重来一次，徐知岁发誓，她无论如何也要在那个下午留住季薇，哪怕是像周医生那样和季薇父母大吵一架，或者用最笨拙的方式帮季薇垫付医药费，她也绝不答应让季薇出院。

一周后的某天晚上，医院同事在群里转发了一则新闻——十七岁少女跳楼自杀。

那个站在露台上，孤独又绝望的女孩正是季薇。

她用这样的方式结束了自己的生命。

那晚，徐知岁做了一整夜的噩梦，梦里来来回回都是一个女孩站在高楼上的画面，女孩的脸有时是季薇，有时是她自己。

第二天，徐知岁照常乘地铁上班，或许是前一晚没睡好的原因，一路上精神有些恍惚。到了医院门口，她在经常照顾生意的早餐摊上买了一个糯米饭团，刚刚付钱转身，后背就猛地被人推了一下："你这个庸医，你赔我女儿！"

徐知岁一个趔趄跌倒在地，饭团也脱手而出，滚出了几米远。她回过头，季薇父亲面目狰狞地向她扑来，她心下一惊，翻身往旁边一滚，躲过一劫。

反应过来之后，一个恐怖的认知在脑海轰然炸开——

医闹！

"我们把她带来医院了！是你们说只要吃药就能好的！结果呢？我钱也花了，女儿也没了！你让我们夫妻俩后半生怎么办！"

季父再度扑向她，扯住她的包，试图阻止她逃离。徐知岁放弃了自己的背包，迅速从地上爬起来。

时间尚早，医院门口来往的行人并不多，只有伶仃几个路人站在远处观望这边的情形，却因搞不清楚状况不敢贸然上前。她大声呼喊，拼了命地往保安亭的方向跑。

　　季父追了上来，揪住她的头发："我不管，今天你和那个姓周的庸医必须给我一个说法！不然我就让你们陪着一起见阎王！"

　　徐知岁被揪得身体直往后倒，好在这时保安已经看见了她的求救，正组织人员往这边来。

　　"我们是庸医，那你是什么？你扪心自问你这个父亲当得合格吗？你有真正了解过自己的女儿吗？你们只会不停地打压她、贬低她，你们认真对待过她的求救吗？"

　　"你胡说！你没有养过孩子，就不知道当父母有多难！她是我们身上掉下来的一块肉啊，我们难道就不想她好好活着吗？"

　　季父情绪激动，怒红了眼睛。

　　徐知岁趁他力道有所松懈，屈肘捅向他的腹部。疼痛使他手上力度稍松，徐知岁趁机挣脱。

　　这个动作彻底激怒了季父，他从随身携带的包里掏出一把菜刀，不管不顾就朝她砍过来。

　　所有人被他这个举动给弄得惊呆了，周围有人尖叫，保安拼命吹响警告的口哨，徐知岁蒙蒙地看着那把被磨得发亮的菜刀在自己眼前举起，脚底忽然比灌了铅还沉，怎么也跑不动了。

　　命悬一线之际，有人扑到了她的身前，捂住她的眼睛，将她搂进怀里。

　　徐知岁什么也看不见，只有鼻尖那清淡的梧桐香在提醒她来的人是谁。

　　可还没来得及去想他为什么在这儿，只听一声痛苦的闷哼，菜刀重重砍上了他右侧的肩胛骨。

　　浓重的血腥味在空气中弥漫开，尖叫声划破天际……

　　有那么一瞬间，徐知岁仿佛看见了徐建明倒在血泊里的画面，心脏狠狠一抽，疼得无以复加。

　　抱着她的那个人渐渐失了力，整个身体的重量都压在了她身上。完全倒下去之前，他温柔地揉了揉她的头发，一字一顿，沙哑道："别怕，岁岁。"

　　季父从最初的愤怒中缓过神来，下意识丢下菜刀逃离。保安扑过来将人按住，有人打电话报警，有人帮忙叫医生，周围乱成了一团。

　　徐知岁抱住祁燃跌坐在地上，喉咙像被人扼制住，哽得喘不上气来。

　　她伸手摸他的后背，大片微热的湿濡透过他的衣衫染红了她的掌心。

　　"祁燃，祁燃……"徐知岁无措地唤着他的名字，深藏多年的恐惧在一点点地复苏。

祁燃握住她的手，看着她笑，脸色苍白，大滴大滴的汗珠顺着脸颊滑下。

"今天本来要出差的，觉得不放心就想过来看一眼，还好……还好被我赶上了。"说完，他眉头一皱，痛苦地闭上了眼睛。

徐知岁彻底慌了，撕心裂肺地冲着医院大厅的方向喊："急诊的人呢？快来救人！"

祁燃被送往急救室进行紧急手术。

徐知岁跟着急救推车跑，手紧紧握住祁燃，感觉到他掌心的温度在慢慢变冷。到了急救室门口，护士将她拦下："徐医生你不能进去了。"

徐知岁松开了手，看着那扇沉重的大门在自己面前缓缓合上，急救室亮起红灯。

因着是早晨，前来医院就诊的病人尚不算多，几乎整个急救科的人都围着祁燃奔走忙碌。

医生护士进进出出，有人从血库里拿来急救的血浆，有人带出了被血染红了的白衬衫，清洁工阿姨匆匆赶来，拖去地板砖上的斑驳血迹。

徐知岁觉得自己的世界铺天盖地地暗了下来，浓重的血腥气将她笼罩，压得她喘不过气。

裴子熠赶到急救室外面时，就看见徐知岁一个人缩在冰冷的座椅上，背影一如既往的薄而瘦，眸光呆滞，浑身止不住地颤抖。

他昨天是夜班，刚刚结束一台小儿急性心梗的手术，还没从八个小时的奋战中缓过神，就听见同事在讨论早上发生的一起恶性医闹。听见徐知岁的名字时，他整个人都震住了，连衣服都来不及换就急急忙忙往这边赶。

好在她平安无事地坐在门口，他悬在嗓子眼上的一颗心终于在这一刻落了地。

"你怎么样？有没有事？"他双手撑在膝盖上，气喘吁吁地问。

徐知岁抬起头，一双眼红红的，痴痴地看了他好一会儿才分辨出来人是谁。她缓慢摇头："我没事，但是祁燃在里面。"

"祁燃……"裴子熠望向那红灯闪烁的急救室。

后来，他从路过的同事那里了解到事情的过程，庆幸徐知岁没有受伤的同时，又懊恼自己为什么没能早一点从手术室出来，或许那样，挡在她面前的那个人就会是自己。

他在徐知岁身边坐下："别担心，他肯定会没事的。"

"可是他流了好多血……"

徐知岁讷讷地看着自己的掌心，那里有已经干涸的血迹。曾几何时，这血液的主人重要得像她生命的一部分，而现在他躺在急救室冰冷的手术台上，生死未卜。

两小时后，急救室的灯灭了。急诊外科的王主任开门走了出来，徐知岁跑了上去，焦急地问："王主任，他怎么样？"

王主任摘下口罩："背后的伤口长且深，差一点就伤到骨头。好在小伙子身体底子好，我们给他做了伤口处理，缝了将近三十五针，已经无碍了，但还是要住院观察一段时间。"

徐知岁谢过王主任。

没过多久，护士就推着祁燃从急救室里出来。

病床上男人脸色煞白，嘴唇没有一丝血色，徐知岁看着他，忽然就挪不动步子了。

护士问："怎么还没通知家属？"

裴子熠看了眼徐知岁，以为是她没有祁家人的联系方式，拿出手机说："我给祁叔叔打电话。"

祁燃仰起脖子，表情痛苦："别让他们知道。"

护士茫然地看了看站着的两个人，问："那你们谁和我去办一下住院手续？"

话问出口，却没人回答。徐知岁愣愣盯着病床上的人，除了看着他，没有任何反应。裴子熠知道她还处于惊吓之中没能缓过神来，叹了口气对护士说："我和你去吧。"

祁燃被送到了住院部，原本护士给他安排的是普通病房，中途院长来探望了一趟，也不知道和护士长说了些什么，很快就将他转到环境更好的VIP套房。

医护人员帮他调整设备打点滴的时候，徐知岁就站在一边远远看着，不敢靠近，又害怕他们弄疼他。

主治医生一边写着病历，一边习惯性地交代术后注意事项，比如六小时内不能进食，避免不要碰到伤口之类的。

等人全部走了，她走过去，小心翼翼地在祁燃的病床边坐下。因为受伤的位置在后背，他暂时还不能平躺，只能一直保持侧卧的姿势，光是看着都替他觉得难受。

祁燃看着她，有气无力地牵动唇角，朝她扬起一个勉强的笑："是不是吓着了？"

徐知岁不答，看了看点滴架上的三瓶药水，又看了看他被绷带缠绕的后背，漫长的怔忡之后终于开口："疼吗？"

祁燃摇摇头："刚开始有点，后来上了麻药，就感觉不到了。"

徐知岁垂下眼眸，眼泪要掉不掉："你不该为我挡那一刀的，这件事本来和你没关系。"

祁燃闭眼缓了缓："我不来，现在躺在这里的就会是你，那一刀落下的位置也不会是我的右肩，而是你的心脏。那我宁愿受伤的人是我。"

徐知岁眼眶反而更加红了，他如今变成这样，她更不好受。

祁燃面色并无好转，动了一下开始恢复痛觉的胳膊："别这样，我现在不是挺好的吗？正好我也有充足的理由不去出差了。"

徐知岁没好气地瞪了他一眼："你还有心思开玩笑，受伤难道是什么好事吗？"

祁燃笑而不语。对别人而言，受伤当然不是好事，可对他来说，这缝在背上的三十余针若能将她留在身边，哪怕只有短暂的几个小时，他也甘之如饴。

"岁岁，那天晚上是我不对，我喝多了才做出那么冲动的事，我向你道歉。"

徐知岁没料到他会突然开口提那天的事，那个湿热而缠绵的吻忽然从记忆深处涌了上来，尽管可以忘却，那感觉却犹在唇边挥之不去。心跳不由自主地快了，她努力避开他的目光，低声道："你先好好养伤，那天的事我就当没发生过。"

"不，你不能当没发生过，因为我说的每句话都是认真的。"

"……"

徐知岁去了一趟洗手间，打开水龙头冲洗掉手上残留的血迹。水流冰凉刺骨，她终于从最初的慌乱中缓过神来，可手心还是麻麻的，忘不掉当时摸到他伤口的触感。

也是这只手，在不久前的一个晚上狠狠甩了他一耳光，让他远离自己的生活，可现在……

她承认自己心软了。

不仅心软，还感到害怕，她差点以为自己要再次失去他了。

失去……

这个念头让她对着镜子打了个寒战，她从来未曾拥有过，何谈失去呢？

突如其来的一场意外，又一次搅乱了她原本就要回归平静的生活，两人之间的关系如乱麻纠缠，究竟又是谁亏欠了谁呢？一时半会儿还真理不清。

可抛开曾经的那些事不谈，就当下而言，他是为救她而受的伤，不论是道德层面还是私人情感，她都做不到对他不闻不问。

从洗手间出来，徐知岁坐回了病床边。

祁燃身上的麻药开始散去，伤口传来的撕裂感疼得他冷汗涔涔，眉间的褶皱越来越深。

"你怎么样？要不要我给你叫医生？"徐知岁问。

祁燃闭了闭眼睛："没事，还好。"

徐知岁起身查看床头的点滴，三瓶都是消炎的药水，难怪他疼得这么厉害。

"要不我让他们给你加点止痛药？"

祁燃笑笑："不至于，忍忍就过去了。"

徐知岁还是不忍心，但手术过后都有一个疼痛的过程，这也是没有办法的事。

她重新坐了下来，想摸手机，却发现自己的包在和季父拉扯时遗落在了现场，后来一心只顾着受伤的祁燃，根本没心思管别的，也不知道保安有没有替她收着。

正犹豫今天是否要回去继续上班，裴子熠走了过来，将医院开的各种票据搁在床头。

"给，医生开的药都在这里了，上面写着每次的服用剂量，等麻药过了记得吃。"说着，他俯身打量了眼祁燃的伤口，咬牙道，"啧啧啧，那疯子还真下得去手！"

祁燃牵强地扯了下唇角，让自己的表情不那么痛苦："谢了，回头等我能动了把医药费什么的转给你。"

"没事，不着急。"裴子熠转向徐知岁，"对了，我在下面遇到了谢主任，他说警察过来了，要找你了解一下情况，让你先过去一趟。"

"也行……"徐知岁迟疑地看向病床上的人，"要不还是给祁叔叔打个电话吧。"

麻药过后，病人是不能睡觉的，必须保持意识清醒，否则容易出现一些并发症，祁燃现在这样身边离不开人。

"别惊动他。"祁燃探身寻找手机，"让我助理过来就行，你先忙……"

"都说了药劲没过别乱动！"徐知岁一把按住他企图乱动的身体，表情严肃，眼底满是担忧，"你这么大的人了，怎么还没小孩子听话！"

祁燃躺了回去，后背的疼痛竟因这凶巴巴的一句话减轻了不少："好，那麻烦你帮我拿下外套里的手机。"

"密码多少？"徐知岁捞起搁在沙发上的外套，顺利摸到了手机。

祁燃说："你的生日。"

"……"

裴子熠将这一幕看在眼里，嘴角扬起浅淡而苦涩的自嘲，默不作声地退出了病房。

从住院部回科室的路上，徐知岁满脑子都是那串手机密码带给她的震惊。

原来他是记得的，他知道那天是她十八岁的生日。他分明看到那张字条了，可他还是选择失约，没有一句解释地让她孤零零在茶餐厅从白天等到黑夜。

回忆的闸门被轰开，痛苦卷土重来，那样卑微地爱着一个人的感觉，她不想再体验第二次。

即便他现在后悔了，也的确想认真弥补，可曾经留给过她的冷漠和绝望就能当作没有发生过吗？

她觉得自己真的读不懂祁燃，到底哪一个才是真的他？

到达办公室，谢成业和两位身穿制服的警察正在里面等她。其中一位年长些的民警询问她事情发生的全过程，另一个在旁边认真做着记录，徐知岁一五一十地陈述。

末了，民警说："季永贵现在已经被我们以涉嫌故意伤害罪逮捕了，但他坚持要再见你一面，说是要恳请你的原谅，你怎么想？"

徐知岁漠然摇头："我不想见他，请检方按照正常流程起诉他。"

送走警察后，谢成业单独留下安慰了她几句，没多久副院长又带着两个扛着话筒和摄影机的记者进来了，说是要对她进行简单的采访。

网络时代，所有消息都传得很快。

早上那惊悚的一幕被路过的网友拍下传到了网上，才几个小时，事件已经传得全网皆知，还因此上了热搜。

好在视频里人的面容都是模糊的，否则以祁燃的身份，怕是又要在网上掀起一场轩然大波。

徐知岁本不想接受采访的，但谢成业说如果这次事件能让更多的人关注到抑郁症这个话题，传开或许并不是坏事。

徐知岁想了想，答应了媒体的请求，唯一要求是要给她的脸打码，否则妈妈看见会担心。

就这样一直忙到下午快下班，徐知岁才有了自己喘息的时间。保安将她的包送了回来，里面东西都没少，就是皮革表面磨了几道划痕。

她找出手机，里头有几个未接电话，是谢成业和其他几个同事打来的。

最近一通是谢书毓打来的，想必是从他爸爸那里得知了她出事的消息，打电话来询问她的情况。

徐知岁给他回了过去，没响几秒就被按断了，过了会儿他发来微信，说自己在开会不方便接电话，得知了今天早上的事有点担心她，问她今天晚上有没有空一起吃个晚饭。

徐知岁想答应，可那个"好"字明明已经打进输入框里了，发送键却怎么也按不下去。

她想到了祁燃。

他今晚是要住院的，不知道伤口还疼不疼，有没有胃口吃东西。他助理应该过来了吧？听名字感觉是个年轻男人，不知够不够细心，能不能照顾好病人。

他毕竟是为保护她才受的伤……

想到这里，那条消息更加发不出去了。她按了删除，然后重新编辑：【不好意思，我今晚有点事，我们下次再见吧。】

消息发出去之后很快得到了回应，很庆幸，谢书猷并没有问她原因。

下班撞上饭点，医院门口的餐馆家家爆满，徐知岁在粥铺排了许久的队才买到一份适合术后病人食用的瘦肉粥。

提着餐盒从电梯里出来，正好遇上住院部的同事在安排交接班。几个小护士打着巡房的名义往走廊尽头的那间病房里跑了好几次，过了会儿又贼溜溜地跑出来，聚在一起交头接耳。

"真的好帅啊！穿病号服还能帅成这样真没天理！"

"不仅帅，而且来头不小呢！我听说他调病房是院长亲自安排的，什么身份才能有这样的待遇？"

一个年长些的护士提醒："咳咳，你们清醒点，别忘了他是英雄救美才住的院。"

其中一个小护士撇撇嘴："我当然知道，我就是单纯垂涎他的皮相，又没真打算对他做什么。"

另一个深以为然地点点头："我算是明白咱们医院的那些男同胞输在哪儿了，换成我是徐医生，我也选里头这位！"

"当然！"

说话间，有人看见徐知岁正朝这个方向过来，立马收敛了笑意扯了扯同伴的袖子。几人噤声，徐知岁也装作什么都没有听见，若无其事地和她们打招呼。

"下班了？"

"对，徐医生来看朋友啊？"小护士笑容灿烂，眼眸里扑闪着八卦的光亮。

徐知岁笑而不语，转身进了 VIP 病房。

病房里充斥着消毒水的气味，地板上还有未干的水渍，显然是刚刚打扫过。内间的房门关着，有什么东西摔落在了地板上，传来清脆的声响。

徐知岁转动把手开门，看见祁燃半坐起身，扶着床头柜慢慢弯腰，作势艰难地去捡不小心掉在地上的水杯。

徐知岁眉心一跳，放下手里的餐盒就急急上前按住他的肩膀："你干什么？医生不是说了伤好之前不能乱动吗？"

祁燃抬头望她，眼底闪过一丝光彩，却因为伤口传来的疼痛而再次皱眉，重重喘了两口气说："你来了。"

徐知岁扶着他靠坐在床头，怕碰着他的伤口，往他腰后垫了两个高高的枕头，没好气地斥责："你的手不想要了是不是？"

"不是，只是觉得有些口渴，想喝点水，没想到不小心碰倒了杯子。"

祁燃看着她笑，脸上依旧没有血色，嘴唇有干裂起皮的痕迹。

徐知岁睇了他一眼，弯腰收拾地上的残局，好在掉落的是个保温杯，只需捡起来稍稍拖下地即可。

"你的助理呢？不是说他会来照顾你吗？"

"他下午来过了，是我让他帮我去办点事。"

"那你就不能按铃让护士来帮忙？"徐知岁的声音从洗手间传来，伴随着稀里哗啦的流水声。

祁燃捂住胸口闭了闭眼，头靠在床垫上："一点小事而已，不想麻烦别人。"

徐知岁懒得跟他白费口舌了，心想还是一会儿等他助理回来，交代他助理比较有效。

她洗好拖把走回床边，这才发现床的另一侧摆着一台正在运行的笔记本电脑，页面停留在某个 Word 文档上，密密麻麻的全都是她看不懂的研究数据。

显然，在她到来之前，他就已经不顾伤势投身工作了。

"你们公司是离了你就不能转了吗？"她耷拉眼角无奈地望着祁燃。

"正好待着没事，所以就想……"祁燃单手握拳抵于唇边，虚咳了声，"好吧，下次不会了。"

徐知岁没吭声，面无表情地将电脑搁去旁边桌上，又转身拎来瘦肉粥，打开放在他面前。

"刚买的，趁热吃。"

"谢谢。"

祁燃撑着身子坐起来，习惯性地用右手去拿勺子，却不料牵动了伤口，疼得"嘶"了一声。他再次尝试，然而右手疼到麻木，始终用不上力，勺子在手上晃得厉害。

他叹了口气，扶着胸口静静看着面前的人。

徐知岁皱了皱眉头，仍旧保持站立的姿势没动。理智告诉她，不能被他虚弱的外表给迷惑了。他右手的确使不上力，但左手是好的，刚才不是还能用电脑来着？难不成要她喂他？想都别想！

祁燃看了她一会儿，见她没有反应，重新低下头用左手拿起勺子，一口一口，吃得无比缓慢且艰难，不时还发出几声咳嗽，似乎是想告诉面前的人他现在是个行动不便的病人，是否应该享受被人照顾的特殊待遇？

可徐知岁始终站在离他不远不近的位置，双手插兜，冷眼旁观。

她觉得自己已经仁至义尽了，何况心里那个疙瘩始终都在，她狠不下心对他的伤情视而不见，可再亲密的举动她真的做不出来。

她扯了张椅子在病床边坐下，说起警方已经对季永贵进行刑拘，他的家人找到医院赔礼道歉，并且承诺承担祁燃住院期间的所有费用，问他是否还有别的想法。

祁燃表示没有异议，一切交给警方就好。

碗里的粥还剩一半的时候，蒲新提着公文包推门进来。看见徐知岁，他露出惊愕的表情，不知道自己该走还是该留。

祁燃正好没什么胃口了，将粥碗盖上搁去一边："没事，进来吧。"

蒲新讪讪地和徐知岁打了声招呼，从公文包里取出一本厚厚的书递到祁燃手里："祁总，事情办得差不多了，这是钥匙和您要的书。"

祁燃不作声，甚至连看都没看一眼就飞快将东西塞进了枕头底下，对蒲新说："好，辛苦了。"

神神秘秘的，徐知岁想他大概又是弄了什么东西来打发时间，便无意多问。

没多久，有医生端着托盘来给祁燃换药，进来之后问了他一些术后情况，继而将目光转向徐知岁，无比自然地吩咐道："帮你男朋友把衣服脱了。"

徐知岁愣住了，想来是她换了便服，又常年在门诊部待着，这位上了年纪的医生并不认识她，所以一进来就误会了她与祁燃的关系。

"我们不……"

"没事医生，我自己可以。"正欲解释，祁燃截断了她的话，坐直了身体，慢吞吞地用左手一颗一颗解开病号服的纽扣。

他的身材属于穿衣显瘦脱衣有肉那一类的，尽管胸口被厚重的纱布缠绕，可扣子解开的那一刻徐知岁还是瞥见了他线条分明的腹肌，一看就是常年健身。

她脸颊蓦地红了，飞快别过脸去，捏了捏汗湿的掌心："你好好休息，我先回去了。"

说完她就从座椅上拎起包，快步朝门口走去。祁燃递给蒲新一个眼神，蒲新会意很快追了出去。

两人走后，医生拆掉祁燃肩上的绷带，一边观察他的伤口一边说："你女朋友怎么还不好意思了呢？"

祁燃牵唇淡笑："是，她脸皮比较薄。"

"徐医生，我送你回去吧。"

蒲新在电梯口追上了徐知岁，从随身携带的公文包里掏出一把车钥匙朝她晃了晃。

徐知岁讶然回头，脸颊两侧还有尚未完全消散的红晕："不用不用，我坐地铁回去就行。"

"天晚了，坐地铁不方便。祁总说，今天出了这事，你怕是心有余悸，他不放心你一个人，就让我送你吧。"

话已至此，徐知岁便没再拒绝，亦步亦趋地跟着蒲新去了停车场。

坐在宾利舒适的真皮座椅上，一股深深的疲惫感涌了上来。

祁燃说得没错，她的确心有余悸，这一天发生了太多事情，无数纷乱思绪交缠在一起，一闭上眼睛就是季永贵朝她扑来的那凶神恶煞的样子，以及祁燃倒在她怀里时那种强烈的绝望感。

那一刻，她是真的害怕极了。

她很难不去深想，如果……如果祁燃真的因此出了什么事，她会不会为曾经面对他时的冷硬而感到后悔呢？

答案不得而知。

窗外霓虹闪烁，高楼鳞次栉比，蒲新不时透过后视镜打量着后排的女人。

徐知岁转头之际，目光不经意与他对上，蒲新不着痕迹地挪开视线，继续开车。

"干吗这样看着我？"徐知岁玩笑似的说，"是不是觉得心身科也能遇上医闹，简直不可思议？"

蒲新尴尬地笑了笑："没，就是在想原来你就是让我们祁总念念不忘的那个人。"

徐知岁嘴角笑意消散，垂下眼眸，心事重重地揪着自己的背包带子。

"你在他身边工作多久了？"

"工作只有三年，不过我们在国外读书的时候就认识了，我们大学在同一个州，不同学校而已。"

"是吗？"徐知岁语气微顿，"那这些年他身边就没有过别的女人？"

"看上他的自然不在少数，不过从未有过能入他眼的。为了他的终身大事，祁董没少操心！"

徐知岁不再作声。

车子缓缓停在小区门口，她淡淡地和蒲新说了句谢谢，然后交代了他一些照顾病人的注意事项。蒲新听得极为认真，巴不得将她说的每一个字都记在备忘录里。

进了小区，徐知岁在单元楼下听到一声细声细气的猫叫，循声望去，发现一只肥嘟嘟的银渐层正趴在一辆蓝黑色布加迪的引擎盖上打滚。

小家伙大概是一个人待得太无聊，路过的行人又对它视而不见，开始疯狂地用爪子抓挠车身。

徐知岁睁圆了眼睛。苍天，那小家伙到底知不知道它在做什么？这可是一辆千万豪车！

她匆匆上前将小家伙从车身上抱了下来，又连忙去检查引擎盖上是否留有它的爪印。可惜，她还是来晚了一步，几条又长又粗的抓痕触目惊心。

偏小家伙浑然不知自己闯了祸，还以为是有人来陪它玩了，开心地在徐知岁脚边蹭来蹭去。

正巧有巡逻的保安经过，徐知岁将这件事转告他们，希望他们联系车主，看看怎么处理。

保安联系同事，从物业登记册上要来了车主的电话，打过去之后没说几句便匆匆挂断了。

"怎么样？"徐知岁问。

"车主说他在出差，等他回来再说。"

"那这车？"

"听他语气好像不是很在意。"

徐知岁无言以对，这就是有钱人的世界吗？好吧，她承认她不太懂。

"这只猫你知道是谁家的吗？毛发看上去很干净，感觉不是流浪猫。"她将小猫抱起来，它脖子上挂着个银色小猫牌，却并不是什么主人的联系方式，而是一个迷你版的"保时捷"车标。

保安盯着小家伙看了一会儿，摇头："也没见过。"

无奈之下，徐知岁拍了银渐层的照片发到小区业主群里，询问是否有人家里的猫走丢了。

消息发出去之后很快得到了回应，爱猫人士在群里展开了激烈的讨论，最后给出的答案无一例外——不认识，不知道。就连经常在小区里喂养流浪猫的王婆婆也说以前从没见过这只猫。

徐知岁猜测它会不会是从隔壁小区跑过来的，一顿折腾之后又将猫抱回了绿化带，想着或许等天黑了，它自己就跑回家了。

可这小家伙也是有点洁癖在身上的，小肉垫一沾到草丛里脏兮兮的泥巴，立刻号了一嗓子满是嫌弃地跳了出来，舔舔爪子又跳回了那辆布加迪上。

徐知岁彻底无语，心想这肥猫也真够挑剔的，楼下停了几十辆轿车，它非挑一辆最贵的搞破坏，也不知道布加迪的主人出差回来，看见自己的豪车被糟蹋，心会不会滴血。

时间不早，徐知岁接到周韵催促回家的电话，纠结再三，还是放弃了收留它的念头。可晚饭过后，她穿着厚实的棉服下楼倒垃圾，再次看见了这只傲娇中又透着点可怜的小猫咪。

帝都的冬夜，室外冷得厉害，这几天没下雪，风却大得能把树给刮倒。那样刺骨的寒意让小家伙冻得直哆嗦，不停挠着布加迪的前挡风玻璃，企图进去避风取暖。

听见徐知岁靠近的脚步，小家伙从车上跳了下来，一边走一边像只小狗一样朝她摇尾巴，躺在她的脚边袒露肚皮，拼命讨好。

徐知岁哭笑不得，看着小肥猫瑟瑟发抖的样子，终于还是于心不忍，决定暂时收留它，直到有人将它认领回去。

她没有养宠物的经验，又担心它的健康状况，犹豫之下带它去了两条街之外的宠物医院做检查。

宠物医生说这只猫是个女孩子，暂未绝育，年龄三岁左右，疫苗齐全，身体健康，鉴于它的体重已经超标，建议徐知岁在养它的时候适当控制它的食量。

徐知岁抱着小肥猫回了家，洁癖重度患者周韵女士对它的到来相当排斥，徐知岁好说歹说，周韵才同意让它暂时进门。

小肥猫对于新的环境表现得格外警惕，到处闻闻嗅嗅，最后奋力一跃，跳到了冰箱顶上，就此躺下了。

"你给它取名字没？"周韵嫌弃归嫌弃，但也不忍心让小家伙在外面挨冻，找了个平时不用的碗给小家伙盛水喝。

徐知岁摇头："没，不知道它以前叫什么名字。这么胖，要不就叫它肉球好了。"

"这名字倒是符合它的气质。"周韵用手指逗弄小肥猫的鼻子，"肉球，肉球？"

小肥猫很不给面子地转过头去。

疲惫的身体让徐知岁在沐浴之后早早上床休息，她尝试用数羊的方式戒掉对安眠药的依赖。是药三分毒，她作为医生更加明白这个道理。

浑浑噩噩睡过去之后，她又看见季永贵拿刀向她砍来，祁燃浑身是血地挡在她面前，她哭喊求救，周围却空无一人，没人帮她，鲜红的血液就这么一直流淌到了她的脚边。

怀里的人在慢慢变冷，闭上眼睛之前，他握着她的手微笑："岁岁，是不是只有这样，你才肯承认你还爱我？"

"不！不要……祁燃！"徐知岁大叫一声，惊坐起身。周围一片黑暗，窗边嘀嗒行走的闹钟和手掌触到的柔软棉被都在提醒她，这不过是一场梦。

她抚住心口大口大口地喘气，好半天都没能从噩梦之中缓过神来。

拿出手机看了眼时间，不过才凌晨三点。

梦里的恐惧让她睡意全无，靠着床头坐了一会儿，一颗心始终惴惴不安，索性披了件外套起身，摸黑进了厨房。

周韵被厨房里"哐啷哐啷"的声音吵醒，打开灯，睡眼迷蒙地看着正在翻箱倒柜的徐知岁。

"大半夜不睡觉你搞什么？我还以为进小偷了。"

徐知岁打开冰箱："妈，你昨晚买的那只鸽子放哪儿了？"

……

祁燃的伤势比想象中严重，稍不注意就有恶化发炎的危险，好在经过一段时间的休养，身体慢慢康复了。

趁着中午不忙，徐知岁抽空去了趟住院部，给他送去有助于伤口愈合的鸽子汤。

她的脚步很轻，推门进去时里头的人并未察觉，正捧着本书看得入神，桌边摆着尚未开动的餐盒，应当是护工送过来的。她咳了一声，祁燃这才抬头，面色微变，飞快将手里的东西塞到枕头下面。

"中午怎么有时间过来？"

"嗯，上午挂号的人不多。你在看什么？"

"没什么。"祁燃视线落到了她手里提着的保温桶，"给我的？"

徐知岁不置可否，扫了一眼他面前的美味佳肴，语气不明："本来说今天煲了汤，给你送点过来，现在看来……好像不用了。"

"怎么会？正好这些菜太油，我没有胃口。"

"那不好意思了，我的汤可能更油。"话虽这么说，可徐知岁还是把保温桶放到了他桌上，表情古怪地说，"好久没下厨了，将就喝吧。"

"你自己做的？"祁燃受宠若惊。

徐知岁沉默地给他递了勺子，眉宇间闪过的不自在却足以说明一切。

祁燃用左手拿起勺子，小心翼翼地拨开浮在表面的那层油，舀了一勺送进嘴里，还未下咽，徐知岁就迫不及待地问："怎么样？好喝吗？"

祁燃深深吸了一口气，咽下嘴里那口汤，喉结也跟着上下滚了滚，然后面色不变地说："当然，你的手艺不错。"

"真的？"

"真的。"

徐知岁狐疑地撇了撇嘴角，他还是第一个夸她做饭好吃的人。即便是在周韵病重生活无法自理的时候，她的做饭水平仅仅只是勉强可以下咽的程度，秦颐尝过一次就拉她去下馆子了。像祁燃这种对生活品质要求更高的人，真的会觉得好吃？她不太相信。

像是为了证明自己并非阿谀奉承，祁燃一口气喝掉了大半碗鸽子汤，末了还笑着问她："明天还有没有这种待遇？"

徐知岁默默丢给他一个眼神："想得美。"

祁燃笑而不语，埋头喝汤。

中午午休时间并不多，加上自己还空着肚子，徐知岁待了没一会儿就离开了病房，在楼道等电梯的时候，迎面遇上了休假回来的宋砚。

大概是刚得知祁燃受伤住院，他连制服都来不及换就匆匆赶来了，看见徐知岁倒也没有流露出太多意外，笑嘻嘻地和她打了招呼。

上学那会儿，徐知岁和宋砚的关系还不错，许多关于祁燃的消息都是从他那里打听来的。只不过后来毕业，她和所有同学都断了联系，宋砚也进了部队，改变颇大，再见面时总觉得生疏，没了当年相处时的自在感。

一阵客套的寒暄过后，两人挥手告别。

宋砚提着水果篮进了住院部，在小护士的指引下找到了位于走廊尽头的 VIP 病房。

原本还担心着祁燃的情况，推开门却见他气色不错地坐在床上，手里有一下没一下搅着一碗汤。

宋砚笑了："哟，小日子过得不错啊，还有汤喝！"

"她做的。"祁燃绷着一张脸，声音却带笑。

宋砚当然知道他口中的那个"她"指的是谁，一边调侃一边找来干净的勺子喝了一口："哟，进展不错啊！某人心疼了不是？噗……这什么呀！怎么这么咸？盐罐子打翻了吗？"

祁燃再也绷不住了，别过头去，捏拳猛地咳嗽起来："麻烦给我一杯水。"

宋砚大为惊叹："这汤你还能喝掉大半碗，看来是真爱无疑了。"

祁燃一口气喝了一整杯水，嘴里的味道才冲淡一些。

他将杯子放回桌上，笑道："厨艺不是问题，她有这份心，这一刀我就不算白挨。"

"咦，你少在我面前秀恩爱，让我这个被催着相亲的孤家寡人情何以堪？"宋砚抖了抖肩膀，一脸受不了的表情，"不过话又说回来，我觉得徐知岁这些年变化挺大的。"

"比如？"祁燃问。

宋砚歪头想了想："我也说不上来，就是觉得她的眼里……好像没有光了。也是，我前不久才从秦颐那里得知了她家发生的事，吃了这么多苦，这些年一定过得很不容易，你呀，以后一定要对她好一点。"

祁燃自嘲地苦笑："但愿她能给我这个机会。"

宋砚叹了口气。他是知晓祁燃性格的，从来不做没把握的事，可他们两人之间毕竟隔着十年不可消磨的时光，要想在一起谈何容易。

走神间，他瞥见祁燃藏在枕头底下的漫画，趁祁燃不注意飞快抽了出来，顺便岔开了话题。

"看不出来啊，你还喜欢看这种小女生的东西？"

祁燃觑了他一眼，也不解释，拿回漫画按在手里"每天看那些密密麻麻的数据看累了，偶尔换个口味，有什么问题？"

宋砚一噎："没，当然没！您喜欢就好！"

宋砚在病房里待了没一会儿就接到了领导打来的电话，让他尽早回去汇报情况。

他走后，祁燃重新翻开了那本名叫《暗恋》的漫画，回想起半月前秦颐对他说的话——

"你如果真的想了解岁岁，不妨去看一下这本漫画，或许看完你就能明白这些年你到底错过了什么。

"我不是想要帮你，只是想帮我的朋友，她这些年过得很辛苦，始终埋着心结。虽然她现在很少和我提起你，但是作为旁观者，我可能比她自己更清楚她的心思。她不是不肯重新面对你，而是在心里和自己较着劲。"

……

徐知岁走到食堂才想起来，早上那份鸽子汤她加了两次盐，凌晨三点下锅慢炖时加过一次，早上起床迷迷糊糊间又加了一次，出门太过匆忙连味道也忘记尝了。亏得祁燃还当着她的面喝了大半碗，着实有点为难他。

不过这也证明她在厨艺上的确没有什么天分，下次还是收起她那无处安放的恻隐之心，不要再想着送什么营养汤了，放过祁燃，也放过她自己。

打完饭，冯蜜端着餐盘朝她走过来，一双杏眼亮晶晶的，脸上的笑容异于往常，有种说不出的雀跃与欢喜。

"徐医生，问你个事儿呗！"冯蜜觍着脸傻笑，讨好似的往徐知岁碗里夹了个大大的鸡腿。

这不是冯蜜一贯的作风，作为一个资深吃货，冯蜜何时将自己最喜欢的食物拱手相让过？徐知岁心里立刻警铃大作，心想这姑娘不会又要逮着她问什么八卦了吧。

徐知岁面无表情地将鸡腿送回了冯蜜碗里："无功不受禄，你先问，我再考虑要不要回答你。"

冯蜜戳着碗里的饭，眼底闪过一抹可疑的娇羞："也没什么事，就是想问问你，刚才在住院部和你说话的那个兵哥哥是谁啊？"

"你去住院部干吗？"徐知岁用余光扫了她一眼，关注点有些偏。

"我家有个亲戚住院了，我就过去看看……哎呀，这不是重点，重点是他长得好帅啊！简直就是我的梦中情兵！"

"……咳咳！"

徐知岁被冯蜜语不惊人死不休的用词吓得直咳嗽，喝了两口汤才缓过来："你看上他了？"

"一见钟情！"冯蜜托腮眨眼，"所以他有对象了吗？"

"这我真不知道，他是我高中同学，很多年没联系的那种。"徐知岁实话实说。

"那你就帮我问问吧，我下半辈子的幸福就靠你了！"

冯蜜抱着徐知岁的胳膊撒娇，徐知岁一脸无奈，可又受不了这小姑娘对她那又是揉肩又是敲腿的殷勤劲，最终还是答应了。

她没有宋砚的联系方式，回去的路上纠结要不要给祁燃发个微信，毕竟关于宋砚的一切想来想去应该只有他最了解。

还没组织好语言，她就被谢成业一个电话叫到了办公室，等她出来时，诊室门口已经排满了等候叫号的病人。

她放弃了发微信的念头，想着这种事还是等下次去探病的时候当面问他比较好。

后面的三天，徐知岁每天忙到脚不沾地。医闹事件的持续发酵，让更多人关注到了抑郁症这种精神疾病，相关热搜在网上挂了好几天，许多官方账号也下场科普。长济医院的心身医学科因此被更多人知晓，这几天前来挂号的人数比平时多了一倍不止。

徐知岁每天早上八点上班，中饭也没时间吃，等她将这一天所有病人的情况归档，外面天色早已大黑。为了不打扰祁燃的休息，她放弃了在下班前去住院部走一走的念头。

周六这天，终于轮到她休息。

早上七点，她在生物钟的促使下睁开了眼睛，迷迷糊糊地给肉球喂了点猫粮又睡回了她温暖的小床，再次被手机铃声吵醒已经是上午十点半了。

　　她昨晚答应了今天中午和谢书毓一起吃饭，半梦半醒间竟然给忘了。

　　挂断电话后，她一阵风似的卷进洗手间梳洗，下楼时谢书毓的车已经在小区门口等候多时了。

　　自从上次医闹过后，他们两个各自都处于忙碌的状态，虽然微信偶有联系，但已经很长一段时间没见面了。

　　谢书毓带她去了朋友推荐的重庆火锅店，据说味道非常不错，平时很难订到位。可当锅底端上来的时候，看着上面漂浮的一层厚厚的红油和大把大把的辣椒，徐知岁感到胃里一阵抽搐，已经可以想象这颗玻璃胃一会儿将如何向她抗议。

　　看见她盯着锅底脸色为难，谢书毓问："怎么了，不喜欢吃火锅吗？"

　　徐知岁迟疑地回答："倒也不是不喜欢，就是觉得有点辣……"

　　"是吗？"谢书毓笑道，"我觉得还行，大概是因为我妈是川渝人的关系，我家人都爱吃辣。抱歉，没有考虑到你的口味，要不我们换一家？"

　　"不用了。"徐知岁拦住了他试图退餐的动作，"算了，来都来了，别麻烦了。"

　　谢书毓也就没再坚持，让她往清水里涮涮。然而作用并不大，徐知岁的胃在油和辣的双重冲击下变得更加脆弱，没吃几口，她便以减肥为由放下了筷子。

　　百无聊赖中，她支着下巴环顾四周，发现今天商场的人格外多，若非他们来得早，此刻怕是也要在外头排队了。

　　谢书毓笑笑，给她夹了一筷子麻辣牛肉："大概是因为今天是跨年夜吧，现在的年轻人都爱凑这个热闹。"

　　"啊？"

　　徐知岁看了眼手机，惊讶地发现今天还真是12月31日，也怪她这段时间太忙，只记得是周六她休息的日子，完全忘了新的一年就要来临。

　　跨年夜……

　　跨年夜……

　　那不就是舒静阿姨的……忌日？

　　徐知岁面色缓缓沉了下去，全然不顾那牛肉上沾满的辣椒就囫囵地往下吞。

　　午餐过后，谢书毓提议去看电影。排队检票时，他接到了一个电话，说研究室临时有急事必须回去一趟，尚且来不及把徐知岁送回家，就匆匆坐电梯去了停车场。

影院大厅人头攒动，小情侣们如胶似漆，徐知岁坐在冰冷的座椅上哭笑不得。好好的一个跨年夜，她就这样被不明不白地扔下了，到底是怎样的工作，能比医生还要忙碌。

不过这样也好，她就不用在谢书毓面前强颜欢笑了。

退掉电影票，徐知岁搭乘地铁回了长济，她给自己找的借口是有资料落在了办公室，她必须回去拿一下，然而到了医院她连门诊部的大门都没进，就直接去了住院部。

从电梯里出来，徐知岁在走廊与一个身材窈窕的女人擦肩而过，对方身上清淡的香水味吸引了她的注意。

她依稀记得不久前逛商场时曾有柜姐向她推荐过，圣罗兰的自由之水，如果她没有记错应该就是这个名字了。

她下意识地回头，却只看到女人捂脸痛哭的模样。

或许是家人生病了吧，徐知岁淡淡地想。

来到病房，里头多了一束鲜花和几篮水果，空气中残留着熟悉的香水味。

祁燃双腿交叠坐在沙发里，打了褶的眉头和紧绷的唇角无不诉说着他此刻的烦躁。他没有穿那件苍白的病号服，而是一身黑色大衣的正装打扮，很明显，他刚刚从外面回来。

徐知岁敲门进去："今天好些了吗？"

祁燃抬头，眉间的褶皱很快退去，取而代之的是唇角温和的笑意："今天不是在家休息，怎么有时间过来？"

"就……回来拿点东西。"徐知岁双手背在身后，有些奇怪他怎么知道自己的排班时间，她随意地打量了一眼桌上摆着的娇艳鲜花，作势不经意地问，"你有朋友来过了？"

"不是什么重要的朋友，"祁燃把那束花放去了角落，"顺便路过就来看看我。"

"哦……"徐知岁可有可无地点了点头，眼睛再次打量着这个病房。

几日不过来，面前的茶几上被文件夹和各种书籍堆满了，虽然放得整齐有序，但显然即便是在养伤祁燃也没让自己闲着。

身后传来敲门声，护士长带着一伙小护士来例行查房。

护士长朝她微笑，和蔼的脸上有浅浅的皱纹："呀，徐医生来了？"

徐知岁也笑着回应："是啊，过来看看朋友。"

"那你可得好好管管你这朋友了！说了几百遍让他卧床好好休息，非不听，天天往你们门诊部跑。今天更不得了，没有报备就擅自离院了，要是出了什么事，我们可真负不起这责任。"

"好，那我下次一定和你们报备。"祁燃摇头淡笑，多少有点无奈求饶的意思。

护士长一边写记录一边嗔他："这是报备的事吗？你们小年轻就是不爱惜自己的身体。我可说不动你，让徐医生来好好管管你，她说的话你总该听了吧！"

护士长莫名暧昧的语气让徐知岁多少有些不自在，她当然知道祁燃去了哪里，这么重要的日子她能想起来，他更加不会忘记。

护士长走后，祁燃注意到徐知岁时不时捂肚子的手，体贴地给她倒了杯热水。

徐知岁说了声谢谢，顺势在沙发上坐下，接着刚才的话题问："你没事总往门诊部跑什么？"

"没什么，就是见你这几天没过来，想去看看你。"祁燃去洗手间换回了病号服，出来时最上方的两颗纽扣还未扣上，露出大片的胸膛和锁骨。

徐知岁下意识地移开视线，拿着杯子的手悄然紧握："那我怎么没看见你？"

"见你在忙，就没打扰。"

"哦……"

徐知岁继续低头喝水，过了一会儿感觉到沙发的另一边往下沉了沉，祁燃坐到了她旁边认真地剥起了桌上的一个橘子。他坐得太近，动作时手肘偶尔蹭过她的外套，平白生出一些令人遐想的暧昧。

徐知岁更加心不在焉，不知是空调温度太高还是手里水杯太烫，她觉得自己的脸颊开始微微发热，呼吸也紊乱了，借着倒水的动作往旁边坐了坐。

"你背后的伤怎么样了？还疼吗？"徐知岁没话找话。

祁燃耐心撕着橘子上的白络："偶尔碰到会疼，其余时间还好，只是还不能用力。"

徐知岁点了点头，很快想起冯蜜拜托她的事，说："那个，我能问你个事吗？"

"嗯。"

她支支吾吾："宋砚……他有对象了吗？"

祁燃忽地抬头看她，瞬间凉下去的眼神让徐知岁头皮一阵发麻，连忙摆手解释："不是，我是替我同事打听的，你别多想。"

祁燃挑唇笑笑："你那么紧张干什么？"

"我哪有。"徐知岁耷拉下眼角，也想不通自己为什么要心虚。

"像他这样整天扎在部队的人，怎么可能会有对象。他家里倒是着急，给他安排了好几次相亲，但是因为工作原因，聚少离多，最后都不欢而散了。怎么，你同事看上他了？"

"差不多吧，想要他的联系方式来着。"

"我回头推给你。"

"好。"

两人有一搭没一搭地聊着，过了会儿，有护士进来通知祁燃去医生那里换药。

徐知岁看看时间正说要走，祁燃却按住了她的肩膀，将一个剥得干干净净的橘子放在她手心。

"等我，很快回来。"

徐知岁便不动了，静静看着他跟着护士出了病房。

他走后，空荡的房间显得异常寂静，徐知岁闲着无聊翻了翻他搁在茶几上的书籍。大多是些和电子编程相关的论文和报告，全英文版的内容，一串串长而复杂的专业代词看得她眼睛直晕。

睡意来得汹涌，她换了个舒服的姿势，靠着沙发合上了眼睛。

祁燃从换药室回来，就见她蜷缩在小小的沙发里，脑袋枕着他的大衣外套，睡梦中手掌仍捂着胃部，眉头紧皱，表情十分痛苦。

他走了过去，蹲下身拨开她额前的碎发，就这么静静看着她。

她睡着的模样很乖，睫毛轻颤，呼吸均匀，褪去了平日里伪装出来的坚强和冷硬，有了几分ώ少女时期的影子。

祁燃嘴角不自觉地上扬，情不自禁地俯下身，在她额前落下轻轻一吻。

沙发上的人动了动，嘴里呜咽了一声，却没醒。祁燃庆幸的同时心里又生出几分失落，若她有所察觉，是否还会像之前那样推开他呢？

就在昨晚，他看完了她的一整本漫画，愧疚、懊悔铺天盖地朝他袭来，也是在这个时候他才真正明白自己曾经忽略了什么，那是少女捧到他面前炽烈且孤注一掷的一颗真心。

如果当时他能坚定一些，不要那么思前顾后，或许今天他们就不是现在这个样子。

然而过去无法改变，后悔已来不及，他如今唯一能做的就是在当下好好爱她。

徐知岁醒来时，外头天色已经暗了，她发现自己躺在洁白的病床上，身上外套未脱，被子盖得严严实实。而这张床原本的主人却坐在陪护的座椅上，静静翻着他的报告，面色微微泛白。

听见床上传来动静，他抬眸看了过来："醒了？"

徐知岁撑坐起身，眼底闪过羞愧。她一个大活人怎么就霸占了他病人的位置，可……她记得她是在沙发上睡着的，怎么就到了床上？

答案显而易见。

她以最快的速度穿鞋起身："抱歉，我可能是太累了，等着等着就睡着了。"

祁燃看着她笑："没事，怪我去得太久了。"

徐知岁更加无地自容。

墙上的挂钟指向傍晚六点，她想起今天肉球独自一猫在家，有些不放心，正好她也在这儿待得够久了，于是挽了下耳边的碎发说："那我先回去了，你好好休息。"

"等等。"祁燃叫住她，从大衣口袋拿出一盒药，"这是我刚刚找医生给你开的药，以后别吃太多刺激性的食物，对胃不好。"

他妈妈就是因为这个原因走的，他对此格外敏感，更怕她不会照顾自己，平添了折磨。

徐知岁接了过来，心底泛起一丝涟漪，却也只是淡淡地说："谢谢。"

从病房出来，徐知岁和刚换班的护士笑着打了个招呼。路过医生办公室时，听到里头有人摇头叹气。

"我就没见过这么不爱惜身体的患者，伤口好不容易愈合了，刚刚给他换完药，回去不知道做了什么，硬是把伤口给崩开了。流了好多血啊，害得我又给他换了一次药……"

徐知岁默默听着，心脏莫名地就跟着疼了一下。

第十章
最重要的小事 //////

元旦之后，祁燃住院的消息不胫而走，短短两天时间，前来探病的下属和生意上的朋友都快把住院部的门槛给踏坏了。

徐知岁就曾见到病房里花篮水果多到摆不下，病床前乌泱泱围了一群人，又是给祁燃倒水，又是给他削水果，还有给医护人员塞红包的……总之要多夸张有多夸张。

徐知岁在房门口站了半天，愣是被挤在了外围进不去，只好稍稍看上几眼，确定祁燃无恙便离开。

第三天傍晚，徐知岁收拾东西下班，刚锁上门就看见祁燃独自一人站在公共休息区的座椅边打电话，脚边是只收纳他日常用品的黑色行李箱。

见她出来，祁燃捂着手机低语几声，很快掐了线，朝她温和一笑："忙完了？"

徐知岁走过去，茫然地打量着他："你这是干什么？"

"当然是出院。"

"王医生同意了？"她怎么记得他上次伤口裂开之后，王医生又将他的住院时间往后延长了两天，真算起来，他应该这周末才能出院。

"他不同意也没办法。"祁燃笑笑，"每天往我这儿跑的人太多，门口值班的护士都嫌烦了，我在这儿根本休息不好，还影响到别人，倒不如回家静养。"

"那你的伤没有问题了吗？"徐知岁有些不放心地问。

"差不多吧，王医生说只要按时换药，到时候过来拆线就行。"说着，祁燃抓起徐知岁的手，将一把车钥匙放在她的掌心，"走吧。"

徐知岁蒙蒙地眨眼："什么意思？"

祁燃挑眉："当然是送我回家，我现在的身体条件暂时不允许我自己开车。"

徐知岁看看钥匙，又看看他："不是，为什么是我？你助理呢？"

"他帮我去外地开会了，一时半会儿赶不回来。我想着我们正好顺路，也就免得你下班去挤地铁了。"

徐知岁想说星河湾和她现在的家哪里顺路了？简直相差了十万八千里好不好！正想找个没有驾照的理由拒绝他，祁燃眸光微变，像是早已洞穿她的内心，先她一步开口："我知道你有驾照，上次在医院门口我看见你帮一个孕妇停车了。"

她还能说什么，只能认命地和他去了停车场，谁让他是因为保护自己才受的伤。

然而当她拿着车钥匙站在那辆牌照为四个9的奥迪S8面前的时候，她还是没出息地犹豫了。

"你确定要我开这个车？我实话告诉你，我虽然有驾照，但没上过几次路，万一给你剐了蹭了，把我卖了都赔不起。你为什么不开那辆奔驰了？不对，那辆也要一百多万。"

祁燃把行李放去了后备厢，关门时有意无意扶了下右肩："没事，我就坐在旁边提醒你，你慢慢开，不会有事。就算剐了也没事，大不了把你自己赔给我。"

徐知岁从前哪里听过他开这样的玩笑，脸颊蓦地一热，咬唇瞪着他："我跟你说认真的！"

"我也跟你说认真的，我很放心把自己的人身安全交给你。"

祁燃走过来，一手搭住她的肩膀，一手打开驾驶室的车门，半推半就地把她塞进了车里，自己又绕回另一边坐上了副驾驶的位置。

事已至此，徐知岁只好放弃了挣扎，四下摸索，看看仪表器，又摸摸方向盘，先适应一下这辆车的手感。

启动车子后，她打开电子屏上的导航功能，一边在搜索栏输入地址，一边问："你家还是在……"

话没说完，祁燃突然倾身朝她靠近。凛冽的男性气息压上来，徐知岁几乎是立刻想到了他那晚喝醉酒对她做的事，像受惊的小兔子一样蜷着肩膀往后一缩，满脸涨红地问："你干什么？"

看她吓得花容失色，祁燃动作一顿，身体稍稍往后退了些："别紧张，我只是想帮你系下安全带。"说着，他伸手从徐知岁肩膀后侧拉出黑色的带子，"啪嗒"一声，将其扣拢。

见她还是愣愣的，祁燃揉了一把她蓬松的头顶，轻笑："看来是我吓着你了。"

徐知岁尴尬得无地自容，深呼吸之后终于回过神来，硬着头皮强行解释："我只是一下没反应过来。"

"嗯，我知道。"祁燃漆黑的眼睛看着她，笑意更深，见她还是一脸窘迫便非常识趣地揭过这茬，"所以你刚才想说什么？"

徐知岁的注意力终于回到了显示屏上："哦，我是想说你家还住星河湾对吧？"

祁燃不答，探身在导航里输入了一串地址："不，在这儿。"

风和花园，这不是她家吗？

徐知岁睁圆眼睛疑惑地看着他，祁燃耸了耸肩："你也知道我家的情况，我爸再婚了，我和他们住在一起多有不便，所以就搬出来了。"

"可为什么是这儿？"

"上次送你回家的时候无意中发现的，这个小区环境不错，而且地理位置很方便，离我公司比较近。"

祁燃看着她的眼睛，回答得无比真诚。

徐知岁却翻了个白眼，那句"你骗鬼呢"差点就脱口而出，离他公司是远是近尚且不知，但她家小区环境怎么样她能不清楚？以他的条件，明明可以有更好的选择，可他偏偏选了她住的风和花园……简直居心叵测！

但听他的语气，这件事似乎已经板上钉钉，自己反对与否又能改变什么吗？

她沉默地发动了车子。

一路上，徐知岁都保持着最平稳的车速，和前车相差十万八千里，遇见超车或是强塞，她也不着急，不过就是被后面车鸣几声喇叭，总比发生剐蹭要来得划算。

祁燃在旁边默默指导，时不时提醒她当心路况。

好在一路有惊无险，半个小时后奥迪成功驶进了风和花园的大门。

徐知岁打着方向盘，按照祁燃所指的方向来到18栋的楼下，看着这再熟悉不过的楼道，默默做了三组深呼吸。

"你该不会是想告诉我，我们不仅住在同一个小区，还是同一栋楼里的邻居？"

祁燃解开安全带，表情无比从容："没办法，我当时找中介看了好几处，都不太满意，只有这一套比较合适。"

他推门下车，准备到后面去拿行李。

徐知岁下意识跟着转身，却被该死的安全带禁锢住了，只得从车窗里探出半个头来："所以你就是我妈提到的，二十二层新搬来的住户？"

就在前些天，周韵女士无意间和她提到楼上有人搬家，说二十二层要有新住户进来了。住宅小区装修入住都是常事，这本没什么好奇怪的，但最顶楼的二十二层于他们这一栋是个特殊的存在。

二十二层是套近三百平方米的顶楼大复式，享受单独的电梯，其余人没有门卡都不得进入，这意味着即便是在早晚的高峰期，也不用和各式各样的邻居抢电梯。正因为如此，二十二层的房价也高到离谱，开发商宁愿让房子空着，也不愿自降身价，所以当得知有人要入住二十二层时，整栋楼的邻居都在好奇究竟是什么样的人才能买得起那样的房子。

至于答案……现在就摆在她的面前。

祁燃打开后备厢，侧头对她笑了笑："要不要上去坐坐？风景很不错。"

徐知岁从驾驶座出来，抱臂靠着车身，目露警惕地打量着眼前的男人。

她明明记得在不久前，她说让他离她的生活远一点，而如今他不仅没有远离，还用这样的方式渗透进了她的生活。就像猎人埋好了网，只等猎物往里跳。

这让她觉得心里有些不舒服，下意识拒绝道："不用了，我不感兴趣。既然已把你送到，那我就先回去了。"

"等等……"

没走出几步，祁燃叫住了她。

徐知岁回头有些不耐地问："还有什么事吗？"

"不如好人做到底吧——"祁燃指了指后备厢里的某些东西，"如果你不想我的伤口二次崩开的话……"

徐知岁走近，这才发现他的后备厢里不仅有一个可以推拉的行李箱，还有好几个大大小小不知道放了什么的纸箱子。她再度沉了一口气，无语又无奈地看着祁燃："你这叫趁火打劫！"

"不，"祁燃看着她笑，"这叫送佛送到西。"

祁燃的几个纸箱子看着不大，抱在手里还挺沉的。为了少跑几趟，徐知岁一口气将几个大的搬进了电梯，剩下几个小的由祁燃叠在行李箱上推进去。

站在崭新的直达电梯里，温热的暖气灌进来，徐知岁解开外套，撩了一把黏在脖子上的长发，气喘吁吁地说："你们生意人是不是都这么精打细算啊？我感觉我替你省了一笔搬家的钱。"

祁燃侧头想了想，认真地说："严格意义上来说，我并不能算作真正的生意人，集团里我负责技术研发，经营和发展方面还是我爸在管理。"

她是在说生意的事吗？她明明是在说搬家的事，是在说她被迫做苦力的事！徐知岁一脸幽怨地看着他，冷笑两声："哦，家里有'皇位'要继承，了不起。"

祁燃摸摸鼻子，嗫声。

电梯到达二十二层，徐知岁干脆好人做到底，给他把几个箱子送到门口。

祁燃在门锁上输入密码的时候，她下意识地背过身去，祁燃看了她一眼说："你其实不用回避，门锁的密码和我的手机密码都是一样的。"

她的生日。

徐知岁抿了抿唇，心口不一地说："你不用告诉我，万一你家进小偷了，可别怀疑是我干的。"

"怎么会？"祁燃拧开门锁。

门开之后，徐知岁把手里的箱子放在玄关处，拍拍手："那我先回去了，你自己注意背后的伤。"

"等等。"祁燃再次叫住了她，"要不要进去坐坐？喝口水也好，总不能白白让你送我回来。"

"这……"徐知岁犹豫了。说实在的，她还挺想看看这个传说中神秘的顶楼到底是个什么模样，不仅她好奇，这栋楼里哪个人不好奇？

她装作不情愿地点了下头："好吧，正好我也口渴了。"

祁燃在鞋柜处给她拿鞋，翻来翻去，除了助理带来的还未摘标的新皮鞋，就只有几双酒店式的一次性拖鞋。他拿给徐知岁，语带歉意地说："不好意思，我这儿没来过别人，你将就着穿。"

准确来说，他自己也是第一次进来，购房手续和一些生活用品的采购都是他托蒲新处理的。

徐知岁闷闷地应了声，弯腰换鞋。正式走进客厅那一刻，她其实是有一些失落的。

这房子的户型的确不错，双层复式楼，旋转式的楼梯，光线明亮，视野开阔，站在圆弧落地窗边可以将好风景尽收眼底，不像她家的低楼层，放眼望去只能看见对面楼的厨房和阳台。

但这房子的装修太过冷清，灰色系的简欧风设计，有格调却缺乏生活气息。不管是客厅、厨房还是卧室，除了家具连件像样的装饰物也没有，沙发边还摆着一些未拆封的纸壳箱，像是不比他们早到多少。

徐知岁背着手去厨房转了转，望了眼空空如也的流理台，回头迟疑地问："你确定真的有水给我喝吗？你这里没有烧水壶也没有饮水机。"

"稍等，我找一下。"祁燃把行李箱推去了卧室，片刻后又折了回来，打开冰箱，从里边拿出一瓶矿泉水，替她拧开，"给。"

"谢谢。"徐知岁接水的同时扫了一眼他身后半开着的冰箱，和她想的一样，也是空空荡荡什么都没有。她想问他的晚饭该怎么解决，话到嘴边又收了回去。这不是她该关心的事。

房子看了，水也喝了，她准备打道回府。祁燃没有再留，送她到电梯口，嘱咐她下楼小心，晚上早些休息。

电梯下降的时候，徐知岁看着头顶跳跃的数字愣愣地发呆，以后就是邻居了，低头不见抬头见，自己该怎么跟他相处？

来到家门口，她习惯性地掏包摸钥匙，一低头，发现自己臂弯空空，一直挎在臂弯的包不见了。

仔细回想了一会儿，应该是在祁燃家换鞋的时候放在鞋柜上了。她暗骂自己怎么这么粗心大意，这下好了，又得上去找他一次。

刚走到楼梯口，她摸到了口袋里的手机，又想到了他那儿除了矿泉水一无所有的冰箱，心念一动，按了下楼的电梯。

徐知岁去超市买了满满一袋食材，折回自家楼下时心里还在默默地想，这么多东西应该够他吃上一阵的，也算是他为她挡那一刀的补偿了。

直达电梯需要户主的门卡才能进入，她没有门卡，只能乘公共电梯到二十一楼，再走安全通道的楼梯上去。

尽管已经知道他的门锁密码，她还是规规矩矩地按了门铃，这才是邻里间应该有的礼貌。

等了好一会儿也不见开门，正准备给祁燃打个电话，门后才传来慢悠悠的脚步声。

"那个，我的包忘在你家了……呃，你在洗头吗？"

祁燃一身居家打扮站在门后，短发湿漉漉的，水流顺着他的脸颊滑至下颌，再到脖颈，最终消失在半开的衣领以下……

徐知岁目光一烫，匆匆挪开了眼。

祁燃对她的去而复返没有表现出丝毫的疑惑和不解，而是非常自然地再次给她拿了双拖鞋，示意她进来。

"你来得正好，我手举不起来，过来帮我一下。"

"……"

徐知岁的思维一时没跟上，怔怔站在原地，他走回浴室的半路回头加了句："地上有水，小心滑。"

他背上有伤，胳膊抬不起来，徐知岁可以想象他刚才冲水时的窘迫和艰辛，既然来都来了，帮他一下也无所谓。她换鞋走了进去，祁燃在水池边调试水温，见她过来才把花洒递过去，弯下腰说："帮我拿一下，谢谢。"

徐知岁一言不发地照做，后知后觉地发现多少有些不对劲。独居男人的家，逼仄的浴室，她举着花洒帮他洗头……这样的场景不仅怪异而且过分暧昧，这让她联想到了徐建明还在世的时候，爸爸也是经常这样给妈妈洗头的。

祁燃自然是没有察觉到她的心不在焉，兀自挤了洗发水在头上打泡沫："对了，你刚才说你什么东西没拿？"

"包，我的包。"

"那个，应该就在门口，你等会儿出去的时候找找。"

"嗯，好。我给你带了些食材上来，你一会儿记得放冰箱。"

"哪儿？没看见。"

"没看见吗？就给你放在外面桌上了。"

徐知岁朝着外头随手一指，目光从祁燃的后脑勺挪开，却不想这一动另一只手上的花洒也跟着歪了，水流一偏，如数浇在了祁燃的后背，丝质的睡衣湿了个透彻。

祁燃"嘶"了一声，关掉花洒，僵着脊背转过身，又无奈又好笑地看着她："你是想顺带让我洗个澡吗？"

徐知岁连忙扯了架子上的毛巾给他擦拭："对不起啊，我一下没注意。"

祁燃三两下擦干了头发，僵硬地动了动胳膊，皱眉道："水好像渗进纱布了，伤口有点疼。"

"那怎么办？"徐知岁懊恼不已，她怎么能犯这么低级的错误。

"大概要换个纱布重新上药了。"

"……"

不知道是不是她的错觉，祁燃转身去卧室拿药和纱布的时候，嘴角很轻地牵了一下，眼中闪过一丝如愿以偿的狡黠，很快又掩了下去，快到让她怀疑自己是不是看错了。

祁燃拿着东西回到客厅："那就麻烦你了。"

徐知岁眨眨眼："我帮你换药？"

"不然呢？你觉得我一个人能够完成吗？"

祁燃坐去沙发，慢腾腾地开始解上衣的扣子，后背被打湿了大半，贴在身上又冷又湿，很不舒服。肩上是厚厚一层纱布，绳结系在后方，他尝试伸手触碰，皆以失败告终。他叹了口气，像是逼不得已："岁岁，过来帮我一下。"

作为害他换药的罪魁祸首，徐知岁知道自己没有说不的权利，内心挣扎了片刻，硬着头皮走过去解开了那个绳结，将潮湿的纱布一圈圈从他身上拆下来。

这也是她第一次直视他的伤口，斜斜的一条，足有成年男人巴掌那么长，三十余道缝针如细长的蜈蚣让人感到不适。但更多的，是揪心。一想到这伤口是为了她才留下的，她鼻子就忍不住酸了。

"岁岁？"见她半天没反应，祁燃试探地叫了声。

徐知岁回过神来，拿起摆放在茶几上的两支药膏问："先涂哪一个？"

"蓝色的。"

"嗯。"

徐知岁用干净的棉签蘸取药膏，小心翼翼地涂抹他的伤口，动作极轻，生怕弄疼了他。

涂完两遍药，她扯开纱布开始包扎伤口。

纱布是要从胸前一圈一圈绕过去的，徐知岁本就脸皮薄，仅仅是上药就让她红了耳尖，包扎更是施展不开。她一只手从他右臂下方穿过，另一只手带着纱布从左肩伸出，呈现从背后轻轻环住他的姿势。

然而祁燃身材劲瘦，肩膀却宽，浑身都是结实的肌肉，双手在他身前几乎无法触碰，更别提完成纱布在两手间的交接。

双手几番试探，指尖无意抚过他坚实的胸膛，男人的皮肤烫得出奇，徐知岁下意识一缩，同时也听到他深深地吸了一口气，闭着眼睛，像是在克制什么。

气氛倏地变得微妙，空气也开始升温，徐知岁感觉到自己脸颊耳尖传来的灼热，咬了咬唇，不知该不该继续。

好一会儿，她听见祁燃喑哑着嗓音开口："不包扎了吗？"

"啊……包。"徐知岁不确定自己的声音是否透着慌乱，此刻只想速战速决，稍稍调整了站姿，终于顺利缠绕了一圈。

包扎完成后，祁燃赤着上半身去浴室照照了镜子。她的包扎毫无章法，几乎将他半个背都包裹住了，可他还是满意地挑了挑肩梢，对她会心一笑："挺好的。"

徐知岁垂眸回避他的目光，走到玄关处抓起自己的包："我这次真回去了。"

不等祁燃回应，她就以最快的速度穿鞋，关上了门。

坐在电梯里，她终于松了一口气，这辈子都不想踏上这个顶楼了。

回到家门口，照旧翻包找钥匙，手一摸却摸到了一个圆圆的类似瓶盖的东西。拿出来一瞧，那是不知道什么时候被祁燃放进去的二十二楼的门禁卡。

徐知岁呆呆地看了好一阵，然后，将它轻轻握在手心。

周四下午，徐知岁接到了谢书毓打来的电话，问她下班以后要不要一起吃个饭。

她能感觉得到，谢书毓的耐心在一点一点减退，迫切地想要一个答案，在微信上旁敲侧击问过她几次，这次找她吃饭怕也是这个意思。

想着有些话还是早些说清楚比较好，徐知岁答应了，说下班之后给他打电话。

这天工作并不忙，徐知岁到点下班，在冷风中等了半个小时，谢书毓的车才缓缓停在了医院门口。

"不好意思，本来能早些过来的，临时想起一组数据出错了，回去改了一下。"谢书毓给刚上车的徐知岁递了一杯热融融的奶茶，"过来的时候顺路买的，喝点暖一暖。"

"谢谢。"徐知岁握在手里却没喝，只用来暖手。

当身上的寒意褪去一些后，她挽了一下头发，玩笑似的问："谢博士工作这么忙，老师和师母确定没有意见吗？"

"他们能有什么意见，他们对我是眼不见心不烦。"谢书毓开着车回答。

"那未来的另一半呢？我最近也总在考虑这个问题，你说我们医生这么忙，以后事业和家庭该怎么兼顾？"

谢书毓如何能听不出她的弦外之音，扭头深深地凝视她，好一会儿才说："我是个事业心比较重的人，所以当我的另一半也许会比较辛苦。当然，我在工作上的付出和回报是成正比的，经济方面不是问题，如果她愿意，选择在家休息也不是不可以。"

"你的意思是让她放弃自己的事业来成全家庭？"

谢书毓的表情稍许严肃，说："男主外女主内不是应该的吗？我妈就是如此。"

"……"话不投机半句多，徐知岁抿了一口奶茶，没有再继续这个话题。

谢书毓这次带她去的是一家湘菜馆，菜肴端上来，放眼望去全是红彤彤的辣椒，徐知岁光是看一眼就觉得胃里开始痉挛。好在谢书毓最后点了一盅养生汤，她才不至于要空着肚子回家。

稍微垫了垫肚子之后，谢书毓有些按捺不住了，找了个合适的时机直截了当地问："上次我和你提的那件事，你考虑得怎么样了？"

徐知岁沉了一口气，慢慢放下手里的勺子，对上他的眼睛："我问你一个问题可以吗？"

"当然，你说。"

"你爱我吗？"

谢书毓先是一怔，像是完全没料到她会问这个，看她的眼神也变了。

"知岁，我以为大家都是成年人了，没有人会再纠结这么幼稚的问题。两个人最终走到一起，不是光有爱就可以的，是门当户对，是势均力敌，是各方面的合适。你年龄也不小了，我正好也需要一个结婚的对象，我爸妈喜欢你，这样不就很好了吗？"

"所以你想要和我在一起，仅仅是因为我是一个不错的结婚对象？"徐知岁一时间不知道该用什么词语来形容自己的心情。

谢书毓沉默了一会儿："我不知道你是怎么想的，但对于我而言，爱情不是婚姻的必需品。爱或不爱，我都会对你很好，这并不影响我们的关系。换一个角度说，爱情最终不都是要消磨在茶米油盐的生活里吗？那又何必去纠结最初的起点？爱不爱有那么重要吗？"

徐知岁冷笑一声："是吗？可是爱对我来说很重要。"

她忽然想到很多年前周韵对她说的一段话，人生有漫长的几十年要走，不管再如何美好的一段婚姻，总会遇到这样那样的委屈。这委屈或许不是他给你的，而是来源于生活的压力或外界的看法，如果两人之间没有足够的爱，那要如何心甘情愿、如何下定决心陪对方一起熬过去？

而徐知岁的要求很简单，不过是在她委屈和受佐时，一双可以给她依靠和安慰的肩膀，是她有小脾气时一个能任由她毫无顾忌发泄和撒娇的胸膛，而不是做什么都小心翼翼，永远如履薄冰地相处。

这样想来，谢书毓有一句倒是说对了，的确是她幼稚了，怎么会认为这样一个情感淡泊的男人适合自己？祁燃固然伤害过她，但谢书毓也绝非良人。

"我再问你最后一个问题。"徐知岁说。

"你说。"

"从小到大，你有爱过别的女人吗？"

谢书毓手肘撑在桌面，手指抵着眉心，曾经别的女人也问过他同样的话，可他不明白，她们要的到底是什么。人人都说爱，可到底什么才是爱？

徐知岁从他的神情中得到了答案，眼神由不解变成了怜悯。

一个生下来就不会爱的人，真可怜。

他们终究没能好好吃完这顿饭，谢书毓送她回家，车子从高架上下来的时候徐知岁给了他最后的答案。

谢书毓说："你真的不用再认真想想了？至少我认为我们很合适。"

徐知岁摇了摇头，只觉得当初的想法很可笑："不用了，我想得很清楚。"

谢书毓面无表情地开车："好，那我尊重你的决定。"

车子停在风和花园的门口，徐知岁远远看见保安亭附近徘徊着一个熟悉的身影，高而瘦，长腿笔直，低头摆弄着手机，闪光灯忽明忽暗。

有那么一瞬间，她恍惚间看到了记忆里那个少年。

听到汽车声，祁燃也抬头朝他们这边看过来，透过半开的车窗看见徐知岁和她旁边坐着的男人，目光沉了沉，皱起了眉。

谢书毓倏地冷笑："这就是那个让你觉得他爱你的男人？"

前不久的医闹事件传得沸沸扬扬，身为医生家属，他想不知道都难。他听说有个男人为了保护徐知岁而受伤，也知道这段时间徐知岁为了这个男人常常往住院部跑，他不问是觉得没有必要。

他看过徐知岁的漫画，以为她是聪明的女人，懂得吃一堑长一智，不会往同一面南墙上撞两次。

现在看来，事实并非如此。

谢书毓握紧方向盘，眸光彻底冷了下来："既然这样，以后我不会再来打扰你了。"

徐知岁开门下车，在谢书毓的耐心彻底坍塌前，弯腰对他说："谢谢你送我回来。"

谢书毓重新发动了车子，在马路边掉头的时候，车内车外两个男人视线对上，彼此都从对方的眼睛里看到了杀气。

而站在视线盲区的徐知岁对两人之间的暗流涌动一无所知，她目送着谢书毓离开，等车子汇入了主干道，才慢慢转身朝祁燃走去。

"那是，你朋友？"祁燃的声音听上去不冷不热的。

夜色太浓，徐知岁看不清他的脸，但可以想象此刻他的表情一定不会太愉悦，说不定眉间有深刻的褶皱。

她挽了下被风吹乱的长发，淡淡地"嗯"了一声："我老师的儿子。"

祁燃微微侧头，似是回忆："所以同学聚会那天你提前离开，就是和他在一起？"

"你怎么知道？"徐知岁流露出惊讶之色。

祁燃沉了一口气："那天秦颐和你打电话的时候就坐在我旁边。"

原来是这样。徐知岁收回了停留在他身上的目光，面无表情地越过他，自顾自地往里走："那天他的确找我有事，所以我们先走了。"

祁燃跟上来，步伐一致地走在她身边："那今天呢？也是因为有事才正好搭他的车回来？我打过电话到你科室了，你同事说你很早就下班了。"

徐知岁感受到眉心传来强烈的搏动感，停下脚步，定定看着他："祁燃，你到底想说什么？"

祁燃静静与她直视，良久，垂下眼眸，表情失落："看不出来吗？我吃醋了。小区里停电了，我站在这儿等了你快两个小时，就怕你回来看不见路，一个人会害怕。"

徐知岁这才注意到今天的小区格外漆黑，只有伶仃几扇窗户亮着细微的灯光。她想起今天中午物业在业主群发的通知，临时电路检修，不知什么时候才能来电，难怪刚才回来的时候祁燃手里一直摆弄着手机的手电筒，原来是这个原因。

她看着他，心不知怎的就软了下来，叹了一口气，有些无奈地说："我今天很累，有些事我们回头再说行吗？而且这里风很大，我真的很冷。"

说着，她拢了拢外套，不自觉打了个寒噤。

今早风和日丽，天气预报显示温度比前几天都高，想着白天医院里有暖气，她只套了一件羊绒大衣就出门了。可帝都的天气说变就变，白天倒还好，到了晚上，风大得能把人给吹走。

祁燃皱眉打量了她一眼，脱下自己的外套罩在她身上："要风度不要温度。"

徐知岁连忙摆手，作势要把衣服还给他："不用，我不是这个意思……"

"不想感冒就穿着。"祁燃按住她的肩膀，口吻不容拒绝，紧了紧衣襟，几乎把她整个人都裹在里面，只露出一个小小的脑袋。

徐知岁见拗不过他，干脆也就不做徒劳挣扎了，闷闷地说："那就进去吧。"

祁燃"嗯"了一声，打开手电筒照着她的脚下："路黑，小心。"

后面值岗的保安大叔已经在亭子里看了好一会儿热闹，见两人肩并肩走进来，笑嘻嘻地和徐知岁打招呼："徐医生回来啦！"

徐知岁点头干笑，实际尴尬到头皮发麻，瞧大叔那暧昧的眼神，肯定是误会什么了，万一再传到周韵的耳朵里，她可真是百口莫辩了。

为了避免再遇见熟人，一过保安亭，她就将外套上的帽子戴了起来，只要她捂得够严实，就没人能够认出她。

祁燃一眼就看穿了她的心思，低低地笑了一声："害羞了？"

"才不是！"徐知岁仰着头，用那双唯一露在空气中的大眼睛瞪他，"我只是不想被路口嗑瓜子的那群大妈看见，不然明天还不知道被传成什么样呢。"

祁燃笑而不语，揉了揉她的脑袋。

巷子里伸手不见五指，唯有脚下一抹光亮在照映他们前行。两人并肩走着，一路无言，外套上都是他的味道，心跳也好像近在咫尺，徐知岁连呼吸都不敢用力。

路上遇见几个正在抢修电路的维修工，徐知岁随口问了句什么时候会来电，他们回很快。果然，刚刚走到18栋楼下，整个小区轰然明亮，楼里响起邻居们的欢呼。

徐知岁掀了掀帽檐，正要说些什么，却见祁燃忽地将手里的光转向了露天停车场，脚步也挪了过去，最后停在某辆蓝黑色布加迪前，用手蹭了蹭车盖，皱眉说："底漆都给划掉了。"

徐知岁脑海中立刻浮现起某只小肥猫圆滚滚的大脸盘子，以及它罪恶的作案现场，目瞪口呆地问："这……这是你的车？"

"嗯。"祁燃低头检查车身，很是苦恼地说，"还是最喜欢的一辆。"

徐知岁："……"

你究竟有几辆车？不，这都不是重点，重点是某"犯罪凶手"此刻正在她家的沙发上打滚，这怕是还没给它找到主人，就要被祁燃抓起来兴师问罪了。万一祁燃觉得她是猫的主人……因此讹上她怎么办？完了，这可是布加迪，把她和房子一起卖了都赔不起。

想到这里，徐知岁天灵盖发麻，浑身打了个激灵。

见她若有所思，祁燃指着车上的划痕问："你知道是谁干的？"

"我当然不知道。"徐知岁摇头，三下五除二脱下罩在身上的外套，不由分说地塞进他怀里，"我先回家了。"

看着她落荒而逃的纤瘦背影，祁燃慢慢直起身子，斜靠在车身，摇头失笑。

回到家里，周韵正抱着猫坐在沙发上。当初死活不让小家伙进门的"皇太后"，现在每天对它爱不释手，走哪儿都抱着。

听到开门声，肉球从沙发上蹦了下来，周韵慌慌张张藏好手里的鱼罐头，若无其事地继续看电视，可还是被眼尖的徐知岁逮了个正着。

"妈，你是不是又偷偷给它吃零食了？"

周韵女士理直气壮："哎呀，小家伙都这么可怜了，吃点好的怎么了？"

徐知岁无语，这还是她当初有洁癖号称绝对不会养宠物的妈妈吗？

"这不是可怜不可怜的事，医生说它体重超标，为了它的健康不能再吃了。"

周韵翻了个白眼站起来："知道了知道了，下次不喂了。"

看她那个表情，徐知岁就知道她是又一次把自己说的话当耳旁风了，无奈地摇了摇头。

尽管养宠物有各种各样的麻烦，可不得不承认，自从肉球来了这个家，周韵的精神状态好了很多。她不常对着空气自言自语了，半夜惊醒的次数也少了。或许有个小家伙给她陪伴，分散她的注意力，她的病情能好上许多。

想到这里，徐知岁抱起在她脚边撒娇已久的肉球，戳了戳它圆溜溜的小脑袋说：“你呀你，你闯祸了知不知道？”

小家伙睁着懵懂又无辜的大眼睛看她，小脑袋在她肩膀上蹭来蹭去。

徐知岁叹了一声，默默拿出手机查看自己的银行账户。现代技术这么发达，祁燃去保安室调个监控就能知道是谁在搞破坏了，应该不需要多久就会找到她头上吧。

唉，也不知道自己卡里的余额够不够给他的爱车补漆的，这个小家伙还真会给她惹事……

临近年底，总有写不完的工作总结和开不完的会议。春节的排班时间已经下来，因为有新的实习生进来，徐知岁今年的假期比以往多了两天，终于不用像去年一样，连除夕当天都在值班了。

第二天，院里有场全体医护人员都要参加的大会。徐知岁习惯提前过去，没想到在电梯里遇到了比她还要早到的谢成业，愣了一下，点头和他打了个招呼。

“老师早。”

谢成业笑着往旁边站了站，给她让了个位置：“吃早饭了吗？”

“嗯，吃了。”徐知岁面色讪讪的，想到昨天和谢书毓之间的事，一时间不知道该怎么面对老师。

谢成业沉默了下，说：“昨天书毓回来，把你们的事情都和我们说了。”

徐知岁低下头，眼观鼻鼻观心：“不好意思老师，辜负您的喜爱了。”

“别，千万别这么说，书毓这个孩子啊……也是我们夫妻两个从小对他的教育方式出了问题，那时候我们一味注重对他能力的培养，什么都要求他做到最好，希望他长大成才，却忽视了他的情感需求，导致他如今情感淡泊，一心都扎在工作上。我的儿子是个什么样的人，我心里清楚，你也不是第一个做这样决定的姑娘了。缘分这事无法强求，所以你也别有心理负担，不管你俩能不能成，你始终是我的学生，你师母也会照样喜欢你的。”

听他这么一说，徐知岁心里更不好受了，鼻尖一酸，闷闷地说：“谢谢老师。”

医院领导没少在会议上布置任务，散会之后同事们哀声遍野，徐知岁捧着自己的会议记录本，满脑子都是对工作的安排。走到科室门口，冯蜜摇手叫住了她。

“徐医生，有人找！”

徐知岁回头，一个年过半百的男人站在护士台边直直看着她。

"小岁，还记得我吗？"

徐知岁愣了一下，认真地打量着眼前的人。他的眉眼似曾相识，一如昨晚看着她的那双眼睛，对她微笑的时候，嘴角扬起的弧度也与祁燃如出一辙。

"祁叔叔？"徐知岁惊讶出声。

祁盛远眯了眯眼睛，笑意更盛："是啊，好久不见了。"

"对，高中毕业之后就没再见过您了。"徐知岁也笑，目光落到他手里的病历本上，试探地问，"您身体不舒服吗？"

"没什么，顺路过来做个体检罢了。"祁盛远迟疑了一下，"忙吗？有没有时间坐下聊一聊？"

徐知岁想了想："好。"

坐在静谧雅致的卡座上，徐知岁抿了一口咖啡，再次深深打量了一眼祁盛远。

他如今已年过半百，身材样貌却保养得宜，嘴角眉梢虽有皱纹，但眼底多了光彩，想必是娶了娇妻，对如今的生活非常知足，举手投足间也尽显企业家的成熟和威严。看见他，仿佛就看见祁燃老了以后的样子。

祁盛远笑了笑，开门见山地说："说来也是惭愧，作为一个父亲，自己的儿子受伤住院竟一点都不知道，最后还是从别人口中知道的消息。祁燃这个孩子啊，就是心太重，什么事都不让别人知道。"

徐知岁咬唇不语，低头琢磨他说这话的目的，脑子里不合时宜地想起那些看过的狗血豪门电视剧，万一一会儿他甩出一张银行卡要她离开他的儿子，她接还是不接……

毕竟没有父亲会希望自己的儿子为一个女人赌上性命。

祁盛远像是猜到了她在想什么，温声说道："别害怕，叔叔没有怪你的意思，有些事是他自己的决定，我无权干预，也不会干预。我来呢，就是觉得有些事必须让你知道。"

徐知岁握了握水杯，心底微微松了口气："叔叔您说。"

祁盛远看着她，眼底笑意慈祥："哎，一转眼，你们几个孩子都长这么大了，我也老了。我记得你们小学毕业的时候，叔叔还去看过你们的毕业晚会，那个时候你扎着两个小辫子，笑起来别提多可爱了，我就在想，我要是能有个这样的女儿就好了。"

徐知岁敛眉低笑："是吗，我都不记得了。"

"不会错。毕业之后那孩子就一直把毕业照藏在自己的枕头底下，每天看每天看，我和他妈妈要是动了他就和我们急。前不久那张照片被我们家猫弄坏了，他气得不行，冲到他妹妹家把那只猫带走了，现在也不知道养哪儿去了。"

祁盛远笑着笑着，眼底浮现起一丝忧伤："我和他妈妈呀，其实很早就知道他的心思了。他妈妈开明，说谁没有年轻的时候呢，我们不反对也不鼓励，想着就由着你们自由发展好了。有时候我常在想，如果没有高三那些事……你们两个孩子或许早就成了，哪还用像现在这样，折腾来折腾去的。他决定出国读书的那个晚上，我们父子俩打了许久的电话，我问他，需不需要我安排让你也出国念书，那个时候公司虽然困难，但送两个孩子出去读书的能力还是有的。可他说啊，别了吧，你自己愿不愿意暂且不说，你好端端一个姑娘家，凭什么陪他去国外吃苦呢？后来我也不知道发生了什么，你们就这样断了联系。这些年他一门心思扑在工作上，虽然心里不说，但我其实都明白，他是想着你的。可看着他妹妹都成家了，他还没个着落，我这个做父亲的能不替他着急吗？"

徐知岁如鲠在喉，眼眶也潮湿了："所以，您是来问我的意思吗？"

"对。"祁盛远扯了下唇角，"小岁啊，你是个聪明孩子，应当能够理解我们做父母的良苦用心。祁燃这一颗心都扑在你身上了，叔叔希望你也好好斟酌，要么成全他，要么放了他。"

地铁站人潮汹涌，来往路人行色匆匆，没有人会注意到一个白色的清瘦身影已经在站台角落的休息椅上坐了许久。

面前的地铁来了又走，徐知岁目光涣散地盯着地面白色的瓷砖，直到工作群的消息振麻了手，才后知后觉地回过神来，翻阅聊天记录，然后回复：【收到，谢谢。】

和祁盛远分别后，她独自一人来到了地铁站，站在人来人往的路口时，忽然有那么一刻她不知道该往哪儿走。

祁盛远说要么成全他，要么放了他。这两种选择说起来简单，可真要下定决心谈何容易？

退出微信之后，她打开了许久不用的微博。

一登上，消息一窝蜂涌进来，点赞评论私信，全部都显示"99-"。正好又错过了一趟地铁，闲来无事，逐条看了过去。

【被朋友安利的宝藏漫画，真情实感地看完了，想到了自己读书时候暗恋的男生，半夜躲在被子里崩溃大哭。】

【漫画好心酸，知道是真实故事改编更觉得心酸。】

【好心疼女主，在她身上总能看到自己以前的影子。】

【大大看看我，真的好希望有下册！】

【其实我觉得挺真实的，现实中很多人的暗恋故事就是戛然而止没有

结局了。虽然大大说过没有下部了，但还是希望能给女主一个好的结局，希望有个人好好爱她。】

广播响起提示，新一趟地铁进站了，徐知岁收起手机站了起来，戴上口罩感觉眼睛有些酸涩，伸手一揉，发现眼角有久违的泪意。

回到风和花园已经是一个小时之后的事了，中途周韵打了几个电话过来，问她什么时候回家。徐知岁让周韵别等，说自己一会儿还有一点事。

来到18栋楼下，她没有像往常一样和晚归的上班族们一起等电梯，而是从包里翻出了那张她以为永远用不上的门卡，走向了二十二楼专属电梯。

一分钟后，电梯到达顶楼，徐知岁按响了祁燃家的门铃。

祁燃正在查验一组数据。这段时间他不在公司，技术部门在新的项目上频频出现漏洞，刚才在电话会议里他已经严厉提出过问题，但没人给他一个好的解决方式，这样的工作效率不免让他有些烦躁。

门铃响起后，祁燃侧头看了眼玄关，匆匆交代了几句，让底下的人三天之内给他一套新的整改方案，便结束了电话会议。

合上电脑，他站起身来到门后，原以为是蒲新来给他送新的资料，透过猫眼一看才发现外面站着的不是别人，而是徐知岁。原本紧绷的唇角立刻有了弧度，祁燃打开门，欣喜地看着她："岁岁，你怎么来了？"

徐知岁弯了弯眼睛："怎么，不欢迎吗？"

"不，不是，只是觉得有些意外。"

徐知岁垂下眼眸，视线落在他紧紧扶着门的手上，继而扫了一眼他的身后，问："你该不会打算让我一直站在这儿吧？"

"当然不会。"祁燃暗笑自己的迟钝，大概是她的到来给他太多惊喜和意外，以至于连最基本的礼仪也忘了。

他弯下腰给她拿鞋。这次摆在徐知岁面前的不再是一次性的酒店式拖鞋，而是一双粉粉嫩嫩带着兔耳朵的棉拖，吊牌还未摘下，一看就是新买的。

徐知岁穿上试了试，大小正好合适，只是这风格……

她轻笑出声："你的品位什么时候变得这么少女了？"

祁燃不好意思地摸了摸脖子："是吗？我也不知道你喜欢怎样的，看见柚柚鞋柜里都是一些比较可爱的棉拖，以为你们女生喜欢这种，就照着买了。你要是不喜欢，我下次再买几双其他款式的。"

徐知岁摇头："不用了，我又不常往你这儿跑的，别麻烦了。"

祁燃嘴角一僵，眸光逐渐黯淡，原本因为她的到来而欣喜的一颗心瞬间被泼了盆冷水。

徐知岁走了进去，微微打量着被各种资料堆满的茶几，回头问："你在工作吗？"

"是，有个研究项目出了点问题，刚和团队开了一个视频会议。"祁燃捡起散落在地毯上的文件夹，笑道，"不好意思，刚忙完有些乱。对了，你吃饭了吗？我正好订了餐，一会儿要不要一起吃点？"

徐知岁看着他笑："我听说在国外留过学的人，厨艺修炼得都不错，看来你不是这样？"

"也不是，我平时也会自己做饭，只不过现在手还用不上力，也懒得去折腾。"

徐知岁点点头，目光落到他的右肩，问："伤口好些了吗？什么时候去拆线？"

祁燃整理好了茶几，顺势给她倒了杯热水："就这两天吧，已经给医生发了消息，暂时还没得到回复。怎么，莫非徐医生想亲自给我拆线？"

"算了吧，我是心理医生，外科我可不在行。不过换个药什么的，我还是能够胜任的。"

"嗯？"祁燃思忖着她话里的意思。

"今天换药了吗？"

"还没。"

"去拿吧，别让我白跑一趟。"

祁燃拿来药箱，徐知岁半跪在地毯上做准备工作。

他脱去上半身衣物，余光偷偷打量她沉静的侧脸。女人眉眼清淡，气质也冷，他明明记得她小的时候是那样活泼爱笑的一个姑娘，娇俏阳光，积极向上，可如今她就在自己面前，他却捉摸不透她在想什么。

从她进门的那一刻起，祁燃的内心就是忐忑的。

她能来，他很高兴，而她藏在笑脸下的若即若离却让他感到不安。他知道，岁岁是不会只是上来替他换个药这么简单，她一定还有什么话要对他说，于是也不多问，只是沉默地静候着。

徐知岁准备好了棉签和药膏，便让祁燃侧过身背对自己。祁燃照做，很快感受到蘸了碘伏的棉签落在背上的凉意，以及她指腹带着药膏轻轻滑过的柔软。

上完药膏之后，她并没有像之前那样等待药膏自然风干，而是弯下腰，对着他的伤口温柔地吹了吹。那气息如同温热湿滑的海藻抚过他的心尖，也触动着他的心房，搔得他喉咙发痒，下腹一紧。

祁燃闭上眼睛，深深地吸了一口气。

就在他沉浸于她突如其来的热情时，徐知岁忽然开口：'祁燃，能告诉我你当初选择出国的原因吗？"

祁燃睁开眼睛，微微回头："为什么突然问这个？"

"嗯，"徐知岁沉吟，"就是想知道。"

祁燃沉默了一会儿，慢慢开了口。

他从舒静的病故给他带来的遗憾，说到公司遭到技术封杀所引发的一系列困境，又从自己的留学生活，说到了如何利用技术救活"盛远"。

怕徐知岁难以理解，他细致解释了收购和技术封锁会给一个企业带来怎样的压力，以及当时他的家庭处于怎样一个情况。

如果当时不是他和祁盛远坚持着，如今的盛远集团怕是早就不复存在，也就没有祁家今天的光鲜亮丽和妹妹祁柚的无忧无虑。

徐知岁静静地听着，并不言语，祁燃猜不透她的态度，越说心里越是没底。

所有的事情说完，徐知岁仍不作声，只是沉默地缠绕纱布，在他背上绑了一圈又一圈。

祁燃试探出声："岁岁？"

徐知岁沉了口气，给纱布打了个结："那为什么这些事情你当初不选择告诉我？"

祁燃垂下头："那个时候的我顾虑得太多，加上少年人别扭的自尊，很多事情不知道怎么开口，所以只能冷淡应对。我知道，即便公司真的有什么事，你也不会因此瞧不起我，但我心里过意不去，我连自己的前程都看不清，更不想你陪着我吃苦。"

"现在呢？你觉得公司做大了，条件好了，我跟着你不会吃苦了，所以就想回头弥补当初的遗憾了是吗？"徐知岁的声音冷了下来。

祁燃转过身去，语气不由得也急了几分："是，我承认，我回来找你的确想过要弥补你，但更多的是因为我还爱你，我无法再对自己说谎了，更不想再次错过你你明白吗？"

"难道因为你爱我，我就必须在原地等着你？这样对我公平吗？"徐知岁倔强地看着他的眼睛。

祁燃站了起来，握住她的手腕："之前都是我的错，可是岁岁，我不相信你心里已经没我了，你为什么要骗自己？"

"你以为你以为！什么都是你以为！"徐知岁甩开他的手，"你觉得那样做是为我好，可你有没有问过我的意思？你甚至连真相都不愿意告诉我，就替我做了决定，祁燃，我真受够了你这副永远自以为是的样子！"

她不能理解，为什么当时不和她说明白呢？他说怕她受苦，可对于当时的她而言，只要能得到他的回应什么苦她都不怕。如果他也能坦白心意，告诉她发生了什么，她未必不愿意和他一起背井离乡出国留学。

再退一万步讲，就算最后为了爸妈，她选择留下，那也是她自己的决定，选择权应该在她的手里，而不是他自以为是地认为什么才是对她好，什么才是不让她吃苦!

过去这么多年的灰暗生活历历在目,她无法忘记她是如何一个人走过来的,更无法释怀她十八岁生日那天祁燃的缺席,他撕掉的那张字条始终是横在她心里的一根刺。

祁燃不知所措地看着她: "岁岁,不是那样的,我去找过你,我想过和你解释,可是当时……"他说着说着,低下头去,再次握住徐知岁的手腕, "抱歉,我想我真的做错了,再给我一次机会,别离开我好不好? "

徐知岁抬眸,对上他发红的眼睛,一根一根地掰开了他的手指,说: "我承认,我放不下你,那些看似决绝的话全都是我说出来自己骗自己的。可是同样的,我没有办法忘却过去,忘记你曾经在我生命里留下过怎样的伤害,每当我闭上眼睛,那些灰暗的日子历历在目。要不你教教我吧,教教我如何对往事释怀,如何毅然决然地离开? "

祁燃低头看着自己空荡荡的掌心: "如果过去的一切始终横在我们之间无法跨越,那就请你把我当作一个陌生人,给我一个机会重新认识你。"

徐知岁别过头去,泪水顺着眼角滑落。

第十一章
时光机 //////

　　一到年底，工作总是超乎寻常地多，徐知岁尽可能地让自己变得忙碌，这样她就没有时间去想一些有的没的。

　　祁燃那天说的话犹在耳边，可他们心里都很明白重新开始只是一种假设，心中的怨怼不会因此抵消。即便是因为太爱而强行在一起，横在他们之间的问题还在，终有一天会爆发。

　　那天之后，徐知岁有意无意地躲着祁燃，她太需要一个清静的空间去理清自己的思绪，去想明白自己要的到底是什么。

　　接受祁燃，她是否甘心？放弃他，她又是否能承受此生没有与所爱之人在一起的遗憾？或许只有时间才能给她答案，而在此之前她不想见到祁燃，和他在某个问题上进行反复无谓的争吵。

　　祁燃仿佛也明白她的心思，一连几天没有出现，徐知岁还是听冯蜜提起才得知他周二来医院拆了线，全门诊部闲着的小护士都跑去花痴他。

　　冯蜜一本正经地拍拍徐知岁的肩膀说：“徐医生，你要有点危机感，这么好的男人过了这村就没这店了！”

　　徐知岁瞥了她一眼，将她搭在自己肩上的手挥了下去：“你觉得他好，那让给你好了？”

　　冯蜜头摇得拨浪鼓似的：“别别，千万别，我有我们家宋队长就够了。”

　　自从冯蜜看上了宋砚，这姑娘十句话里有五句都是“我们家宋队长”。然而据徐知岁了解，两人并无实质性进展，基于宋砚的工作性质特殊，手机常常不在身上，加了微信到现在，他们聊天不过寥寥几次，更别提见面了。

　　可冯蜜这姑娘对宋砚有种盲目的热忱，只是在电梯口匆匆瞥了一眼就轻易把自己陷进去了，每天守着手机等宋砚的消息，言语间更是自动将自己归为军人家属了。

徐知岁严重怀疑冯蜜是被近几年的电视剧荼毒太深，整天沉浸在自己对爱情的美好幻想中。可更多的时候，她发现自己深深羡慕着这个敢爱敢恨的小姑娘，爱一个人就倾尽所有，不去计较得失，不必瞻前顾后，在冯蜜身上，徐知岁总能看到自己当年的影子。

而这影子，也正是她如今所怀念的。

周四中午，吃过盒饭，趁着下午门诊还未开始，徐知岁抓紧时间整理着手上的病例。忙碌之中，有人叩响了她办公室的门，裴子熠站在门边对她会心一笑："在忙吗？"

徐知岁停了手上打字的动作，弯弯唇角："还行，就几个病例，有事吗？"

裴子熠晃了晃手里握着的两个纸杯子："要不要一起喝杯咖啡？"

徐知岁想了一下，放下手里的钢笔："好。"

不知道是工作太忙还是别的什么原因，裴子熠这没时间很少出现在她面前，上次见面还是在祁燃的病房门口，她来探病，也正要离开，两人匆匆打了个招呼。

徐知岁想，这样的疏远或许是好的，裴子熠想要的那个答案，她大概永远给不了他，既然如此何必再给他一些无谓的希望。

站在视野开阔的阳台，凉风吹得人清醒许多，裴子熠双肘微屈撑在栏杆上，侧头深深地看着徐知岁。

"干吗这么看着我？我脸上有脏东西？"徐知岁挠了挠自己的脸颊，怪不自在的。

裴子熠笑而不答，收回目光："祁燃的伤恢复得怎么样了？算日子应该快好了吧。"

"应该吧，他前天来拆线了。"

"那挺好。"

裴子熠语气淡淡，表情也若有所思。徐知岁猜想他有别的什么话要说，于是并不言语，沉默地静候着。

许久之后，裴子熠终于开口："其实我今天来，是想跟你告别的。"

"告别？"徐知岁目露惊讶，"你要去哪儿？"

裴子熠笑笑，语气依旧懒洋洋的："加拿大？或者回市九院上班？我还没想好。我导师帮我争取了一个公派学习的名额，他说这是一次难得的学习机会。可我爸妈不愿意我漂太远，他们更希望我回市九院走他们铺好的康庄大道。这几天为这事吵来吵去，我的头都快炸了。"

"去加拿大的话要去多久？"

"一年或者两年吧，目前不好说。"

"那你自己怎么想？"徐知岁搅着手里的咖啡问。

"我的想法其实很简单，如果你不希望我走，那我就留下来。"

裴子熠转头看着她，眼里是从未有过的认真和孤注一掷。有些事心里早已有了答案，但又不甘心就这么离开，他想再试一次，哪怕她流露出一点不舍，他都愿意留在这儿，为了她而继续犯傻。

可徐知岁只是沉默，好一会儿才抬起头来，声音温柔地说："子熠，不论你做什么选择，出发点应该永远都是为你自己，你不必为任何人停留。我们同学一场，后来又成了同事，我是真心祝福你前程似锦。"

裴子熠嘴角渐渐勾起一丝苦涩："这就是你的回答吗？从头到尾都不肯给我一点希望的回答。"

"对不起。"徐知岁垂下头去。

"你知道我想听的不是这个。他就那么好吗？即便过了那么久，你的选择依然是他。"

徐知岁咬唇不语，就当这是她的选择吧。口袋里的手机振动个不停，冯蜜催她回去接诊。徐知岁拿出来看了眼，对裴子熠说："抱歉，我先走了。"

"我再问你最后一个问题。"裴子熠对着她的背影喊。

徐知岁定住了脚步，却没有回头。裴子熠说："如果当初是我先认识你，我和祁燃公平竞争，你会不会给我一个机会？"

"我不知道。"

裴子熠绝望地闭上眼睛。

这天之后，徐知岁再没有见过裴子熠，她从消息灵通的护士那里听说裴子熠向院里递交了辞呈，具体去了哪里，谁也说不清楚。

对于他的离开，徐知岁心中并非全无遗憾，然而她无法给他想要的回应，对他们而言，这就是最好的结局。

周五晚上回家，徐知岁意外发现那辆消失许久的布加迪重新停回了它原本的位置。先前的刮痕得到修补，车身也焕然一新，应当是去做过一次价值不菲的保养。

她默默舒了一口气，心想等了这么久肉球都没有被抓去兴师问罪，祁燃应该是不打算追究这件事了。可当她来到自家门口，那个手挽西装徘徊在楼道里的男人不是祁燃又是谁？

　　徐知岁还未靠近，就闻到了他身上淡淡的酒气，不由自主地想到了同学聚会那晚，他就是这样借着酒劲闯到她家门口，然后夺走了她的初吻！莫非就因为她这几日的冷落，他又想故技重施？

　　不要脸！徐知岁在心底暗暗骂了句。

　　听见脚步声，祁燃回过头来，挑眉一笑："回来了？"

　　见他迈开步子朝自己走来，徐知岁肩膀一缩，下意识退后两步："停！你站那儿别动！有什么话好好说，别动手动脚的。"

　　祁燃看看她，又看看自己的脚尖，目光由最初的茫然变成了心领神会的了然，摇头失笑："你把我当什么人了？"

　　徐知岁默默翻了白眼，捂着嘴嘟囔："还能当什么，衣冠禽兽呗。"

　　"什么？"

　　"没什么。"徐知岁正了正肩上的包，又恢复了那副淡淡的样子，"你又喝酒了？"

　　"嗯，工作上有应酬，喝了一点。"

　　"哦，那你来这儿干吗，找我有事吗？"

　　"有。"祁燃走了过来，打开手机，翻到微信页面，"这只猫你见过吗？"

　　屏幕停留在业主群的某段聊天记录，徐知岁发了张小猫的照片，@所有人问有没有谁家宠物走丢了。

　　她心里"咯噔"一下，下意识捂紧钱包。

　　完了，终于还是来兴师问罪了。

　　见她面色讪讪的，祁燃说："这是我的猫，它走丢了。"

　　徐知岁诧异，一双眼睛瞪得滚圆："你的猫？走丢了？"

　　"是。"祁燃说，"它叫'保时捷'，刚搬家的时候把它带过来了，后来因为住院疏于照顾，不小心让它跑了出来。我在群里看到了你发的寻猫启事，如果我没猜错的话，它应该是在你家吧。"

　　徐知岁看着他，默默咽了下口水，一时间心里有种说不出的怪异。

　　肉球，不，保时捷，竟然是他的猫？！怪不得只趴在他的车上休息。可猫已经在她家住了快一个月，他居然这个时候才想起来找猫？

　　不知道为什么，徐知岁在这整件事里嗅到了一股阴谋的味道。

　　但不管怎么说，能给小家伙找到主人是好事。她耷拉着眼角点点头："是在我家，我带你去看看吧。"

　　她拿出钥匙去开门，客厅里空荡荡的，保时捷不知道又躲在哪个角落睡懒觉了，一连叫了几声都没反应。这家伙不出来是常态，通常没有好吃的，它是不会赏脸挪动尊驾的。

徐知岁尴尬地撩了下头发，侧身对祁燃说："你等一下，我找找它在哪儿。"

"嗯，不急。"

祁燃气定神闲地打量着眼前的屋子，户型不大，胜在温馨，比他那套冷冰冰的房子多了家的味道。这也是他一直向往的气息，只不过自从舒静去世，这样的烟火气就再也不属于他了。

徐知岁换了拖鞋，满屋子找猫，可这小胖子不知躲哪儿去了，任由她翻遍了家里的角角落落，猫愣是一点反应都没有。

祁燃见她忙活得满头是汗，默默从口袋里拿出一只挂着铃铛的钥匙，摇了两下。阳台上立刻传来动静，保时捷从一个废弃的快递盒子里窜了出来，三两下跃到祁燃脚边，一个劲地用身子蹭他的裤腿。

徐知岁看得直发愣，他要是早点用这法子，她也不至于趴到床底去找猫了。

"好了，现在猫归原主了。"她找了个大购物袋，收拾了一堆给猫买的零食营养膏递到祁燃手里，"这些东西以后用不上了，你给它一起带回去吧。还有，医生说它太胖了，你不能再给它吃那么多了，肥胖是很多宠物病的诱因！"

祁燃看了一眼，没接："你留着吧，东西我那里都有，说不定什么时候还能用得上。"

徐知岁苦笑，心里想的却是等她妈回来之后该怎么和她妈说？她妈最近快把这只小猫当亲外孙女在养了，知道它被接回原来的家，一定会很难过吧。

祁燃带着保时捷离开后不久，周韵买菜回来。像往常一样，她一进门就喊小猫的名字，今天不见有反应，还问徐知岁猫去哪里了。

徐知岁支支吾吾地说："那个，肉球被它原来的主人领回去了。"

周韵脸上果然流露出失落的神情，徐知岁连忙安慰："妈你别伤心，你要是真喜欢猫回头我去宠物店给你买一只。"

周韵拍了拍她的手背："不用了，倒也说不上多喜欢猫，就是觉得和它特别投缘，突然间离开我们家了有点不舍得罢了。算了，我去给你做饭。"

小猫不在，不习惯的不只是周韵，徐知岁也常常想念那个跟在屁股后头讨吃食的小家伙。

有一次睡得半梦半醒，起床上洗手间的时候她顺便给猫碗里加了些水，叫了半天小猫的名字都没得到回应，这才想起祁燃已经将它带回去了，心里不由得失落。

保时捷走后，周韵又回到了从前的状态，常常翻出她爸爸的旧衣服，把自己关在房间里，一个人一待就是一下午。徐知岁担心周韵的情况会恶化，琢磨要不要向祁燃开口让保时捷来她住两天。

保时捷像是听见了她的心声，某天自己跑到了她家门口，徐知岁早晨一开门，就见一只小肥猫蹲在地上呆呆地望着她。

"你怎么在这儿？"她蹲下去和它大眼瞪小眼。

保时捷"喵"了一声，并不搭理，见门开了，直接大摇大摆走了进去，找到它最喜欢的小猫窝进去呼呼大睡，模样悠然娴熟，仿佛这里本来就是它的家。

徐知岁无奈，在楼道里到处张望，并没有发现它主人的身影，只得将它先留在这里。

周韵对小猫的去而复返感到万分惊喜，一上午又是给它梳毛又是给它喂零食，先前的郁郁寡欢一扫而空。

等了半天也不见它的主人来认领，徐知岁拿出手机给祁燃发微信，告诉他保时捷跑到她家来了。祁燃给她的回复是，他对此并不知情，应该是保时捷自己溜出来的，毕竟这个小家伙练就了一身自己开门的本事。

徐知岁半信半疑，让他把猫领回去。祁燃说好，直到晚上将近十点才按响她家的门铃。

当时周韵已经睡了，徐知岁不敢吵醒她，蹑手蹑脚地抱着猫打开门。

"你可算来了，这小家伙刚才差点把我论文撕了。"徐知岁压低声音告状。

祁燃接过保时捷，抱在怀里："抱歉，工作有点忙，一时走不开。"

徐知岁睨了他一眼，振振有词地教育道："你以后出去一定要把门反锁，这次还好，是来我家了，万一下次被别人捉去怎么办？"

"好，我会注意。"

祁燃满口答应，可是第二天，第三天……整整一周的时间，保时捷每天早上按时出现在她家门口。于是前一天的情景重复上演，徐知岁主动联系祁燃过来领他家猫主子，祁燃忙完工作就来她家门口转一转，和她说上几句话才肯离开。

时间一久，徐知岁开始怀疑自己再次中了他的圈套，保时捷就是他埋在她身边的一个奸细，这样一来就算她下定决心不理他，他也有了顺理成章来找她的借口。

他来的次数多了，难免有被周韵碰上的时候。某天傍晚周韵买菜回来，正巧撞见祁燃来接保时捷回家。楼道里擦肩而过时，祁燃礼貌地和她打了招呼。

"阿姨好。"

"你是？"周韵打量着眼前高大的男人，若非徐知岁就站在门口，她还以为自己走错了。

"我是祁燃，是岁岁的……"祁燃莫名暧昧地看了徐知岁一眼，"同学。"

周韵侧头想了想，恍然大悟道："噢，我想起来了，就是那个……"

"咳咳！"徐知岁连忙打断她，生怕她想起什么说漏了嘴，"妈，我饿了，你是不是该做饭了？"

"好好好，马上做，饿死鬼投胎啊。"周韵睥了女儿一眼，将慈祥的目光转向祁燃，"要不留在家里一起吃饭吧？"

"……"徐知岁差点被自己的口水呛到。

"我也很想尝尝阿姨的手艺……"徐知岁向他飞去无数眼刀，祁燃不得已转了话音，语气里满是遗憾，"不过我手上还有些工作没完成，得先回去，下次再来拜访阿姨了。"

祁燃走后，周韵看着他的背影说："唉，多好一男孩，怪不得你上学的时候喜欢他。"

"妈，多久时候的事了，你怎么还拿出来说？"徐知岁汗颜，她妈妈别的记不住，记她的糗事倒是一把好手。

"哎呀，都过去这么多年了，有什么不能说的。你和他还有联系？不对，他就是保时捷的主人？"

"嗯。"徐知岁摸摸鼻子，推着周韵的肩膀催促她赶紧做饭，"我都饿死了，饿死了。"

周韵剜她一眼，拎着菜钻进了厨房。过了不到十分钟，周韵又拿着锅铲走了出来："岁岁，我突然想起来一件事。"

"什么呀？"徐知岁窝在沙发上玩手机。

"你高中毕业前，这男孩子来家里找过你，他当时挺着急的，可当时我和你爸都在忙，后来好像一直忘了跟你说。"

徐知岁从沙发上站了起来："他来找我？什么时候？"

"应该就是你十八岁生日那天。"

"那他和你们说了什么？"

"说了什么？当时是你爸爸开的门，我……"回忆让周韵的眼神变得恐惧，那些被她关在记忆深处不愿想起的画面仿佛就要冲破闸门，铺天盖地向她袭来。

周韵脸色一变，摇摇头，缩回厨房。

"妈，你倒是说话呀，他什么时候找我？具体说了什么？"

徐知岁急得连鞋也来不及穿，追去了厨房，可周韵始终埋头不语，手里切菜的速度越来越快，嘴里反复呢喃："我不知道，我什么都不知道。"

周韵这副样子往往是她发病的前兆，徐知岁心下一惊，立刻明白过来是自己的追问牵扯出了周韵不愿回忆的往事。

她十八岁生日那天，正好是妈妈被流氓骚扰、知道爸爸贷款真相的那天，再往后便是流氓找上门，徐建明坠楼身亡。

这些都是周韵恐惧的画面。

她连忙握住妈妈的手，安抚道："我不问了，你别害怕，别去想。"

周韵的精神状态不适合在厨房继续待下去了，她手中的刀更是让徐知岁的一颗心悬到了嗓子眼，生怕她在极度的恐惧下会做出什么伤害自己的事。徐知岁带周韵离开了厨房，连哄带骗地给她吃了一些有镇静作用的药。不久之后，周韵的情绪平静下来，只是一双眼睛木讷空洞，犹如一潭绝望的死水。

把周韵哄睡着已近凌晨，徐知岁替妈妈掖了掖被角，披了件外套下床，轻手轻脚地关上卧室的门。

她晚上没有吃饭，拖到现在胃已经饿得没有感觉了，原本想要煮包泡面填肚子的念头也因此打消。

客厅没有开灯，徐知岁任由黑暗将自己吞噬，或许这样脑子才能更清醒，才能想明白一些事。

周韵说，祁燃那天下午来找过她，只不过这件事随着徐建明的突然离世成了来不及说出口的秘密。原来祁燃没有骗她，他并非不告而别，也是有来找过她的。可让她想不通的是，她明明约了他在茶餐厅见面，他为何要去她家里？

莫非是她去星河湾找他的时候，两人不小心错过了？他在茶餐厅没见着她人，所以直接去了她家里？不对，时间线对不上。她去祁家时天色已经黑了，而据周韵说祁燃是下午上门找的她。

他为什么不去茶餐厅？明明那个时间点只要他去餐厅瞧上一眼，她一定在那里。可他没有，难道是因为不知道？

可他分明已经看到她留的字条了，为何会不知道？

徐知岁越想头越痛，究竟如何或许只有祁燃本人才能给她答案。她拿出手机想给祁燃打电话，看了眼时间，才发现已经快凌晨两点了。祁燃大概已经睡下，而她或许也应该等自己情绪平复了再和他沟通这件事。

她放下手机，吃了半片安眠药，又吃了半颗盐酸曲唑酮，昏昏沉沉地回了房间。

第二天一早，徐知岁是被一通来自南湖的电话给吵醒的。

打电话的人是她老家的堂叔，小时候在南湖见过几次，还抱过她，但徐知岁一家迁来帝都之后，和老家亲戚便渐渐断了联系。

堂叔几经周折才打听到了她的联系方式，一通寒暄之后说起了正事，原来是南湖搞城市规划，徐家留在郊区的那套祖宅要拆迁了。

那套祖宅是徐知岁爷爷留下的，徐建明举家搬迁后祖宅便由徐知岁的大伯继承。大伯身体不好，早年间和妻子离了婚，在徐知岁来帝都上学后不久，他便病逝了，祖宅也就这么一直空置着。

这次拆迁，祖宅正好被规划在内，大伯膝下无子，按法律这份遗产是可以归到徐知岁母女名下的。拆迁办那边的人催得紧，说这套房子再无人认领就要归集体所有了。堂叔想着这好歹是一笔可观的拆迁费，不拿白不拿，所以找到了徐知岁，催着她回老家办理相关的过户手续。

徐知岁起床之后和周韵商量了一下，决定趁着春节放假正好回一趟南湖老家。到达单位后，她和其他两位医生商量调班的事，零零碎碎拼凑了七天假期，杂七杂八的原因加在一起，决定带着周韵第二日一早就走。

回家收拾行李的时候，徐知岁把这件事告诉了祁燃，让他这些天千万照顾好保时捷，别让它找不到家变成流浪猫了。祁燃深夜才回复，说自己也要出趟差，已将保时捷安排好，让她和周韵路上小心，保持联系。

徐知岁盯着他的消息看了许久，那些徘徊在心头的疑问暂时压了下去，有些事还是应该当面问清楚才好。

第二天徐知岁带着周韵回了南湖，堂叔带了比徐知岁小两岁的女儿过来接机，说她们母女难得回来，邀请她们这段时间住自己家里。

徐知岁不喜欢麻烦别人，堂叔虽然热情，但多年不见实在算不上熟络，住在家里多有不便，于是婉拒了他们的好意，在距离市区比较近的酒店订了一个房间。

南湖变化很大，曾经名不见经传的南方省会，如今却成了国内大热的旅游城市，道路宽了，风景也美，放眼望去高楼大厦一点也不输帝都。

去酒店放完行李，时间尚早，徐知岁想着速战速决，和周韵稍作休息之后，直接去了相关单位办理手续。

堂叔父女俩将她们送到了政府大楼门口，下午办理业务的人并不多，徐知岁进去取了号，等了不多久便轮到她们。

"你好，我们来办理继承房产过户。"徐知岁把提前准备好的资料递进了窗口。

工作人员抬手，示意她们先坐。

工作人员对了对证件，问："这套房子原来是徐建兵名下的对吧？"

"对，他是我大伯，很早之前去世了。本来这套房子应该由我父亲继承的，但他也……所以现在想过户到我的名下。"

徐知岁简单说明了情况，工作人员很快理解了她的意思，翻了翻资料，又说："我看了一下，你们这资料不全，只有徐建兵一个人的死亡证明是不够的，还要到居委会或派出所补一个徐建明的死亡证明，然后……"

话没说完，站在一旁的周韵突然出声："你什么意思？我爱人没有死，你凭什么让我给他开死亡证明？！"

"不是你女儿自己说的吗？"工作人员一脸莫名其妙，"那行，没死的话让他自己过来办手续，我们也省得麻烦了。"

周韵倏地激动起来，撑在窗台上大吼："我说他没有死！他一直在我身边，你听不明白我说话吗！"

她的声音很大，周围的人纷纷看了过来。

徐知岁也没想到周韵会有这么强烈的反应，连忙上前将她拉开："妈你别这样，你去旁边休息，剩下的事情我来办。"

可周韵根本不理会徐知岁，对着"诅咒"她丈夫的工作人员又喊又骂。

一时间，不了解情况的工作人员也有了脾气，指着周韵的鼻子说："我看你是神经病吧？是你女儿说他去世我才让你们去开死亡证明的，什么叫我诅咒他！你要是觉得他没死，让他自己来好了，不要在这里发疯好吧？"

感觉到周韵的身体在剧烈地颤抖，徐知岁对工作人员说："我求你别说了！"

具体情况事后她可以解释，也可以为周韵的唐突向他们道歉，可她不愿意别人用那种字眼刺痛她的妈妈。

一直以来，周韵都活在一个虚无的世界，幻想自己的丈夫还在身边，那些让她恐惧的事情从未发生过，只有自己骗自己，她才活得下去。而有一天，这个谎言被人无情戳破了，要她直面徐建明已经去世多年的事实，她如何能接受得了？

徐知岁已经做好了周韵会在大庭广众下发病的准备，或许一会儿她把这里的一切都给砸了，或许她会大哭一场……然而她没有，她在争执过后突然变得安静了，目光怔怔地看看徐知岁，又看看窗口里的人："他死了？他真的死了吗？"

徐知岁将妈妈搂进怀里："妈，我们回去，我们现在就回去，你别想了，什么都别想了。"

周韵不说话，面色白得吓人，徐知岁只好先将桌面上的资料收回去，牵着周韵离开了大厅："抱歉，我改日再来。"

周韵每次发病总是歇斯底里，可这一次她安静得十分诡异，仿佛把自己封闭在了一个漆黑的盒子里，什么也听不进去。

徐知岁带她回了酒店，在药物的作用下睡着了，第二天醒来，她对徐知岁说的第一句话是："岁岁，你爸葬在哪里？"

徐知岁心里一惊，这是这么多年以来周韵第一次承认徐建明去世的事实。她不敢轻举妄动，小心翼翼询问着周韵的情况。

可周韵只是对着她笑："你不用这么看着我，我这场梦做得太久了，现在也到该醒的时候了。我想去看看你爸，这么多年没去他坟前看过，他一定是怪我了。"

徐知岁红了眼睛，只得告诉她爸爸的墓在帝都，等她们处理完了南湖的事，就回去看他。

周韵点头说好。

后面几天，周韵表现得十分正常，甚至主动提出要陪徐知岁去派出所办理徐建明的死亡证明。徐知岁担心还会发生上次那样的情况，没有答应让她同行，而是拜托堂叔和堂婶帮忙照顾一下妈妈。

过户手续烦琐，需要一定时间，周韵想要留在南湖过春节，趁着时间充足逛逛当年她和徐建明相识相爱的地方。

周韵难得有这么清醒的时候，徐知岁当然顺了她的意思，堂叔堂嫂不忍她们母女在冷清的酒店，说什么也要把她们接到家里过年。

盛情难却，除夕当天徐知岁带着周韵去堂叔家吃了年夜饭。徐家祖上的亲戚都来了，热热闹闹坐了两大桌，这也是自从徐建明去世之后，她们过得最热闹的一次除夕。

另一边，祁燃结束工作回到帝都，正好赶上了家里的年夜饭。祁柚春节是在夫家那边过的，没有她在，这个家显得过于冷清，父子俩没什么可聊的，说着说着又聊到了工作。乔寻洵直呼受不了，让他们大过年的别这么扫兴。

吃完年夜饭，祁燃准备上楼洗漱休息，他这几天出差几乎都是连轴转，每天休息的时间不过三四个小时，实在有些疲惫。他刚松了松领带，兜里的手机响了。

裴子熠说自己在"Tempt"等他，有话要对他说。

祁燃回复好，拎起外套出了门。

每到春节，帝都总是格外宁静和空旷，在外打拼的上班族们回了家乡，道路上几乎不见行人，只有零零散散几家便利店还开着。这个时候，延西街的热闹显得与外界格格不入。

这一带是帝都有名的酒吧街，祁燃停好车，在服务生的引领下推开"Tempt"的大门。迎接他的是舞池震耳欲聋的音乐和头顶光束交错的彩灯，他皱了皱眉，好一会儿才适应这样吵闹的环境。

在台阶上定足张望了一会儿，祁燃看见了坐在吧台边向他招手示意的裴子熠，目光一沉，走了过去。

"来得还挺快。"

裴子熠将一杯加了冰块的威士忌推到祁燃面前，祁燃接过说了声谢谢，却没有喝的意思。大年三十不好找代驾，即便路上车辆不多，酒驾也不是他的作风。

他放下酒杯，目光浅浅扫过舞池里摇晃的红男绿女。

裴子熠笑了："是不是没想到除夕夜还有这么多人来酒吧？"

祁燃说："我以为至少在除夕这一天，酒吧的生意不会太好。"

"正常人谁除夕来酒吧啊，不过都是有家不能回或者孤苦伶仃的可怜人罢了。"裴子熠将杯里剩下的一口酒饮尽，挑挑眉梢，示意调酒师再给他续一杯。

祁燃看着他："那你呢，属于哪一类？和伯父伯母吵架了？"

裴子熠晃动着手里的杯子，沉吟："差不多吧。可能在他们眼里我永远是一个不让他们省心的儿子，不论是事业还是情感，总是一意孤行。"

祁燃沉了一口气："这次又是因为什么？"

"我听从了导师的建议，申请了去加拿大学习，他们气得不轻，年夜饭还没吃完就直接将我赶了出来。"

裴子熠其实是理解他父母的心情的，二老已过半百，就只有他这么一个儿子，自然是希望他可以留在身边，事业家庭双双稳定下来。可裴子熠自己却觉得出国学习和完成父母心愿两者之间并不冲突，他只是出去深造两年，又不是不回，两年后照样可以回市九院上班继承他妈妈的衣钵。

只不过现在，他太需要换一个新的环境，去遗忘和想通一些事情。

祁燃说："真的下定决心要走了？"

"是啊，春节一过就走。好了，不说这个，我今天叫你出来，是有件事要告诉你。"裴子熠放下酒杯，掏出皮夹，从内层拿出一张字条，推到祁燃手边，"你先看看这个。"

祁燃拿起那张被叠成豆腐块的字条，纸身有明显的褶皱痕迹，边缘起了毛边，应当是存放许久了。

他缓缓打开，酒吧里斑驳闪烁的灯光从纸上滑过，晃得人眼花缭乱，好一会儿才看清字条上有他熟悉的青涩字迹——

祁燃，5号是我生日，能请你吃蛋糕吗？正好，我有些话想对你说。5号下午一点，我在学校旁边的遇见餐厅等你，不见不散。

徐知岁

祁燃愕然看向裴子熠："这是……"

裴子熠喝了口酒，眼底有太多复杂的情绪："这是毕业时她往你书里塞的字条，我当时不想你看见，偷偷用一张画了鬼脸的废纸给换了出来。后来那张字条被你随手撕了，而她傻傻地在餐厅里等了你一个下午。大概就像杀人凶手总是喜欢隐藏凶器而不是销毁凶器，我也不知道为什么，一直将这张字条小心保留着，现在物归原主，希望不算太晚。"

祁燃听着，只觉得全身血液都在往脑子里涌。时隔太多年，他根本不记得自己曾经翻到过什么字条，可一想到岁岁曾经那么绝望地等过他，心脏就不可控制地抽痛。

"裴子熠！你知不知道自己做了什么？！"祁燃揪起他的衣领，将他抵在吧台上，手背和脖颈隐约可见青筋。

裴子熠被撞得闷哼一声，腰间传来的疼痛使他蹙起了眉，可他没有反抗，心底反而松了口气，就像一个罪恶深重的人终于迎来法官的宣判。

"我当然知道，可爱一个人本来就是自私的。我不敢让你看到这张字条，因为我知道只要你看见，你一定会去找她。如果你也知道她是那么喜欢你，你或许会动摇离开的决心的对不对？所以我害怕，我动了手脚，我想你反正就要离开了，何必又再去招惹她呢？说不定等你走了，她慢慢就忘了你，然后就能看见我的好。"

祁燃冷冷看着他，手上的力道却渐渐松了："你的爱不是自私，是自卑！"

"你说得没错，我是自卑，因为你才是住在她心里的那个人，所以不管我怎么努力她就是看不见我。你走以后，她家出事，她宁愿一个人默默扛着也不愿意回头看看我。读大学那几年，我以为自己能顺利把她忘了，我交过两个女朋友，可只有我自己知道，每一个身上都有她的影子。三年前重新遇到她的时候，你不知道我有多高兴，我不顾所有人的反对去了长济。可她呢，她刻意躲着我，宁愿去考虑一个对她毫无感情可言的谢书毓也没想过接受我。那种感觉有多绝望，你可能永远不会懂。"

祁燃说："那现在呢？你为什么突然选择告诉我真相？"

"因为我认输了。"裴子熠苦笑，"只要你一出现，我就满盘皆输。"

他永远无法忘记祁燃受伤的那天，徐知岁在急救室外的惊慌和恐惧，那是他从未见过的模样。如果当时躺在急救室里的人是他，她还会如此害怕吗？

那一刻他忽然明白，他永远不可能赢过祁燃，不管是十年前或是十年后，都是如此。

时间或许是解药，但感情的事从来不需要努力，有些人只要出现，什么都不做，就胜过别人所做的千千万万。

他裴子熠为爱坚持过，也卑鄙过，到头来还是求而不得，除了愿赌服输，他别无选择。

......

　　星河湾静谧的河边，对面是灯光绚烂的高楼大厦，祁燃坐在河堤的楼梯上，眺望远方夜景，脚边的酒瓶子空了一个又一个。

　　十年前的除夕，他也是在这里度过的，那时候这里漫天烟火，身边的人也还没有变。

　　那张薄薄的字条他一直攥在手里，却没勇气看第二遍。

　　他不敢相信他和徐知岁竟然因为一张字条错过了这么多年，她等着他的那个下午，该是怎样的孤独和绝望？那个画面，他想都不敢想。

　　其实那天，他也去找过她的。

　　当宋砚对他说"至少和重要的人告别"的时候，他内心动摇了，他甚至开始怀疑自己的选择是否正确，开始后悔自己在离开前对她的冷漠。

　　所以当宋砚离开之后，他第一时间给徐知岁打去了电话，当时她的电话一直处于关机状态，一连打了十几个皆是如此。他想，或许是因为高考，所以她的手机被父母拿走了。

　　他本不该在那个时候打扰她复习，可离开的日子近在眼前，有些话不说就再也来不及了。一阵深思熟虑后，他直接去了她家。

　　他记得很清楚，开门的是她父亲，徐叔叔的脸色很差，看他的目光带有明显的警惕。

　　他问徐知岁在家吗，徐建明说她出去了。

　　他失落，请求徐父帮忙转告，说自己很快就要出国念书了，第二天就走，请岁岁回来务必给他回个电话，他有很重要的事要和她说。

　　徐父应下了，于是祁燃回家守着电话一直等一直等。

　　他早就准备好了要和她说的话，想向她道歉，想向她表明心意，也想问她愿不愿意等，只要等国外的学习步入正轨了，假期的时候他一定回来看她。

　　可他握着手机坐了一整夜，没有一个电话进来，他甚至怀疑自己的手机停机了，一口气交了两百块话费，然而结果还是一样的。

　　第二天一早送行的司机来了，祁盛远催他出发。他失魂落魄地下了楼，一出门便看见裴子熠站在门口朝他笑。

　　他苦笑："我还以为连你也不来送我了。"

　　裴子熠说："怎么会，我说了今早来，就一定会来的。昨天徐知岁过生日，我陪她出去散心了，所以一时走不开。"

　　因为裴子熠这句话，他记下了徐知岁的生日，同时也以为那天她不在家，是和裴子熠出去玩了。他暗笑自己的多此一举，比起自己只能在大洋彼岸给她问候，裴子熠才是那个可以时时刻刻陪伴在她身边的人，或许这样的结果对她而言才是最好的。

上飞机的时候，他对着六中的方向在心里默默和徐知岁告别，然后，他们一别便是十年。

……

凌晨的时钟敲响，小区里传来人们的欢声笑语，祁燃从遥远的记忆中回神，鬼使神差地拿出手机拨通了那个号码。

不知道为什么，此刻他无比想念她的声音。

许久之后，电话被接通，徐知岁睡意蒙眬的声音贴在他的耳边："喂，祁燃？"

"睡了吗？"

"嗯，陪长辈们喝了点酒，刚睡下。有事吗？"

祁燃暗哑着声音说："我也喝了点酒，所以现在……特别想你。"

第十二章
我不愿让你一个人

过户手续的审批需要一段时间，在审批完成之前周韵提出想去小时候生活过的地方逛一逛。

她这段时间好像清醒了不少，虽然还是经常一个人坐在窗边发呆，但似乎已经接受了徐建明去世多年的事实，主动询问起当初的细节，譬如徐建明的遗体如何处理的，墓碑上选的是哪张照片，当年欠江途一家的钱还了没有，以及那些恶人最后受到了怎样的惩罚。

起初，徐知岁对她忽然之间的清醒感到十分不安，生怕自己哪一句话没说对又刺激到了她。可周韵始终表现得特别平静，甚至可以面带微笑地和徐知岁谈论徐建明在世时的一些往事。一段时间的观察下来，周韵的状态没再发生过强烈的波动，徐知岁悬着的一颗心渐渐落了地。

留在南湖的最后一天，母女俩去了以前生活过的小区。

他们原来在南湖住的房子，早在移居帝都的第二年就转手卖了，如今这片成了繁华的商业区，房价翻了好几倍。

走在绿荫掩映的老街上，周韵挽着徐知岁的手臂，指着街头一家米粉店，说："当年我和你爸就是在这里认识的。很老套的一个故事，我付钱的时候发现钱包被偷了，老板不肯赊账，你爸替我付的钱，然后我们就认识了。"

徐知岁侧着头笑问："然后我爸就追你了？"

周韵点头："差不多吧。那个时候还不流行自由恋爱，他就找媒人去我家说亲。你外公不同意，嫌他是个穷小子，他软磨硬泡了大半年你外公才同意把我嫁给他。事实证明，我没看错人，你爸比你那两个舅舅都有出息，一个人单枪匹马能在帝都闯下一片天的男人能差到哪儿去？"

徐知岁打趣："关键是还疼老婆。"

周韵垂眸失笑，若有所思："是啊，他是挺疼我的，结婚那么多年，什么都依着我，什么事也都先考虑我。还记得刚怀上你的那一年，你外公突然病逝，为了守孝，我俩就拖着没去领证，结果被计划生育的人给查着了。那个时候你已经在肚子里了，可那伙人说没有领证这孩子就不能要，事后补办也没用，非要拉着我们去把孩子打了。其实当时，你爸从产检医生的态度中猜到，我这肚子里怀的可能是个姑娘。农村嘛，普遍重男轻女，家里亲戚都劝我们先把孩子打了，到时候再要一个男孩。可你是我们第一个孩子啊，我们怎么舍得？流产对一个女人的伤害更是不可估量的，你爸就到处求人，东拼西凑借了几千块交罚款，这才把你保了下来。那个时候的几千块可不比现在，抵我俩两三年的工资了，别人都说你爸傻，有了你以后就不能要儿子了，可你爸说女儿儿子都是他的宝贝，你出生那天，是我见过他最高兴的时候……"

周韵说着，眼眶变得红润。徐知岁小心翼翼地观察她，害怕她就此陷入回忆的悲伤里出不来。

周韵拍了拍徐知岁的手背，笑着哽咽："我没事，我知道他已经不在了。他后来的确做错了一些事，但那些错不足以让我忘了他对我的好，这辈子能嫁给他这么好的一个人，我没有遗憾……"

几天后，徐知岁顺利拿到了祖宅的产权证，母女俩乘坐当天下午的航班飞回帝都。

上飞机前，祁燃让她把航班信息发给他，说今天下午临时有个会议，抽不开身，但会安排蒲新过来接她们。

徐知岁想说不用这么麻烦，但周韵的意思是下了飞机立刻就要去一趟墓园。那个地方离机场太远，又在没有地铁直达的郊区，春运期间机场不好打车，思来想去，只能领了他这份情。

从机场出来，蒲新早已在门口等候多时，远远看见徐知岁出现在人群里，扣上西装迎了上去，接过她的行李箱，毕恭毕敬地打了招呼。

"徐医生，伯母，祁总让我来接你们，车子已经停在外面了。"

周韵茫然地打量着他："你是？"

"呃……"徐知岁硬着头皮解释，"那个，妈，他是祁燃的助理，因为去墓园太远了，我就让他帮忙送一下我们。"

"哦，祁燃的助理……"周韵点点头，再对蒲新笑时，眼里多了一丝欣慰。

上车之后周韵没再说过一句话，目光始终停留在窗外，脸上无悲无喜。

徐知岁明白，对于一个逃避十年之久的病人而言，重新面对现实是何等艰难。或许过了这一关，她妈妈就能彻底放下心里的结了。

徐建明的墓碑在墓园的山脚下，那时候家里经济条件有限，能在这里买一块地已然很不容易。帝都刚下过一场雪，台阶湿滑，徐知岁搀扶着妈妈往里走，想着等过几天发奖金了，再将爸爸的墓迁到更好的地方去。

到了徐建明墓前，周韵停下脚步。

不管来之前做了多少心理准备，周韵在看到碑上陈旧照片的那一刻，眼泪抑制不住地往下掉。那曾经是她最亲密的爱人，不惜用自己的生命来保全她，如今却以这样的方式长埋地下。

周韵看着那冷冰冰的墓碑，始终无法将自己的丈夫和这里联系起来。好一会儿，她蹲下身，手指轻轻拂过碑上的照片，哽咽道："老徐啊，我这么晚了才来看你，你会不会怪我……"

徐知岁别过头去，死死咬住自己的下唇，眼泪无声掉落。

这天下午，周韵坐在徐建明的墓前说了很多话，徐知岁不敢听，就站在不远不近的地方默默守着，看见周韵的嘴唇张张合合，心底说不出是何滋味。

下山的时候，周韵站在山脚下回望高高的山头，低声喃喃："等我，我很快就来陪你了。"

"什么？"徐知岁没听清。

"没什么。"周韵摇了摇头，岔开话题，"对了，你和祁燃怎么样了？"

徐知岁垂下头去，眼神发虚："什么怎么样了？你突然问这个干什么？"

"我是你妈，问这个难道不应该吗？我看得出来，你们俩都还惦记着对方，不然你也不会这么多年都不找对象，他也不会千挑万选买了套我们楼上的房子。妈妈是过来人，你们那点心思，我看得明白。这事也怪我，我要是能早点想起来，也不至于让你们耽误这么久。"

徐知岁抿了一下唇："妈，都过去这么久了，别说了。"

"什么叫过去了？你自己问自己，难道你没想着他？"

徐知岁沉默。

"听妈一句劝，有些事不能太倔，最遗憾的爱情不是互相错过，而是双向却不奔赴。隔了这么多年你们还能遇见，已经是上天眷顾，找个时间把话说开比什么都强。"

"双向却不奔赴……"徐知岁喃喃重复着妈妈的话。

她想到了除夕那晚祁燃的电话，他说等她回来有东西要给她，而她也正好有话要问他，或许他们是应该找个时间坐下来好好谈谈，有些事情是该有个结果了。

　　到家已经天黑，徐知岁收拾了行李，钻进浴室泡了个热水澡，出来时看见周韵坐在客厅写着什么。她随口问了一句，周韵说是在算这个月的开销用度，她没有多想，吹干头发之后回到卧室睡下了。

　　这趟南湖之行把她累得不轻，何况明天还要起早上班，身体实在有些扛不住了。她没有吃安眠药，一整晚都做着光怪陆离的梦，第二天醒来，心里莫名发慌。

　　周韵起了个大早，亲自下厨且为她做了早餐。看到桌上摆着她最喜欢吃的煎饼，徐知岁暂且将那异样的感觉抛去脑后，边小孩似的用手抓了块，边问："你今天怎么起这么早？"

　　周韵端着牛奶来到桌前："睡不着就起来给你做点吃的。先洗手吧，一会儿上班来不及了。"

　　徐知岁点头说好，洗完手又一阵风地坐了回来。说起来，周韵有很多年没她做过早餐了，上一次好像还是她在上学的时候，徐知岁怀念这个味道，吃得也比平时多了。

　　周韵看着她笑："以后吃饭别吃这么快，对胃不好。你总胃痛，自己也得注意些，工作再忙也要记得吃饭知道吗？还有，别总熬夜，现在动不动就能看见年轻人熬夜猝死的新闻，你是医生应该比我懂得多。熬夜还会导致肥胖脱发，小心以后嫁不出去。"

　　"妈！"徐知岁嗔了一声，"我才不会'英年早秃'呢！"

　　周韵还是笑，往她碗里夹了个鸡蛋："我昨天把我的工资卡找出来了，里面存了几万块钱，密码是你的生日，以后啊……"

　　徐知岁终于吃不下了，艰难地咽下嘴里的东西，困惑地看着她："你和我说这个干吗？"

　　周韵面上闪过一抹怪异，很快又一笑带过："没，就是想说你上班这么远，天气又冷，有条件还是买辆车吧，不用那么辛苦。"

　　徐知岁松了一口气，暗骂自己想多了："嗐，帝都交通什么情况你还不知道，堵起来的时候，开车还不如坐地铁快呢！"

　　周韵讪讪一笑："也是啊。"

　　到了出门的时间，周韵送徐知岁到玄关，像小时候那样亲自给她穿上棉袄，再围上她亲自织的大红色围巾。

　　"我们家岁岁长大了，不用妈妈操心了，真好。"她拨了拨徐知岁的头发，眼里满是疼爱和不舍。

　　徐知岁笑眼弯弯："瞧你这话说的，我小时候有那么淘气吗？"

"是啊，小的时候天天气得我都快得高血压了。"周韵看着她，欲言又止，"好了，要迟到了，快去上班吧。"

徐知岁拿起包，走到电梯口，想起什么又折了回来："你今天上班吗？"

周韵愣了一下："对，一会儿要去核一下账目。"

"那等我回来哦，我知道一家好吃的烤鱼店，下班我们一起去。"徐知岁朝周韵眨眨眼。

"好。"

春节假期刚过，科室里并不算忙碌，徐知岁问诊的病人不多，可不知道为什么，她的右眼皮一直跳个不停，心慌的感觉越来越明显，以前从未有过这样的情况。

她想到了周韵，又将周韵早上对自己说的那些话细细在脑海里回忆了一遍，越想越觉得不对。周韵今天的反应太奇怪了，不像是日常的关心，而像是在……交代后事。

徐知岁都被自己这个念头吓了一跳，连说了三声"呸"，暗骂自己想些有的没的。可心里到底不安宁，思来想去，她给周韵拨去了电话。

一连三个，无人接听，徐知岁的心悬了起来。

她又给周韵上班的地方打去电话，接电话的是她妈妈相熟的同事，那个阿姨说周韵今天根本没来上班，昨天半夜还给店长说了辞职的事，店长到现在还在生气。

徐知岁没有听完对方的抱怨就匆匆撂了电话，捞起外套，冲出了医院，一路上也顾不上是不是撞到了行人，每跑一步，心中的恐惧就越多一分。

不要，不要这样！

妈妈，你不要丢下我一个人！

徐知岁只能在心里默默地乞求，但愿她的预感是错的，周韵不会这么狠心离开她。

路边有来来往往的出租车，她很幸运地拦到一辆，司机见她一脸慌张，什么都不敢问，踩油门的力度比平时大了许多。

同样的阴天，同样的出租车在大街上飞驰，徐知岁忽然感觉眼前的这一幕无比熟悉，十年前的那天，她就是这样永远地失去了爸爸。

恐惧深深地漫了上来……

半个小时后，出租车停在风和花园门口，徐知岁用最快的速度冲到家楼下，等电梯来不及，她就跑楼梯。

家门终于被打开，她慢慢地踏了进去，脚步虚浮，每一脚都像踩在棉花上。

"妈……"她的声音颤抖得可怕。

没有人回应，整个屋里安静得诡异。徐知岁下意识推开了周韵卧室的门，看见周韵以一种极度扭曲的姿势躺在床上，面色惨白，嘴边有白色泡沫，床头散落着几个空空的药瓶子……

心软的神没有听见她的乞求，她最害怕的事情还是发生了。

"妈！"

徐知岁扑过去查看周韵的情况，呼吸还在，但心跳渐渐弱了，她整个人已经昏死过去，完全没了意识。

徐知岁拿出手机拨打了120，剧烈的恐惧导致她的声音断断续续，甚至没有办法说出一句完整的话。深呼吸之后，她迫使自己冷静，准确地说了情况和地址，医院表示会立刻派车过来。

挂了电话后，徐知岁再次检查周韵的情况。在不了解中毒程度的情况下她不敢贸然催吐，只能用纸巾清除了周韵口鼻中的异物，将周韵翻身侧卧，以免呕吐引起误吸。

做完这些，周韵还是没有反应，徐知岁再次慌了，拿出手机给她唯一能想到的那个人打去电话。

"喂，岁岁？"

电话很快被接通，在听见祁燃声音的那一刻，徐知岁的坚强在一瞬间崩塌了。她哭了出来："喂，祁燃，我妈妈出事了……"

救护车来得很快，周韵被送到了长济医院的急救室。

医护人员进进出出，步履匆忙，徐知岁始终站在走廊冰冷的座椅边，死死盯着急救室大门上那盏长久不灭的红灯。她觉得自己好像坠入了极深的梦境，眼前的一切都是虚无的，所有的声音都像是从遥远的地方传来。

可害怕的感觉又是如此真实，一颗心在等待中变得绝望，她双腿一软，顺着墙壁蹲了下去，快要跌倒的时候有一双手稳稳地扶住了她。

徐知岁抬起头，头顶的白炽灯刺得她睁不开眼，好一会儿才看清来人的面容，眼泪不知怎的就滑了下来。

"祁燃，我是不是要没有妈妈了？"

祁燃蹲下身，将蜷缩成一团的她抱在怀里："不会的，阿姨会没事的，相信我。"

徐知岁靠在他的胸膛上，将整个人的重量都交给他："是我不好，我为什么没有早点发现她的不对劲，我竟然还以为她的病情有所好转。我明明了解她的，她是一个靠回忆和幻想活着的人，怎么可能主动接受爸爸去世的现实……是我不对，是我疏忽了……"

祁燃搂住她的肩膀，任由她的眼泪打湿衣衫："别这样，你已经做得够好了，没有人会怪你。"

徐知岁仿佛什么也听不进去，只是拼命地摇头："为什么你们都要离开我？为什么我永远留不住我爱的人？"

祁燃将她抱得更紧："不论你信不信，不管你还要不要我，我都不会再离开你了。"

两个小时后，急救室的灯灭了，身着白大褂的医生走了出来，徐知岁害怕听到让人绝望的答案，脚像灌了铅一样沉，迟迟不敢上前。祁燃拍了拍她的肩膀，站起身走到医生面前，问："医生，怎么样了？"

医生摘掉口罩："幸好发现得及时，否则我们也很难将她从鬼门关拉回来。刚刚给她做了洗胃，性命暂时保住了，但能不能脱离危险期，还得看她什么时候醒过来。"

徐知岁紧握的拳头松了松，整个人跌坐在地。

祁燃看了她一眼，继续问："那我们现在要做些什么？"

医生说："一会儿我们会将病人转到监护室，你们家属先去办理住院手续，有什么问题我们会再通知的。"

"好。"

医生走后，祁燃将徐知岁从地上扶了起来："没事了，不要自己吓自己。"

徐知岁不作声，还没有从极度的恐惧中缓过神来，任由自己像个提线木偶般被他带到座椅边坐好。

祁燃蹲下身，伸手拨了拨她额前凌乱的碎发，有许多根被泪水打湿贴在了脸颊上。

"你在这儿坐一会儿，阿姨很快就会出来。我云把住院手续办了，你带了证件没有？"

徐知岁点点头，从包里拿出一个手提袋，递给他："都在里面。"

祁燃接过，拍了拍她的肩膀："乖，等我回来。"

办完住院手续回来后，走廊上已经空无一人，值班的护士告诉祁燃，病人和家属已经被带去了病房，他又折去了住院部。

这段时间，他的手机一直没能消停，不断有电话打进来。他今天本来是要去邻省的分公司开会的，最快的话应该明天才能回来。可当他听到徐知岁在电话里的哭诉，他整颗心都乱了，顾不上许多，第一时间赶到了医院。

看到她一个人站在空荡荡的急救室门口，他无比庆幸上午那个电话会议拖住了他的时间，导致他没能顺利出差，不然他将又一次缺席她最艰难的时刻，无法在她掉眼泪的时候给她肩膀倚靠。

可他这么突然一走，底下的人就乱了套，蒲新不停地打电话进来请示工作，问分公司那边还去不去。祁燃告诉蒲新，把他后面的行程全部推了，一切都等周韵度过危险期再说。

安排完工作再回到病房时，天色已经黑了。

周韵安静地躺在病床上，氧气面罩也掩不住她苍白的脸色，只有床头"嘀嘀"作响的监护仪证明着她的平安。

徐知岁坐在床边，握住她的手，就这么静静地看着她，眼睛红红的，整个人憔悴得像个没有生气的瓷娃娃，一碰就碎。

祁燃看着心疼，走过去按在徐知岁的肩头："我请了护工来照顾阿姨，你先去吃点东西吧。"

徐知岁摇头："我不走，我要在这儿守着她。"

"就算是为了她能早些好起来，你也应该先照顾好自己。接下来几天怕是要住在医院了，回去收拾一下东西总是要的。"

徐知岁沉默，片刻后站了起来，跟随祁燃上了回家的车。

说是收拾东西，其实要带的不过是些换洗衣物和洗漱用品，祁燃帮她们转到了 VIP 病房，里头日用品齐全，不需要她准备太多东西。

从家里出来，祁燃带她去了饭店。徐知岁没有胃口，一心记挂着病房里的人，只喝了几口菜粥就放下了勺子。

晚上回到医院，护工已经过来照顾，徐知岁不放心，仍然让人在病床边给她架了一张行军床。未来几天，这就是她休息的地方。

一切安排妥当，已是深夜。徐知岁见祁燃没有离开的意思，开口说道："你先回去休息吧，这里有我一个人就够了。"

祁燃摇了摇头："我不放心你一个人在这儿，如果你不介意……"他指了指外面的那张沙发，"我今晚可以睡在那里吗？"

徐知岁往外头瞧了一眼，客厅里的确有张沙发，但小得可怜，长度一米五不到，哪里够他一个大男人栖身。正犹豫要不要和他换一下，祁燃已经大步走到了沙发边坐下："你不说话就当你答应了。放心，我不会打扰你的，有什么事你随时叫我。"

说着，他拿出笔记本电脑，继续未完成的工作。清浅的灯光映在他轮廓分明的侧脸上，盯着屏幕的眼眸显得更加深邃。

徐知岁抿了抿唇，手扶着门框："那好吧，我先休息了。"

祁燃朝她扬唇一笑："晚安。"

"晚安。"

周韵尚未脱离危险，徐知岁不敢入睡。坐回行军床上，她翻出了在周韵房间找到的牛皮纸信封，和她的银行卡存折放在一起，封面写着"岁岁亲启"。

徐知岁犹豫了很久，才鼓起勇气打开信封，信的开端骇然写着两个大字"遗书"。

仅仅一眼，眼泪再次决堤。

信很长，足足有两页纸。

周韵在信里提起了很多她小时候的事，也回忆了许多一家三口的温馨时刻，说到徐建明的离世，她的文字变得悲痛，字字句句都透露着绝望。

信的最后，她说：

岁岁，别为妈妈难过，妈妈终于要和爸爸在那边团聚了，这对我来说是种解脱。这些年妈妈害你吃了许多苦，是妈妈对不起你，现在妈妈走了，你一个人要好好过下去……

看到这里，徐知岁再也没有读下去的勇气，她撕掉了"遗书"两个字，将信叠好塞到昏迷的周韵手里，倔强地看着妈妈。

"信还给你，我当作什么都没看见，你要赶快醒过来，不能丢下我一个人。"

不知道是不是她的错觉，说这句话时，周韵的手指轻轻地动了下。

第二天一早，江途和乔琳闻讯赶来医院探望，和他们一起来的还有徐知岁的两个亲舅舅。

人是江途通知的，徐知岁见到他们时面色并不好看，但情况危急，万一周韵有个三长两短，作为她的亲兄弟总是要来见最后一面的。

两个舅舅去病房里探望了周韵，短暂停留之后，两人将注意力转移到了病房里另外一个仪表不凡的男人身上。大舅舅的眼睛在祁燃身上反复打量，皱眉问："岁岁，这位是你朋友吧？怎么不给舅舅介绍介绍？"

徐知岁淡淡一笑，并不想回答。

祁燃却并不清楚她与两个舅舅之间的隔阂，只以为是她心中还未真正接受自己，眼神不由得失落。很快他又笑了起来，主动与两个舅舅握手："舅舅好，我是岁岁的高中同学，我叫祁燃。"

大舅舅眼尖地捕捉到了他手腕上那块价值不菲的表，皱着的眉头立刻舒展，殷勤地与之握手，而后的聊天里，又是打听他的工作，又是打听他家里的背景。

乔琳将徐知岁拉到一边，偷偷问："老实和我说，你们俩什么关系？"

徐知岁看了一眼病房里面，吞吞吐吐不知该作何回答："我现在也不知道，我和他到底算是什么关系。"

乔琳是过来人，这么一听心里也明白了一二。她握住徐知岁的手说："原先我还一直担心，你妈妈之前和我说，你还惦记着上学时候的那些事，我也挺后悔的，或许当时应该劝你不要那么执着……不过现在好了，现在看见你身边有人陪着我也就放心了，人这一辈子，未必要在一棵树上吊死，有些事该放就得放下了。"

徐知岁低头浅笑道："可是如果我说，他就是那棵让我吊了很多年的树呢？"

"啊？"乔琳回头看了看那边，许久才反应过来，恍然大悟地说，"兜兜转转这么多年，还能走到一起，月老可真是偏爱你们两个。"

徐知岁垂眸不语。

祁燃把手上的工作都推了，几乎二十四小时守在徐知岁身边，为数不多需要他亲自过目的数据和文件，也都选择休息的时间在医院完成。

后来几天，周韵生命体征渐渐恢复，医生过来查房的时候说她平安度过了危险期，却不知道为什么，迟迟没有醒过来的迹象。直到某天下午，徐知岁因为太累而趴在病床边睡着了，迷迷糊糊间感觉到有一双手在轻柔地抚摸着她的头发。

睁开眼，周韵正眼含热泪地望着她。

"妈，你醒了？"

徐知岁惊喜，作势就要起身去叫医生来检查。

周韵拉住了她，有气无力地说："别走岁岁，让妈妈好好看看你。"她的声音极轻，带着大病初愈后的沙哑和虚弱。

徐知岁坐了回去，握住她的手关切地问："你现在觉得怎么样？有没有哪里不舒服？"

周韵摇头："岁岁，我见到你爸爸了。他像年轻的时候一样，戴着副眼睛，斯斯文文的，笑容明净，而我却老了，在他面前只剩下一身沧桑和疲惫。我让他带我走，他不肯。他怪我了，他说我没有照顾好我们的女儿，更不能孤零零地把你一个人丢在这个世上。他让我留下，他说要我替他把把关，不能让别的男人欺负他的宝贝女儿。他要我替他见证你的幸福美满，要我看着你出嫁，要替他抱抱他的小外孙……岁岁，妈妈对不起你，这些年让你受苦了，以后咱们母女俩好好过。"

徐知岁握起妈妈的手贴在脸颊上，用力地点点头："只要你在我身边，我就一点都不觉得苦。"

医生来病房给周韵做了一套详细的检查，最后确定她已脱离生命危险，但安眠药中毒对身体各个器官的伤害是非常大的，以她目前的情况，还需好好休养几天。

周韵刚刚苏醒，身体尚且虚弱，护士给她换了药，她很快又睡了过去。

徐知岁一直守在周韵身边，等她呼吸变得匀称悠长，这才替她掖了掖被子，退出了病房。

祁燃在门口等待多时，见人出来，走了过去，关切道："阿姨怎么样了？"

徐知岁关上门，长舒一口气："应该没事了，就是接下来得好好调养。"

"那就好。"祁燃点头，目光落在她略显疲惫的脸上，"你还好吗？是不是累了？"

徐知岁揉了揉酸痛的脖子："嗯，大概是这几天胃口不好吧。"

她脸色不太好，说话也有气无力的，祁燃皱眉，抬起手掌抵在她的额头，只觉得指尖触到的肌肤一片冰凉。

徐知岁往后缩了缩，躲开他想要继续试探的手："那个，我饿了，我们出去吃点东西吧，食堂的饭菜太清汤寡水了。"

"好。"

祁燃收回手，转身去衣架上给她拿了外套，轻轻一抖披在她身上，又紧了紧衣襟说："外面冷，别感冒。"

"嗯。"徐知岁穿好外套，只露出一张巴掌大的小脸，"走吧。"

正值医院的交接班时间，护士站聚满了开会的医护人员。有几位是经常来为周韵换药的护士，一来二去，徐知岁和她们渐渐熟了，正想抬手打个招呼，眼前突然一阵眩晕。

她停下脚步缓了缓，只觉得双腿发软，人影模糊，头顶的白灯和地板仿佛交换了位置。天旋地转间，徐知岁抓紧了旁边人的衣袖，呢喃："祁燃……"紧接着眼前一黑，闷头倒了下去。

在完全失去意识之前，她感觉到自己跌入了一个温暖的怀抱，有一双手稳稳地将她抱了起来。

她艰难地睁了下眼睛，只看见男人泛青的胡楂和轮廓分明的下颌，她靠在他肩上只觉得无比安心，卸下所有防备，彻底睡了过去。

护士站乱成一团。

徐知岁发现自己惊醒在高中的教室，一睁眼，桌上摆满了山一样高的试卷，班主任孙学文在讲台上喋喋不休，说放学前必须把全部试卷做完。

她吓坏了，惊坐起身到处找笔。慌乱间，有人将钢笔递到了她眼前，她抬起眼，白衫少年对她微微一笑。

　　祁燃还是记忆中的样子，意气风发，永远戴着耳机低头不语，周围的一切像是与他无关。徐知岁困惑地看着他："祁燃，你为什么要失约？"

　　他说："我要出国了，你愿意等我吗？"

　　徐知岁重重点头，"我愿意"三个字脱口而出。

　　祁燃朝她笑："可是这样你会很辛苦。"

　　她牵起唇角，漂亮的小梨涡在唇边绽开："连等的机会都不给我才是辛苦。"

　　画面一转，她来到高考考场，监考老师说还有最后的三十分钟，可她的试卷一片空白，怎么写也写不完。

　　最后考试铃声响起，她被监考老师抽走了试卷，走出考场的时候整个人蔫嗒嗒的。

　　一出校门，周韵和徐建明在人群中朝她挥手，徐知岁跑过去抱住爸爸，闷在他怀里崩溃大哭："爸，我可能考砸了！"

　　徐建明拍着她的肩膀安慰："没关系，考得好与不好，你都是爸爸妈妈的宝贝女儿。即使有一天，我们不在了，对你的爱也永远不会变。"

　　……

　　徐知岁做了一个很长很长的梦，梦里的她还是那个明媚爱笑的小女孩，积极乐观，没有烦恼，更不必被现实压着被迫成长。

　　意识一点一滴地回笼，徐知岁感觉自己的眼角湿润，有人替她掖了掖被子，冰凉而略带薄茧的手指温柔抚摸过她的脸颊，替她抚平眉间的褶皱。

　　她缓慢地睁开了眼睛，头顶的灯光亮得刺眼，她下意识地想用手遮挡，刚抬起却发现手背上扎着点滴。

　　"醒了？"祁燃探身过来查看她的情况。

　　"我怎么了？"徐知岁眯了眯眼睛，艰难地适应着光线，一开口发现自己的嗓子干哑得厉害。

　　祁燃扶她起来靠坐在床头："你晕倒了，医生说是太过劳累导致的。"

　　她这段时间日夜守在周韵床前，一直没怎么休息好，吃饭也没胃口，脑子里时刻有根筋紧绷着。如今周韵醒了，她整个人就松了下来。好在并无大碍，医生说好好休息就没事了。

　　徐知岁点点头，蜷起膝盖，抱住自己，神色呆滞。

　　祁燃摸了摸她的额头："现在感觉怎么样？是不是哪里不舒服？我帮你叫医生来。"

　　"不用了。"徐知岁叫住他，深吸了一口气说，"我只是……梦见我爸爸了。"

祁燃揉揉她的头发安慰："能梦见是好事，说明他在那边也想着你。"

"真的吗？"徐知岁有种豁然开朗的感觉。

祁燃默默倒了一杯温水给她润喉："要不要吃点东西？我买了青菜粥。"

徐知岁想说不用了，可肚子传来的"咕咕"响声出卖了她。

祁燃失笑，从茶几上拿来餐盒，边打开边说："吃一点吧，免得饿久了胃痛。"

青菜粥的香气扑面而来，徐知岁揉揉肚子，想伸手去接，却忘了手背上还插着的针管，猛地一动，碰到针头，疼得倒吸了一口凉气。

"别乱动，我来吧。"祁燃走到床边，用勺子在碗里轻轻搅动，舀出一勺，怕烫着她，又吹了吹才递到她嘴边，"张嘴。"

不知道是不是因为身体虚弱，徐知岁默许了他如此亲密的举动，真的就乖乖张开了嘴巴，他喂一口，她吃一口。

徐知岁定定看着眼前的男人，梦里的画面如慢镜头在脑海中回放，她心里惦记着春节之前得知的那些事，吃了小半碗，便说不要了。

"祁燃，我能问你个事吗？"

"你说。"

"我十八岁生日那天，你为什么会失约？"

祁燃放下勺子。

"我明明在餐厅等你，你为什么去了我家里？"

祁燃面色如常，眼神却逐渐深邃："这件事你不问，我也是要和你解释的。"他轻叹了一口气，把餐盒搁置一边，拿出自己的皮夹，从最深处的夹层里取出一张叠得四四方方的白色纸块，两指夹着，递到她手里。

"你先看看这个。"

"这是什么？"

徐知岁狐疑地看着他。

祁燃不说话，挑了挑眉梢示意她打开看看。

徐知岁缓缓展开那张纸，开始时表情茫然，目光短暂停留之后，眼神变成了错愕和不解："这不是……你还留着？怎么可能？"

她明明亲眼看着他将纸撕掉了，那画面她记得清清楚楚，冷漠又不屑的动作至今都是烙在她心中无法抹灭的一道疤。

祁燃垂眸苦笑："说出来你也许不相信，我直到不久前才得知，你曾经给我留过这样的字条。因为某些原因，当初我看到的字条并非这张，而那天下午，我不是有意失约，抱歉。"

"所以……你不是不去，而是根本不知道？"

"是。其实那天我是想找你好好告个别的，我给你打过很多个电话，可你手机关机了。"

徐知岁迫不及待地解释："不是关机，是手机在放假之前就摔坏了。"

她想起自己也曾借了餐厅的电话联系他，得到的回复始终是通话中，或许那个时候他正在给自己打电话。

祁燃点点头："当时我等不及就去了你家，给我开门的是你父亲，我请求他帮忙转告我来找过你，并且给我回个电话。但中途不知道出了什么差池，我等了一晚上也没有你的消息。"

"当时我爸妈吵架了，我回家之后，他们都忘了和我提这件事。第二天，我爸就出事了……"

徐知岁木然地靠在床头，眼里全是不可置信。她曾经那么笃定的事实，几乎因此而恨了他十年，到头来却是一场天大的误会。而这个误会，导致他们整整错过了十年。

这个认知让她感到无奈而悲哀。

徐知岁紧紧抱住自己的膝盖，身体控制不住地颤抖。过了会儿，她说："能不能告诉我，当初那张字条是谁动的手脚？"

祁燃垂眸不语。他并不想让徐知岁知道裴子熠在这整件事中发挥着怎样的作用，朋友的背叛或许于她而言伤害更深。可他不知道，徐知岁心里早已有了一个答案，他沉默的态度更是坐实了她的猜想。

她冷笑出声："果然是他……"

祁燃握住她的手："岁岁，我们是错过了十年，但未来很长，我们有很多时间去弥补遗憾。"

徐知岁将脸满进膝盖里，用了很大的力气才克制住了自己的眼泪，在极度的愤怒与懊悔下，嘴唇被她咬出了血。

良久，她颤抖着声音道："祁燃，我现在心里很乱，你能不能先出去一下，我想一个人静一静。"

祁燃犹豫一会儿，站起身说："好，我去看看阿姨。"

直到他关门离开，脚步声消失在走廊尽头，徐知岁才缓缓坐直了身体。

她不明白命运为何要如此捉弄她，所有人都打着爱她的名义，却做着伤害她的事。她爸爸怕她过穷日子，一个人背负了那么多，最后却换来一个家破人亡的结局。可他从来不知道，对她来说只要一家人在一起，什么都不算苦。

而祁燃呢，自认为放手才是为她好，却不问她是否心甘情愿。

他们错过了十年，重新开始真的还来得及吗？

许久之后，她重新拿起那张泛黄的字条。她的字迹在岁月的消磨下变得浅淡，可每一个字，每一句话，早已刻在了心里。

而此刻，在她写的那段话下面，多了两行她熟悉的笔迹——

很抱歉错过了你的十八岁生日，如果你愿意，未央二十八岁，三十八岁，八十八岁，你的每一个生日，我都会在你身边。

眼泪潸然落下。

第十三章
恋爱进行时 //////

徐知岁哭累了，昏昏沉沉睡了过去，再醒来时已是第二天清晨。手机里有祁燃给她的留言，说公司有急事，今天必须回去处理了，晚些时候再来看她，让她好好休息。

徐知岁回复说好，洗漱过后去食堂给周韵买了早饭。

周韵醒来后得知她昏倒的消息，说什么也不肯她留在医院照顾了，硬是要她回家好好休息，医院里有护工有护士，不用她操心。

徐知岁拗不过周韵，细细交代了护工注意事宜，又再三拜托护士多加照顾，这才不紧不慢地离开了医院。

许多天不住家里，冰箱里已经没了可用的食材，回家前徐知岁去了趟超市，买了些生活用品。

到家后时间尚早，她打扫了一会儿屋子，坐在书房想把新论文的框架给定了，在电脑前坐了整整一个下午却一个字也没写出来。

天色完全黑下去的时候，楼下传来跑车的轰鸣，徐知岁心底冒出一个直觉，她本能地跑到窗边张望，果然看见了那辆蓝黑色布加迪。

车子找了个露天车位停下，车主却没急着下车，过了会儿，徐知岁的手机响了。

祁燃打来电话。

"喂。"她按下接听，靠在窗边俯视车顶，明知道他不会看见，却偷偷地往窗帘后面躲了几步。

"喂，你好些了吗？"祁燃的声音听上去有些疲惫，徐知岁可以想象他靠在座椅里，习惯性揉捏眉心的动作。

她闷闷地回："嗯，好多了。你忙完了？"

"算是吧。今天去了一趟分公司，开了五个小时的车，本来打算直接去医院，但不想风尘仆仆地去见你，就先回了趟家。"

徐知岁手指揪着窗帘，眼里泛起涟漪，语气还是淡淡的："其实你不用这么着急赶回来，我这边没事的。"

"可我放心不下你。"祁燃声音涩涩的，"你等我一下，我收拾一下很快过来。"

徐知岁连忙说："其实我不在医院，我已经回家了。"

祁燃摇下车窗，看了眼她的窗户："那我过来找你。"

徐知岁低头看了眼自己身上的睡衣："不用了，我已经准备睡了。"

电话那头的人沉默了，徐知岁听到他似乎叹了一声，随后说："好吧，那晚安。"

"晚安。"

挂了电话之后，徐知岁躺回了自己的小床。

关了灯的房间陷入一片漆黑，她尝试让自己入睡，可一闭上眼睛，脑海里就浮现出周韵被送进急救室的画面。

她突然害怕这样一个人待着，连外套都没穿，就起身出了门。

祁燃在浴室里冲水，隐约间听见外头有门铃的声响。

关了花洒仔细一听，那声音越发清晰了。

他奇怪这么晚了会有谁来找他，随意扯了条毛巾擦了擦身上，套上松垮垮的浴袍走了出去。

透过可视门铃，看见徐知岁孤零零站在门口，她身上只穿了一件单薄的睡衣，长发散在肩上。凉风从走道窗户吹进来，她冻得打了个寒噤，抱紧自己，整个人显得弱小无依，可依旧乖乖等待着里面的人给她开门。

祁燃立刻转动了门把手，握住她的手腕将她牵了进来，还没等人站稳就斥责道："你到底懂不懂照顾自己，刚刚生完一场病，零下十几摄氏度的天气怎么这样就出门？"

他一把扯过搭在悬挂处的外套，不由分说地将她整个人罩了进去。

徐知岁拢了拢衣襟，抬头看他，本就白皙的肌肤此刻呈现一种病态的苍白，一双眼睛却是湿漉漉，眼底有氤氲的雾气。

"我睡不着，今晚能留在你这里吗？"

祁燃盯着她的表情，听见自己喉结上下滚动的声音。他舒了口气，弯下腰轻声问："你能不能先告诉我发生什么事了？"

徐知岁摇头，说："没有，我只是不想一个人待在那个屋子里，如果你不愿意，那我现在就走。"

"胡说什么。"祁燃拉住了她，"我这里只要你想，随时可以来。不过一会儿我有一场越洋会议要开，暂时没办法陪你。"

徐知岁指了指客厅里的那张大沙发："没关系，我就在那里，你当我不存在就好。"

祁燃摇头失笑，蹲下身帮她换鞋。

她出来得太匆忙，连袜子也忘了穿，脚踝冻得通红，祁燃看得皱起了眉，却不忍心再责怪，只能在她进门后，默默调高了家里的温度，又去房间给她拿了床毛毯。

徐知岁任由他把自己裹成了个粽子，一双圆圆的眼睛始终紧紧盯着他的薄唇。他发梢还淌着水，低下头的时候，湿漉漉的发丝滑过她的脸颊，隐约能闻到清淡的薄荷香气，那种感觉又凉又痒。

她艰难地探出一只手，指尖轻轻抚过他的湿发："你要不要先去把头发吹干，这样也会感冒的。"

祁燃在她突然的动作下深深抽了口气，压抑地应了一声："嗯，马上。"

电话会议快开始的时候，祁燃去浴室吹干了头发，换了件稍显正式的衬衫。打开电脑前，他给坐在沙发上的徐知岁打开了投影仪，将遥控器递到她手里："你要是无聊就先看会儿电视，我忙完就过来。"

"不会打扰到你吗？"徐知岁仰着小脸看他。

祁燃挑眉："你说呢？"

徐知岁当然不知道，当她出现的那一刻，这场电话会议他注定心不在焉。祁燃的书房正对着客厅，敞开门就能看见她窝在沙发上的身影，小小的，仿佛一只撒娇的猫。

视频里各地区负责人轮流做着项目汇报，祁燃认真听着，不时抬头看几眼外面，她折腾了好一会儿电视，最后选定了一部国外的爱情电影。

他微不可察地牵了下唇，转笔的动作变得轻快而愉悦。

他再次抬头时，发现徐知岁不知何时来到书房前，半倚着门框侧头打量他。祁燃关了自己的话筒，下意识问："怎么了？"

徐知岁牵起唇，笑容里仿佛藏着钩子："没，就是觉得你的英语说得很好听。"

他读书的时候口语就很不错，在外国练了几年更加熟稔，纯正的美式发音配上他低磁的嗓音，很难不让人沉醉。

祁燃笑："我能理解为，这是你对我的夸奖吗？"

"当然。"徐知岁耸耸肩，视线在屋子里转了圈，"保时捷呢？怎么没看见它？"

"先前出差不方便照顾它，春节期间把它送回祁柚家了。"

"哦。"徐知岁若有所思地点点头，拿出一直藏在身后的一瓶红酒，"我在你柜子里发现了这个，我能喝点吗？"

祁燃眉头蹙了一下："你想喝酒？"

"听说能促进睡眠。"

祁燃盯着她看了几秒，见她目光恳切又坦然，最终还是松了口："好吧，但不能喝多。"

"好。"

徐知岁回了厨房，从柜子里找出了一个高脚酒杯，给自己倒了小半杯，一边抿酒一边看着电影。其间或许是觉得热，她脱掉了祁燃罩在她身上的外套，只穿了件单薄的睡衣靠在沙发上。

爱情电影播到高潮片段，投影画面闪过男女主角激情的画面，祁燃觉得自己喉咙发紧，再交代工作时，嗓音喑哑，语速明显变快了。

电话会议结束已经是一个半小时之后的事，祁燃匆匆关掉电脑，走出书房发现徐知岁已经不在原来的位置，心中不免一慌。走近了才看见她直接坐在了茶几边的地毯上，旁边的红酒瓶空了一大半。

见他过来，她默默往旁边挪了个位置："开完会了？"

"嗯，刚结束。"

祁燃坐到她身边。他身材本就高大，两边还有沙发和茶几挡着，和她坐在这狭小空间显得稍许拥挤，胳膊肩膀紧贴着她，彼此都能清晰听到对方的心跳。

徐知岁微微动了动，拿来先前准备好的空酒杯，给他倒了一点红酒："你也来一点吧。"

祁燃没有反对，接过酒杯抿了一口，却见她仰起头，将自己杯里的红酒一饮而尽。

祁燃皱眉，握住她试图继续倒酒的手："喝这么多酒干什么？"

徐知岁轻声呢喃："不是说酒能壮胆吗？"

"什么意思？"

徐知岁不说话，眼睛愣愣地盯着投影屏幕，若有所思。

不多久，爱情电影迎来它的结局，历经磨难的男女主角终于在阔别多年后重逢，两人的眼里除了对彼此的爱意还有遗憾和沧桑。但此时男主角身边早已有了别人，女主角为了他终身未嫁，最后只能看着自己心爱的人挽起别的女人的手。

徐知岁不知道在想什么，低头晃动酒杯，说："其实你刚出院那会儿，祁叔叔来找过我。"

"我爸？"祁燃目露意外，"他和你说了些什么？"

徐知岁眼尾微扬："你觉得他和我说了些什么？"

祁燃咽了下口水，呼吸不由得紊乱了："他是不是和你说了一些有的没的？"

徐知岁玩笑道："是啊，他跟我说，他给你介绍了好多好多朋友家的女儿，希望你早点成家。"

祁燃着急了："你别听他乱说，他是乱点鸳鸯谱，可我没答应。"

徐知岁看着他笑："你紧张什么？我逗你的。"

"……"祁燃面色微松，唇角却依然紧绷，一言不发地抿了口酒。

徐知岁说："其实他很认真地找我谈了跟你之间的问题，让我要么成全你，要么放你走。"

祁燃舔了下干涩的嘴唇，对上她清明的眼睛："那你选择什么？"

"那你先回答我一个问题。这些年，你就没想过和别人在一起吗？别以为我不知道，你身边从不缺优秀的女人。"

祁燃放下手里的杯子，沉默了一会儿，说："说从未动摇过，显得太虚伪。但这动摇，并非因为我对别人动了心，而是源于对自己的怀疑。我有时候会想，你是不是真的想要忘了我，才会一直躲着我。也怕我来得太迟，就算有一天真的找到你，你身边也早已有了另一半。可每当我动摇的时候，我就告诉自己，再等一天吧，或许明天你就突然出现了……然后，一个接着一个的明天，想要找到你的执念就越来越深。好在命运眷顾，兜兜转转，我还是把你找回来了……"

话还没说完，祁燃感觉一个略带酒气的吻落到了他唇上。

徐知岁勾住他的脖子，用自己的唇去贴他的，动作青涩而颤抖，热热的气息全然喷洒在他的耳侧。

短暂一吻，很快撤离，祁燃手疾眼快地捉住她的手腕，两人之间的距离再次拉近，鼻息相抵。他喉结滚了滚，呼吸着她的呼吸："这就是你的答案吗？"

徐知岁揪着他的衣领，在他怀里轻轻颤抖，湿润睫羽划过他的脸颊。

"祁燃，你还要不要我？"

"求之不得。"

祁燃扣住她的后脑，吻铺天盖地落下。

客厅没有开灯，只有幽暗的投影微光将二人笼罩。祁燃的亲吻方式直接而热烈，含住她的嘴唇，辗转吮吸，动作轻柔，力道却重，比上一次的强吻多了几分缠绵的情意。

他的唇有淡淡的酒香，炽热的呼吸缠着她，徐知岁毫无经验，只能仰着脖子被动承受。她甚至忘了闭上眼睛，连呼吸也屏住了，就这么一路看着他深邃的眉眼，高挺的鼻梁，滚动的喉结……

这一刻，她忽然觉得自己终究是幸运的。

这世上有多少人爱而不得，又有多少人生来就没爱的能力，而她依然能在历经千帆之后和自己最爱的人相拥，这是多少人求都求不来的运气，她为什么还要逃开呢？

爱他吧，像从前一样，不去顾及过去，也不畏惧将来，只管爱他就好，在每一个当下。

她在心里对自己说。

徐知岁闭上眼睛，笨拙而生疏地给他回应。

或许是察觉到了她的主动，祁燃呼吸加重，身体微微调整姿势将她压在了沙发上，搂住她的腰带向自己，密不可分地紧紧相贴。

徐知岁从来不知道自己的皮肤可以这样敏感，在感受到他手掌落下的那一刻，身体轻轻颤抖，情不自禁地发出一声可疑的呜咽。

然后她感觉到祁燃的身体明显紧了一下，就在她嘴唇微微张开的瞬间，他的舌尖灵活闯入，勾住她怯生生的舌头，一点一点地缠绕。

起初，怕吓着她，他吻得细腻绵长，后来呼吸渐粗，眉眼染上了浓郁的情意，俨然一副动情的模样。吻继而变得强势肆意，恨不得将这些年对她的想念全都发泄出来。

徐知岁被吻得节节败退，呼吸都被掠夺了，毫不怀疑如果再放任他这样下去，两人还未有别的进展，她就要因为喘不上气而窒息在他怀里了。

"祁燃，"她挣扎着用双手敲打他的胸膛，"我喘不上气了……"

祁燃深深吸了一口气，舌尖再次卷撩她，依依不舍地离开了她的唇。他双手捧着她的脸，声音气咻咻的："抱歉，吓着你了？"

徐知岁别开脸，将头埋在他肩上，大口大口地喘气。

虽说这不是第一次与他唇唇相贴，但关于上一次的记忆，更多的是他进攻，她防守，除了他唇上滚烫的温度和湿濡的柔软，她并无太多感受。

而这次，他吻得缠绵悱恻，带着满满的爱意，时而温柔，时而霸道，相比之下，她就显得太过生涩，完全被他占领上风。

祁燃握住她的手，在她手背印上浅浅一吻，嗓音喑哑地说："岁岁，答应我了就不能再后悔，以后不管如何艰辛，就算你厌我、烦我，我都不会再放开你了。"

徐知岁仰起脸，红艳的唇瓣还带着勾人的水光，眼神却是清澈。她弯了弯唇角，勾住他的脖子微微起身，仰头吻上了他深邃的喉结，声音变得含糊。

"嗯，不后悔。"

祁燃身子明显一绷，而后她听到一道深深的抽气声，男人捏住她的下巴，吻再次落下。

徐知岁从来不知道，原来接吻也是个体力活，那个绵长的吻结束之后，她身体发软，脑袋也处于极度缺氧的状态，只能昏昏沉沉地靠在祁燃怀里，将自己全部的重量交给他。

祁燃将她整个人抱起来，他坐在沙发上，而她整个人被他圈在怀里直接坐在了他腿上。

这一晚，徐知岁靠他胸口说了很多话。

说他出国那天她追去了机场，回来后看见爸爸倒在血泊里；说妈妈生病后，她的无助和绝望；说在复读班那段暗无天日的日子；说湘市的美景和大学的孤独；说万念俱灰时遇见了欣赏她的伯乐和指引她走出困境的人生导师……

那些她从前只能一个人默默在深夜舔舐的伤口，如今终于有人听她倾诉，分担她的痛，也抚平她的伤。

紧紧依偎的时候，时间仿佛静止了。徐知岁回过神来，墙上的钟表已经指向了凌晨三点。她在祁燃怀里直起身子，借着外头微凉的月光看见了他眼中有了红血丝。

"是不是困了？你今天，不，昨天去了分公司应该很累吧？"

祁燃淡笑："没关系，大不了明天的工作往后推一推。"

徐知岁靠在他肩上，声音龘龘的："可是我有点困了，明天我还得去医院看我妈。"

"嗯……"祁燃沉吟，"那休息吗？"

"嗯。"

祁燃环住她的肩膀，手从她腿窝下穿过，直接将她横抱去了卧室，放在床上后又返回客厅替她拿拖鞋。

徐知岁趁这时间打量了几眼他的卧室，干净宽敞，就是整体的蓝白色调显得特别清冷。她想到什么，翻身爬到床头，果然从枕头底下摸出了一张泛黄的小学毕业照。

"你竟然还留着。"

祁燃去而复返，就看见她手里扬着照片，眼角弯弯，笑容莫名暧昧。他抵唇嘘咳了一声："你从哪儿找到的？"

"你的枕头底下，祁叔叔说你一直小心收着这张毕业照，谁碰和谁急。"徐知岁笑意狡黠，"你该不会是从小学就开始暗恋我了吧？是不是觉得我特别漂亮？"

"你想听实话吗？"

徐知岁抬了抬下巴："你说。"

"刚转学过来的时候，我一度以为你是个男生，印象中你是到初中之后才慢慢开始变漂亮的。"

"祁燃！"徐知岁娇嗔，作势拿脚踢他，趾尖刚刚蹭到他的裤腿，就被他一把捉住了脚踝，指腹轻轻摩挲。

"脚怎么这么冷，快躲被子里去。"

祁燃掀开被子裹住她，伸手揉了下她毛茸茸的脑袋："你今晚就睡这里吧。"

徐知岁眨了眨眼睛："你呢？"

"我去睡客卧，或者沙发。"他这里房间倒是多，可真正能睡的只有主卧一间，其他房间不是空着还没来得及整理，就是只有一个空荡荡的床垫。

徐知岁迟疑了一下："那会不会冷？"

"不好说。"祁燃走到橱柜边，打开门，望着柜子有些无从下手。

他才搬来这里不久，平时也没有客人，许多生活用品来不及准备，如果他没有记错，冬天的棉被尚且只有他床上那一套。

果然，在橱柜里翻找半天，除了他平时换洗的棉袄和西装，只找到了一条薄薄的毛毯。虽说房间里有暖气，但毕竟是冬天，毛毯的厚度远远不足以保暖，明天一早保准感冒。

祁燃若无其事地笑笑："没事，我身体好，扛得住。"

徐知岁有些不忍心，哪里有她来就将他赶走的道理，咬着下唇深吸了一口气，不自在地哼哼："要不……那你也睡这里吧。"

祁燃眸色暗了下来，眼角微勾，深深地注视着她。

"你要是觉得没必要就当我没说。"

徐知岁被他看得心里发虚，脸颊蓦地红了，掀开被子，将自己连头带脚地埋了进去。刚才那句话一出口，她立马就后悔了，他们才刚刚确定关系，她这样会不会显得太过轻浮？

明明是担心他感冒，可那句话从她口里说出来，怎么听都像是进一步的邀请……

他会不会误会她的意思了？可她什么都不想做啊，真的都没想！她对他的感情明明很纯洁！

呃，好吧，仔细想想，大概也许可能也没有太纯洁……

徐知岁陷入莫名的羞耻感中无法自拔，等了一会儿，都没听到床边的人有反应。不知道过了多久，等到她的心里都没了底，房间里才又一次响起了脚步声，接着便感觉到身旁的床垫微微下陷，有人掀开被子躺了进来。

徐知岁呼吸一滞，默默往旁边挪了一个身位。好在他的床和被子都足够宽敞，两人躺在里头，只要不乱动，几乎触碰不到。

可男人的体温远比女人来得滚烫，祁燃躺下没多久，被子里就出奇地热，徐知岁毫不怀疑自己再不出去喘口气，迟早要憋死在里头。

正琢磨如何转身才显得自然，黑暗中一只大掌搂住了她的腰，将她整个人从被子里捞了出来，又往怀里带了带。

"别闷着睡，这样不好。"

"哦。"徐知岁应了一声，转过身去背对着他。

祁燃再次将她搂进怀里，前胸贴着她的后背，头埋在她的颈窝，严丝合缝的，像两只紧紧依偎的汤勺。

他的呼吸烫得出奇，一阵一阵地灼烧着徐知岁颈部的皮肤，她感觉自己心跳快得要蹦出来，就算闭上眼睛不去想，呼吸间也都是他的味道。可祁燃只是这样抱着她，没有再进一步的动作，她紧紧闭上眼睛，说不上自己是失落还是松了口气。

"我困了，先睡了。"

"好，晚安。"祁燃吻了吻她的发丝。

黑暗中，徐知岁保持着被他抱着的姿势不敢动，她尝试不去想身边的人，也尝试数羊入睡，意识却不听话，她觉得自己越来越清醒，甚至是前所未有的亢奋。一闭上眼睛，脑海里全是被他吻着的画面，她知道他在克制，而她……

她不确定自己有没有做好准备，这样的发展会不会太快？

长时间的紧张，导致她浑身每一个细胞都紧绷着，许久之后，她觉得自己半边身子都麻了，轻手轻脚地换了一个姿势，正面对着他。

祁燃仿佛睡着了，呼吸变得悠长平缓。她的眼睛早已适应了黑暗，借着清冷的月色隐约能看见他深邃的轮廓。

喜欢的人睡在自己身侧，这种事情她从前想也不敢想。鬼使神差地，她伸出了手，指尖轻轻点在他的眉心，顺着他高挺的鼻梁一点一点描摹，最后停在了他微凉的薄唇。

大概是因为祁燃睡着了，她的胆子比刚才大了些，盯着他的唇看了一会儿，情不自禁地起身，吻上他的唇角。

本来只想蜻蜓点水地吻一下，可她不知哪里来的勇气，舌尖在他唇上轻轻舔了一下。

正准备抽身，眼前的男人蓦地睁开眼睛，随后翻身将她压在身下。

"啊……"徐知岁惊呼出声。

祁燃对上她的眼睛，喉结再次滚了滚，理智被推到了悬崖边缘，摇摇欲坠。

"岁岁，我是个男人，成年男人，经不起你这样的撩拨。"

"所以呢？"徐知岁愣愣地看着他。

"所以你这样，我会克制不住。"祁燃压低身子，再次吻上她的唇，眼中情欲毫不掩饰。

徐知岁脑袋蒙了一瞬，再反应过来时，他的舌尖已经探了进来。不同于之前的浅尝即止，带着不容质疑的力道，掠夺她的呼吸，吞噬她的所有。她能感觉到他这次的动作多了些别的意味，迫切的渴望，强烈的占有，仿佛下一秒就要将她拆骨入腹。

甚至，还有他紧紧贴上来时，身体的变化……

"嗯……"徐知岁呜咽了一声，下意识闭上眼睛，往后缩，祁燃勾住她的后脑，不给她半点瑟缩的余地。他的唇辗转往下，游移在她耳垂、脖颈和锁骨之间，轻轻地吮咬，每一下都带出一点点泛红的痕迹。

呼吸和心跳的声音都被无限放大，他重重的喘息声就在耳边，气息滚烫，灼烧她的皮肤。唇瓣落下的地方，触感湿漉漉的，又酥又痒，仿佛电流滑过全身。

这种感觉太过陌生，徐知岁陷入极度的不安，空虚感将她包裹，她紧张地揪住一旁的床单，脚趾都蜷在了一起。

祁燃沉醉地吻着她，手在本能的驱使下有了更加大胆的动作，当察觉到他的掌心来到她最承受不住的地方，徐知岁的不安感攀到了最高，死死咬着下唇，整个人克制而压抑地颤抖。

"祁燃……"她下意识哼了声，嗓音染上了似有若无的哭腔，双手松开被单，抵上了他的肩膀，像是求饶，像是撒娇。

祁燃睁开眼睛，情意迷乱地看着她："害怕吗？"

徐知岁诚实地点点头，身体不受控制地轻轻颤抖："有点。"

祁燃深深地吸了一口气，终于从沉沉的欲念回过神来，抚平了被他暴力卷上去的睡衣下摆，闭上眼，埋在她的颈窝里平复了一下呼吸，生生将那强烈的念头摁了下去。

空气中还弥漫着旖旎而暧昧的气息，徐知岁想动，又不敢动，咬着唇，脸红得快要滴出血来。她也不知道自己是怎么了，明明大家都是成年人，虽然未经人事，但也不曾摒弃七情六欲，并非全然没有渴望的。

她只是……

她只是……

好吧，她承认她就是怂。

255/

莫非是先前的酒喝少了，怎么没有壮胆的作用？

祁燃平静了一会儿，翻过身，将尚且还处于懊恼状态的徐知岁捞入怀里，下巴抵着她的额头，温柔道："看来是我太着急吓到你了，有些事还是要循序渐进才好。"

"其实我，我……"徐知岁语无伦次，自己都不知道自己想表达什么了，她是说不出太过露骨的话的，但如果再来一次，她未必会是刚才那样的反应。

可祁燃只是捉住她的手摁在胸膛，蜻蜓点水般地吻了吻她的额头："乖，这次真的睡觉了。"

一夜无梦。

徐知岁不记得自己有多久没睡过这么安稳的觉了，通常没有安眠药的辅助她很难入眠，更何况她还严重认床。春节回南湖的那几天，如果不吃安眠药，她就彻夜难眠，眼睁睁望着外头的天色从一片漆黑到旭日东升。

心理学上说这是缺乏安全感的表现，难得的是，她竟然在祁燃的床上，度过了这些年来睡眠最好的一晚。

醒来时，外面天色大亮，身边的枕头已经空了，房间外隐隐飘来一阵饭香。徐知岁起了身，看见半开放式的厨房里祁燃正在灶台边忙碌。

想来是起床后冲了澡，发梢还在滴水，身上披了件松垮垮的浴袍，深V的领口随意敞开，衣袖往上挽了挽，露出一小截线条流畅的小臂。听见她开门的动静，他抬眸看过来："醒了？怎么不多睡会儿？"

徐知岁摇头，指了指墙上的挂钟："都快十一点了，一会儿还要去医院看我妈。你在做什么？好香。"

厨房很干净，没有令人讨厌的油烟味，流理台光洁如新，调味品像是刚刚拆封。祁燃关小了水龙头，将洗好的食材搁到砧板上："我平时不常开火，冰箱里可用的食材不多，就随便煮个面条。"顿了下，又抬头询问她的意见，"你觉得可以吗？"

"当然可以。"厨房不是徐知岁擅长的阵地，但游手好闲地等待被投喂心里又有点过意不去。她拢起长发随意在脑后绾了个鬏，颇有要发挥一场的气势，半举着手站在旁边，"有什么需要我帮忙的吗？"

祁燃联想到了她曾经送来的鸡汤，无声笑笑："不用了，你先去洗漱吧，浴室里有新的洗漱用品，你可以用，至于衣服……"他停下了手上的动作，眼神在她的白色睡衣上流连，像是在思考，"好像没有你穿的，如果有必要你可以先穿我的。"

"不用了，我可以一会儿下去换。"徐知岁想起他那满柜子的白衬衫，脑海里立刻闪过电影里女主角穿男主角衬衫的旖旎画面，哪里好意思答应，低低回了一句，扭头钻进浴室。

"也行，不过以后我这里也要备上几套你的衣服了。"

祁燃的声音从外面传来，徐知岁挤好牙膏探出半个脑袋："为什么？我自己又不是没地方住。"

祁燃看着她笑："因为我这里，会是你的第二个家。"

徐知岁感觉到自己的心在疯狂叫嚣，仿佛下一刻就要从身体里蹦出来。

许是他刚刚洗过澡的缘故，浴室里还弥漫着水汽，空气中有淡淡的浴液香气，像他身上的味道。她伸手拭去镜子上的雾气，看着里面素面朝天的自己，嘴角扬起了久违的舒心笑容。

时隔多年，她终于和自己爱的男人在一起，那种心动的感觉又回来了，她觉得自己身体里仿佛有什么东西在一点一滴活过来。

或许从这一天开始，她的人生终于有了不一样的意义。

在浴室里磨蹭的工夫，面条已经出锅，祁燃摆好碗筷等着她。

"很久没做饭了，不知道合不合你口味。"

徐知岁接过他递上来的筷子，浅尝了一口，仔细咀嚼后深深地叹了一口气，故弄玄虚地说："唉……看来做饭这个东西真的需要天分。"

"什么意思？"被她这么一说，祁燃还真有些紧张了，连忙拿起筷子吃了一口，可是味道好像没有什么不对。

他茫然地望向徐知岁。

徐知岁这才笑出声，搭上他的肩膀："所以，这位先生，以后做饭的事就麻烦你了。"

祁燃无奈扶额："你说话能不能别这么大喘气。"

饭后，两人合作收拾碗筷。

为了能早点去医院，徐知岁先一步下楼换衣服，祁燃换好了衣服也跟了下去。来到她家门口时，正好看见徐知岁拿出了一个绿色的小药瓶，就着水往嘴里塞了两片。

"吃什么药？"祁燃皱眉走了进去，正要伸手去拿她的药瓶。

徐知岁眼疾手快抢了回去，一股脑塞进包里，若无其事道："没什么，就是普通的维生素，我每天都会吃几片。"

祁燃仍是狐疑，想拿包查看，徐知岁却眼珠一转，推着他的胳膊往门口走："快走了，我再不过去，我妈还以为我出什么事了呢。"

祁燃便没有多问，伸手拢了拢她的外套，拿出祁柚送的围巾裹住她暴露在空气中的脖颈，虽说已经开春，但外面温度还是很低，尤其风大，凛冽刺骨直往人衣领里灌。

徐知岁看着镜子里圆滚滚、憨如熊猫的自己，面无表情地说："会不会太夸张了，我这样好像还在坐月子的产妇哦！"

"这么一说，好像……"

徐知岁隔着镜子飞来的眼刀，威胁似的瞪着他。祁燃的下半句话生生给逼了回去，捏拳抵唇，轻笑了声："多穿点，身体重要。"

周韵的身体恢复得不错，虽然还不能下床走动，但勉强能吃下一些清淡的流食了。两人来到病房时，护工正在给她削苹果吃。

听见开门声，周韵微微坐起身，目光落在徐知岁含笑娇羞的脸上，再慢慢落到她和祁燃紧紧交握的手上，眼神倏地明朗。

徐知岁还不习惯在妈妈面前与他这样亲昵，不露痕迹地把手从他掌心抽了出来，来到床前往周韵身后塞了个枕头："妈，你感觉怎么样？"

"好多了。"周韵有气无力地笑了声，眼睛却看向祁燃，"小燃啊，这些天辛苦你了。"

祁燃颔首："阿姨哪里的话，这都是我应该做的。"

知道母女俩有话要说，祁燃在简单寒暄过后退出了病房，将空间留给她们。

等门关上，周韵握住徐知岁的手，满是欣慰地说："终于还是下定决心和他在一起了？"

徐知岁垂下头，有些不好意思地"嗯"了一声。

周韵拍拍她的手背："这样我就放心了，你这孩子有时候就是爱钻牛角尖。人啊，不能总揪着过去的事情不放，不然就会像我一样，自己把自己给困住了。若不是当年出了那档子事，你们可能早就修成正果，哪里还用彼此耽误那么多年？好在现在也不算晚，祁燃是个好孩子，你们要彼此珍惜，知道吗？"

"嗯，我知道。"

徐知岁陪周韵说话的时候，祁燃去了医生办公室，打听周韵的情况。负责医治的医生说，周韵情况好多了，再观察几天应该可以出院。但以她目前的情况，就算回了家也需要好好静养。

从医院出来，祁燃将医生的话转告给了徐知岁，徐知岁听后，垂头发愁。她在病房里接到科室里打来的电话，说是排班实在安排不过来，问她家里的情况如何，什么时候能回去上班。

算起来，从春节到现在，她请假的时间已经够久，同事们能理解并帮忙已经算很仗义，如今周韵脱离了危险，她的确应该尽快回到自己的岗位。可她仍然对之前的事情感到后怕，无论如何都不敢留周韵一个人在家。

"你说要不要在家里请个保姆？"徐知岁这样琢磨着。

祁燃说："其实我建议可以换一个更好的环境给阿姨养病，有专人看护，这样你也能安心工作。"

徐知岁拧眉看他："更好的环境是指？"

祁燃笑了笑："我知道一个度假山庄，那里安静，空气好，很适合养病。如果你放心，我可以给你安排。"

"度假山庄……"徐知岁有些迟疑。她相信祁燃是有这个能力的，但一方面度假山庄的费用她未必负担得起，另一方面，他们才刚在一起，她不想在金钱方面占他的便宜。

见她面色端凝，祁燃停下脚步，转身将人搂在怀里："我知道你在担心什么，你并不比我差，只是工作性质不同，你没必要有心理负担。再说那个山庄本来就是自家产业，也就是腾个房间的事儿，没有你想的那么复杂。如果你真想要给我什么报酬的话……"

祁燃不怀好意地挑了下眉梢，低头吻住她的唇："就用这个代替好了。"

"唔……祁燃这是在外面。"

"不管。"

徐知岁没能承受住祁燃的猛烈攻势，最终答应了他的提议让周韵去度假山庄休养，但前提是护工方面的费用，必须由她来承担。

周韵出院的第二天，就在祁燃的安排下住进了位于帝都西边的郊区云华山脚下的一套湖心别墅。

徐知岁不放心，特意请了一天假送她过去。

云华山地势蜿蜒，风景得天独厚，度假山庄里的设施比想象中还要好，三层楼高的中式小别墅只有周韵一个人住，门口有保安，酒店管家随时待命，还有专门的医生和看护二十四小时照顾，周到程度远远超过徐知岁的意料。

管家帮周韵整理行李的时候，徐知岁偷偷把祁燃叫到一边，有些过意不去地说："这样会不会太麻烦了？我原先想的是找一个护工陪着就行了。"

祁燃淡笑，轻捏她的手心："有医生照顾不好吗？这样你就不用总是记挂了，上班也能安心。"

徐知岁想了想，觉得不无道理，既然都来来了，就安心地让周韵住下吧。

在山庄陪周韵吃过午饭，祁燃开车和徐知岁回家。

下山的路上，风景美不胜收，两边是古木参天的山林，山顶云雾缭绕，偶有鸟儿振翅飞过。祁燃把车速降到最慢，徐知岁也按下车窗，任由山风吹拂脸颊。

一路上，徐知岁始终望着窗外不说话，神色郁郁。祁燃开车的时候瞥了她好几眼，等下了山到了安全路段，这才腾出一只手与她十指相扣。

"怎么了？还是不放心？"

徐知岁摇摇头，伸手撩开被风吹乱的头发，说："不是不放心，是有点不舍得。仔细回想，我好像还从未离开她这么久。"

这么多年，她们母女俩一直相依为命，就连本该离开父母外出求学的大学时期，周韵也一直在她的身边。都说孩子离不开父母，可她们两个，早已说不清是谁离不开谁了。

"你要是想阿姨，休息的时候我都可以陪你过来看她。"祁燃低头轻吻了一下她的手背，眼睛还是直视着前方的道路。

徐知岁轻笑一声，将手从他掌心抽了出来："知道了，好好开车。"

郊区路远，到家至少两个小时的车程，徐知岁放低了座椅，侧身半躺，双手合十枕着脸颊，深深吸了一口气，惆怅再次漫上心头："有时候我真希望自己可以迅速地老去，这样我就能知道到底是谁陪我走这一辈子。"

祁燃深深地看了她一眼："我不会缺席的。"

徐知岁掀起眼皮看他："一辈子还没过完呢，你现在说可不算。"

祁燃笑："好啊，反正我有几十年的时间可以证明，我是个说到做到的人。"

徐知岁嗔了他一眼："最好是这样。"不可否认，因为祁燃的这句话她阴郁的心情有所好转。

望着窗外倒退的美景，她说："其实还有一个原因。"

"嗯？"

"老了就不用上班，到时候退休了我也找个这样安逸的地方养老。"

祁燃摇头失笑："你老师听到怕是要伤心了。"

徐知岁说："其实我本来的梦想就是当一条咸鱼，只不过后来误打误撞做了医生，如今身上更多了一份责任。"

祁燃轻踩刹车，在一个红绿灯路口停下，伸手摸了摸她的头发："徐医生，等到你退休的那天，我也老了，我们就找个深山老林住着，种花养鱼，或者什么都不干，过你想要的生活。"

徐知岁顺势扣住他的手，按在自己的脸颊："到时候，天天面对我这张长满皱纹的脸，你可别觉得腻才好。"

"当然，那时候我也是个两鬓斑白的小老头了。"

徐知岁笑了起来："也是，咱俩谁也别嫌弃谁。"

到了家附近，祁燃没把车子直接开进小区，而是拐向了某个大型超市的停车场。徐知岁半梦半醒间睁开眼，迷蒙地打量着周围的环境，问："我们来这儿干吗？"

祁燃找了空位停好车，解开安全带说："阿嫂不在，你吃饭怎么解决？"

徐知岁认真地想了想："中午我倒是可以在单位食堂解决，晚上的话……"一想到她那拿不出手的厨艺，冷不丁打了个哆嗦，"我还是点外卖吧。"

"你确定？"祁燃挑眉看她。

"有什么问题吗？"

"没问题，但在你下决定之前，不妨先看看这个。"

祁燃拿出手机，滑到了某个官方的新闻账号。

视频里食品安全监督管理局的工作人员随机对几家外卖店进行了临时抽查，结果发现好几家卫生情况令人堪忧，厨房里遍地油污泥垢，冰箱里全是发臭的血水，生肉不洗直接下锅，更有甚者直接拿过期变质的食材卖给顾客……

徐知岁看了没一会儿，胃里就直作呕，哪里还敢点什么外卖，连连推开他的手机说："别看了别看了，我现在觉得我自己煮的东西也不是那么难以下咽。"

祁燃心满意足地收起手机："那走吧，一起去买点新鲜食材，顺便，买点生活用品。"

傍晚时分，超市里人很多，祁燃在门口推了个购物车，一手扶着推车手柄，一手揽住徐知岁的肩膀，以免她被旁边无人看管的熊孩子撞到。

两人一边走一边挑，蔬菜水果速冻食品，只要徐知岁想吃的，通通纳入了购物车。

在琳琅满目的货架边穿梭的时候，徐知岁忽然觉得眼前这幕细碎而美好，人这一生忙忙碌碌，最后追求的不过是平凡安宁的小日子。

到了生活用品区，她想起家里的沐浴露快要用完了，站在货架边认真挑选。

祁燃环顾四周，不知想到什么，捏了捏徐知岁的手心，附在她耳边说："你先挑，我过去拿点东西。"

徐知岁想问要拿什么，为什么不等她一起过去，祁燃人已经走到了几米开外，在收银台附近的小货架边逡巡。徐知岁便也懒得管了，耐心听着导购阿姨的介绍，最终还是挑了个自己熟悉的牌子。

走到单元楼下，徐知岁说："我先回家了，今天想早点休息。"

祁燃没说话，跟着她一起进了单元楼。可等徐知岁上了回家的电梯，面对着他摇手说拜拜的时候，祁燃牵唇一笑，手往电梯门上一抵，大步跨了进来。

徐知岁缩了缩肩膀，表情有点蒙："不是说好了各回各家的吗？你上来干什么？"

祁燃站到她旁边，振振有词："我是答应让你回家了，可我没说我也要回家。"

徐知岁竟一时无言以对。

电梯停在五楼，祁燃自然无比地接过她手里的食材，搭上她的肩膀："走吧，就当我这个厨师为你上门服务。"

徐知岁认真思考了下，为了她的胃不受摧残，让祁燃下厨很有必要！

周韵不在，她家的厨房也很久没有开火了。

为了不给祁燃留下好吃懒做和什么都不会干的印象，徐知岁主动提出帮他打下手。烹饪她不在行，洗菜切菜总还是可以的。

祁燃从后面环住她的腰，嘴唇在她的脖颈和耳垂作祟。

徐知岁怕痒，也担心再放任他这样下去，两人不知道何时才能吃上饭，无奈找了个理由，嫌他在旁边碍手碍脚，将人轰出了厨房。

祁燃在客厅里百无聊赖地闲逛，翻了翻她平时爱看的书和漫画，最后目光落在了偌大的液晶电视上。他垂眸想着什么，转头问厨房里的人："岁岁，介意我看会儿电影吗？"

"你看吧，遥控器就在茶几上。"徐知岁头也不回，认真地忙着自己的事。

祁燃心里默默盘算着什么，拿起遥控器在电影专栏仔细翻找，最后选定了一部国外前几年大火的恐怖电影。

徐知岁备好食材返回客厅，正想告诉祁燃她弄好了，可以下锅了，眼睛不经意瞟到了电视屏幕，直接和电影里的丧尸来了个正面暴击。

"啊——"她尖叫一声，捂住眼睛，"你怎么在看鬼片啊？"

祁燃按了暂停，身子往她和电视剧中间一站，将画面隔开的同时，将她搂在怀里："害怕吗？如果害怕我就不看了。"

徐知岁睁开眼睛，从指缝中瞄了一眼电影的名字，喃喃道："害怕倒也不至于，就是突然一下被吓到了。"

"那我关掉。"

祁燃作势拿起遥控器，徐知岁按住他的手："别，其实这部片子我很早就想看了，但一个人又不敢，正好今天你在，吃完饭陪我一起看吧。"

"行。"

时间不早了，祁燃的晚饭也做得相对简单，清淡的两菜一汤，倒也合徐知岁的口味。

吃饭时，她按捺不住内心的好奇，捧着碗坐到了沙发上，按开电视机一边吃一边看。然而她又是那种又怂又爱看的小菜鸡．一边怕得要死直往祁燃怀里钻，一边又不愿意半途而废关掉电视机。

"别怕，都是假的。"祁燃拍着她的肩，温柔地哄着，一转头，嘴角却浮现出一丝克制而隐晦的笑意。

电影结束后，徐知岁有很长一段时间都陷入惊悚的剧情中无法自拔，甚至拉着祁燃很严肃地讨论了一番最后男主角有没有变成丧尸。祁燃给出了自己看法，而后低头看了眼腕上的表："快十一点了，你明天还要上班，是不是要休息了？"

"这么晚了？"徐知岁回过神，原本想看完电影后修改一下论文的计划也泡汤了。她拽了个抱枕抱在怀里，愣愣点头，"那是该睡了。"

"那今晚……"

祁燃眸色深深地看着徐知岁，徐知岁怎么会不明白他的意思，脸一红站了起来。

"那什么，我要洗漱先睡了，你开了一天的车，也早点回去休息吧。"

祁燃瞥了一眼电视机，意味深长地问："那我走了，你不害怕？"

徐知岁叉腰哼了一声："当然不怕，电影里都是假的，我才不会自己吓自己呢！"

"那行。"祁燃勾唇笑笑，收拾东西准备上楼，"我先回去了，明天早上送你上班。"

"好，我等你电话。"

徐知岁送祁燃到电梯口，忽地瞥见外面漆黑的夜色，联想到了电影里的画面，莫名咽了下口水，摸摸脖子说："那个，我就先回去了，就不陪你等电梯了。"

"好，晚安。"

"晚安。"徐知岁逃也似的缩回门里。

过了会儿，电梯门在五楼缓缓打开，祁燃看了眼头顶闪烁的数字，并没有要进去的意思。

"一，二，三，四……"

他低头默念，数到第五个数时，原本关着的大门被再次打开，徐知岁从里头跑了出来，张开双臂一头扎进他怀里。

"怎么办？我还是有点怕……"

祁燃将她搂在怀里，轻柔地顺着她的长发："那……去我家？或者我留下？"

第十四章
我又初恋了

　　徐知岁跟着祁燃上了楼，门口早有崭新的拖鞋在等待她。祁燃进门时接到一个工作上的电话，站在门口讲了一会儿。徐知岁换好鞋，拍了下他的肩膀，指着浴室的方向做口型说："我先去洗澡了。"

　　"稍等。"

　　祁燃拿远手机，捂住话筒对徐知岁说："衣帽间有衣服，都是新的，你可以穿。"

　　徐知岁是带了换洗衣物上楼的，不过听他这么一说，心里生出几分好奇，踩着拖鞋踢踢踏踏去了衣帽间。推开柜门的那一刻，说惊呆了也不为过。

　　上次来还是空荡荡的某个柜子，此刻挂满了女人的衣物，从睡衣到外套，从毛衣到羽绒，足足有好几十件，都是她的尺码，吊牌未拆，价格让人肉疼。

　　如果说先前只是有点怀疑，那么当她站在浴室里，看见洗漱台上同样崭新的情侣毛巾和情侣牙杯还有各种女士护肤品的时候，徐知岁完全可以确定自己再次被套路了，某人早有预谋！

　　祁燃挂了电话，挤进浴室，从背后环住她，下巴抵在她的肩上："怎么样，还喜欢吗？"

　　他的短发搔着徐知岁的脖颈，痒痒的。她偏头躲了躲，拿起台子上的化妆水："你怎么知道我用这个？"

　　"之前陪你回家收拾东西，无意间看见，就记下了。"

　　"那一柜子衣服呢？"徐知岁转过身面对他，双手抵在他的胸膛，脖子微微后仰，"未免太多了。"

　　"不多，只要你喜欢。"祁燃轻笑，一手搂住她的腰，一手拨开她黏在脸颊上的碎发，"还有一些在路上，过些天会有人送过来。"

"为什么准备这些？"

祁燃在她的额头落下湿濡温柔的一吻，捧着她的脸颊说："上次不就说过了，这里会是你的第二个家。既然是家，怎么能少了女主人的东西？"

不知道是浴室里的暖光太强，还是男人的气息太过滚烫，徐知岁看着他的眼睛，毫不怀疑自己下一刻就要溺死在他的温柔里。她挪开眼，推搡着他走到门口："好了，你快出去吧，女主人要洗澡了。"

祁燃回头，还想再说什么，浴室的门已经当着他的面重重关上。雾化玻璃上映出女人窈窕的身姿，她靠着门深深吸了几口气，似乎在平复什么，缓了好一会儿才走进去过了淋浴间。

祁燃双手插兜，站在门口看了会儿，唇边的笑意更深了。

镜子前，徐知岁褪去了身上的衣物，目光在镜子里慢慢描绘，暖黄色的灯光下，她的身躯仿佛也镀了一层柔光。脑海里浮想联翩全是那一晚未完成的事，今晚会如何，她不确定，越想心里越是紧张。当这种紧张达到一定程度，心里竟隐隐有了一丝期待。

徐知岁被自己的这个念头吓了一跳，脸颊再次滚烫，移开眼，快速地将长发拢到脑后绾了个丸子。打开淋浴间玻璃门的那一刻，她默默对自己说，有些事，就顺其自然好了。

而这顺其自然的结果是，随着热水慢慢淋湿全身，小腹传来了隐隐的阵痛，她察觉不对，用毛巾轻轻擦拭，一低头果然看见了一抹鲜红。

祁燃在客厅等了半个小时，才听到浴室的水声渐渐小了。片刻后，徐知岁从里头走了出来，耷拉着眼角，面色十分古怪。

祁燃走了过去，打量她的神情，而后目光落在她捂着小腹的那只手上，关切道："怎么了？胃又痛了？"

徐知岁摇头，咬了咬唇，赧然开口："不知道你替女主人买的生活用品里，有没有一个叫卫生棉的东西？"

"……"

小区门口有家二十四小时便利店，祁燃在那里买到了徐知岁需要的女性用品。回到家，她正裹着毯子蜷缩在沙发里，面色比他出去前还要苍白，平常红润的唇此刻不见血色。

他走过去，见人抱了起来："很不舒服吗？"

"第一天都这样的，难怪我今天在车上的时候觉得浑身都疲惫。"徐知岁强打起精神，从祁燃买回的包装袋里抽出两片，去了洗手间。

她在里头磨蹭了好一会儿，出来后直接进了卧室，钻进柔软的被窝。

祁燃走进来，手里端着杯刚冲泡好的红糖水："等下睡。听说喝点这个，就不痛了。"

徐知岁被他扶起身，软绵绵地半靠在他怀里，捧着杯子啜了一口，就嫌弃地推开了："不要，我最不喜欢喝这种甜腻腻的东西了。"

真不是矫情，她从小到大都喝不惯红糖，不仅是红糖，那些甜到发腻或者苦到发慌的液体她通通难以下咽。除非必要，没有其他替代品能选择，否则她宁愿吞药片也不愿意喝药水。

"乖，再喝两口。"祁燃轻声地哄，吹了吹杯里蒸腾的雾气，又将红糖水递到了她嘴边。

"不要……难喝！"徐知岁还是躲，手指揪着被子，一个劲儿往里钻。

祁燃有些无奈地看着她，片刻后沉了口气，自己端起杯子喝了一口，含在嘴里，手将她闷在头上的被子掀下来，捏住她的下巴，低头吻了下去。

"唔……"徐知岁的身体被他抵在床头与他的中间，避无可避，没等她反应过来，甜腻腻的液体就灌了进来，被他的亲吻堵在了唇齿之间。

"唔……祁燃！"徐知岁呜咽一声，仰着头被迫承受，却又倔强地不肯服软，双唇紧闭，将那一口红糖水含在嘴里，想着等他什么时候撤离了就吐掉。

祁燃半掀眼帘，看了她一眼，很快识破她的小心思。手从她的下巴辗转来到腰际，停在她的腰窝处轻轻掐了一下。徐知岁身体微微颤抖，嘴里也跟着喘了一声，他的舌头趁机探了进去。

徐知岁很快败下阵来，表情痛苦地将红糖水咽了下去，祁燃的唇却没有因此离开，而是更加霸道地卷撩她的下颔，吮细她舌尖上的津甜。

渐渐地，吻变了味，延伸出更加绵延的情意和欲望。他的手挣脱了衣摆的束缚，唇也一点点往下，含住她的耳垂，舌尖慢慢描绘。两人之间的温度陡然升高，他的指尖和唇舌滑过的地方，每一寸皮肤都像被灼烧，带起一阵陌生而微妙的酥麻感。

"嗯……"徐知岁揪住他的衣服，难以自持地喘了声，"祁燃，疼。"

"哪里疼？"祁燃解开了她睡衣最上方的那颗纽扣，唇重重落在她的锁骨，呼吸变得急促了。

徐知岁轻轻颤抖，手抵在他的肩上："肚子……"

祁燃动作猛地一顿，这才想起这个吻是因为什么而开始的。然而他还是不甘心，发泄似的吮咬她锁骨上的皮肤。

"嗯……"徐知岁说不上自己此刻是什么感觉，又疼又痒，想抱紧又想推拒，整个人无助到了极点，可怜地蜷缩在他怀里。

直到在她的皮肤上留下一个深红色的印迹，祁燃才慢慢松了力，埋在她的颈窝处平复了一会儿，深深喘息过后，拢了拢她身上被他扯乱了的睡衣。

　　"抱歉，我忘了你还不舒服。"

　　徐知岁顺着床头滑坐下去，被亲吻过后的唇瓣红得发艳。她扯了被角，捂着自己滚烫的脸颊，声音黏黏地应了："嗯，没事。"

　　缓了一会儿，祁燃站了起来，弯腰替她掖了掖被子："乖，你好好休息，我去冲个澡。"

　　"嗯。"徐知岁转过身，用被子捂住头。

　　祁燃的这个澡，洗的时间比平时都要久一些，徐知岁等到昏昏欲睡，才感觉身边床垫微微下陷，有人掀被躺了进来。

　　她有些冷，本能地去寻找他的怀抱，渴望得到一丝温暖，然而身体刚刚触到他的皮肤，却被一阵冰凉吓得倏地清醒过来。

　　"你身上怎么这么凉？"她翻身起来查看，手掌贴上他的额头，又摸了摸他的脖子和手臂。

　　祁燃捉住她继续试探的手，好不容易压下去的那股感觉，又隐隐有了乱窜的痕迹。他喉结上下滚了滚，低哑的声音在夜色中显得格外性感："嗯，冲了个冷水澡。"

　　"你有病吗？大冬天洗什么冷水澡，不怕感冒？"徐知岁嘴里责怪着，眼里却满是心疼，拢着被子将他裹住，身体也贴上去，企图用自己的体温给他温暖。

　　祁燃张开手臂，环住她的肩膀，将她紧紧搂在怀里："你说呢，我为什么？"

　　徐知岁不作声了，涨红了脸趴在他胸膛，嘴唇几度开合，欲言又止："我也不知道会是今天，上个月明明……"

　　祁燃手掌覆上她的脸颊，指腹蹭了蹭："没事，你欠下的债，以后总有机会讨回来。"

　　"祁燃！"

　　徐知岁羞红着脸拧了一把他的腰。祁燃顺势握住她的手，贴在自己的胸口："好了，睡觉吧。你再摸下去的话……我的冷水澡就白洗了。"

　　"睡觉！"

　　不用早起赶地铁的清晨，徐知岁比平时多睡了兰个小时。等她慢慢悠悠洗漱完毕，祁燃已经穿戴整齐，端着个保温杯在客厅等她了。

　　眼看着就要来不及，徐知岁从衣柜里随意拿了件雾紫色的外套给自己裹上，慌慌张张走到玄关，边收拾东西边问："你手里拿的是什么？"

　　祁燃把保温杯递给她，说："给你的，红枣枸杞茶。你不是不喜欢喝红糖水嘛，这个不会太甜，你可以试试。"

徐知岁换好鞋，拧开杯子看了眼："你早上起那么早就是折腾这个？"

"嗯，家里没有红枣，早上去超市买的。"祁燃转身，从架子上取下一条白色的围脖给她戴上，"记得喝完，下午回家要检查。"

徐知岁撇了撇嘴角，满脸不情愿的样子："这个也要检查，我又不是小学生了。"

"行，你不是小学生，你是徐医生。"祁燃牵唇笑了，手掌拢住她的长发，将发梢从围脖中撩了出来，"走了，快迟到了。"

两人手挽着手下楼，门口已有早起的老头老太在闲聊遛弯，其中也包括和徐知岁相熟的物业刘阿姨。刘阿姨的目光停留在两人紧紧交握的手上，眼神逐渐惊讶。

徐知岁大大方方和她打了声招呼，刘阿姨这才回过神来，眼底的打量毫不掩饰："小徐啊，这是你……"

徐知岁和祁燃对视一眼，莞尔一笑："这是我男朋友。"

两人坐到车里时，邻居们的目光依旧紧随，继而交头接耳，不知在说些什么。

徐知岁系着安全带，一脸无奈地说："我猜他们现在肯定在谈论我傍上了个大款，然后明天全小区都会知道我和你的关系。天地良心，我喜欢上你的时候，你还没现在的身价呢。"

"虽然'大款'这个词不怎么好听，不过……"祁燃皱眉思忖，倏地又笑了起来，手掌在徐知岁头上揉了揉，"能让全小区都知道你是我的，这个感觉听上去还不错，下次我们在他们面前多走几遍。"

来了来了，这该死的，男人的，占有欲啊。

徐知岁默默翻了个白眼。

车子在众人的注视下驶离小区，一路上徐知岁听着舒缓的音乐，闭眼小憩，这种待遇是她从前挤地铁时不曾感受过的。

路上没有遇上堵车，车停在医院门口的时间比预计还要早了十分钟，祁燃帮她解开了安全带，说："下午几点下班？我来接你。"

徐知岁掰下镜子整理了一下头发："不好说，要看忙不忙。"

"行，到时候给我电话。"祁燃推门下车，边扣西装边绕到另一边，稍稍弯腰，为她打开车门。

徐知岁拎包下车："那我走了。"

"等会儿。"祁燃握住她的手腕，将人拉了回来，双手搭在她的腰间，"就这样走了？没什么表示？"

徐知岁的脸瞬间红了，咬唇看看周围，赧然道："这么多人呢，还是不要了吧。"

"不管。"

祁燃将人搂得更紧了。徐知岁拿他没有办法，只能趁没人注意，踮脚勾住他的脖子，轻轻吻了一下他的脸颊。撤离之际，祁燃忽地扣住她的后脑，深吻了一会儿她的柔软，这才心满意足地松开她。

"走了，你自己注意休息，有事给我电话。"

目送祁燃的车子离开，徐知岁的脸上是自己都不察觉到的笑意，心里甜甜的，忽然就觉得这个世界明朗了起来。

收拾心情准备上班，一转身却看见站在街对面的姜辞，她倚着店铺的玻璃门，眼神直勾勾地看着徐知岁，笑容暧昧而露骨，也不知道她在那儿站了多久，又看了多久。

徐知岁心底一阵尴尬，抱着"既然你看见我也不怕你知道"的心态，硬着头皮走了过去，推开玻璃门说："正好，没吃早饭，给我一个三明治。"

姜辞挑眉揶揄："想吃三明治何必来我这儿呢？让你家那位给你做啊。"

徐知岁斜眼睨她："羡慕了？"

姜辞叹了口气："说真的，还真有点。不过更多是感慨，不是所有人都能失而复得的，也不是每颗心都能死灰复燃，重新学会去爱一个人是件不容易的事，你要好好珍惜。"

徐知岁低头微笑，手指摩挲着保温杯的瓶盖："或许有一天，你也可以。"

姜辞自嘲地笑笑，并不言语。

后来的一周，徐知岁和祁燃一起度过了一段平凡而美好的日子。

当清晨第一缕阳光溜进窗帘的时候，他们在彼此的怀抱中醒来，一起对着镜子梳洗，一起手牵手出门。白天各忙各的，到了傍晚，祁燃总会提前结束手里的工作，开车到长济医院门口等她下班。

有时她出来得稍微晚些，他也不催，坐在对面的茶餐厅，一边打开笔记本电脑继续未完成的工作，一边等待着她从门诊部的大门里出来。等她下了班，两人就一起去逛超市，买些简单的食材回家做晚饭。有时实在太晚，两人就去家附近的餐厅解决，吃她最爱的烤鱼和红烧小排。

他常常夜里还有工作，徐知岁也不打扰，一个人窝在沙发里看文献，或是躲去书房琢磨自己的论文。

有爱人陪着在身边的日子，时间仿佛是凝固的，徐知岁每次回头，看见他轮廓分明的侧脸，总觉得前所未有的心安，这样平凡细碎的日子，一不小心就让人联想到了天荒地老。

周五下午，祁燃提前结束了分公司的工作，赶到长济医院门口时将将五点。距离徐知岁下班还有一段时间，他坐在车上给徐知岁拨去电话，问她晚上想吃些什么。

徐知岁想了想，说："我还没想好，但我现在特别想喝'静觅'的热可可，你能不能帮我买一杯，我整理完手里的病例很快就出来。"

"行。"

挂了电话之后，祁燃推开了"静觅"的大门。

餐厅这会儿没什么客人，服务生很快将两杯打包好的热可可送了过来，临出门时却有人叫住了他。

"祁先生，等一下。"

祁燃回头，"静觅"的老板娘姜辞从休息室走了出来。

他颔首示意："姜小姐，有事吗？"

姜辞朝他笑笑，从宽大的外套中拿出一个绿色的小药瓶递了过去："也没什么，就是徐医生前天中午过来吃饭，临走时把这个东西落在我这里了。这几天忙，找不到时间给她送过去，你帮我带给她吧。"

"好，谢谢。"祁燃接过，浅浅扫了一眼瓶身上的药品名。

氟西汀。

用于治疗抑郁症及其伴随的焦虑……

祁燃深深地沉了一口气。

姜辞见他神色不对，狐疑地问："这个药有什么问题吗？应该是她帮哪个病人开的吧？"

祁燃沉默，将药瓶紧紧攥在手心。

徐知岁是心身科的医生，姜辞会这样理解无可厚非。而他，却曾经亲眼看见她自己服用这种药物……

想到这里，祁燃脸色彻底冷了下来。

徐知岁从办公室出来，一眼就望到了站在走廊尽头的祁燃，她疲惫的脸上立刻绽放出舒心的笑容，拢了拢外套，朝他小跑过去。

"你怎么上来了？不是说在车上等吗？"

祁燃闻声，从自己的思绪中抽离，牵唇一笑，朝她伸出手："想早一点看到你，就上来了。"

徐知岁牵住他的手，满脸甜蜜地嗔他："我才不信呢，你就知道哄我。"

祁燃将手里的饮料插好吸管递过去，摸摸她的头，嘴角的笑无奈又宠溺："今天怎么这么晚？"

"我本来也以为会很快，没想到临时又有任务……好吧，是不是等很久了？要不我请你吃饭，就当补偿？"

祁燃替她整理了下围巾："走吧。"

晚餐选的是家云南菜，味道不怎么样，排队的人却很多，徐知岁对这家店的评价是华而不实，营销胜于服务，以后不会再来了。

吃饭的时候，祁燃异常沉默，总是心不在焉，目光总是若有所思地停留在她身上，想说什么却欲言又止。

徐知岁能感觉到他心里藏着事，可他不主动说，她也不好问，讲了两个冷笑话调节气氛，却也只换来他唇角略带苦涩的笑意。

到家已经很晚，徐知岁钻进浴室冲洗掉一天的疲惫，出来时，祁燃正坐在书房忙碌，电脑屏幕幽蓝的光映在他脸上，衬得那双漆黑的眼眸越发深邃。

徐知岁站在门口望了一眼，见他专注便没打扰，坐去了梳妆台前吹头发。完成最后一道护肤步骤，祁燃走了过来，微微倾身从后面轻轻环住她的腰。

他的下巴抵在她肩上，气息全然喷洒在她的颈窝，却因低着头，让人看不清他的神色。

徐知岁从镜子里看他，揉了一把他的短发："这位先生，胡子该剃一剃了，扎得又疼又痒。"

闻言，祁燃抬了抬下巴，环在她腰间的双臂却拖得更加用力了，深深呼吸，贪恋着她身上味道。良久之后，他沙哑着嗓子出声："岁岁，对不起。"

"好端端的，你说这个干什么？"

徐知岁转过身，发现祁燃眼眶红了，看着她的眼神意味深长。她吓了一跳，连忙抬起他的脸："这是怎么了？我今天一下班就发现你不对劲了，是不是工作不太顺利？"

祁燃在她面前蹲下，握住她的手："工作上的事哪至于让我这么烦心。"

"那是？"

祁燃摊开她的手掌，将那个绿色的药瓶子放在她的手心。

徐知岁低头看了一眼，心里"咯噔"一下："这个药……怎么在你这儿？"

祁燃叹了口气："'静觅'老板娘给我的，说是你落在那里了。原来你总是胃痛，不是因为饮食不规律，而是因为长期吃药，对吗？"

徐知岁握紧手里的东西，面色变得木然。

沉默半晌，她说："你都知道了？"

"为什么不告诉我？"祁燃手指轻轻摩挲着她的手背。

徐知岁缓缓垂下眼睫，她没告诉的又何止祁燃一个，连每日生活在一起的周韵都不知道她生病的事，唯一知道情况的只有她的老师谢成业。

谢成业是这方面的专家，她的那些异样终究是没能逃过他的眼睛。也是在老师的建议下，她接受了药物治疗，可她不敢让任何人知道这件事。这个世界没有真正的感同身受，抑郁症在当今的大环境下本来就是不被理解的一种病，何况她还是个心理医生。

她自嘲地扯了下唇角，眼底升起了潮湿的雾气："是不是很可笑，我是一个有心理问题的心理医生。"

祁燃皱眉，语气严肃："不许你这么说自己。"

徐知岁摇头："可这就是事实，我治愈过很多人，却偏偏无法治愈自己。"

祁燃心痛如绞。

"能不能告诉我，除了这个，你还有没有吃其他的药？"

徐知岁迟疑了一下，起身走到玄关，拿着自己的包折回，深深吸了一口气，像是下定了什么决心，从包的夹层里拿出两个药盒。

盐酸曲唑酮和右佐匹克隆，分别用于夜间的抗抑郁和安眠。

祁燃将三种药盒拿在手里，反复端详着说明书，脑中全是徐知岁吃药时的画面。

关于抑郁症的病因和症状，他是有所了解的，但那也不过是浏览网页时的匆匆一瞥，今天之前他从未将这个病与岁岁联系在一起。一想到她曾经或正在受这个病的折磨，强烈的自责感就要将他吞噬。

徐知岁不想看他难过，故作轻松地说："其实你不用这么担心的。最艰难的时刻我已经熬过去了，作为一个合格的心身科医生，我对自己的情况是有判断的，也知道该如何调整。网上说的那些轻生自残的行为我从来没有过，只是在某一段时间情绪低落，意志活动减退，所以这只能算是轻症，和你在一起的这段时间我已经好了很多。"

祁燃不说话，手指轻轻蹭过她的眼角。今天下午，在得知她的病情后，他第一时间去找了她的老师谢成业。

谢成业当然希望自己的学生能从病症中走出来，也明白祁燃对她的一片真心，于是将自己知道的情况和盘托出——

"我刚认识她的时候，她应该正在经受这个病的折磨，面色憔悴，整个人瘦得如纸片一样，风一吹就跑了。这些年我以为她情况好些了，没想到还在吃这个药。药物只能改善她的生理症状，她心里的那个结一日不打开，她就一日难以痊愈。至于当年到底发生了什么，她没和我说过，但我想你应该清楚。"

祁燃闭了闭眼睛，一手揽住她的肩膀，一手从她的腿窝下穿过，将她抱坐在自己腿上："岁岁，在我面前你可以不用假装坚强，也不必怕我担心把什么事都藏在心里。来，好好和我说说，这种情况持续多久了？什么时候开始的？"

徐知岁勾住他的脖子，头枕在他的肩膀上，花了很大力气才克制住不让眼泪掉下来："第一次察觉不对劲，是在复读的时候，后来断断续续好转又复发……"

至今回忆起在复读班的那段日子，徐知岁唯一想起能描述它的词只有"暗无天日"。

每天早上起来的时候，心头总会被一种强烈的绝望感占满，看不到前路，也不找到自己苟延残喘的意义，一闭上眼睛就是徐建明倒在血泊奄奄一息的画面。每天拖着一副疲惫沉重的身躯，只能用学习来麻木自己。

唯一支撑她走下去的念头，是想治好周韵的病，带着周韵离开这个伤心的地方。

那时的徐知岁并不知道自己病了，只觉得每天过得浑浑噩噩，没有任何事情能让她感到开心。直到进入大学，接触到了精神医学这个专业，她才慢慢察觉到了自己的不对劲。后来有了秦颐的陪伴，她也尝试用自己学到的知识自我拯救，才没有让情况继续恶化下去。

可饶是如此，彻底治愈离她还是很遥远。她记得最严重的一次，是她刚刚进入长济实习的那段时间，巨大的工作压力和长期的睡眠不足将她彻底压垮，甚至有了一些想要自我放弃的念头。

至于后来是怎么挺过来的……那是一段漫长的，不断自我否定，又在被击垮之后痛苦爬起来，给自己做心理建设的过程。

若要用什么词概括，只有一个字——熬。

徐知岁说着那些不堪回首的经历，脸上早已遍布泪痕，她惊讶地发现自己的泪水并非源于回忆的痛苦，而是时隔多年她终于可以风轻云淡地聊起过去，那些压抑在心底怕人知道的情绪终于有了宣泄的出口。

这种释然的感觉真好。

默默听她说完这些，祁燃心里更加不是滋味，他将人搂在怀里抱得更紧，自责道："不管怎么样，都是我不对，如果那段时间我能像你当初陪着我一样陪着你，你或许就不会走不出来，就不会生病了。对不起，都是我不好。"

"是该怪你，你为什么不早点找到我？为什么才来？"徐知岁刚刚平静下来的情绪再次泛起涟漪。

祁燃轻抚她的后背："是，都怪我，以后不会了，我再也不会离开你。"

徐知岁坐了起来，眼波流转，盯着他的脸看了一会儿，突然俯身吻住他的喉结："嗯，我相信。"

她的吻湿湿软软，一下一下，滚烫地落在他的颈上。将离未离的时候，还用舌尖轻轻地舔，像带了电流的羽毛，搔得人心痒。祁燃身体忽地紧绷，脑子里炸开一道极致的白光。

等徐知岁的唇微微撤离，他睁开眼睛，伸手捏住她的后颈，开口时嗓音喑哑得不像话："记不记得我之前跟你说过，你这样我会控制不住。"

温度陡然升高，隔着暧昧至极的距离，徐知岁清晰地听到自己一下比一下更重的心跳。她舔了下嘴唇，用云雾氤氲的眼神看着他："那就不要控制了。"

祁燃眸色渐暗，搁在她腿上的手忽地捏紧，喉结也上下滚动："你知不知道你在说什么？"

他眼中翻涌着炽烈的情欲，仿佛下一秒就要将她拆骨入腹。徐知岁心尖一颤，默默咽了下口水："现在反悔还来得及吗？"

"来不及了。"

下一秒，祁燃捏住她的下巴，重重吻了上去。

不似于先前的克制和隐忍，这次带了明显的侵略性，含住她的唇瓣，重吮深吸，舌尖抵入，迫不及待地与她纠缠。

徐知岁的呼吸都被掠夺了，血液极速流转，想要逃离，却被他扣住后脑不容拒绝地按了回来。

惩罚她的是更加密不可分的唇齿纠缠。

她初初体会到，当一个男人被欲念点燃，攻势可以如此坚决。他的手抬起她的小腿，轻而易举地将她由横坐变成了与他面对面。

徐知岁深深地吸了一口气，浑身血液都沸腾了，扭着身体想躲："别……"

祁燃扣住她，不允许她有半分的退缩。

"别怕。"他一下一下顺着她的后背，安抚似的呢喃。

徐知岁咬着唇承受，勾住他脖子，身体微微后仰。好几次，她都怀疑正餐还未开始，自己就要醉死在这前菜中。

身上的睡衣是祁燃给她买的，此刻却在他的暴虐下皱得不像话。他的手顺着她的蝴蝶骨，一路来到最下，游移在她难以启齿的角落。

紧随其后的，还有他的唇。

大概是嫌麻烦，衣领被他暴力扯开，扣子滴溜溜地滚落在地板上。

"不是洗过澡了吗，为什么还穿这个？"

祁燃对她身上的纯白色衣物感到不满，摸索着来到背后，与麻烦的四排扣做斗争，却始终不得其要领。

"嘶……"

折腾了一阵，他的耐心来到了悬崖边缘，过了会儿，徐知岁听到了肩带的崩断声。

紧接着，身上一凉。

虽然这段日子每晚都抱着她入睡，但顾及她的不方便，祁燃始终克制着，没有越城池半步。可半夜辗转，难免有所接触，她柔软的身躯有意无意地贴上来时，他总忍不住在脑海中幻想描绘她的美。

然而当真实的风景展现在眼前，祁燃才觉得自己的想象太过有限，任何画面带给他的冲击都不及眼下这一幕。

诚然，徐知岁很瘦，可该有的地方一点不含糊，曲线婀娜，引人沉醉，白皙的皮肤上仿佛镀了一层柔光。

祁燃听见自己喉咙里发出一声可疑的呜咽，然后埋首在她的温柔里，种下一串串玫瑰。

"嗯……"徐知岁颤抖着抱住他，手指穿梭在他短发里。陌生的情意急促地往上涌，她想叫停，却又抑制不住心里的迷乱，只能软绵绵地任由他摆布。

回过神来时，自己身上已经不着寸丝，而他却衣冠楚楚，徐知岁不满地哼了声，手指划过他的腹肌："不公平。"

"什么不公平？"祁燃手里的动作却没停下。

"为什么只有我……你为什么不？"徐知岁轻轻颤抖。

"好啊……"祁燃唇贴着她的唇，似乎笑了一声，"那就成全你。"

他起身将她放落在被子上，直起身慢条斯理又居高临下地解开自己的扣子。

离开了他的怀抱，徐知岁感觉到了一阵强烈的凉意，她伸手捂住自己，翻身想去找被子。才将将起身，就被祁燃扣住手腕，紧接着他身子压了下来，两人一同往后倒去，陷进柔软的被褥里。

当他再度靠近，徐知岁感觉到了男人与女人的不同。如果说女人是柔软的奶油，那男人就是坚实的烙铁，用热烈的温度搅拌她，融化她。

徐知岁微微仰头，手从他的掌心逃离，触上他年轻蓬勃的肌理。祁燃深深抽了一口气，手却伸到了床头柜，轻轻一勾，拿出了某个盒子。

徐知岁脸颊涨得通红："你……你什么时候买的？"

祁燃撕开包装："买很久了，一直在等你。"

灵魂契合的一刹那，两人不约而同地叹息，祁燃俯身亲吻她的唇角：

"岁岁，我爱你。"

"我也爱你。"

徐知岁紧紧抱住他，心甘情愿地将一切都交付给这个自己爱了一个青春的男人。

最极致的时候，祁燃吻住了徐知岁的唇，汗水低落在她脸颊上。

"岁岁，让我来做你的氟西汀。"

徐知岁的眼泪再次落下。

事后，两人静静相拥，直到背上的汗水彻底干透，祁燃才慢慢撤离。等收拾完了自己，他将人抱在怀里："去洗洗吧。"

徐知岁全身瘫软无力，任由祁燃抱着，进了浴室。狭仄的空间里亮起暖黄色光晕，雾气氤氲，水声潺潺。

等温水灌满浴缸，祁燃抱着徐知岁双双坐下，从后面环抱住她，用毛巾轻柔地为她清洗身子。

温暖的水流没过皮肤，每一个毛孔都得到舒展，徐知岁觉得自己浑身都疼，软绵绵地靠在他怀里，理所应当地享受着他的服务。

昏昏沉沉快要睡去的时候，徐知岁感觉到祁燃放下了毛巾，温暖而湿滑的手臂将她拥入怀里，脸颊埋进她的颈窝，带着无意识的迷恋，亲吻。

"岁岁，要是我们没有错过那么多年，该有多好。"

徐知岁在睡意迷蒙间睁开眼，微微转身靠在他肩上，有气无力地呢喃："是啊，要是没有那些意外，我们现在会是什么样？"

祁燃轻笑，轻轻咬了下她的颈侧："那我爸现在应该早就抱上他心心念念的孙子了。"

徐知岁难以自抑地颤，深吸了一口气："我跟你说正经的。"

祁燃垂眸收起了笑意，目光变得遥远："没有那些意外的话，我大概不会错过你的十八岁生日。在看见你的留言之后，我会准时赴约，那时的我应该还是会很纠结，放不下你又必须离开，所以选择告诉你真相，把选择的权利交给你。"

徐知岁思忖了一下，顺着他的话往下说："得知你要出国，我一定会很难过，可是转念一想，只要你是喜欢我的，多久我也愿意等。第二天你没有不告而别，我们一起回学校拍了毕业照，然后我送你去机场。你走的时候，我应该会控制不住，哭得特别丑，可一想到你不是不要我，只是有了不同的目标，我的心里就是满的。"

祁燃眼眸暗了暗，将她抱得更紧。

徐知岁换了个舒服的姿势，继续说："后来我顺利参加了高考，取得了理想的成绩。爸爸妈妈不希望我离家太远，我大概率会留在帝都上学，不过这样也好，你一放假回国我就能很快见到你。我应该还是会学医，但可能不会选现在的专业了。那时的我性格应该还是很开朗，会十分享受我的大学时光，把所有想加的社团都加个遍。我会在校园晚会上发光发亮，也会为了一个课题在研究室住上几个月。我和室友的关系很好，一起出去玩，一起学化妆穿搭，我应该会比高中时期更加漂亮，追我的男生从食堂排到了校门口。每当又男生和我表白的时候，我都会很骄傲地告诉他们：'不好意思哦，我已经有男朋友了，他在国外一所很厉害的大学念书，我们感情很好。'异国恋很辛苦，我们每天都通电话、打视频，偶尔也会吵架，但每次你都会让着我。放假的时候，你会抽时间回来看我，看见我身边有别的男生还会偷偷吃醋，每次都要我哄你。我也会攒好久的生活费去美国看你，突然出现给你惊喜……"

祁燃说："然后等到毕业，我就带你回家见家长、领证、结婚。"

徐知岁回头看他："毕业就结婚会不会太早了？"

祁燃低头亲吻她的唇角："不早，你身边有太多觊觎对象，不早点宣布主权我不放心。"

"醋坛子！"徐知岁勾住他的脖子，手指撩拨着也的短发。

祁燃搂住她的后腰，靠近自己："现在也是。"

"嗯？"

"所以，你什么时候和我回家见家长？我等不及想带你回家了。"

"你家我又不是没去过。"

"不一样，这次是正式的，以女朋友的身份见我的家人。"

"……"

徐知岁低垂眼帘，还没想好要不要答应，祁燃就勾住她的小腿，将她调整成正对自己的姿势。然后，那刚刚消退下去的情意又涌了上来，酥麻感顺着脊背一路蔓延到了头顶。

浴缸的水花一波波溢出，如潮水拍打沙滩，发出窸窸窣窣的水流声。

两人相拥，犹如紧紧纠缠的藤蔓。祁燃是干渴已久的旅人，在沙漠中偶遇绿洲，如何肯轻易放过她。他的岁岁无处不好，每一寸的肌肤都让他痴迷贪恋，想要更多。

徐知岁最后的意识，停留在浴缸冰冷的瓷砖壁上。她累极了，昏昏沉沉睡过去，感觉祁燃从身后拥住她，圈着她反复呢喃："岁岁，你是我的。"

不知是否因为聊起过去，这一晚，徐知岁又梦见了徐建明。

十七岁的某一天，她靠在爸爸肩头，爸爸轻柔地抚摸她的头发，说："爸爸妈妈会长命百岁，会看着我的宝贝女儿上大学，看你工作结婚，我好等着抱我的大外孙！"

可是画面一转，他站在了窗边，脚踩着边缘，摇摇欲坠。徐知岁想冲上前救他，却像被什么特殊力量给阻挡，怎么也跑不到他面前。

"岁岁，原谅爸爸不能陪在你身边了，但对你的爱毋庸置疑。愿你这一生如同爸妈给你的名字，知足常乐，岁岁平安。"

"不，爸你别走！"

徐知岁终于冲破阻碍，就在快要触到他手的那一刻，徐建明身体后仰，脚下一空，整个人便如同失控的陨石坠落云雾中……

"爸！"

徐知岁从梦中惊醒，弹坐起身，大口大口地喘息。

眼前一片幽暗，身上的被褥是她熟悉的触感，空气中弥漫着淡淡的薄荷香气，祁燃正半靠着床头敲打笔记本电脑的键盘，没有高楼，没有救护车，周围的一切都在提醒着她，那是梦……

"怎么了？做噩梦了？"祁燃放下电脑，有些担忧地替她拨开额角汗湿的碎发。

徐知岁深深舒了两口气，好半天才从噩梦的恐惧中回过神来，缩缩脖子，靠在祁燃的肩上："嗯，梦见我爸了。"

祁燃眼眸微垂，握过她的手，手指在她手背摩挲："可能是叔叔想你了。"

徐知岁目光空洞，好半天，抬手拭了下眼角："是吗……我也好想他。"

"嗯，我知道，下个月清明节，我们一起去看他。还有之前你和我说的，想给叔叔换个墓地，我已经在看地方了。"

徐知岁鼻尖蓦地一酸，脸颊埋进他的胸膛："祁燃，谢谢你。"

祁燃轻笑："和我说什么谢，你都是我的人了。"

昨晚的记忆慢慢浮现，徐知岁后知后觉地发现被子下的自己是真空的，而祁燃身上也只披了件睡袍，衣领半敞，鼻梁上架着金丝边眼镜，身上睡袍半敞，露出坚实的胸肌。

这个认知让她不自觉红了耳尖，连忙用被子捂住自己，往旁边挪了挪，拉开与他的距离，然而刚一抬胳膊，浑身就传来强烈的酸痛感。

"嗯……"她哼了一声，痛苦地蹙起眉头。

"怎么了？哪里难受？"

祁燃作势要掀开被子给她检查，徐知岁一把按住被子，挡开了他试图触碰的手。

"你说怎么了？我的腰都快断了。"她往旁边缩了缩，委屈地睨他。

祁燃弯弯唇角，再次将她搂在怀里："情难自抑，没克制住，今晚我悠着点。"

徐知岁不想再继续这个话题了，生怕再聊下去昨晚的剧情又会再次上演。她抬头看了看他膝盖上的笔记本电脑，转移他的注意力："这么晚还不睡？"

"嗯，找点文献。"

电脑屏幕停留在知网的某个页面，标题是一长串英文，徐知岁眯了眯眼睛，边看边翻译："抑郁症病因病机研究探析……你看这个干什么？"

祁燃合上电脑，搁至一旁，重新躺回她的身侧，轻抚她的脸颊。

徐知岁懵懂地看着他的眼睛："你这么看着我干什么？"

祁燃说："岁岁，我以前觉得你是最快乐最乐观的人，昨天之前我从未将你和抑郁症联系在一起。我以前不了解这个病，但今后不会。我会陪着你共同面对，陪着你好起来，我想让你重新快乐。你总是小心翼翼地照顾别人，治疗别人，却总是忽略自己，不过没有关系。今后有我照顾你，我会保护你，不让你再受伤害。我知道你一直在找寻活着的意义，如果可以，就让我做你的'意义'。"

徐知岁活了近三十年，从来没有人对她说过这样的话。

她是个心理医生，每天要面对无数个被心理问题困扰的患者，在别人对她诉苦时，她总是尽自己最大可能给予他们安慰，鼓励他们积极面对生活，却不曾有人问她一句："徐医生你过得好不好？最近开心吗？生活累不累？"

心理医生不是刀枪不入的齐天大圣，也不是普度众生的观世音菩萨，她也是个普普通通的人，有自己的喜怒哀乐，也渴望有人关怀。

所以当祁燃说要与她共同面对的时候，徐知岁的眼泪就不争气地掉了下来。这泪水无关悲伤，而是喜悦和感动，这是世上有一个爱你懂你的人，就比什么都来得珍贵。

"祁燃，我爱你。"她搂住他的腰，在他怀里啜泣。

"我也爱你。"

"我是真的真的很爱你。"

"嗯，我知道。"

第十五章
私奔到月球 //////

后来，在祁燃的安抚下，徐知岁再次入了梦。可能是累惨了，这一觉睡了个天昏地暗，等她醒来时已经日上三竿，祁燃也已经不在身侧了。

经历过昨晚的混乱，她觉得自己浑身散架似的，哪儿哪儿都是疼的，尤其是腰和腿，软绵绵的，根本使不上力。

如果不是肚子在咕咕抗议，她或许能躺上一天一夜不下床。

稍稍收拾了倦意，徐知岁下床找了件新衣服给自己套上，昨晚那件早已在祁燃的暴虐中变得面目全非，此刻正安详地躺在地板上，等待被丢进垃圾桶的宿命。

一想到它的价格，徐知岁还是忍不住心痛了一下，祁燃表面上那么清冷斯文的一个人，没想到私底下竟是那样失控，连解几颗扣子的耐心都没有。

开春之后，天气逐渐转暖，明媚充沛的阳光照耀在曲面落地窗上，整个客厅都是明亮的。

自从徐知岁住进来之后，屋里多了许多精致有格调的小摆件，有些是她在网上淘来的，有些是她和祁燃逛商场时特意挑选的，虽然都是些不值钱的小玩意，却让这个原本空荡荡的房子添了一丝温馨和生活气。

此刻，祁燃正在厨房忙碌。

和徐知岁的疲惫形成鲜明对比，他整个人看上去神清气爽，大约是刚洗过澡，发梢湿漉漉的，轮廓分明的侧脸逆在光影里格外清晰，衣领半敞，锁骨若隐若现，带了几分禁欲气息。

可一想到他昨晚做的那些事，徐知岁脑中只有一个念头——千万不能被他的外表所迷惑了！

"你在煮什么？好香啊。"徐知岁循着香味走过去，踮脚在灶台边张望，鼻子用力嗅了两下。

"饿了吧？马上就好。"

祁燃盖上锅盖，转身环住她的腰，目光在她脖颈处短暂停留，咳了一声，拨了一缕长发替她遮住："先去洗漱吧，一会儿就吃饭了。"

"等一下……"徐知岁察觉到他眼神中的不对劲，顺手拿起他搁在流理台上的手机，打开相机功能对着自己的脖子照了照……

果然！

"祁先生！你看看你做的好事！"徐知岁板着脸找他算账。

"嗯……"祁燃指腹蹭了蹭她皮肤上那一小块玫红色的痕迹，忍着笑意说，"当时灯光太暗，我也……"

他的懊恼看上去毫不走心，徐知岁毫不怀疑这完全是他刻意为之，气鼓鼓地在他手背上拧了一把："你还笑！"

"好了，我今晚会注意的。"祁燃顺势握住她的手，将人圈在怀里，又细细打量自己的杰作，"还真是有点深，一会儿出门的时候系个围巾吧。"

"我们要出去？"

"嗯，我带你去个地方。"

午餐过后，祁燃开车带徐知岁前往华协医院，挂了心理科的专家号。至于为什么不去徐知岁自己的单位，祁燃有他的考量。

"去找你老师做检查的话，你的其他同事势必会知道，我不想你有这样的困扰。华协医院也是一样的，我已经提前联系好了那边的主任，他会帮我们的。"

心理医生去看心理医生，这事怎么看都有点怪怪的。徐知岁说："你难道是在质疑我的专业水准吗？"

祁燃说："不，我只是害怕你因为不想我担心而没有告诉我实情。乖，就当是为了让我放心，我们过去检查一下。"

"好吧。"

到了医院，年迈的主任询问徐知岁日常情况，给她检查了心电图，又做了心理评估和艾森克个性测验，最后的诊断结果如徐知岁自己所说的相差无几，轻度抑郁加轻度焦虑。

主任与她进行了一番深聊，试图寻找她的症结所在，得知是家庭变故给她留下了不可磨灭的阴影，长叹一声，对祁燃建议道："唉，人生无常，遇到这种事情你们做家人的，还是要多给予陪伴和理解。"

徐知岁拿着自己的病历卡发呆，心想这句话自己平时也常说，这样一想，她还挺有成为专家的潜质的。

祁燃郑重其事地点了点头，将主任所说的注意事项和调理方法逐字逐句地记录在了手机里。

从医院出来，徐知岁摆弄着手里的药，嘀咕道："看，我没有骗你吧，连开的药都是和我一样的。"

祁燃笑着去捞她的手："走，回家。"

到家之后，两人各自忙碌，祁燃去了书房，徐知岁则窝在沙发上改她的论文。前不久院里放出消息，很快可以申报职称，她有这个意向，正好手里也有课题，多发一些论文总归能有帮助。

太阳快要落山的时候，祁燃从书房出来，问她要了楼下的钥匙，说是借几本她的专业书看看。徐知岁当时正在反复琢磨论文的措辞，脑袋正崩溃，没多想，指了指茶几上的钥匙，说："我的书都在书房的架子上，你要什么自己拿好了。"

祁燃拿了钥匙，很快去而复返，这次他在书房待的时间更长了。等徐知岁从自己的论文中回过神来，时针已经指向了晚上七点，而她的肚子正为他们俩的忘我工作在咕咕抗议。

她放下电脑摸去书房，看见祁燃正埋头翻阅书籍，鼻梁上架着一副金丝边眼镜，专心做事时永远习惯戴着耳机，衬衫袖口挽到小臂，在幽暗的灯光下依稀可见青筋脉络。

有那么一瞬间，徐知岁仿佛看到了他高中时候的模样，只是比起从前的清风朗月、意气风发，如今的他更加成熟稳重，也多了一股令人安心的力量。

徐知岁倚在门边，看得入迷，一时没舍得进去打扰。就这么静静站了一会儿，里面的人像是感知到她的目光，忽而抬头，推了推鼻梁上的眼镜，对她温和一笑。

"怎么站在这儿？"

"没，就是觉得我们家祁先生工作的样子还挺帅的。"徐知岁这才走了进去，勾住他的脖子，坐在他的腿上，"所以，你忙了一下午到底在忙什么？"

祁燃一手搂住她的后腰，一手合上了桌上的书："没什么，做个表而已。你呢？饿了吗？"

徐知岁点点头，又摸了下自己扁扁的肚子："是啊，所以我们今天晚上吃什么？"

祁燃想了一下："我去给你煮皮蛋粥。"

"……会不会太素了？"徐知岁觉得以自己目前的饥饿程度吃下一头

牛都不为过，区区皮蛋粥不足以满足她空虚的胃。

"素是素了些，但你现在的胃需要好好调理，辛辣食物能不吃就不吃。我想过了，健康的作息和饮食，对你的身体恢复有好处，所以以后尔不能再熬夜了，我也会陪着你做适量的运动。"

徐知岁艰难地咽了一下口水。吃素好商量，她就当减肥了，不熬夜也勉强可以做到，但这个运动……臣妾做不到啊！

"运动这一项，我能拒绝吗？"

祁燃捏了下她的鼻子，笑得意味不明："你说呢？"

事实证明，运动这件事她是逃不掉的。

晚饭过后，两人合力收拾了厨房，等食物在胃里消化得差不多，徐知岁在祁燃的监督下换上运动鞋，和他一起下楼夜跑。

小区南门外有个大广场，常年被广场舞大妈们霸占着，一到夜里音乐放得震天响，附近的小孩完全没法休息。最近似乎有人投诉，大妈们有所收敛，也换了个人少的地方闹腾。

天气逐渐转暖，夜里出来运动散步的人慢慢变多，放眼望去倒是一派和睦景象。

徐知岁抱着来都来了的想法，在祁燃的鼓励下象征性地跑了几步，却是还没跑上两圈，就累得气喘吁吁。祁燃在旁边陪着，见她停下，回头笑道："我记得你高中的时候跑步挺快的。"

徐知岁弯腰扶膝，看着他大口大口地喘气："你也知道那是高中，过了多少年了！自从大学毕业没了体育课，我几乎就和'运动'这个词绝缘了。"

这么说还是给自己留了几分面子，其实大学的时候她就不爱上体育课了，一听到体测能躲就躲。到了如今，每天最大的运动量也只不过是在久坐之后起来活动活动腰骨，偶尔赶个地铁跑上几步，已经是她的极限，若是非要她健个身什么的，还真是要了她的老命了！

"再坚持坚持。"祁燃朝她伸出手，"适量运动对你晚上的睡眠有好处。"

徐知岁看了他一眼，手搭在他的掌心，借着他的力站了起来。

两人手牵着手又跑了两圈，徐知岁再次停了下来，委屈巴巴地蹲在地上求饶："真的不行了，我跑不动了。"

祁燃舒了口气，无奈地将人从地上捞起来："你这玥显是缺乏锻炼。"

徐知岁耷拉着眼角，一脸幽怨地看着他："好吧，我承认我懒，但你能不能换个项目，再跑下去，我的心脏就要炸了。"

"其他……也不是没有。"祁燃挑眉，附在徐知岁耳边低语。

徐知岁愣了一下，反应过来后耳尖蓦地滚烫，红着脸推了一把他的肩膀："你想也别想！我腰还酸着呢。"

祁燃笑而不语，顺势握住她的手腕，手指挤入她的指间，与她十指相扣。他牵着她往家的方向走，脚步越来越快，到最后两人在小区里跑了起来。

路过的邻居用奇怪的眼神打量着他们，徐知岁视而不见，只是悄然握紧了他的手，脸上是自己也未曾察觉的甜蜜微笑。

欲望来得急切，甚至等不到回家，祁燃就将人抵在电梯的角落，抬手捏住她的下巴，重重地吻了下去。他吻得太急，动作也不怎么温柔，徐知岁舌尖被他吸得生疼，仰着脖子推开他，胸口剧烈起伏："这里还有摄像头呢。"

"不怕，自己家的，别人看不到。"祁燃捏住她的后颈，吻如碎雨般来到她的脖颈，滚烫的唇停留在锁骨处，轻轻地啃咬。

酥麻的感觉滑过全身，徐知岁满脸通红，手指穿进他的短发，死死咬着下唇，害怕自己会情不自禁发出嘤咛。

电梯门打开，祁燃把人横抱进屋，甚至等不到回房间，就急切地脱去外套，将人按在了沙发上，直奔主题。

衣服鞋子散了一地，当他再次得偿所愿，徐知岁不安地扭动着身躯。

"这就是你说的……另一种运动？"

祁燃俯身吻住她的唇，汗水顺着他的脸颊下巴，滴落在她白皙的肌肤。

"难道这不算有氧运动？"

"可是……"徐知岁的呼吸更加沉重了，"我觉得这个比跑步更累。"

祁燃抱起她，三两下换了个位置："有充分的数据表明，男女之间的深入探讨能使大脑分泌更多的多巴胺，多巴胺会给人愉悦的感觉，这对治疗的你的抑郁症是有益的。"

他忽地用了几分力，徐知岁低声呜咽，睁开眼睛，看见男人棱角分明的下颌，凸出的喉结，漆黑的眉眼里含着浓郁的情意……有那么一瞬间，她觉得自己好像飘浮在云端。

祁燃捏住她的下巴，亲吻她的唇角，呼吸着她的呼吸："所以岁岁，你现在觉得快乐吗？"

即便是在这种时刻，徐知岁也说不出太露骨的话，只是沉默着承受他霸道的占有欲，并尝试学会回应。

然而祁燃却不打算就此放过她，她不回答，他就变本加厉，用喑哑的嗓音再而三地追问："岁岁，你快乐吗？"

徐知岁趴在他的肩上，眼泪打湿了他的锁骨："你能不能闭嘴。"

第二日，徐知岁在床榻上休息了整整一天，午饭也是祁燃做好端来卧室喂她吃的。大脑有没有分泌更多的多巴胺她不知道，反正在那样高强度的运动下，睡眠倒是真的有了改善。

周一上班的时候，冯蜜在值班室和她打招呼，好心地询问："徐医生，你的嗓子怎么哑了？"

徐知岁清了清嗓子，心虚道："是吗？大概是上火了。"

冯蜜深信不疑地点点头，建议她可以多喝点菊花茶消火。

徐知岁笑着说好，回到办公室后，还真在网上下单了一整罐菊花茶。

只不过这需要下火的另有其人。

伴随着一场场绵绵细雨，日子不紧不慢来到四月。清明节前后，帝都总要经历一场倒春寒，连日来的大风天将整个城市重新拉回残冬腊月。阴冷的寒意直往人们骨子里钻。

那几天徐知岁对祁燃说得最多的一句话便是——我没有冷死在冰天雪地的寒冬，却冻死了在这狂风四起的初春。

祁燃听完总是笑而不语，早晨出门却默默将她搂在怀里，用自己的身体给她挡风。

调班原因，徐知岁清明节有了两天的假期，这也让连轴转了一个月的她终于有了喘息的时间。放假当天下午，秦颐休假回京，约她一起吃晚饭，徐知岁欣然应允。

下午的病人很少，原本到了下班的点就能打卡走人，没想到临时进来一个清瘦憔悴的小姑娘，大概是心里太苦了，见到医生之后忍不住崩溃大哭起来。面对徐知岁的病情询问，小姑娘撕心裂肺得说不出一句完整的话来。

徐知岁只好先做安抚，等小姑娘情绪稳定了再做进一步的检查。

这样一番折腾下来，等她换下白大褂收拾下楼的时候，秦颐已经在车里等了近一个小时，趴在方向盘上都快睡着了。

"徐医生，下次你能不能稍微别那么敬业，你们科室又不是只有尔一个医生，偶尔早点下班不会出人命的。"见徐知岁拉开副驾驶的门，秦颐揉揉酸痛的脖子抱怨道。

徐知岁收了伞，抖了抖伞上雨水，坐进去说："唉，没办法，刚才那个患者挺可怜的，小小年纪就一个人在外地漂泊，家里还有一双重男轻女压榨她的父母。我们做医生的，这个时候不就应该给她一点人文关怀嘛。"

秦颐一脸无奈："那你也可怜可怜你的好闺密吧，我每次来都得等上一两个小时，保安大叔都看不下去了。哎，我说，你家祁总就没抱怨过°"

早在和祁燃在一起的第二天，徐知岁就把所有情况都和秦颐交代了。秦颐当时正在出差，两人只能电话联系，听徐知岁说完自己的决定，秦颐没有流露出半点惊讶，而是以一副过来人的口吻感叹道："你这脑子总算转过弯来了，换成别人得知自己暗恋多年的人也爱着自己，高兴都来不及，也就你，自己和自己犟了那么久。行了，不用谢我，回头办好事的时候记得给我这个助攻包个厚点儿的红包就行了。"

徐知岁当时听完觉得一头雾水，并且现在也没明白过来她到底助了哪门子攻。

"不会啊，前阵子忙的时候他经常一等就是两三个小时，从来没跟我抱怨过一句。不过他只要有电脑在身边，在车上也能忙工作。"徐知岁给自己系上安全带。

秦颐嗅到了一股狗粮味，默默翻了一个白眼："那今天你和我出去约会，他不会吃醋？"

"不会吧。"徐知岁拿出手机，飞快在聊天框输入着什么，低头说，"他今天正好有个会要开，得晚点才能结束。"

"两个工作狂！"秦颐转动方向盘，将车子开出停车场。

徐知岁收起手机，义正词严地说："秦大老板，你还好意思说我？是谁两个月没回帝都了？再不回来，我都快忘记你长什么样了。"

秦颐嗤笑："得了吧，我天天在朋友圈刷屏，除非把我屏蔽，不然你忘了我都难！这不是今年好日子多，结婚的人也多嘛。为了姐姐的'钱途'，上刀山下火海我也得去啊！"

半年前，秦颐的公司为某知名影帝策划了一场婚礼，并凭借该明星的热度成功出圈，从此一战成名，公司规模日益壮大。这两年接触了不少金字塔顶端的客户，为了满足客户需求，不得不天南地北全世界跑，虽然要求高，但给的报酬是真不少。

秦颐从此踏上"向钱看向厚赚"的光明大道，并且一去不回头。

"那你这次怎么有时间能休假半个月？"徐知岁问。

秦颐看了她一眼，腾出一只手来搭上她的额头："果然恋爱中的女人智商都为零。"

"什么意思？"

"你傻啊！这个月清明节，谁搁这日子办婚礼？"

徐知岁："……当我没说。"

下雨天堵车，两人就近找了餐厅吃饭。许久未见，闺密间总有说不完的话。

然而两人间的气氛，又较之前有了些许不同。

之前她们也爱聊天，只不过大多数时间是秦颐在叽叽咕咕地倾诉，徐知岁则微笑倾听。而这一次，徐知岁的话变多了，笑容也不再若有所思，会和秦颐一起吐槽奇葩客户，也愿意分享自己的生活，随意一个玩笑就能逗得彼此捧腹大笑。

秦颐喝完杯中最后一口饮料，望着徐知岁感慨道："岁岁，我发现你最近变化很大，整个人明媚了许多。刚才有一瞬间，我恍惚觉得咱俩回到了高中的时候，我好久没见你笑得这么开心了。"

徐知岁敛眸浅笑："是吗？可能最近心情变好了，状态就不一样了。"

就在昨天早上，科室里的几个同事也对她说了同样的话。徐知岁也察觉到自己好像在一天一天开朗起来，一天一天重新爱上这个世界。当然，与其说这是改变，不如说她只是慢慢找回了从前的自己。

她想，她比许多抑郁症患者都要幸运，因为她身边有最亲近的人的陪伴和支持。关于帮她调理身体这件事，祁燃的决心远比她想象的要更加坚定。最近只要有时间，他都会变着法地给她做好吃的，陪她做她喜欢的事情，想尽一切办法哄她开心。

他的工作很忙，常常半夜有越洋的电话会议要开，却愿意为了她花费时间看大量关于精神医学的文献，研究每一种药物的副作用，他甚至做了一个专门的文档，像专业医生跟踪病例那样每天记录徐知岁的状态和改变。

他会在一个惬意的夜晚，和她看一场浪漫的爱情电影；会在闲暇的周末，带她去景区游山玩水，放松心情；也会陪她去商场购物，用漂亮的衣服鞋子化妆品博佳人一笑。

不过更多的时候，他还是坚信他那套多巴胺分泌理论，喜欢用情人间的有氧运动带她体会最极致的快乐。很长一段时间里，徐知岁都为他永远释放不完的体力而叫苦不迭，一次次地求饶，只换来他更加兴奋的惩罚，脖子以下的皮肤遍布着他的吻痕。

不过话又说回来，多巴胺理论也不是全然无用，至少最近她的睡眠质量得到了质的改善，晚上不用安眠药也能安然入睡了。

晚饭过后，闺密二人来到商场血拼，直到手里的购物袋多得再也拿不下，才心满意足地决定回家。

祁燃那边正好结束了一天的工作，打电话问徐知岁要了地址，绕路来接她回家。

两人撑着伞等候在霓虹混沌的雨夜街头，看着黑色轿跑在细雨斜飞中慢慢驶近，男人清冷的五官轮廓随着距离缩短而逐渐清晰。

秦颐叹气感慨道："真羡慕你，最终还是和自己年少时喜欢的人走到了一起，不像我读书时就没有喜欢的对象，后来糊里糊涂谈了几场恋爱，全都无疾而终，如今整天被家里催婚，我到现在都不知道自己要的到底是什么。"

徐知岁挽住她的胳膊轻笑："女人在遇见爱情之前总爱琢磨自己喜欢

什么样的，对我好、有钱或者长得帅，然而当真命天子出现的时候，所有标准都会为他打破，别人再好也显得不过如此。再说，你这么好的条件急什么？未来总有合适的。"

秦颐点点头，深以为然地说："也对，等姐姐赚够了钱，什么样的男人没有？到时候什么小狼狗小奶狗的，还不得乖乖上钩。"

说到这里，她回头问："你家祁总属于哪一类？"

"他？有钱有颜对我好，你说他算哪一类？"

秦颐想了想："嗯，那大概是……晋江在逃男主类。"

祁燃从车上下来，撑开伞绕到两人面前："笑得这么开心，在聊什么？"

秦颐和徐知岁对视一眼，脸上笑意更浓了："没什么，在说你欠我的那一顿饭什么时候还？"

祁燃接过徐知岁手里的购物袋，将人搂回自己的伞下，笑了笑，说："下次，一定。"

"行，你说下次就下次。"秦颐看了眼腕上的手表，大剌剌地一挥手，"好了，人我给你送回来了，我就不在这儿吃你们俩的狗粮了，溜了。"

等秦颐走回了停车场，徐知岁才反应迟钝地从两人刚才的对话里听出一丝不对劲，挽住祁燃的胳膊问："你们打什么暗语？我怎么听不懂？"

祁燃捏拳咳了一声："没什么，就是她曾经帮过我一个忙。"

徐知岁想追问秦颐能帮他什么忙，可一打开副驾驶的车门，就看见一只毛茸茸的小家伙趴在副驾驶的座椅上。

"这是……哪里来的小猫咪？"她茫然地看向身后给她打伞的祁燃。

祁燃笑了一下，神秘道："先上车，肩膀都淋湿了。"

徐知岁回过神来，小心翼翼地将座椅上的小奶猫抱在怀里，侧身坐了进去。

小奶猫只有男人的巴掌一般大，毛色亮泽，小脑袋圆溜溜的，大约是觉得冷，一个劲儿地往徐知岁怀里拱。她还从没抱过这么小的猫，爱不释手，又僵着身子不敢乱动，生怕把它弄疼了。

等祁燃落座在驾驶座，她再次出声："到底哪里来的？这么小，足月了吗？"

祁燃侧身给她系上安全带，手指挠了挠小猫咪的脑袋："它是保时捷的宝宝。"

"啊？"徐知岁惊讶，看看怀里的小奶猫，又看看他，"保时捷的宝宝？生了几只？"

"春节时候检查出来的，只生了两只，另外一只祁柚留下了。"

"那这一只我可以养吗？"徐知岁眼睛亮晶晶地看着他。

"可以是可以，但有个前提。"祁燃故弄玄虚。

"你说。"徐知岁这会子还没意识到事情的重要性，满心满眼都是怀里的小猫咪。

"我爸让我明天带你回家。"

像是春雷震响大地，徐知岁猛地抬头看他："去你家？"

祁燃像是早猜到她会是这个反应，只是无奈笑笑，将她的手握在掌心："怎么了？还没做好准备吗？我们都在一起这么久了，还不打算给我一个名分？"

"也不是……可这两天是清明，这个时候去你家是不是不太好？"

"没事，就是吃个饭，正好柚柚也想见见你。"

翌日上午，祁家客厅。

正在给自己做美甲的乔寻洵在忍了祁柚一百零八次之后，终于忍无可忍，黑着脸搁下了手里的指甲油："我说祁大小姐，你能歇歇吗？你都在我跟前晃荡一个小时了，我的头都快给你晃晕了！"

祁柚看了一眼墙上的挂钟，面色不善："严谨一点，是五十八分零九秒。我哥一个小时前就说他们已经出发了，按路程满打满算四一五分钟怎么都应该到了，他们怎么还不来？"

"是你哥要带女朋友回来，你怎么搞得如临大敌似的？"乔寻洵欣赏着自己新做的指甲，手掌在空中都快翻出花来。

"就是因为他带女朋友回来我才这么紧张！那可是我未来要叫嫂子的人啊！"

乔寻洵轻飘飘地睨了她一眼："有那么严重吗？"

"当然！这关系到未来的家庭和谐！"祁柚弯腰点了点乔寻洵正在磨指甲的手背，一本正经地说，"乔寻洵女士，这件事你必须和我保持统一战线，一会儿看我的眼色行事！"

乔寻洵拍开她乱动的手，口吻冷漠："别拉上我，这种得罪人的事儿我可不干！"

"你……"祁柚还想再说什么，眼角忽地瞥见祁盛远从书房下来，立刻收了话头，缩着脑袋看乔寻洵涂指甲。不料还是晚了一步，老爷子年纪大了，耳朵倒是越来越尖了。

"你们两个别在那儿瞎琢磨！你哥好不容易带对象回来，一会儿别把人家吓跑了！"

祁柚瘪嘴嘟囔："那还不是因为你和我哥联合起来卖关子，问半天都不肯告诉我是谁。"

"你这丫头！"祁盛远瞪她，"越大越没个正形！"

正说着，院外传来轿车的轰鸣声。祁柚的脑海随之响起一道警铃，她卷起袖子就往外头走："哼，终于来了！我倒要看看是哪个小妖精勾走了我哥！"

祁柚已经来到门边，就见祁燃牵着一个女人的手踏进了院子。那女人穿了一身鹅黄色风衣，内搭杏色修身连衣长裙，勾勒出姣好的身材，长发拢在脑后绑了个温婉却稍显正式的低马尾，看见门口站了人，转头和祁燃低低耳语着什么。

祁柚愣住了，视线定格在她的脸上。那弯弯的眉眼，甜美的梨涡，都莫名地带了点儿熟悉感。

"知岁，来了？"祁盛远也迎了出来，刚才还板着的一张脸在见到徐知岁之后立刻和蔼亲切了许多。

"祁叔叔。"徐知岁礼貌点头，又将目光转向了尚且处于懵然状态的祁柚，弯弯眼睛，粲然一笑，"好久不见啊，小祁柚。"

语气和打招呼的方式也那么熟悉，就像一双大手拨开了遮在祁柚眼前的云雾，回忆逐渐明朗。

"岁岁姐？是你！"

"是啊，难得你还记得我，你小时候我们还一起放过烟花。一转眼你都这么大了，漂亮了很多，刚才若不是你哥提醒，我都不敢认了。"徐知岁满脸甜蜜地去看祁燃。

祁柚再度瞠目结舌，好半天脑子才绕过弯来了，又是惊讶又是惊喜："所以，你就是我哥哥的女朋友？"

小两口对视一眼，祁燃搂过徐知岁的肩膀，将她往怀里带了带，挑眉道："人都带回来了，你说呢？"

祁柚随即爆发出一声兴奋的尖叫，抱住徐知岁又蹦又跳："啊——太好了！我太开心了！"

我哥没有被那些小妖精勾去太好了！

我喜欢的姐姐成了我的嫂子太好了！

祁柚晃得人头晕眼花，祁盛远皱了皱眉，提溜着她的胳膊将人从徐知岁身上拽下来。

"行了行了，有什么话进去再说，这下雨天的，总不能让人家站外头说话吧？"

"对对对，我们进去说。"祁柚挽着徐知岁往里走，又是给她找鞋，又是给她挂衣服，还不忘给乔寻洵睖去眼神——这姐姐我罩了，收起炮火，停止战斗！

乔寻洵翻了个白眼，又是一阵无语。不过她向来会看人眼色，这会儿见祁柚对来人的态度出现了一百八十度的大转弯，便知祁燃这个女朋友从前就和祁家有些渊源，对徐知岁的态度也客气了起来："快进来坐，去沙发上喝茶。"

徐知岁这才注意到一直站在祁盛远身后的美艳女人，悄无声息地打量了她一眼，想打招呼却不知道从何开口。她是祁盛远的妻子，按辈分自己是应该叫她一声阿姨的，可眼前的女人太过年轻，瞧着还不到四十，叫什么都不太合适。

似乎看出了她的为难，乔寻洵调笑道："可别把我喊老了，我不比你们大几岁，叫我'寻洵'就好，他们兄妹俩也是这么叫的。"

徐知岁这才莞尔一笑，生涩地叫了声："寻洵。"

"路上堵车吧？饭菜都做好了，这就让张姨摆上。"落座沙发之后，乔寻洵给徐知岁斟了杯茶。

"倒也不堵车，是岁岁帮你们挑礼物，所以耽误了一些时间。"祁燃突然出声。

没有女人不喜欢礼物，祁燃这么一说，祁柚和乔寻洵的眼睛顿时亮了，嘴上说着"哎呀，都是一家人，不用破费"，脖子却伸得老长。

徐知岁明白祁燃这话里话外的用心，顺势将购物袋里的东西拿出来，依次分给大家。

送祁柚的是她中意了很久的限量款香水，送乔寻洵的是只精致的大牌包，送祁盛远的是茶。东西虽然算不上特别名贵，但每一样都送到了人的心坎里。

当然，初来乍到的徐知岁是不可能如此清楚他们各自喜好的。她昨晚才知道今天要来见家长，紧张得一晚上没睡好，今早起床才想起礼物的事。好在祁燃早有准备，细心地替她打点好了一切，又三言两语将这份人情记在她头上。

看见大家对礼物爱不释手，徐知岁默默向祁燃投云感激的眼神。

饭菜上桌，大家纷纷入座。

虽说是家宴，但毕竟第一次这么正式地见祁燃的家人，徐知岁还是稍显拘谨，好在有祁柚叽叽喳喳地陪她聊天，紧张的情绪得到缓解。

"岁岁姐，你现在在做什么工作？"祁柚一边享受乔寻洵的剥虾服务，一边打听徐知岁的近况。

徐知岁喝了一口汤，小声说："我在长济医院的心身科做医生。"

她说这话时恨不得将脸埋进碗里，这样别人就看不见她眼睛中藏着的不自信。当年家里破产一直是她心里的痛，虽然祁燃不介意，但未必他家人也这么想。

像祁家这种阶层的家庭想来更讲究门当户对，而她如今只是一个小小的医生，没有家庭背景，没有财力支撑，或许在许多人眼里，都觉得她配不上祁燃。

然而祁柚的反应与徐知岁的猜想截然不同，她放下筷子，一脸骄傲地对主座上的祁盛远喊："老爷子！我们家以后就要多一位白衣天使了！岁岁姐是医生欸！"

祁盛远觑了她一眼："大惊小怪，我早就知道了！"

祁柚哼了一声，转而继续和徐知岁聊天："我小时候也想做医生来着，可是成绩太差，没那个能力。你们医院的心身科应该很厉害吧？"

"应该算吧，我老师在国内专业领域很有名气。"

"真的？那你能做他的学生，肯定也很厉害！"

祁柚对她的专业表现出极大的兴趣和崇拜，徐知岁耐心地解释，说着说着，鼻尖突然泛起了一丝感动的酸涩。

饭后，一家人在客厅说话。祁盛远在沙发上坐了一会儿，突然捧着保温杯站了起来，一脸严肃地将祁燃叫去了书房。也不知道在里头聊了些什么，直到天色渐黑，父子俩才前后脚地从楼上下来。

因着明天就是清明节，徐知岁还要回去准备扫墓的事，在祁家吃过晚饭后，就和祁燃回了自己的小窝。

到家之后，徐知岁去浴室洗去一身的寒气。坐在梳妆台前擦身体乳的时候，她思维发散地想到下午的事，转身问祁燃："你爸今天把你叫去书房说了什么？"

祁燃翻看资料的手指一顿，淡淡一笑："没什么，老生常谈罢了。"

"没什么能聊一下午？"

这会儿徐知岁换了条真丝吊带睡裙，抹了身体乳的手指在雪一样的肌肤上跳舞，弯腰涂抹小腿时，领口下的风光若隐若现。

空气中弥漫着身体乳的香气，清甜又旖旎。祁燃盯着镜子前的人看了一会儿，清晰锋利的喉结上下滚动，清冷的眼神隐着暗欲。

而徐知岁对他的反应浑然未觉，满心沉浸在护肤的舒适中，身子又往下低了低，圆润起伏的曲线像是一种无声的邀请。

祁燃深深吸了一口凉气，最终决定缴械投降，遵循内心的渴望。他舔了舔干裂的嘴唇，起身走到她跟前，蹲下身缓缓捏住她的下巴："真想知道？"

男人眼眸深邃，仿佛里头藏着星河万顷，轻而易举就让人陷落。

鼻息抵着鼻息，徐知岁目光轻轻滑过他的眉骨、鼻梁，最后定格在他薄而浅的唇，呼吸变重。

"嗯。"

祁燃将人横抱到了床上，双手撑在她的脸颊两边："老爷子说，他的战友都抱孙子了，让我抓紧。"

徐知岁勾住他的脖子，娇媚的嗓音像带了钩子："那你怎么回答？"

"我和他说不急，恋爱的流程要慢慢来。"

祁燃俯下身，唇落在她的眉心，继而往下，一点一点吻过她的眼睛、脸颊、鼻头，最后发泄似的啄吻她柔软的唇瓣。

"那你现在做什么？"徐知岁在唇齿纠缠间迷离地睁开眼，气息紊乱，心跳前所未有地猛烈起来。

她的目光下移，能看见他衣衫半褪下那丘壑分明的腹肌，还有那条清晰又性感的人鱼线。

她掌心贴近，触了上去。

"现在……"祁燃含住她的耳垂，气息全然喷洒在她的脖颈，"在带你提前操练，熟悉流程。"

关了灯的卧室幽黑静谧，落针可闻，此刻却被暧昧缠绵的激吻声填满。两人纠缠在柔软的被褥里，用尽全身力气地肌肤相贴。

最关键的时刻，客厅的门铃突然响了。徐知岁像一只受惊的小猫缩进他怀里："有人来了。"

"不管。"祁燃正在沉醉中，如何能轻易放过她，掰过她的脸，重重吻着。

门铃锲而不舍地响着，掩盖了女人断断续续的呜咽。

不知过了多久，门口终于安静了。

祁燃在一阵剧烈的喘息过后彻底停了下来，迷迷糊糊中，徐知岁的手机响了，随意扫了眼来电提醒，屏幕上闪烁着的"母后"二字让她猛地从混沌的余韵中惊醒过来。

她扯了被子裹住自己，对祁燃比了一个噤声的手势，然后按下了接听。

"喂，妈？"

回应她的是漫长的沉默，片刻之后，周韵气势汹汹的声音才从电话那边传来。

"开门！"

"……"

徐知岁匆匆套了件睡衣跑到门后，做足了三次深呼吸，才鼓起勇气打开门，对周韵绽开一个谄媚的笑容："妈……"

祁燃也换好衣服跟了出来，整理着衣领站在玄关处，毕恭毕敬地喊了声："阿姨。"

周韵脸色阴郁，堪比夜幕下的黑云，眼尾浅浅扫过二人，阴阳怪气地哼了声："哟，在家呢？那怎么我按了半天门铃都没反应？"

徐知岁用手指抠抠脑门，低下头心虚说："那什么，我们今天出去了，有点累，回来睡了一觉。"

周韵飞来一记眼刀，目光落在她脖间玫红色的痕迹上，没好气地给她扯了扯没来得及翻好的衣领，满脸都写着"你妈是过来人""你们那点破事还能瞒过我""干了什么自己心里没数吗"的王之蔑视。

徐知岁被她盯得满脸通红，恨不得挖个地洞把自己埋下去才好。

祁燃见状上前，来到鞋柜边弯腰给周韵拿鞋："不好意思阿姨，让您久等了，快进来。"

周韵又轻飘飘地睨了他一眼，面色这才有所松动，慢悠悠地把水桶包往柜子上一搁，弯腰坐到换鞋凳上。

徐知岁连忙蹲下帮忙，摧眉折腰地笑问："妈，你怎么突然回来？是山庄那边住得不舒服吗？"

周韵不冷不热地撇开她帮倒忙的手，冷哼："给你爸迁墓这么大的事我能不回来吗？怎么，不想我回来？"

"没，想哪儿去了。"徐知岁"满头是包"地闭了嘴。

周韵换了鞋，挺直腰背在屋子里转悠了一圈，架子摆得十足，颇有点皇太后巡视驸马府的意思。

"嗯，打扫得还挺干净，不像楼下，桌子一抹一手灰，好久没住了吧？"

说这话时，周韵的眼神有意无意地扫过半掩着的卧室房门，透过缝隙依稀能瞧见里头凌乱的床榻。

徐知岁横跨一步挡住她的视线，不着痕迹地带上门，嬉皮笑脸地说："哪有，你知道的，我有时候比较犯懒，工作忙就懒得收拾嘛。"

周韵哼了一声，一副"编，我听你给我瞎编"的表情。

入座沙发后，祁燃给周韵倒了杯热水，周韵接过抿了一口，顺着之前的话往下问："你们俩白天去哪儿了？"

祁燃说："我带岁岁回家去吃了个饭。"

周韵想问是"去见你父母了吗"，话到嘴边忽然想起岁岁以前提到的他妈妈病故的事，改问："见家里长辈了？"

"是。"

周韵沉了口气，握着水杯若有所思，过了会儿才说："那吃晚饭了吗？"

徐知岁小鸡啄米似的点头："吃了。"

"我没吃。"周韵斜她，话里眼里都透着一股子怨气。

徐知岁也是做贼心虚，愣是从头到尾一句都不敢驳她，连忙给祁燃使眼色。祁燃会意，作势往厨房的方向走："阿姨我去给您弄点吃的，面条可以吗？"

"等等。"周韵叫住他，吹了吹杯里的水汽，慢腾腾地站起来，"让岁岁去弄，我有话跟你说。"

"……我弄的你敢吃吗？"徐知岁咽了下口水，就差没直接问"有什么是我不能听的"。

"还能把你亲妈毒死不成？你那半吊子水的厨艺也该练练，以后自己成了家别祸害小孩。"

徐知岁嘀嘀咕咕："当初你祸害我还少嘛。"

周韵懒得再理她，给祁燃使个眼神，要他跟自己去书房聊。

徐知岁心里打鼓，紧张地扯住祁燃的衣袖。祁燃牵唇笑了下，拍拍她的手背安抚道："没事，你先去忙。"

祁燃跟着周韵进入书房之后，徐知岁也不情不愿地去了厨房。

她心不在焉，一心想知道里头在聊什么，站在门边几度瞻望，结果周韵丝毫不给面子，直接冷脸摔门，丢下一句："看什么看，锅扑了！"

徐知岁无奈缩了回去。

二十分钟后，两人从书房出来，周韵一改先前的恶婆婆姿态，脸上竟然有了淡淡的笑意，就连面条味道咸了她也没多说什么。

趁着她吃面条的间隙，徐知岁将祁燃拉到一边，低声问："我妈和你说了什么？"

祁燃深深地看她，眼里尽是缱绻的情意："当然是谈我这个准女婿转正的事儿。"

徐知岁一脸无奈："她怎么比当事人还着急？"

晚上，徐知岁乖乖和周韵回楼下休息。第二天一早，祁燃开车接母女二人去墓园。

这天依旧湿漉漉的，绵绵细雨无孔不入，即便是打了伞，肩头也湿了大半。上山的路上，周韵干脆收了伞，踩着遍布青苔的青石板缓步而上，手里是檀木质的骨灰盒。

给徐建明新迁的墓地在郊区山顶，背靠名刹古寺，前依幽静茶园。这是祁燃托人精挑细选定下来的地方，清静，风水也好，当然价格也非普通人能够接受的。故去的人或许不在意这些，却能给活着的人留一个心安。

安置完骨灰，周韵蹲下身，缓缓抚摸着丈夫的照片，像曾经无数个夜晚倚在他怀里诉说心事。

徐知岁还是不敢听，没有靠得太近，站在一旁的老槐树下痴痴望着。

祁燃过来搂住她的肩，用陪伴代替了言语的安慰，与此同时，脑海里浮现出昨晚周韵对他说的那番话——

"岁岁吃了很多苦，既然我把女儿交给你，就希望你好好照顾她，别让她再受伤害。她过得好，就是我和她爸爸最大的心愿。"

祁燃望着那肃穆的墓碑，暗暗在心里承诺："放心吧叔叔，我一定会好好照顾岁岁，绝不负她。"

下山的时候，持续了一周的雨水终于停了，空气里残留青草混杂泥土的味道。

祁燃去停车场取车，徐知岁握紧妈妈的手回望山头，仿佛能在婆娑树影下看见爸爸的影子。

他还穿着年轻时最爱的那件外套，眉目温和，一如当年。

他对着她们笑，摇手，像是告别。

徐知岁红了眼眶，默道："爸爸，我一定会很幸福，如果有下辈子，我还要做你和妈妈的女儿。"

第十六章
知足 //////

　　车上暖气打得很足，热融融的暖风吹在人身上，让寒意消散了大半，沉重的心情也跟着慢慢明朗。

　　车子开上绕城高速之后，周韵逐渐从悲伤的情绪中抽离出来，望着窗外倒退的风景，默默叹了一口气："终于了却了心头一桩大事。"

　　徐知岁从后视镜里打量了一眼王母娘娘的脸色，对着吹口风拨动自己被雨水打湿的长发，状似无意地说："是啊，总算不用再惦记这事儿了。对了，山庄那边你打算什么时候回去？我们好开车送尔。"

　　周韵不咸不淡地瞥她一眼，没听见似的转身去找自己的水桶包，拿出事先准备好的热姜汤，慢悠悠地给自己倒了一杯。

　　"才刚回来就嫌我烦了？"

　　"当然不是！"徐知岁嬉皮笑脸地说，"这不是因为我明天就要上班了，怕到时候家里没人照顾你！"

　　"我谢谢你！"周韵没好气地哼了一声，"你妈现在身体大好了，又不是没胳膊没腿，用不着任何人照顾。这次回来我就不打算再回山庄住了，最近总下雨，山里又阴又冷，住得我风湿病都要犯了。"

　　徐知岁恹恹地耷拉下眼角，周韵见状不高兴了，也跟着板起脸："怎么，觉得我搅了你俩的二人世界是不是？"

　　徐知岁皮笑肉不笑，嘴上说着"怎么可能？我当然不是这个意思"，心里却暗道"对，没错，我就是这个意思"。

　　车子顺利拐进匝道，祁燃踩了刹车，一手打着方向盘，一手去握徐知岁垂在座椅上的手，笑说："阿姨您别误会，岁岁是觉得那边有专人看护，您住那儿她放心些。不过没有关系，您想回来就回来，山庄那边我让人把房间给您留着，什么时候想去散心了，随时可以过去住。"

周韵脸上立刻扬起春风和煦的笑容，身子凑前，碰了碰徐知岁的手臂说："学学人家小燃！又会说话，又替你妈着想，可比你这件漏风的小棉袄好多了！"

"……"徐知岁无言以对。

大概是鬼门关走了一趟，许多事情看开了，周韵这次休养回来，性子明显有了改变，话变多了，撑人功力也见长，三言两语说得人哑口无言。

她从前那么不爱动的一个人，如今天天在家练瑜伽，有事没事就抱着手机看卖货直播，主播喊她一句"美眉"，她就丧失了理智疯狂下单，全然不顾她的橙色购物软件绑定的是徐知岁的银行卡！

徐知岁早上起床，被手机满屏的付款记录弄得哭笑不得。

有时候她觉得妈妈好像回到了她高中时候的样子，每天都有使不完的精力，净想着怎么收拾她。有时候她又觉得妈妈老了，变成了一个执拗又可爱的老小孩，让人轻易不敢招惹。然而有改变就是好的，这代表周韵已经渐渐从过去的阴影里走了出来。

随着周韵的回归，小两口的二人世界算是到头了。

这天开始，徐知岁每天下班之后都在周韵的督促下老老实实滚回自己的房间睡觉。

虽然祁燃还是会风雨无阻地接她上下班，也会留下和母女俩共进晚餐，但短暂的聊天代替不了拥抱和亲吻，更取代不了在他怀里入睡的安心。她的睡眠再次出了问题，时常翻来覆去无法入睡，或者半夜惊醒，然后眼睁睁等待天亮。

每当这个时候，她就会无比想念祁燃，想念他身上的味道，想念他嘴唇的温度，还有身体上最直接的冲撞和填充。

想到以后的漫漫长夜都会这么难熬，徐知岁有点崩溃，在又一个失眠的夜晚忽然萌生出一个大胆的念头，于是立刻付诸行动。

在确定周韵入睡之后，她轻手轻脚地拿起外套，摸黑出了门。

顺利进入电梯后，徐知岁没来由地脸红心跳，觉得自己这个举动未免太过疯狂。然而思念如洪水猛兽要将人吞噬，她迫不及待地想要见他。

屋外传来"吱呀"一声类似开门的响动，仔细一听还有轻微的脚步声，正准备休息的祁燃瞬间清醒，他疑心是自己听错了，走到房门口就看见徐知岁孤零零站在玄关处。

屋内漆黑如墨，唯有她头顶的一盏感应灯亮着昏黄的微光，由上而下将她笼罩，那双圆圆的杏眼澄亮似明月，直勾勾看着他。

　　她身上薄薄罩了件针织开衫，里头是吊带睡裙，领口稍低，隐隐能看见圆润的弧度，裙摆开到膝盖以上，露出一双笔直修长的腿，映在夜色中，白得晃眼。明明是日常的居家打扮，此刻却别有一种性感而勾人的韵味。

　　两人静静对视，空气中弥漫着不言而喻的爱意，似水流，潺潺流淌。祁燃喉结微微涌动，唇角不自觉地上扬，然后，朝她张开手臂。

　　徐知岁一头扎进他怀里，环住他劲瘦的腰，脑袋在他的胸膛上拱了拱："没办法，真的太想你了。"

　　"所以就偷偷跑上来？"祁燃将人紧紧搂着，脸埋进她的颈窝，深深吸着她的味道。

　　"嗯，我妈睡着了。"

　　"那她醒来发现了怎么办？"

　　徐知岁靠在他肩上，很认真地想了想："那她大概会打断我的腿。"

　　祁燃轻笑了声："那我陪你一起。"

　　"横竖都是要打断腿……"徐知岁忽而仰起脖子，直勾勾地盯着他漆黑的眼，眸中有流动的光彩。她攀住祁燃的脖子，踮脚吻上了他的喉结，"不如我们……把罪名坐实了。"

　　万籁俱寂，心跳在夜色里翻滚，疯狂而热烈。耳边只剩下彼此紊乱的呼吸，还有她落在他喉结上细密又缠绵的吮吻声。

　　她甚至伸出舌尖，顺着他喉结凸起的轮廓轻轻地刮了一下。心里像游动着一条小鱼，滑溜溜又蠢蠢欲动，血液也被唤醒，在身体里疯狂叫嚣。祁燃深深抽了口气，捏住她的下巴，迫使她抬头看自己，漆黑深邃的眼里看尽看似平静，实则暗潮汹涌，像深海里的漩涡，卷着人心甘情愿地沦陷。

　　"什么罪名？展开说说。"

　　徐知岁揪住他的衣领，眼神都迷离了："你不想？"

　　"想疯了。"

　　祁燃低头吻住她的唇，舌头直接撬开她的牙关，不由分说地探了进去。

　　屋内温度陡然升高，仿佛烈火似的，要将人烧成灰烬。

　　吻得太急，徐知岁不受控制地往后退，后背重重磕在冰冷的墙上，发出一声小猫似的呜咽。

　　祁燃搂住她的腰，唇上力道渐弱，手心迫不及待地揉着，嘴唇厮磨，每一次的深吮和含咬都像在述说着这些天对彼此的思念。

　　徐知岁慢慢找回了自己的呼吸，身体放松，仰头嘴唇轻启，生涩地回应着他的热烈，感受他身上久违的气息和温度。

　　亲得难舍难分，祁燃把人抱起来，等不及回到卧室，就双双跌进了柔软的沙发。徐知岁失了重心，后背撞下去的时候，脑袋被震得蒙了一瞬，含含糊糊地发出一声尖叫。

这动静惹醒了趴在窝里睡觉的小猫咪，它警惕地从角落里走出来，圆溜溜的眼睛盯着沙发上的人看，不明白发生了什么。看了会儿，它又悻悻地回了窝里，对人类之间的打架游戏不感兴趣。

空气里都是急促的呼吸声，徐知岁意识涣散，双手被扣在身后，身上的外套不翼而飞，细细的肩带挂在肩头要掉不掉的，裙摆也皱巴巴地堆在腰上。

祁燃一只手掐着她的腰，另一只手有一下没一下地缠着她的发梢，发挥得随心所欲，什么时候重，什么时候轻，全凭他自己的喜好。他掰过她的脸，唇贴着唇，反反复复地跟她确认："是真的很想我吗？"

徐知岁不想回答，他就变本加厉，有的是办法让她点头，然后继续追问："有多想？怎么想的？"

窗外月亮摇晃晃地挂在天边，祁燃在精疲力竭后静静地抱住她，半开玩笑半认真地说："说真的，再这么分开，我都想过要搬去你家入赘了。"

徐知岁有气无力地靠在他肩上，哼了一声："我怀疑等不到你入赘，我妈就先将我扫地出门了。"

回到卧室已经快三点了，徐知岁困得睁不开眼，倒头就睡。迷迷糊糊间摸到枕头底下有个凸起的角，顺手拿了出来，原来是本书。她定睛一看，封面上赫然印着两个大字——《暗恋》。

"你哪里来的？"徐知岁腾地从床上坐了起来，举着漫画扬手在空中一挥，祁燃差点挨了个结结实实的巴掌，幸而他反应迅速，撇过头躲开了。

"没穿衣服，小心着凉。"他无奈地沉了口气，眼睛往她身前睨了一眼，卷起被子裹住她。

徐知岁的脑袋在被子里拱了拱，光洁的手臂再次钻了出来："抱歉，我刚才不小心的。我只是想问你这本漫画是从哪里来的？"

祁燃："买的。"

"不是，我是问你怎么知道的？我都没有告诉过你。"徐知岁疑心他是在自己书房发现了什么端倪，可想想又觉得不对，除了存在电脑里的原画稿，她并没有在家里留实体书。

好吧，这些都不重要了，重要的是他看了，他看了！她从小到大对他的那点儿心思他竟然全部知道了！太羞耻了！

徐知岁生无可恋地一头栽倒在床上，扯过被子，一把捂住自己的头。

见她又是懊恼又是羞臊，祁燃忍俊不禁，侧了侧身子，扯下她遮在脸上的被子。

"这么不想我看到？"

徐知岁耷拉着眼角瞥他一眼："你看到的时候一定在心里偷着乐吧，我以前那么喜欢你，为你做了那么多傻事。"

祁燃躺了下来，胳膊从她的颈下穿过，搂过肩膀将人抱在怀里，语气认真地说："没有。我反而觉得很遗憾。"

"遗憾什么？"

"遗憾你曾经那么喜欢我的时候，我却不曾给你回应。遗憾我这么晚才知道，原来你在我身上倾注过那么多目光。但同时又觉得庆幸，我被这么好的女孩喜欢过。"

徐知岁的脑袋在他颈窝里拱了拱，半真半假地说："这样你就觉得庆幸了？以前喜欢你的女生可多了，难道你每知道一个都觉得遗憾？"

"当然不是。"祁燃在被子里不轻不重地掐在她腰上，"你才是住在我心里的那一个。"

徐知岁身子轻轻地颤，原本浮躁心情也被他的话给熨平了。看了就看了吧，他们以后要在一起相守一辈子，这件事他迟早是要知道的。何况她还因为这本漫画赚了一套房，这样想想，还挺骄傲的。

"其实不只是这本漫画，还做了很多傻事。我写了一整本关于你的日记，在上课的时候偷偷画下你的剪影，你还记不记得有一次，我上课画画被语文老师发现了，被骂了一堆很难听的话，当时那张画像上面的人，就是你。那样的画像我存了几十张，只不过后来……"

"后来怎么了？"

"后来因为赌气，一把火烧掉了。现在想想还挺心痛的，如果当时不那么冲动，说不定以后还能指着那堆宝贝和我们将来的小孩说爸爸妈妈的故事。"

祁燃摸了摸她的头发，目光空洞地望着天花板，若有所思。过了会儿，他说："岁岁，继续画下去吧。"

"嗯？"

"我知道你的很多读者都在等你的续集，既然我们已经在一起了，不妨和他们分享这个好消息。而且，画画也曾是你热爱的事情，别轻易放弃。"

徐知岁垂眸沉思，自己心里也有一个天平在摇摆不定："这件事情……我得好好想想，我现在不一定有那么多时间。"

"嗯，我只是给你建议，最终怎么做还是你自己决定。"祁燃替她掖了掖被子，"睡吧，很晚了。"

为了不被周韵女士抓个现行，徐知岁只睡了三个小时。虽然嘴上说着不怕，但一想到小时候被周韵拿衣架抽的场景，她心里还是有点怵，不得不忍着腰酸背痛和浓浓的困意和温暖的被窝来个告别，赶在周韵起床之前回到自己的房间。

昨晚穿来的睡衣已经被踩践得惨不忍睹，好在祁燃这儿留了满柜子她的衣物，时间来不及，她随手挑了一件，套上就下楼。

蹑手蹑脚地打开家门，徐知岁在心里默默祈祷王母娘娘还在熟睡，结果刚探进一个脑袋，就和起床上洗手间的周韵撞了个正着。

两人谁都没动，就这么大眼瞪小眼，气氛尴尬异常。

周韵揉了揉眼睛，从上到下打量了她一眼，又回头看看墙上的钟，终于开口："你怎么从外面回来？"

"那什么，我下楼晨跑了。"徐知岁不自然地挠挠耳朵，无比庆幸自己有先见之明，穿了一身宽松的休闲装。

"太阳打西边出来了，你早上六点起来晨跑？"周韵似乎还没睡醒，半信半疑地扫了眼墙上的挂钟。

徐知岁继续面不改色："对啊，生命在于运动，我不能输在抗老的起跑线上。"

周韵翻了个白眼，一脸"懒得理你"的表情，转身进了洗手间。

后来很多个晚上，徐知岁都像这天一样，在周韵入睡之后偷偷溜到楼上，和祁燃分享一个属于彼此的夜晚，然后赶在周韵起床前回到自己房间。

很长一段时间里，她都为自己的反侦察能力而沾沾自喜，直到某天，周韵女士抱着刚洗完澡的小猫咪在阳台上晒太阳，有意无意地说："你就横吧！按照你爸妈这个发展速度，你应该很快就要多个弟弟妹妹了，到时候你就不再是家里的独生子了！"

她说话声音很大，生怕别人听不见似的。徐知岁听得心里直打鼓，这才知道原来周韵早就发现她偷偷摸摸做的那些事儿了，只不过懒得戳穿她，就那么看着她演了大半个月的"晨跑"。

许久之后，当周韵真的升级成了外婆，徐知岁在某次饭后偷偷问周韵到底是怎么发现的，她自认为做得很隐秘，而且每次都能赶在周韵起床前回家。

周韵不冷不热地瞥了徐知岁一眼，一边拿玩具逗着她的宝贝外孙，一边说："你第一天去的时候我就发现了，谁会穿个拖鞋去晨跑啊？还有，祁燃脖子后面的挠痕是你搞的鬼吧？"

徐知岁："……我竟然把这茬给忘了。"

进入五月之后，祁燃工作越发忙碌，一个月里大半的时间他都在出差，全球各地跑，另外半个月还要带着团队继续研发。

徐知岁不太过问他工作上的事情，只知道“盛远”的某款高端系列手机即将上市，而祁燃是这个产品的总负责人。她还没见过那款手机，祁燃也卖关子，说到下个月的新品发布会再带她去现场揭开它的庐山真面目。

祁燃出差在外的时候，两人只能通过手机保持联系，但由于时差和工作的原因，一天其实说不上几句话，徐知岁因此多了一段相对闲暇的时光。

夜里睡不着时，她就一遍遍翻看自己和他的聊天记录，有时也会把曾经画过的关于他的漫画拿出来看，越是回忆那些细节，想出续集的念头就越强烈。

终于在某个失眠的夜里，她鬼使神差地拿起平板电脑，打开了许久不曾用过的画图软件。

五月的最后一天，五月天乐队承诺歌迷的线上演唱会如期而至，当第一首歌曲唱响，许久没上线的漫画博主“岁岁平安”猝不及防地更新了一条微博——

【《暗恋》第二季，第一话，重逢。[图片.jpg]】

读者：【过年啦！！！】

不过是一晚上没有看手机，徐知岁的微博就炸了，上班路上各式各样的评论私信涌进来，振得她手都要麻了。下午病人不多，她抱着手机逐条评论看过去，嘴角也跟着情不自禁地上扬。

“徐医生，有问诊。”冯蜜敲门进来，递上患者的挂号单。

徐知岁放下手机，迅速投入工作状态：“好，带进来吧。”

冯蜜对着护士台的方向招了招手，便听得走廊外传来气势凌人的高跟鞋声。

来人是个与徐知岁年纪相仿的女人，长相明艳，妆容精致，一头栗色的长鬈发一看就是精心打理过的，身上穿戴的首饰和搁在桌上的名牌包更是价值不菲。一入座，徐知岁就闻到了她身上淡淡的香水味。

很熟悉的，自由之水的味道。

徐知岁视线从电脑上挪开，抬眼扫了一眼对面的人，同样的，那个女人的目光也毫不掩饰地打量着她。

那是一种不动声色的、要将人剥丝抽茧般的眼神。

“陈安雨是吗？大致什么情况？”徐知岁收回视线，拿过她的就诊卡在机器上刷了一下，电脑上很快出现她的个人信息。

陈安雨盯着徐知岁：“我失恋了。”

徐知岁愣了一下，她接诊过很多病人，其中不乏因为失恋而出现身体问题的年轻人，但大多数患者会先讲述自己的躯体症状，譬如“我最近总是失眠”或者“我总是感到心慌”等，然后医生再顺着患者的情况往下问，找出病因，下诊断。

像陈安雨这样，一上来就直截了当说明自己遭遇的人并不多，徐知岁心想莫非她是把心身科和心理咨询搞混了？以前也有不少这种案例，因为失恋，一进门就抱着医生胳膊崩溃大哭的。

出于职业素养，她耐着性子问："所以情绪受到影响了是吗？"

"是，很难过，而且还有些不服气。"陈安雨的目光就没从她脸上挪开过。

徐知岁问："情绪低落多久了？是想到这件事就很难过，还是反复心境低落？"

陈安雨说："记不清了。"

"那生理上有没有出现什么问题，比如失眠、思维迟缓或记忆力减退等。"徐知岁噼里啪啦地敲着键盘，一边问一边记录陈安雨的症状。

陈安雨："失眠，这个应该有吧。刚开始知道他交女朋友的那几天，我整夜整夜地哭，睡不着，早上起来枕头都是湿的。我那么喜欢他，为了他出国，又为了他回来，我在他背后默默追逐了那么多年，到头来他却和别人在一起了，我不甘心。"

徐知岁听出来，这是一场没有结果的单相思，是陈安雨单方面的自我感动，严格意思上来说这样的情况都不能叫作失恋，而是一种情感困扰。

她或许有很多方法来开导对方，可是当时不知怎么想的，可能是出于女人的第六感，她问："那这期间，他有给过你回应吗？"

陈安雨自嘲地笑了笑："我说没有，是不是显得我更蠢了？可是我就是这么蠢，明明他连正眼都不肯瞧我，我却厚着脸皮接二连三地打扰他，甚至还……"

陈安雨抬眸，意味深长地扫了徐知岁一眼："甚至还想知道，他到底找了个怎样的女人，而我又输在哪里。"

两人静静对视，空荡的办公室落针可闻，空气中却流淌着一股怪异的气氛。直到门口传来其他等待就诊患者的咳嗽声，徐知岁才淡淡收回目光，言归正传："其他不对劲的地方还有吗？有没有比较极端的念头？"

陈安雨："没有。"

徐知岁："食欲怎么样？"

陈安雨："还行。"

徐知岁："体重呢？有没有变化？"

陈安雨："没有。"

一连问了好几个问题，陈安雨的回答一切正常，徐知岁停下了敲打键盘的手，眼神平静地望着她。

"根据你阐述的情况，基本可以排除患有心理疾病的可能，我想你大概是还没从情感问题上走出来，所以情绪波动比较大。如果你需要，我可以介绍认识的心理咨询师给你。"

陈安雨看了她一会儿，站起来笑了笑："不用了，谢谢。"

徐知岁耸耸肩，往门口的方向抬了抬下巴："行，那我就不送了，我这里还有别的病人。你要是有别的不舒服，可以随时再过来。"

陈安雨讥讽地撇了下唇，拎上包，转身走了。

徐知岁看着她离开的方向发了会儿呆，片刻后摇摇头，甩开那些乱七八糟的念头继续工作。

冯蜜带着下一个患者走了进来，一脸奇怪道："啊？刚才那个美女就那样走了？什么检查都没做欸。"

徐知岁对新进来的患者点头微笑，接过病历卡，示意他先坐。

"不用检查了，她没有生病。"

"盛远"的新品发布会定在六月初，祁燃回国途中遇事耽搁，等到降落帝都已经是发布会的当天早晨。作为产品主讲，他必须赶回公司提前熟悉流程和演讲稿，只能安排助理蒲新来接徐知岁去现场。

发布会的地址定在集团内部的大型报告厅，网络上早有预热，不少业内人士和媒体记者受邀而来，大门前排起长龙，等待安检。徐知岁跟随蒲新来到二十九楼的研发总裁办公室，被告知祁燃还在楼下开会，让她先在此休息片刻。

等招待她的人都退了出去，她百无聊赖地打量起眼前这个办公室，窗明几净，装修简约大气，一看就是祁燃的风格。柜子上陈列着各种文件，还有一些她看不懂的模型，墙上挂了一幅潦草的墨宝。

正端详着上面到底写了什么，外面突然响起一阵脚步声。她跑到门边，透过狭窄的门缝看见祁燃朝这边过来，心念一动，躲在了盆栽后面准备给他一个惊喜。

然而她身后不过是一面斑驳的雾化玻璃，根本给不了她任何掩护。祁燃边解西装扣子边往里走，一眼就看见了玻璃后站着的人影，原本平直的唇角忍不住往上弯了弯。

听见门锁拧动的声音，徐知岁在心里默念三个数，自认为出其不意地从盆栽后蹦了出来："嗨！Surprise（惊喜）……"

话没说完，被人捞进怀里，低头吻住。

祁燃一手扣住她的后脑，一手搂着她的腰，转身将她按在玻璃墙上，放肆发泄这半月以来的想念。

他吻得很急，缠绵而热烈，几乎是不给她任何反应的时间，舌头就长驱直入，霸道地和她纠缠在一起，含着吮着，怎么都觉得不够。

徐知岁被他撩拨得心跳加速，身子瞬间软成一摊烂泥，只能搂住他的脖子寻求支撑。

"唔……外面看见了。"她觉得自己快喘不上气了，推搡着他的肩膀求饶。

"那你刚才还躲在这儿？"

祁燃轻咬了一下她的唇瓣，腾出一只手，嘭地带上门，又弯腰将人横抱起来，边吻边朝沙发的方向走。

他关门的动静大且响，震得整层楼的玻璃都跟着晃了晃。外头几位助理在一阵面面相觑之后，鸟兽四散地回了自己工位，鸵鸟一般埋首工作，没人再敢往总裁办公室的方向看一眼。

傍晚的夕阳藏进云里，天边火烧一般，柔软绵长的光线透过圆弧形的落地窗，静静洒满整个办公室，更给屋内的暧昧动静添了几分旖旎的气氛。

两人纠缠在沙发上，细细密密地亲吻。徐知岁被祁燃抱着，坐在他腿上，呼吸也被他掌控着。从她的角度，隐约能看见玻璃墙外模糊的人影，还有助理们忙碌时噼里啪啦敲打键盘的声音。

想着办公室外还有人，徐知岁一颗心不上不下悬在了嗓子眼，却在这密密灼灼的激吻声中感受到了一种前所未有的刺激。然而祁燃并没有进一步的动作，只是以一种要把她吞进肚子的气势沉醉地吻着她。

其间，办公室外传来电梯的叮咚声，徐知岁下意识收回了搭在祁燃脖子上的手，睁开眼睛去瞟窗外。祁燃不满地咬了一下她的舌尖，唇贴着唇呢喃："专心点。"

徐知岁闷哼了一声："有人来了。"

"没关系，他们会应付。"

果然，外头很快想起一阵急促的脚步声，蒲新手疾眼快赶在来人敲门前将他拦了下来，压低声音说："不好意思，我们祁总在忙，麻烦您过会儿再来找他。"

那人犹疑，却没多问，应了两句就转身离开了。

徐知岁竖起耳朵听着外面的动静，报复性地也咬了祁燃一口，弯唇揶揄："我们祁总，好忙啊！"

祁燃不语，回以更深的亲吻。

不知过了多久，两人亲累了，终于将呼吸还给彼此。祁燃伏在她的颈窝处深深喘息，日夜的忙碌让他眉眼间有了浅浅的疲惫，下巴也长出一圈乌青色胡楂，蹭在皮肤上有些刺痛，徐知岁不适应地动了动身子，却被他一把按住了肩膀。

"别动，让我抱着你充会儿电。"

徐知岁心软如泥，恨不得化成一汪水去接纳他，轻柔地抚摸着他的短发，问："是不是累了？"

　　祁燃"嗯"了一声，环住她的腰，放任自己在她温柔的气息中沉溺。

　　"晚上发布会，紧张吗？"

　　"紧张说不上，压力多少有点吧。这个项目我们团队跟进了很久，也是在国外对我国实行技术封锁后，首次推出我们公司自主研发的芯片和系统。全国乃至全世界都在看着，我想把它做好，最主要的是，我不想让自己失望。"

　　"嗯，我相信你可以。"

　　"祁总，"办公室的门被敲响，眼看着发布会的时间临近，蒲新不得不硬着头皮前来提醒，"现场已经全部布置完了，您也要下去准备了。"

　　"好，就来。"祁燃松开怀里的人，胳膊从她的腿窝下穿过，将她抱到一旁沙发上，"我得先过去了，一会儿蒲新会带你去现场，晚点结束了我再来找你。"

　　"好。"徐知岁也跟着站了起来，帮忙给他调整歪了的领带，末了，踮脚环住他的脖子，仰头在他唇边送上浅浅一吻，"把我今晚的好运都给你，祝你成功。"

　　祁燃眉梢染上温和的笑意，摸了摸她的头发，说："乖，等我。"

　　晚饭是总裁办的助理送上来的，徐知岁随便吃了几口，抱着手机看了会儿文献，很快就到了发布会的入场时间。

　　照旧是蒲新出来领她去现场，他们去得晚，能容纳几百人的厅里此刻座无虚席，前排记者扛着长枪短炮调整视角，后边是一些受邀参加的业内人士，和靠平台抽奖获取入场机会的品牌粉丝，几十个身着黑色制服的安保人员站在两侧维持秩序。

　　徐知岁被带到了视野最好的中间位置，或许是怕她不适应这样的场合，落座后蒲新也没离开，不停询问她的需求。徐知岁本就不是个多么挑剔的人，默默躲在人群中也没人知道她是谁，反倒是蒲新的嘘寒问暖吸引了不少公司内部人员的目光。

　　有人将偷拍她的照片发到群里，炸出了一堆热爱八卦事业的摸鱼同胞。有所谓的"知情人士"爆料就是祁燃的女朋友，两人的感情故事被添油加醋，传得神乎其神，爱慕祁燃的小实习生们纷纷表示自己失恋了。

　　当然，坐在会场里的徐知岁对这些讨论一无所知，晚上八点一到，发布会准时开始，整个场厅的灯暗下来，在一片静谧中，大屏幕开始滚动播放关于盛远集团发展历程的幻灯片。

　　长达三分钟的视频科技感十足，每一帧画面都让人眼前一亮，伴随着音乐的停止，舞台上亮起一束耀眼的聚光——

祁燃出现在舞台一侧。

他扣起西装纽扣，缓缓走到了舞台中央，对台下微微一笑，拿起话筒："大家好，我是盛远集团的研发负责人，祁燃。"

台下倏地响起热烈的掌声，徐知岁眸光熠熠，也跟着卖力鼓掌，在接下来的很长一段时间里，她的目光再未从祁燃身上挪开。

台上的祁燃和两个小时前很不一样，西装挺括，头发一丝不乱，一扫先前的困倦，举手投足间都是成熟稳重的男人气息，他气定神闲，谈吐从容，不卑不亢，整个人都神采奕奕的。

看着这样的他，徐知岁脑海中不受控制地回想起了读书时的场景。

高一新生的入学大会上，祁燃作为优秀学生上台发言，吸引了全校师生的目光，少年清隽挺拔，一身蓝白色校服穿在他身上显得格外好看。那时徐知岁就觉得他整个人像在发光，他是这世界上最美好的存在，让人心甘情愿地在他身后追逐。

当记忆与眼前的画面重合，就像一部青春电影有了美好的续集，而她也终于得偿所愿，成了能够与他并肩同行的那个人。

徐知岁侧身拭去眼角的泪意，奋力为他鼓掌。

如果可以，她愿意永远站在他身边。

一个半小时的发布会，祁燃从品牌文化介绍到了公司的发展，又从产品功能讲到了设计它的初心，以及研发中遇到的种种阻碍。这些原本让人觉得枯燥的内容，从他口中叙述出来却让人听得痴迷。

"早在十年前，盛远就在下一盘很大的棋，我们今天做出的所有努力，都是为了有朝一日我国企业不用再受制于人，不会因为生产不出一个小小的零件而随时面临破产的风险。

"很荣幸，盛远发展到今天遇到了一批志同道合的伙伴，也受到了更多用户的关注和青睐，但我想说盛远的目标远不止这些，从今天起，盛远将开创自己的时代，正式对抗行业内的技术垄断，国外能生产出来东西，我们国人照样可以！谢谢大家，我的演讲完毕。"

发布会在雷鸣般的欢呼声中拉下序幕，观众自发起身鼓掌，直到祁燃鞠躬下台，掌声久久不断。

散场之后，徐知岁第一时间冲到后台，给了祁燃一个大大的拥抱。

"救命！你好帅！"

祁燃正在换衣服，毫无预兆地被她搂住脖子，险些重心不稳，带着她一起往后倒，好在及时扶住了旁边的桌子，这才避免与大地来了个亲密接触。

他身子晃了晃，环住徐知岁，无奈失笑："只是帅而已？"

徐知岁侧着头想了想："还很有魅力，你不知道，直播上好多女网友都激动得喊你老公了。"

祁燃皱了皱眉，一脸认真地说："我和她们没有关系。"

"我知道啊。"

"那她们为什么叫我老公？"

"这只是一种夸你帅的方式，你不喜欢？"

祁燃松了松领带，从助理那里接过存放的手机，语气不明地说："不喜欢，最该叫我老公的那个人从来没叫过。"

徐知岁脸红地去看旁边工作人员的反应，扯扯祁燃的衣角小声说："能不能回家聊这个，这么多人听着呢。"

祁燃挑起眉梢，俯身在她耳边道："那说好了，回家叫给我听。"

发布会之后有场庆功宴，祁盛远打来电话，让祁燃换好衣服就过去应酬宾客。

祁燃挂了电话，伸手将徐知岁垂落在脸颊两侧的发丝挽到耳后，说："我要先过去了，一会儿小蒲会带你上楼收拾一下，祁柚特意为你准备了几身礼服，你挑挑看。"

"我也要过去吗？"徐知岁眨了眨眼睛，显然没料到后面会有自己的事，还以为只是来看个发布会就结束了。

祁燃换上新西装，慢条斯理地整理着袖口："难道你觉得除了你之外我会有别的女伴？"

徐知岁张了张唇，想说些什么，最后只化作一声惶恐的叹息："可是我没去过那种场合，有点怕……"

"没事的。"祁燃上前两步，双掌搭上她的腰，将人往怀里带了带，"就是一场普通的酒会，来的都是生意场上相熟的朋友和我爸的至交，不会有人为难你。而且，作为我的另一半，这种场面以后你迟早要露面的，别怕，一切交给我来应付，你负责漂亮就好。"

徐知岁认真想了想，觉得他说得很有道理，何况今天是个好日子，理应为他庆祝。她深吸了口气，像是下定了什么决心，说："那好吧，我去。正好也借此机会让别人都知道，你已经名草有主啦，别整天惦记我男朋友！"

"好主意。"

宴会厅里觥筹交错，商业酒会的布置向来极有格调，灯光如瀑，搭配少量的鲜花点缀，氛围恰到好处，侍应生彬彬有礼，端着托盘穿梭在人群中。

祁燃一进门就被鲜花美酒包围，祝贺和赞美声纷沓而来。祁盛远带着他和世交长辈叙旧，等收到徐知岁发来的消息已经是一个小时之后的事了。

他费了好一阵工夫才得以从一众阿谀奉承中脱身，赶到大厅时徐知岁正好进门，低头摆弄着手机，吸引了满室男人的目光却浑然未觉。

她身上穿了件酒红色高开衩鱼尾礼服，质感垂顺，款式优雅大气，行走间修长笔直的腿若隐若现，前襟也开得低，完美勾勒出她前凸后翘的迷人曲线。长鬈发被高高盘起，露出纤细白皙的脖颈和深刻的蝴蝶骨，搭配精致明艳的妆容，优雅中又透着点勾人的性感。

有两个男人从进门之后，眼睛就跟长在她身上似的，满脸写着垂涎欲滴，若不是服务生提醒，两人险些撞上了前头的玻璃门。

祁燃蹙了蹙眉，不禁加快了步伐，走到徐知岁跟前，隔绝了其他男人的视线。

"看路，别玩手机了。"他说。

徐知岁闻声抬头，弯弯的眼睛里似有漫天星河："你来了，里头人多吗？"

"还行。"祁燃沉吟，目光深邃地打量她，最后落在她胸前微微隆起的曲线上。

徐知岁注意到他的视线，下意识用手捂了捂，赧然道："这已经是那些礼服里最保守的一件了，是不是……不好看？"

"不，很漂亮。"

但，也很招人。

徐知岁很少有机会这样打扮，平日里上班为了图方便都是怎么简单怎么来，可她的底子摆在那儿，素面朝天时都能让人眼前一亮，精心打扮之后，更是让人觉得惊艳。

就像一杯后劲十足的烈酒，例如长岛冰茶，初初品尝只觉得它清甜，味道色泽都像超市货架上随处可见的冰红茶，可只有真正喝过它的人才知道这酒有多烈，多上头。

祁燃目光在她身上流连，喉结下意识滚了滚，揽住她的腰身，在她耳边低声道："但是一想到，一会儿会有很多男人盯着你看，我又觉得舍不得。"

徐知岁抬头嗔他："吃醋了？"

祁燃笑而不语，无比自然地握住她的手挽上自己的胳膊："走吧，里面已经开始了。"

两人在侍应生的引领下往里走。到了宴会厅门口，徐知岁足足做了三组深呼吸，才朝门口的侍应生微微点了下头，示意他可以开门。

大门缓缓打开，所有的浮华声色在一瞬间归于沉寂——像是感知到了什么，现场的所有人都不约而同地朝门口望去，眼神各异。

徐知岁挽着祁燃的手入场，当真正成了万众瞩目的焦点，她才发现自己并没有先前想象中那般紧张和不安。

是啊，她为什么要害怕呢？能光明正大站在他的身边，不是她年少时候的梦想吗？如今梦已实现，她该开心才是。

这样想着，徐知岁渐渐放松下来，姿态从容，步伐优雅，不知不觉将这满室的鲜花都比了下去。

祁燃带她去了祁盛远那边，刚打完招呼，很快有生意场上的长辈和朋友围了过来，祁燃一一为她引荐，毫不吝啬地向大家介绍这是他的女朋友。

徐知岁长得漂亮，嘴也甜，从小就是很讨长辈们喜欢的性格，三言两语就哄得大家捧腹大笑，直夸祁燃眼光好。

"老祁啊，你真有福气，儿女双全，女婿儿媳一个比一个出色，搞得我都羡慕你啦！"

"是啊！什么时候办好事啊？我可等着喝你们家喜酒呢！"

祁盛远摆摆手，笑得眼睛都眯成了一条缝："快了快了，有好消息一定通知你们！等再过两年，我也能在家抱孙子了，到时候我天天抱去你们家炫耀！省得你们之前老气我！"

众人哈哈大笑，徐知岁耳尖一热。

应付完最后一拨宾客，祁燃牵着徐知岁走到角落，蹲下身查看她的脚踝。

新鞋磨脚，徐知岁又不常穿高跟鞋，脚后跟磨起了一个水泡，他心疼地触碰了一下，温声问："痛不痛？"

徐知岁点点头："有点，不过还能坚持。"

祁燃深吸一口气站了起来，正想着找个办法解决，另一双镶满细闪的高跟鞋映入眼帘。

鼻尖传来一股浓烈的香水味，祁燃皱了皱眉，下意识往徐知岁身前挡了挡，目光紧紧锁着某个方向。

徐知岁觉得奇怪，回过头，看到了一个高挑而窈窕的身影。

来人穿了一身浅淡的裸色纱裙，长而卷的头发慵懒地散在肩上，本是一个仙气十足的造型，却与她本身高傲凌厉的气质格格不入。

女人视线落在祁燃紧紧牵着徐知岁的手上，眼神受伤，很快又掩了过去，抬眸对祁燃扬唇一笑："好久不见，祁燃。"

祁燃不说话，只是直直地看着她，眼里写满了防备。

"你不要这样看我，我没有恶意，我只是好久没听过你的声音了，想来和你说说话。"女人苦笑，又将目光转向他身后的徐知岁，意味不明地说，"顺便再来祝福一下二位。又见面了，徐医生。"

徐知岁不动声色地扫了她一眼，唇角牵起一抹浅淡的微笑："是啊，又见面了，陈小姐。"

"你见过她？"祁燃回头，眼神担忧。

"是，在医院，陈小姐挂过我的号。"徐知岁轻轻回握他的手，示意他不必那么紧张，"不过陈小姐的状态似乎没有问题，所以很快离开了。"

陈安雨苦涩地扯了下唇角："当时得知一些事情，心里不好受，想去找人开导开导，至于我难过的原因……祁燃，你应该知道吧？"

祁燃冷笑："陈小姐说笑了，我们并不相熟，连朋友都谈不上，陈小姐的烦恼我又怎么会知道？"

陈安雨脸色惨白，再也装不出一个笑来。

气氛正僵持着，蒲新握着手机上来，在祁燃耳边低语了几句。祁燃神色微微一变，回头对陈安雨说："陈小姐的祝福我们收下了，至于其他的，真的没什么可聊，陈小姐请好自为之。我还有事，先走一步。"说完，牵起徐知岁的手，朝大厅中央走去。

"你那么紧张干什么？"徐知岁亦步亦趋地跟在祁燃身后，回头遥望，发现陈安雨还站在原地，低头捂脸，肩膀轻轻地颤抖。

祁燃叹了口气："说来话长，我回头再跟你解释。"

来到吧台旁边，他对正在和小姐妹交谈的祁柚勾了勾手，祁柚立刻放下手里的酒杯走了过来："哥，有什么指示？"

祁燃："我要出去回个电话，帮我照顾一下你嫂子。"

徐知岁无奈地送了他一个白眼："我又不是三岁小孩了，干吗还需要别人照顾？"

祁柚却笑着在额前比了个敬礼的手势，嬉皮笑脸道："保证完成任务，绝不让人欺负了我嫂子！"

祁燃走后，祁柚的塑料姐妹花们很快簇拥过来找徐知岁聊天。能在这个圈子里混的人都是人精，她们见祁燃全程那么维护这位女朋友，便知徐知岁在祁燃心里的分量，交谈间处处恭维着她。

徐知岁低吟浅笑，和谁都能说上两句，可脚后跟的水泡让她站立不安，低头一看，发现水泡已经破了皮，伤口处磨出血来。

看似一个不大不小的创口，但这样的痛或许只有女人才懂，她实在忍无可忍，问侍应生要了一张创可贴，匆匆去了洗手间。

酒店的洗手间在走廊尽头，装修很有格调，空气中弥漫着清新淡雅的香薰，徐知岁贴好创可贴从隔间出来，一开门，就见陈安雨抱胸倚在洗手台上，直勾勾地盯着这边。

徐知岁淡淡扫了她一眼，并无太多意外，拂了拂裙摆，平静地走到洗手台前。

"你果然早就猜到了，所以今天见到我，一点儿也不觉得意外。"陈安雨转身，透过镜子看她。

"先前还不确定，只是觉得你的背影和你身上的味道很熟悉，才想起来我原来是见过你的。"徐知岁对着镜子理了理耳边的碎发。

"你见我？什么时候？"

"祁燃住院的时候，你从我身边经过，我闻到你身上的香水味，后来到他的病房，我闻到了同样的味道。如果我没有猜错，他住院的消息是你透露出去的吧。"

陈安雨笑了一声："你比我想象中聪明，既然这样，我们不如把话说开。有没有兴趣听我讲个故事？"

徐知岁摇头："不好意思，没兴趣。"

"你是没兴趣，还是不敢听？你怕从别人口中听到一个陌生的邓燃？放心，听完这个故事，只会让你知道他有多么爱你，而我有多么可笑。"

徐知岁不说话，将手放在水龙头下接水，出于医生的职业习惯，每一次洗手都要用洗手液里里外外搓上七遍。

陈安雨将她的沉默当作默许，从包里取了烟盒，点了一根放到嘴边。

"我家和他家有生意上的往来，早在读高中的时候我就认识他了。我从未见过他那样的少年，耀眼夺目，好像天上的星星。我奋不顾身地爱上了他，甚至得知他要出国留学的时候，我请求家人让我也出去读书。我知道有很多女生喜欢他，可没有一个人敢为了他这么豁出去。

"读大二那年，我向他表明了心意，结果当然是他拒绝了我，他说他心里已经有了别人，我不信，我说我可以等，等到他忘记过去，爱上我。我以为只要我守在他身边，他终有回头看到我的那一天，时间会消磨一切。

"可就像他低估了我对他的心意，我也同样地低估了他爱你的决心。我在国外守了他七年，看着他一步步成熟，一步步强大，他前脚决定回国，我后脚也跟了回来，可是等到的，却是他为另一个人挨刀，上了新闻。

"你知道我看到那个视频的时候是什么心情吗？我觉得那刀仿佛砍在了我身上，心痛之余还觉得不可思议，他那样一个冷冰冰的人，竟然会为了一个女人置生命于不顾？那时候我就有预感，他终于找到他心里宁着的那个人了。

"我打了他一晚上电话，他没接，我只好第二天亲自跑去了医院，换来的只是他一句'别在我身上浪费时间了'。我赌气，就将他住院的消息传了出去，扰得他没办法再在医院住下去。后来，我很久没有他的消息，只是听说他从家里搬出去了，没人知道他住在哪里。"

说到这儿，陈安雨看了正在清洗泡沫的徐知岁一眼，苦笑："如果我没猜错，他一定搬去离你最近的地方了吧。男人啊，他对一个女人有多深情，就对另一个女人有多薄情。

　　"起初我不服气，不知道自己哪里比不上你，我自认为比你长得漂亮，家世也比你好，也懂讨他欢心。他喜欢性格活泼的，我就假装开朗；他喜欢黑长直，我就从来不染头发；他喜欢清淡的妆容，我每次晚会都是全场最素雅的。

　　"可今天看见你我才明白，哪里有什么标准，你就是他的那个标准，只要那个人是你，怎样他都喜欢。还记得刚才他提防我那个眼神，我其实从来没有想过要拿你怎么样，当我看见他那么紧张你的那一刻，我知道自己彻彻底底地输了。徐知岁，我不是输给你，我是输给他。"

　　徐知岁不知道自己是以怎样一种心情听陈安雨说完这些的，等她回过神来，眼角已经有了潮湿的泪意。

　　看着镜子里吞云吐雾的女人，徐知岁心中不是没有一丝动容的，她想到了很多年前的陆嘉，还有不计其数暗恋着祁燃的女生，她们的青春是不是同样只能活在阴影里，永远等不到想要的那个结果。

　　曾几何时，她以为自己也是她们之中的一个，但上天到底是可怜她，多少人求之不得的爱，她得到了。

　　包里的手机响了，是祁燃打来的电话，大概是找不到她人等着急了。

　　徐知岁拿出来看了一眼，却没着马上接，而是抬头看着陈安雨，平静地开口："有一点你可能不知道，我对他的喜欢远在你之前，早在你刚认识他的时候，我就喜欢他将近七年了，前前后后加起来，我对他有二十年的感情。我承认我或许比你幸运，但我对他的爱一点都不比你少，从前是，未来也是。"

　　徐知岁从洗手间出来，一眼就看见了站在拐角处的祁燃，他低头摆弄手机，表情焦急。

　　几秒钟之后，徐知岁握在手里的手机再次响起铃声。

　　不用看，她知道是谁打来的。

　　"干吗不接电话？知道我找不到你有多担心吗？我差点让人去调监控。"祁燃寻声朝这边看来，看见要找的人出现在门口明显松了一口气，语气却带着些许的责怪，想来是关心则乱。

　　徐知岁望着他痴痴地笑，脚步加快，张开手臂一头扎进他怀里。祁燃微微一愣，心却跟着软了下来，单手揉了揉她的后脑，温柔道："怎么了？受欺负了？"

徐知岁摇头，毛茸茸的头发蹭着他的颈窝："没有，有你在谁敢欺负我？"

　　"那怎么突然撒娇？"

　　"想抱抱你不行？"徐知岁搂着他的脖子不肯放。

　　祁燃无奈地笑笑，拍拍她的肩膀："好了，回去再撒娇。现在先把鞋子换了，刚才不是说脚疼吗？"

　　徐知岁低头看了一眼他手上的东西："你从哪里找来的拖鞋？"

　　"问酒店拿的，我看你脚都破了，再不换一双，明天怕是没办法走路了。"

　　"哪有这么娇气。"徐知岁笑着松开他。

　　"在我身边，我允许你这么娇气。"

　　祁燃蹲下身，为她解开高跟鞋的扣带，又握住她的脚踝小心翼翼地给她穿上舒适的拖鞋。末了，他将她的红色高跟鞋拎在手里，另一只手牵住她："走了，回家。"

　　徐知岁鼻头再次酸涩，头靠在他肩上："祁燃，我爱你。"

　　祁燃用脸颊蹭蹭她的头发："有多爱？"

　　"反正比你爱我还要爱！"

　　"不可能，在这件事上我不允许自己输给你。"

第十七章
让我照顾你 //////

"我们就这样走了真的没有问题吗？"

车子开出地下车库，没入霓虹灯影里的车流，酒店恢弘的建筑被远远甩在身后，徐知岁才想起里面的酒会并没有结束，身为主角的他们提前离场似乎有些说不过去。

祁燃不慌不忙地打着方向盘，目光不时瞟着后视镜："没关系，我已经打过招呼了，剩下的老爷子会应付。"

徐知岁"哦"一声，没了声音，转头去看窗外的夜色，摇下窗，任由微风拂过脸颊，繁灯和高楼交相辉映，在她眼底投下一片绚烂星河。

她大概是不知道自己这般模样在男人眼中有多么动人，车子停在十字路口等红绿灯时，隔壁车上的男人看得眼睛都直了。

祁燃冷冰冰地往窗外睨了两眼，沉着脸按动开关，将她那边的车窗打了上去。徐知岁回过头抗议，祁燃没什么表情地回了句："冷。"

徐知岁心想这大夏天的哪里冷了，但也懒得拆穿他，胳膊懒洋洋地往中央扶手上一搁，支着下巴意味深长地盯着他的侧脸。

祁燃被她直勾勾的目光看得有些不自在，以为她还在为宴会厅里发生的事心里硌硬，捏拳嘘咳了一声，说："那个陈安雨，我和她真的没什么。"

徐知岁想说她没想提这茬啊，但既然祁燃有心主动交代，她也不妨听听这故事的另一个视角，于是扬了扬下巴，示意他继续说。

"她是我大学校友，但我们两个的关系仅此而已。她的确几次向我表露过心意，但我没有接受……"

祁燃沉了一口气，目视前方，将自己对陈安雨的了解和盘托出。那是一个与徐知岁所听到的完全不同的版本，祁燃甚至不记得高中时就见过陈安雨，还以为两人相识是在国外，而那些陈安雨自认为轰轰烈烈的追求过程，对他而言，早已是一段模糊不清的过往。

徐知岁听着，心中五味杂陈，她想她是理解陈安雨的，年少时就遇见了太过惊艳的那个人，从此看谁都觉得不过如此。

可有一句话她也说对了——男人对一个女人有多深情，就对另一个女人有多薄情。这世上不是所有人都拥有被爱的运气，若爱一个人注定得不到回应，愿赌服输就是最好的结局。

车子驶入风和花园的地下车库，停在它专属的区域。见徐知岁始终一言不发，祁燃挂了空挡，解开安全带，侧身打量她的神色："生气了？"

"没有，只是有些感慨，我家男朋友到底是多少女人的青春啊。"

徐知岁叹了口气，靠着椅背有一下没一下地抠着身上的安全带，眼神空洞，像是还没意识到已经到家楼下了。

祁燃看着她："是吗？然而我的青春里只有你一个人。"

徐知岁目光一滞，毫无防备地被他这句话撩得心跳漏了一拍，为了遮掩自己的脸红心跳，腾出一只手来掐他的胳膊："你现在越来越会哄人了，这些甜言蜜语都是谁教你的？"

祁燃顺势握住她的手，抵在脸颊上蹭了蹭："不是甜言蜜语，而是句句发自肺腑。或许就像你说的，的确有很多人在我身上倾注过目光，可我的心只有一颗，我不可能一一给予回应。我是个自私的人，我只在乎我爱的人能不能和我厮守。"

徐知岁眉梢一扬，满眼笑意地捏捏他的脸颊："那当然要看你的表现咯。"

祁燃握住她的手，一脸拿她没有办法的宠溺，低头摸索按钮，将电动座椅往后调了调。片刻后，他口吻又认真了起来："说真的，我没想到陈安雨会去医院找你，她都和你说了什么？有没有什么过分的举动？"

徐知岁垂眸想了想："也没什么，就是和我说她有多么喜欢你，然后知道我和你在一起她有多么不甘心。"

祁燃笑了下："你听到这些就没吃醋？"

"我吃什么醋啊？我又不是第一天知道你有多抢手，早在上学那会儿我就情敌无数了。"

"是吗？可是我今天都醋疯了。"

祁燃解开她身上的安全带，一把捞住她的腰。徐知岁发出一声细细的尖叫，眼前天旋地转，等她回过神来的时候自己已经坐在了他的身上。高开衩的裙摆只能遮住她的大腿一侧，而另一侧，白皙细嫩的肌肤就那么直白地袒露在他的面前。

"你干什么？"徐知岁勾住他的脖子，在他怀里挣扎。

祁燃搂住她的腰，往自己怀里靠了靠，仰头，嘴唇似有若无地滑过她的下巴，嗓音喑哑："今天那些男人看你的时候，我恨不得将他们的眼睛都挖下来，你到底知不知道，自己穿成这样有多勾人。"

徐知岁脖间的皮肤被他温热的气息撩得发痒，心尖上像有无数只蚂蚁在爬。她低下头，额头贴着他的额头，眸光流转，学着他的口吻说："有吗？没想到你这么小气。"

祁燃仰头吻住她："关于你的一切我都小气。"

车内漆黑一片，气氛却热火朝天，狭窄逼仄的空间里是令人心悸的接吻声。

祁燃吻得很凶，比以往任何一次都要热烈，迫不及待地要将她占为己有，一遍遍吮她的唇。

情至深处，有些事自然而然地发生。

车内温度陡然升高，发丝汗涔涔地黏在脸颊，两人用尽所有力气地拥抱亲吻，感受彼此久违的气息和温度。

徐知岁的感官神经全都绷紧了，余光时不时瞟向窗外，害怕紧张之余，又有一种难以言喻的淋漓感。

后背磕在方向盘上，惹得她深深吸气。祁燃双腿大剌剌地敞着，身上的衬衫被抓得凌乱不堪，领口崩坏了几颗扣子，袒露出蓬勃分明的肌理，一手扶着她的肩膀，一手穿过她的发丝，时而含着她的唇瓣，时而去吻她的脖颈。

"岁岁，之前答应过我什么。"

"什么？你又给我下什么套？"徐知岁低头看他，一双眼睛蒙眬迷乱，像清晨刚苏醒的山林，雾气朦胧。

"你自己说的话都忘了？"

祁燃伸出舌尖，刮了下她的耳垂。徐知岁咬着唇深深吸气，肩膀都发颤，却还是没忍住发出一声勾人的呜咽。

"忘了。"

"那我帮你回忆回忆。"

祁燃坐直了身子，徐知岁很快就败下阵来，泪眼蒙眬地求饶："记得记得，我记得……"

"那你叫吧，我听着。"祁燃松开她，眼中尽是胜利者的得意。

徐知岁勾住他的脖子，附在他的耳边，有些难以张嘴地哼哼了一声："老公。"

"什么？没听见。"祁燃低头吻着她，唇上的触感像棉花糖一样又甜又软。

　　"你故意的！"

　　徐知岁没好气地挠了一下他的肩膀，却换来他更凶的还击。祁燃在她耳边轻笑了声："乖，再喊一次。"

　　徐知岁节节败退，也是被他折磨得没辙了，就贴着他的耳朵又喊了一声："老公。"

　　"嗯，老婆。"

　　一阵急促的呼吸声后，徐知岁感觉自己的手腕上一凉，有什么东西扣了上来。

　　"这是什么？"抬起手腕看了看，是块运动型的白色腕表，"手表吗？"

　　祁燃抱着她来到后排，让她背对自己："不是，是手表手机。设计研发到成品制作全是我一个人完成的。"

　　"手机？"徐知岁把表从腕上取下来，摸索着触碰屏幕，桌面上的软件功能几乎和平时用的手机一模一样，"我记得秦颐好像有一只类似的。"

　　祁燃俯身，舔吻她的耳郭："不一样，里头的每一个零件都是我自己制作的，全世界仅这一只。而且我专门为它设计了一个安全功能，只要启动紧急状态，就能收到你的求助信息，锁定位置。"

　　徐知岁轻轻地叹，声音断断续续的："这么厉害，你舍得给我？"

　　手表突然响起一阵欢快的铃声，闹铃提示已经是5号的零点。祁燃帮她翻了个身，低头吻住她的柔唇："当然，就是为你量身定做的。生日快乐，岁岁。"

　　成年之后，徐知岁几乎不过生日了，除了周韵和秦颐没人记得这特殊的一天，所以当祁燃在耳边祝她生日快乐的时候，眼泪不争气地打湿了睫羽。

　　"我以为你又忘记了。"

　　祁燃笑："怎么会，我答应过你，以后每一年都要陪你过生日的，今年是第一年。"

　　风浪停歇后，祁燃把西装外套披在她的身上，抱着她回了家。

　　或许是因为这天太过特殊，王母娘娘也不舍得拆散交颈鸳鸯，直到第二天日上三竿，周韵也没打电话来催促她回家。

　　后来，徐知岁回想起这一年的生日，依然清楚记得那天发生的一切细节——她醒在祁燃的怀抱里，擦枪走火缠绵到了正午，祁燃亲手给她煮了一碗长寿面，加了两个她喜欢的溏心蛋。

　　下午挽着妈妈去逛超市，她嘴馋想吃小龙虾，周韵一口气买了三斤。回去清洗小龙虾的时候，小奶猫就趴在水池边上看着，因为调皮差点被越狱的龙虾夹到爪子。

晚餐过后，祁燃和周韵陪她切生日蛋糕，许愿的时候祁燃悄悄往她脸上涂了奶油，笑她是只小花猫。

细想起来这天其实很平凡，却被这些细碎而温暖的画面赋予了特殊的意义。

生日一过，小两口又投身于忙碌的工作中。月中，徐知岁被安排去西江的兄弟医院交流学习，每个科室名额不多，谢成业在心身科只选了两个主治医师，她和祝医生。

出发那天，西江天气恶劣，帝都也下起了绵绵细雨，航班临时取消，大家改乘高铁出行。

祁燃送徐知岁去高铁站，一路上事无巨细地叮嘱她要好好照顾自己。他越是这么温柔，徐知岁就越舍不得走，到了安检口，其他同事都进了候车室，她还磨磨蹭蹭的，拉着祁燃的胳膊不肯放。

两人很少在大庭广众下这么腻歪，但情意难掩，也顾不上别人怎么看了。

车站广播通知检票，小两口依依不舍地告别。过了安检口，徐知岁拖着笨重的行李箱三步一回头："那我走喽，你开车小心一点。"

祁燃点头，贴着脸颊比了个手势，示意她电话联系。

那时的他们并不知道，千里之外的西江即将迎来千年难得一遇的大暴雨，而徐知岁要去的西江中心医院正处于这次暴雨引发洪水的重灾区。

初到西江时，整个城市刚刚经历了一轮大雨的冲刷，天色阴沉沉的，空气中弥漫着潮湿的泥土气，路边的广告牌和树木被疾风吹得七倒八歪。

大家没有放在心上，只当是南方城市夏季多台风，照例像往常一样，在出站口集合，然后打车前往下榻的酒店。

因为男女比例失调，徐知岁受谢成业的照顾分到一间单人房，在酒店稍作休息之后，一行人浩浩荡荡去了兄弟医院，与负责接待他们的老师和领导开了一个简短的见面会，又在负责人的款待下去附近的餐馆里吃了个便饭。

从餐馆里出来，天又开始下雨，且有逐渐转大的趋势。西江医院的老师说入夏之后西江的雨水特别多，最近一周几乎就没断过，让大家准备好雨具，每天出行的时候注意安全。

徐知岁回到酒店后的第一件事就是在行李箱里翻找雨伞。

分别在即，难免干柴烈火，昨晚徐知岁被折腾得浑身无力，倒头就睡，行李都是祁燃半夜帮她收拾的。他向来心细，能想到许多她想不到的地方，不出所料，祁燃早就给她准备好了雨伞和雨衣，就连烘鞋器也带了一个，以备淋雨过后鞋子进水。

晚上洗好澡，她抱着手机和祁燃打了一会儿视频电话，随意聊了几句这边的环境和人文风情，因着第二天要早起，没打多久就互道晚安挂了电话。

接下来的两三天里，徐知岁和同事们每日奔波在酒店和医院之间，每天有开不完的会，写不完的报告和总结，晚上睡觉前还要在群里分享这一天的心得体会，日子过得比平时上班还累。

不过累也有累的好处，出差的这些天里，徐知岁的睡眠意外踏实，不需要药物的辅助，每晚几乎沾床就睡，夜里的响雷也没能将她扰醒。

第四天凌晨，西江的雨势突然转大，天空仿佛被捅出了个窟窿，雨水瀑布般地兜头浇下来，窗外朦胧一片，就连对街的广告牌也看不清。

当地气象局发布了暴雨红色预警，西江中心医院的领导也在群里提醒大家出行注意安全。

徐知岁在酒店吃过早饭之后，和同事们一起步行去医院参加交流会。

医院离他们下榻的酒店只有几百米，雨势太大，雨伞根本撑不住，平时几分钟就能走到的路程，这天却因为暴雨花了好几倍的时间。到达医院门诊大厅时，每个人的衣服裤子全都湿透了，被中央空调的凉风一吹，冷得人直打寒战。

等电梯时，徐知岁听见陪同就医的患者家属聚在一块议论，说哪里哪里积水了，哪里哪里的雨势更大，车库都被淹了。

徐知岁一边走进电梯，一边拿出手机给祁燃发了条微信：【今天西江的雨好大，比依萍找她爸要钱那天的雨还要大！】

祁燃回：【依萍是谁？】

徐知岁：【……你没有童年。】

过了会儿，她又不死心地继续说：【慕容云海分手那天的雨你知道吧？】

祁燃：【他分手和我有什么关系。】

徐知岁：【……你不仅没有童年，你村里还没通网！】

一整个上午，徐知岁都跟着谢成业下到科室里去听病例汇报。报告厅在高层，放眼望去雨珠密密匝匝地从天上降落，犹如银河倾泻，将天地连成一片，灰蒙蒙的，完全看不清远处的景象。

徐知岁坐在窗边痴痴地想，下这么大的雨，莫不是雨神来西江开演唱会了？

中午在医院食堂随便垫了肚子，下午原本的安排是在医院最大的会议厅开学习会议，没想到刚刚找了位子坐下，接待他们的负责人就匆匆忙忙地过来通知会议取消，说雨势太大，门诊大厅已经溢水了，让大家先回酒店休息，之后再另行通知。

　　一行人遂收拾东西下楼，祝医生吊儿郎当地和男同事开着玩笑，说自己这辈子还没见过这么大的雨，一会儿不撑伞了，干脆淋个痛快。谢成业摇头，笑他当了父亲还这么孩子气。

　　到了门诊大厅，情况比大家想象的要严峻得多，医院外的道路已经被雨水浇灌成了泥色的河，积水一波一波地往医院里头溢，最深处已经没到了成人的小腿，大厅里站满了滞留在医院的患者和家属。

　　西江中心医院的地理位置很特殊，位于十字路口，是整个区域的最低洼处，四面八方的积水全往这边淌，门诊区和停车场很快沦陷。

　　雨势太大，这时候出去更加危险，众人只能先行在门诊厅避雨。同事中有人调侃："祝医生，刚才是谁说要淋雨回去的？快冲啊！"

　　"别淋回去了，直接游回去吧！"

　　"嘿，怎么这会儿还怂了呢！"

　　"行行行，是我年少轻狂了！都别挤对我了！"

　　徐知岁一边听着男同事们插科打诨，一边拿出手机刷了刷微博，气象局连发三条暴雨预警，西江相关词条下全是市民晒出的被雨围困的照片和视频，到处的车辆都被淹了，道路堵塞，城市几乎处于半瘫痪状态，而且就目前的情形看来，这雨一时半会儿还停不了。

　　"放射科被淹了，门诊部的快去帮忙！"身后突然传来护士急促的声音。

　　西江中心医院的放射科和超声科均在门诊楼的地下一二层，那里面有许多台CT、核磁等大型且昂贵的医疗设备，一旦被淹，损失难以估量。

　　听到这个消息，徐知岁心头一震，下意识看向谢成业："老师……"

　　长济医院的同事们立刻收起了先前的玩笑，脸上表情忽地凝重了，作为医疗工作者他们比谁都明白医院被淹将面临什么，更无法对兄弟医院的困境视而不见。

　　众人面面相觑，几乎是第一时间就做出了决定——

　　"走！都去帮忙！"

　　赶到地下一层时，放射科的天花板已经开始漏水，医护人员正在紧急搬运设备，徐知岁和同事们默默交换了一个眼神，不需要过多的言语交流，很快投入到救助工作中去。

　　她帮着几个护士把机器往高处搬，能抢救一台是一台。其他同事也搬来沙袋和棉被堵在下水口，防止哗啦啦的泥水顺着楼梯往更深处流。

　　然而所有人的都低估了这场暴雨的威力，暴雨越下越大，位于中心医院东面的白水河水位暴涨，河水开始向城市倒灌。中心医院门诊厅的水位快速增长，很快冲破了沙袋，来势汹汹地涌入地下。

没一会儿，放射科的水就没过了膝盖，地下二层更是有人喊道："快来帮忙，这边水没到腰了！"

一群人又投入到负二层的抢救中去。

与负二层相通相连的地下车库和配电中心，此刻也同样遭受着洪水的冲击。

上百辆轿车被水淹没，失重般随着水流漂去，洪水急切地往上涌，配电中心危在旦夕，一旦发生漏电，整整两层楼的人都有生命危险。

放射科的负责人蹚着没腰的洪水去底下看了一眼，立刻心惊肉跳，扯着嗓子对楼上喊："都上去！上去！机器不要了！"

众人纷纷愣住，很快又反应过来，放下手里的东西往楼上跑。

然而此刻洪水汹汹，楼梯上呈现瀑布倾泻般的景象，要想再上去谈何容易。

为了防止漏电，负责人关了电闸，周围断电而陷入一片漆黑。徐知岁下意识去摸手机，却捞了个空，口袋里什么都不剩，手机早在帮忙搬运机器的时候就被洪水冲走了。而其他同事的手机，或多或少都因泡过水无法开机。

好在祁燃送给她的手表安然无恙，除了没有信号，其他功能一切正常。她打开手电，用微弱的光芒为大家照明，其他手机还能用的同事也将手机高举过头顶，照亮出口的方向。

徐知岁跟着人流走了一会儿，突然想起没看到谢成业的身影，他的眼睛是有轻微夜盲症的，黑暗中视线模糊，年纪大了腿脚也不利索，徐知岁担心他的安全，打着手电转身查看。

就是这么一转身，让她看见了落在队伍末端的谢成业，他摸索着前行，突然脚下一空，整个人跌进水里，被水流卷着漂了好几米。

"老师！"徐知岁惊叫出声，几乎是本能反应，纵身往水里一扑。

其余同事也跟着回头，纷纷加入救援。

徐知岁是会游泳的，但此刻周围一片昏暗，水流又急，泥水流进眼睛视线一片模糊。混乱中，她的小腿被什么东西刮了一下，顿时痛得缓不过气。可这时她也顾不上许多了，只能闷头往谢成业的方向游，终于赶在紧要关头握住了谢成业的胳膊，随后赶来的祝医生又拽住了她。

就这么一个拉着一个，搭成人墙，终于将谢成业救回了安全地带。

"还好还好，没把老命交待在这儿。"谢成业靠着楼梯把手，大口大口喘着粗气。

徐知岁扶着他往上走："老师，你别瞎说！"

谢成业笑笑："好，不说了，都上去吧。"

众人手拉着手蹚水上楼梯，以为到了地面就安全了，没想到门诊大厅的情况也十分危急，洪水已经没到了胸口，桌子椅子全部泡在水里，等候救援的群众只能乱哄哄地往楼上跑。

有保安喊道："配电中心和中央空调机组全部被淹了！"

祝医生对着外头骂了句脏话："这雨下得没完没了了吗！"

徐知岁沉了口气："别管那么多，大家先上楼。"

医院大面积被淹，这个时刻没有什么比生命更重要，随着水位持续上涨，医院里的高压电随时面临爆炸的危险，院领导不得不快速做出艰难决定——主动断电。

更多的困难也随之而来，这里可是医院，许多重症病人的生命得靠设备维持，没有了电力供应，这些患者就命悬一线！徐知岁一干人刚在三楼缓了一口气，就听见有医护人员喊："帮忙去搬发电机！"

"ICU 也需要人！"

呼吸机是保障重症患者生命安全的必要条件，而此刻，大量呼吸机断电，备用电池仅够支撑一个多小时。众人刚刚松懈下来的神经再次绷紧，男士去后勤部搬备用电源，女士步行上楼到重症病房帮忙。

让人没想到的是，后勤部也没能在洪水中幸免，数台发电机被淹，外界的救援一时半会儿也进不来，情况岌岌可危。

一个小时后，呼吸机断电，医护人员只能用最原始的、捏气囊的方法帮助患者维持呼吸。

捏气囊的频率必须是固定的，一分钟十五到二十次，在呼吸机正常运行之前，气囊一刻都不能停下，医护人员两人一组，轮流照看气囊。

徐知岁和本地医院护士搭成一组，每半个小时换一人值守，就这样捏了几个小时的气囊，拇指关节处高高肿起，手腕颤抖得厉害，但为了病人咬着牙也都坚持了下去。

"喏，先把伤口处理一下吧。"靠在墙边休息的时候，祝医生递来一瓶双氧水，低头打量她的伤口，"啧啧，划那么大一口子，泥水又脏，腿不想要了？"

徐知岁这才想起自己腿上有伤，应该是铁制的座椅边缘给划到了，巴掌大一条的伤口，看上去流了不少血，只是一忙起来就给忘了，也感觉不到疼。

她接过药水，有气无力地笑了一下："谢了。"

祝医生在她旁边席地而坐，看着趴在窗上时刻关注里面情况的病人家属，长长地叹了一口气："唉，没想到出个差还能遇见这事，要是搁咱们自己医院，我想都不敢想！"

徐知岁低头处理伤口，说："是啊，也不知道救援什么时候来，不然这满屋子的病人该怎么办。"

"也许要等明天了，听说有情况比这儿还惨的医院，咱们这儿至少没有人员伤亡。"

徐知岁沉默地看向窗外，整个西江都被洪水淹没，放眼望去一片泥色的海洋，无边无界，成千上万辆汽车泡在水里，只能看见车顶。

祝医生忽然说："你知道我现在最想做的一件事是什么吗？"

徐知岁茫然地看着他。

祝医生不好意思地笑了笑，眼神变得柔软慈祥："我想给我女儿打个视频电话，告诉她爸爸没事，就是突然好想她。"

他从裤子口袋里掏出手机，用力一甩，地面上出现一长条水渍，按了按，还是黑屏："可惜啊，又报废了个破手机，外国货也不防水嘛！"

徐知岁下意识地摸了摸自己腕上的手表，心里默默地想：我也好想我男朋友啊。

过了一会儿，祝医生问同事借了个能用的手机，跑外面找信号去了。徐知岁低头摆弄祁燃送他的手表手机，电量倒是还剩一半，只不过她先前没往手表里插卡，丢了手机之后，手表连不上网络，此刻一点信号也没有。

西江陷入了瘫痪状态，估计一时半会儿他们也回不去酒店，祁燃联系不到她应该会很着急吧。

徐知岁左思右想，还是打开了手表的紧急状态，至少让祁燃查看到她所处的方位。

……

西江的这场暴雨一直下到第二天中午才逐渐有了停歇的迹象，中心医院严重受灾，底下三层全部被淹，一楼大厅的水足足能没到成年人的腰间。

市政府在收到医院的求助信息后，第一时间派了消防员帮助遇险群众撤离，同时医院也和兄弟医院取得联系，先将危重症患者转移到安全的病房。

接下来的两天，中心医院对外停诊，全力排涝清淤。

洪水退去之后，徐知岁和长济的同事继续留在医院，帮助医护人员一起转运病人。

她已经记不清多久没有休息过了，暴雨那晚在ICU捏了一整晚的呼吸气囊，第二天一早又在几个主任的带领下帮忙安抚病人。

医院不比其他地方，正常人尚且能够自救，但病人不行，即便到了危难时刻，医生也必须守在自己的岗位上。

第二天晚上，徐知岁正帮着医护人员将要转移的病人抬上车，忽然听到人群中有人叫自己的名字，祝医生上前拍了一下她的肩膀，说："哎，徐医生，那不是你男朋友吗？"

"啊？"

徐知岁气喘吁吁地回头，顺着祝医生所指的方向望过去就见祁燃穿了一身黑色冲锋衣站在人群之后，帽檐下一双眼睛猩红，目光定定地落在她的身上。

犹如电影里的慢镜头，一眼万年。

徐知岁困倦的眼顿时生出光亮，拨开重重人群向他跑去。

"你怎么来了？"

祁燃深深地看着她，握住她的手腕将她拽入怀里，紧紧抱住："你在这里，我无论如何都要过来。"

收到警报的时候祁燃正在陪祁盛远喝酒。老爷子年纪大了，当天又和乔寻泃拌了几句嘴，没喝上两杯就开始感叹人生，话里话外都是羡慕朋友儿孙满堂、希望他早日成家的意思。

父子俩正商量着操办人生大事，他的手机响起警报，同时，蒲新也打来电话告诉他西江发生暴雨洪涝，徐知岁所处的中心医院是重灾区。

为了第一时间来到她身边，祁燃用尽了一切方法。由于天气原因，西江周边的航线全部停飞，私人飞机也进不来，只能就近降落在邻省的机场，再冒雨开了几个小时的车。

到了西江境内，洪水泛滥，车子也无法前行，又换了冲锋舟，就这样花了将近一天的时间才顺利出现在徐知岁面前。

"打你手机一直关机，我还以为你出事了，担心得要死，生怕自己来晚了。"直到将人圈在怀里，感受到她的体温和心跳，祁燃心里的石头才逐渐落了地。

徐知岁紧紧环住他劲瘦的腰，脸颊在他胸口蹭了蹭，贪婪地呼吸着他身上的味道："手机被洪水冲走了，我怕你找不到我，只能打开紧急状态联系你。"

"嗯，人没事就好。"

这个人群中的拥抱持续了大概一分钟，为了不耽误救援，祁燃松开她："好了，回去再抱，先叫几个人来帮我搬点东西。"

徐知岁一脸迷茫："什么东西？"

"带了点应急物资，我想医院应该用得上。"

祁燃转身对着某个方向招了招手，就见几艘冲锋舟朝这边缓缓开过来。停稳之后，徐知岁跑上前查看，船上有食物和水，还有几台发电机和移动电源。

"太棒了！我们正缺这些东西！"徐知岁眼睛一亮，拉着他的胳膊兴奋不已。

祁燃笑笑，说："冲锋舟载重有限，只能先带这些过来。更多的已经在路上了，晚点估计就会到。"

"有已经很不错了，这边停水停电一整天，我们想喝水都没有。"

徐知岁招手叫来同事，大家一听有物资纷纷过来帮忙搬运。院领导瞧见这情况，也跟着过来道谢，灾情发生得太突然，许多救助没能及时进来，祁燃带来的这批物资虽然不多，但都是眼下急需的，正好解了医院的燃眉之急。

搬运完物资，祝医生走过来，搓搓手，有些不好意思地问："祁总啊，你的手机有没有信号？我想给我家里打个电话，报个平安。"

"我看看。"祁燃从口袋拿出手机，按亮扫了眼，"我也没有信号，听说因为暴雨西江的通信基站大面积受损，目前还在抢修中。"

"那可怎么办呀，我老婆打不通我电话肯定急死了，她这个人最会自己吓自己了。"祝医生急得直跺脚。

"稍等，我有办法。"祁燃折回冲锋舟前，拿来自己的背包，从里面取出一个四四方方的箱子，走到一小片空地前，蹲下身开始摆弄。

徐知岁好奇凑过去："这是什么？"

"卫星便携站，有了这个就能有网络。"祁燃说。

"真的？！"祝医生顿时笑开，眼睛眯成了一条缝，"那可真是太好了！我们现在最需要网络，不然求助信息都发不出去！"

祁燃三两下调试好了便携站，拿出自己的手机试了试，递给祝医生："好了，可以给家里打电话了。"

祝医生接过手机，一边拨号码一边夸："小徐啊，你家男朋友真是太给力了！我要是女人，我也想嫁给他！"

徐知岁和祁燃对视一眼，倏地笑出了声。

帮着转运完最后一批重症病人，长济医院的同事们在领导的劝说下先行回了酒店休息。

洪水还未完全退去，道路上的积水没过人的膝盖，冲锋舟往返于酒店和医院之间，将人一趟趟送回去。

酒店同样面临停水停电的问题，好在地势高，受灾情况并不严重，酒店有备用的发电机，照明不是问题。

徐知岁回到房间的第一件事儿就是洗漱换衣服，经过昨晚的洪水，她浑身都是泥，脏兮兮地贴在身上很不舒服。先前情况紧急，在医院时倒觉得没什么，这会儿回来照了照镜子，哪儿哪儿都觉得受不了。

浴室停水，她只好拧了瓶矿泉水倒进盆里，用打湿的毛巾擦拭身子。换衣服的时候，祁燃注意到了她小腿的伤，眉头紧蹙，关切出声："怎么受伤了？"

徐知岁低头看了一眼，轻描淡写地说："没什么，就是慌乱间被凳脚刮了一下。"

祁燃蹲下身握住她的小腿查看，面色更沉："伤得这么深还说没事，擦药了吗？"

徐知岁缩了缩脖子："昨天晚上消了下毒，今天……还没来得及处理。"

祁燃沉了口气，把人打横抱到床边坐下，又找来自己带来的急救包，蹲着身子小心翼翼地替她包扎。

处理完伤口已经是下半夜，徐知岁将近两天没有合眼，身体已经很累了，可还是舍不得睡，靠在祁燃的怀里和他倾诉这两天发生的事。

说谢成业险些被洪水卷走，如果不是她及时回头，后果不堪设想；说配电中心全部被淹，险些发生漏电，再晚一步，满屋子的人可能都上不来了；说她在ICU捏了一整夜的呼吸气囊，看着医疗工作者为生命接力的时候，她内心有多么感动，想念他的心情也更加强烈。

祁燃静静拥着她，并不言语，心却是绞着的，不敢去想象当时的情况有多么危急。如果没有那么幸运，失去她的痛苦他根本无法承受。

两人说了一会儿话，又拿出手机刷新闻。西江暴雨成了当前国内最紧急的事，铺天盖地都是受灾群众的求助信息，地铁被淹，房屋坍塌，视频里满是洪水中的惊险时刻。

徐知岁也是连上网络才知道这次的洪水有多么严重，不计其数的人失去了家园，有人眼睁睁看着同伴被洪水冲走却无能为力。

她是个很感性的人，最看不得这些人间疾苦，眼泪控制不住地往下掉。

祁燃也握着她的手，心事重重。

第二天天没亮，盛远集团的救助物资到了，跟着物资一起来的，还有公司内部的上百名志愿者，他们有些是西江本地人，有些是看到新闻自愿加入救援的。

祁燃带人将新到的物资分发给了酒店和医院，更是给徐知岁的同事们一人发了一部新手机，以便和家人联系。做完这些，他沉默地走到徐知岁面前，思考了许久，说："岁岁，我想……"

"我知道你想说什么。"徐知岁打断他的话，一颗眼泪顺着眼角滑落，"你去吧，我支持你。"

她从没忘记过，他当年的梦想是当个军人，即便过了多年，有些情怀刻在骨子里是割舍不掉的。当昨天来到西江，看见满大街无家可归的受灾群众，他眼中出现的动容就注定了他无法对这一切袖手旁观，作为他的女朋友，徐知岁又何尝不知道他在想什么。

"但是你要答应我一件事，就当是为了我，一定要注意安全。"她哽咽着说。

祁燃眼眶发红，捧着她的脸颊就吻了下去，喑哑的嗓音里藏着一丝难以察觉的颤抖。

"好，我答应你，你等我回来。"

西江的这场暴雨断断续续又下了三四天，洪水虽然退了，但给医院留下了一片狼藉，百废待兴，有太多岗位需要人手。

后来的几天时间里，徐知岁和长济的同事们再次投身到医院的救助中去，排涝，消杀，哪个岗位缺人他们填哪个。

忙碌的时候，她没有时间去想祁燃在做什么，可只要一停下来，满脑子都惦记着他的安危。

祁燃每天都会打电话过来，聊他那边的情况，但几乎是报喜不报忧，说不到几句就匆匆挂了。

关于他的信息，徐知岁更多是从微博上了解到的。盛远总裁亲自参与救援的事被人发到了网上，起因是有遇险网友偷拍了祁燃在救助现场的照片，因为外貌出众被不追星的路人误认成了某个当红男爱豆，在网络上掀起一波热议。

照片里，他正抱着一个小女孩蹚洪水，一身黑色冲锋衣周正干练，帽檐压得很低，却掩不住一副好皮囊。有眼尖的网友扒出他是前段时间出现在盛远发布会上的研发总裁，事情继而发酵，几度冲上了热搜。

盛远官博这才不得不跑出来承认他们总裁的确亲自赶赴灾区参与救援，盛远集团也在第一时间捐助了近一亿的物资，西江分公司的办公大楼对外开放，供受灾群众留宿。

事情一经传播，网友纷纷为盛远集团的格局点赞，但议论声一多，有认可就会有否定，有人道德绑架说盛远这么大一个公司，只捐一亿未免太少，也有人不冷不热地嘲笑祁燃，说他这番举动是在作秀。

但徐知岁心里比谁都明白，祁燃这么做不图名也不图利，只图一个心安罢了。

一周之后，西江的灾情基本得到了控制，中心医院也在大家的齐心协力下恢复了正常运作。

中心医院的院领导对长济同僚感激万分，临走前和大家合了影，还给每个人都发了一面锦旗。

徐知岁在门诊大厅和新认识的医生朋友道别，一转身就看见了祁燃出现在门口，大步流星，向她而来。

数日不见，他好像瘦了一些，一身黑衣黑裤衬得身形修长挺括，那漆黑的眼深而沉，眼神如鹰，一如既往的坚定。

目光对上，祁燃唇角勾起温柔的笑意，眼神也柔软了下来。

他停下脚步，缓缓朝她张开双臂。

徐知岁眼睛一酸，一头扎进了他怀里。

"祁燃，我们回家吧。"

回帝都的私人飞机上，徐知岁蜷缩在祁燃怀抱里，睡了这周以来最安稳的一觉。

她睡着的样子安静而温柔，呼吸均匀，细长如丝的睫毛下有淡淡的阴影，睡梦中也揪着祁燃的衣领，像只在外横行霸道回家去只知道对主人撒娇的小猫咪。

祁燃侧身打量她轻浅的睡颜，手指有一下没一下地缠绕着她微卷的发梢，她身上的味道有着令人安心的力量，也是他向往的归处。

这些天在抗洪前线，他看见了太多不幸，有人房子被淹、家人也不知所终，有人幸运地逃了出来，可除了身上穿的一件衣裳，什么也没剩了。

他当时的心情无比复杂，想要做些什么，却又无能为力。

在来西江之前，面对祁盛远的催婚，他其实没有那么着急，他和岁岁还年轻，还有大把时间可以浪费，或许他们可以等两人的事业再稳定一点，规划好未来，把热恋期延长一些再商量结婚的事也未尝不可。

可当亲眼见证了那些危难的时刻，他蓦地发现人类在天灾面前太过渺小，意外和明天说不定哪一个先来，与其花大把时间规划将来，不如好好珍惜眼下。

他迫不及待想要抱他爱的人在怀里，想和她有一个家，过这世上最世俗普通的日子，不求安富尊荣，但求平平淡淡、无灾无难，从此万家灯火，也有一盏专门为他而亮。

像是下定了什么决心，他握起徐知岁的左手，指腹若有所思地摩挲着她无名指的某个关节。

到家已是深夜。

上飞机前徐知岁和周韵通了电话，让周韵早点休息，别惦记她。可周韵心里记挂，看不见女儿哪里睡得着，计算着他们落地的时间，早早就等在了小区楼下。

等祁燃的黑色迈巴赫开到楼下，徐知岁从车上下来，周韵才暗暗舒了口气。

"哟，徐医生拯救世界回来了？"小老太太又摆起了王母娘娘的谱，阴阳怪气地调侃道。

徐知岁嬉皮笑脸，张开双臂和周韵来了个大大的拥抱："妈，我想死你了！"

"我可没瞧出来！前两天就让你俩回来，非拖到这么晚！你说你这孩子走了什么狗屎运，怎么什么倒霉的事儿都让你碰上了？"周韵拍了拍她的肩膀，嘴上嗔怪，脸上却满是心疼。

"这事儿你得换个角度想想，我这叫运气好，所以每次都能化险为夷！"

周韵不冷不热地哼了一声："小嘴还挺会讲，这乐观劲儿也不知道随谁了。"

"肯定是随我家美丽大方温柔可爱的周韵女士啊！"徐知岁搂着她的脖子不肯放。

周韵嘴角一弯，终于笑了："行了行了，快松开！脖子都要被你勒断了，这么大的人了还撒娇，也不怕人家祁燃笑话。"

徐知岁松了手，又挽住妈妈的胳膊，看了一眼在后备厢搬行李的祁燃，眼角弯弯："他才不会笑话呢，他羡慕都来不及！"

祁燃锁了车，推着两人的行李箱来到跟前，抵唇笑了声，十分配合地说："是啊，很羡慕，在西江的时候她都没这么黏过我。"

周韵嗔了两人一眼："行了上去吧，锅里还给你俩热着夜宵呢。"

或许是这次出差遇到了太多事，推开家门的那一瞬间，徐知岁紧绷的神经松弛下来，看什么都觉得温馨而美好，就连趴在窝里对她的归来无动于衷的小奶猫此刻都显得无比可爱。

餐桌上，她一边吃着宵夜一边夸大其词地和周韵炫耀自己在西江的英勇事迹。倒不是她喜欢吹牛，而是周韵心思重，她说得越夸张，周韵就越不会相信，反而少了一些不必要的担心。

夜宵过后，徐知岁抱着换洗衣物钻进了浴室，冲洗掉这些天来的疲惫，祁燃主动留下帮着周韵收拾碗筷，端着徐知岁喝剩下的半碗汤，进了厨房。

在洗碗池旁边站了片刻，他迟疑而郑重地说："阿姨，我有件事想跟您商量。"

"行啊，你说。"周韵戴上橡胶手套，往抹布上挤了点洗洁精，好整以暇地看着他。

祁燃没有立即开口，垂眸思忖了片刻，才说："我想和岁岁把婚事定下来了。"

周韵一激动，手上一滑，一只碗哐当掉进水槽里，好在里头盛了水，没摔碎。她回头望了眼浴室的方向，笑道："好事啊，我就想你俩定下来了！这事儿你和岁岁说了吗？"

祁燃摇头："还没，觉得在这之前有必要和您先打声招呼。"

周韵笑得合不拢嘴："我肯定同意啊！你们俩能修成正果就是我们做长辈的最大的心愿了。你现在是怎么打算的？直接领证还是……"

"肯定是要先求婚的，目前只有一个初步的想法，还没计划好具体怎么做。有需要的话可能要请阿姨帮忙，还请您先不要告诉她。"

"放心，阿姨嘴最严了，保证不给你说漏了！"

祁燃笑："谢谢阿姨。"

与此同时，浴室里雾气蒸腾，徐知岁洗着澡忽然想到了一件至关重要的事——祁燃的二十九岁生日很快就要到了。

祁燃比她大一岁，生日在盛夏，读书时总遇上暑假，连个当面和他说生日快乐的机会都没有。所以严格来说，今年的这天不仅是两人在一起之后他的第一个生日，更是她第一次有机会为他庆生，无论如何也不能潦草度过。

从浴室出来之后，她绞尽脑汁琢磨生日方案，都没有满意的，最后拿起手机发动最有策划经验的秦颐帮她一起琢磨。

卧室的门忽地被人推开，祁燃推着自己的行李箱走了进来。徐知岁猛地坐起身，指了指门外，压低声音说："王母娘娘今天居然没赶你回去？不科学！"

祁燃找了个角落放倒行李箱，打开拿出自己的洗漱用品和睡衣："不仅没赶我走，还允许我今晚睡在你的房间。"

"奇迹啊，洗个碗就把她给收买了？"徐知岁看了眼外头，周韵房间的灯还亮着，但没动静。

她从床上蹦下来，光着脚走到门口，带上门，折回来攀上祁燃的脖子，树袋熊般挂在他身上，双腿盘着他的腰："说，你给我妈灌了什么迷魂汤？"

祁燃手掌托着她光洁的大腿，眼睛不动声色地扫了一眼她低垂的领口："你确定现在不是你在给我灌迷魂汤？"

徐知岁的手指从他的耳后慢慢滑过，顺着下颌落在他的下巴，勾住："那你接受吗？"

祁燃喉结上下滚了滚，低头去吻她的唇："当然，最好灌我一辈子。"

徐知岁仰头躲开，不怀好意地勾起唇角，松开缠在他身上的美腿："美得你了，快去洗澡。"

祁燃欲望都被她勾起了，哪里接受得了她半路叫停，直接将人打横抱起，进了浴室："陪我一起洗，还没试过在你的房间。"

徐知岁晃着小腿挣扎："不行，我妈会听见的。"

祁燃用脚踢上浴室的门，贴着她的耳郭说："那你叫小点声。"

从浴室出来已经是下半夜，徐知岁浑身发软，任由祁燃将她抱到床上。两人盖好被子，头靠头地说话。

祁燃手指顺着她的长发，若有所思地说："岁岁，你最近是不是把抗抑郁的药停掉了？"

徐知岁愣了一下："你怎么知道的？"

"我之前帮你收拾行李，发现你药盒里的药片几乎没动。"

"嗯，是有一段时间没吃了。"徐知岁的脸在他的胸膛蹭了蹭，抱他更紧了。

"那现在感觉怎么样？"

"就是因为觉得自己有好转了，所以才敢这么做。不过我也不是突然停掉的，是慢慢减少了剂量，最近几天才彻底摆脱了药物。如果你觉得不放心，我们就去医院检查一下。"

祁燃想了想："好，就明天吧。"

第二天，祁燃带着徐知岁去了华协医院，除了复查抑郁症，还给她做了一次全方位的体检。那晚得知她泡在洪水里她就隐隐开始担忧，洪水太脏，而女性身体又太脆弱，怕会有其他方面的感染。

好在检查结果一切正常，祁燃也松了一口气。

回家的路上，徐知岁举着自己的心理评估报告，得意地在祁燃面前晃了晃："看，我就说我没问题了，各项指标已经全部正常了！"

祁燃握住她的手，与她十指紧扣："恭喜，不过之后要是有任何不舒服，还是要第一时间告诉我。"

"知道了。"

"中午找个地方庆祝一下吧，想吃什么？"

"啊……"徐知岁突然想到什么，手从他的掌心抽出来，对着手机一通乱按，"中午不跟你吃饭了，我约了秦颐逛街，你直接送我云世贸好了。"

"你就这样把我抛弃了？"祁燃瞥了一眼她的手机，依稀从屏幕上看到"生日"两个字。

徐知岁似有提防地用手一挡，揪着他的衣袖撒娇："不是啦，那秦颐好不容易放个假，约我去喝下午茶，我总不好拒绝是不是？"

祁燃面无表情地开车："那你打算怎么补偿我？"

徐知岁茫然地看着他："你想要什么补偿？"

祁燃回头微微一笑，腾出一只手轻点自己的脸颊，徐知岁很快反应过来，搂着他的脖子将唇送上去，在他脸上印下两枚甜吻。

"老公最好了！"

祁燃在十字路口缓缓停下车，捏住她的后颈，将她往身前一带，低头吻住她的唇瓣。

"回家继续给我灌迷魂汤。"

徐知岁赶到世贸的时候，秦颐已经在约定好的咖啡厅等候多时了，百无聊赖地搅着手里的咖啡，和对面桌的小朋友挤眉弄眼。

和她坐在一起的还有祁柚，为了让生日会顺利举办，徐知岁决定将祁柚也拉入自己的阵营。

看见徐知岁推门进来，祁柚站起身朝她挥手，眉开眼笑地喊："岁岁姐，这边！"

秦颐耷拉着眼角，支着下巴埋怨道："大小姐，你总算来了，你再不来，隔壁小孩都要认我做干妈了。"

"有那么夸张吗？我才迟到了十几分钟。"徐知岁回头看了眼隔壁的小朋友，对方拉着妈妈的手眼神分明很是胆怯，她翻了个白眼，斜眼觑着秦颐，"你确定不是把你当作人贩子了？"

秦颐大手一挥："管他的，快说正事！"

徐知岁入座，点了杯柠檬水，简单和她们阐述了一下自己琢磨了一整夜的方案。

"我是这样想的，祁燃生日那天我就告诉他我要加班，不能陪他一起过了，然后偷偷躲在家里给他一个惊喜。等他开门回家，我就突然出现在他面前，他一定开心坏了！"

她描述得绘声绘色，秦颐却听得一脸黑线，咳了两声，实在忍不住说："不好意思打断一下，您老人家不觉得这个方案着实有点土吗？都是以前人家玩剩下的。"

徐知岁和祁柚对视一眼，茫然地问："土吗？我觉得还好吧？"

祁柚也跟着摇头："不土啊，我哥肯定喜欢爆了！"

秦颐头上无声地飞过三只乌鸦。

方案就此定下，三人又商量起那天的细节，祁柚负责探查情报，秦颐负责提供道具。讨论完正事，时间还有富余，三个女人手挽手，心情愉快地逛街。

试衣间换衣服的时候，秦颐接到一个电话，看到屏幕上的来电显示，她眉心倏地一跳，回头看了眼紧闭的试衣间，走到安静的地方按了接听。

"喂，祁总，你老婆在商场买疯了，你要不要看看你的卡有没有被她刷爆啊？"

祁燃在电话那头笑了一下："让她买吧，她开心就好。"

又吃了把狗粮。秦颐翻了个白眼问："那你打电话过来有何指示？"

"指示不敢当，有件事想找你帮忙。"

"你说。"

祁燃缓缓道来，秦颐听着听着眼底亮起兴奋的光，等祁燃说完，她飞快点头："交给我吧！保证完成任务！"

7月10日，祁燃生日。

徐知岁瞒着他和祝医生换了班，申请到这天休息。但为了给他一个惊喜，还是特意起了个大早，如往常一样出门上班。

去单位的路上，她和祁燃扯了些有的没的，就是闭口不提今天是什么日子，像是把他生日忘了个干净。

下车前，祁燃说："下班给我打电话，我来接你。"

徐知岁正愁找不到时机开口，闻言眉梢一挑，故意道："今天我就不回家了，秦颐心情不好，让我去她家住一晚，你下了班就直接回家。不用来接我了。"

祁燃没说话，脸上闪过失落的神情。徐知岁装作没有看见，推门下车，挥手对他说了声"拜拜"，留给他一个无比潇洒的背影。

等祁燃的车消失在街角，她又愣愣地从门诊大厅折回来，站在路边急急忙忙拦了辆出租车："师傅，麻烦去风和花园。"

赶到家的时候，秦颐已经抱着一堆道具等在电梯口，两人搭乘电梯上了顶楼，开始着手布置客厅。

背景图是秦颐早就设计好的，气球搭配星星灯，看似简单，可光是打气球就足足花了两人一整个上午的时间。好在下午祁柚也来帮忙，终于赶在祁燃回来前将家里布置完毕。

一切准备妥当之后，秦颐偷偷摸摸给那边发了条微信。过了会儿，徐知岁接到祁燃的电话，她拿起手机对身后两人比了个噤声的手势，咳咳嗓子，按下接听。

"喂？怎么了？"

祁燃："忙完了吗？"

徐知岁随便扯了两句："快了，秦颐已经到楼下等我了，我整理完病例就下去。你呢？快回家了吗？"

"嗯，在路上了。"

徐知岁心里蓦地紧张了一下，眼神示意祁柚下去把风，捏着嗓子说："那好，你路上注意安全，我先忙了，晚上再给你打电话。"

"好。

挂了电话之后，徐知岁拉着秦颐进行最后的彩排。十几分钟后，祁柚发来微信：【各部门注意，我哥已经到地下车库了！】

"行了行了，他要回来了，你快找个地方躲起来。"

徐知岁把秦颐推进试衣间，自己端着事先准备好的生日蛋糕，躲进客厅那个巨型礼物箱中，笨拙地给自己盖上盖子。

视线被遮挡，眼前一片黑暗，她深深呼吸，在脑海中反复演练一会儿要做的事。

等了一会儿，箱子外面传来一阵窸窸窣窣的脚步声，她确定不是祁燃回来了，压低声音说："秦颐你干什么呢？快躲起来！"

秦颐一边往地上撒玫瑰花瓣，一边支支吾吾说："好好好，马上啊！我上个厕所，很快就好！"

徐知岁："……快点！别坏我好事！"

又过了一阵，秦颐的脚步声消失在了最角落的房间，祁柚发来微信【我哥进电梯了！】

徐知岁捧着蛋糕屏息以待，默默计算着电梯到达的时间。

等待漫长而难熬，她不知道自己这样蹲了多久，只感觉双腿慢慢变得酸麻，像有无数小虫子在爬，耐心濒临边缘的时候，终于如愿以偿地听到开门声，紧接着，地板上响起熟悉的脚步声。

徐知岁在心里默默倒数，三、二、一……

她掀开箱子站了起来："生日快乐！"

下一秒，她却愣住了——祁燃捧着一束鲜花站在客厅中央，满屋子闪烁的星星灯在他脸上映出温柔的光影。

徐知岁呼吸一滞，还没搞明白眼前是怎么一回事，祁燃就上前几步，单膝跪在她的面前，牵唇一笑，面色从容，微微颤抖的手指却暴露了他此刻的紧张。

"岁岁，我们相识于年幼，相爱于年少，有误会，有过磨难，也曾彼此走失，但好在兜兜转转，我还是把你找回来了。如果可以，请给我一个机会，把余生交给我，我会爱你很久很久。岁岁，嫁给我好吗？"

他低头，从口袋中取出戒指盒，缓缓展开，真诚而炽烈地望着她。

徐知岁早已在他的告白中泪流满面，饶是她再迟钝，此刻也反应过来自己是再次被套路了。他早就看穿了她的心思，将计就计安排了这场求婚，祁柚、秦颐都是他的人！

她想去接戒指，可手里还捧着给他的蛋糕，一时间狼狈得不知道该怎么办，抹了一把脸说："你能不能先把我抱出来，我腿都蹲麻了。"

祁燃忍不住笑了，放下玫瑰站起来，接过她手里的蛋糕放到一边，将她横抱到玫瑰花瓣的中央，然后举着戒指，重新跪下。

"岁岁，你愿不愿嫁给我？"他又问了一遍。

徐知岁泪眼蒙眬，捂着脸重重点头："我愿意。"

年少时的心动，是春天肆意疯长的野草，割不完烧不尽，是昨晚才想通，今天又沦陷。十七岁那年天很蓝，风很轻，你是我青春里的全部梦想。

成年后的我爱你，是盛夏漫天的星河，我看过这世界所有的好与坏，也被生活磨去棱角，而你依然是我心头最要紧的那个名字。

多么感谢你出现，在我快要绝望的时候。

但愿我们历经千帆，还能和爱的人紧紧相拥。

——谨以此文献给每一个现在或曾经饱受抑郁症煎熬的你，愿你也能拥有陪你熬过黑暗的那束光。你从来不是孤独的月亮，你身边有很多星星。

番外一
婚礼 //////

8月5日，七夕节，祁燃和徐知岁去了民政局。

这天是个好日子，来登记结婚的新人太多，两人从进门领号到排队体检，再到被带到登记台办手续，前前后后花了足足一个小时。当从工作人员手里接过那两本盖着钢印的结婚证时，两人心里还有一种强烈的不真实感。

结婚证上他们肩抵着肩，笑容甜蜜，名字也被印在了同一页纸上，从此就成了这世上最密不可分的两个人。

祁燃盯着手里的红本看了几秒，回过头，牵起徐知岁的手："新婚快乐，祁太太。"

徐知岁抬眼，回握他："新婚快乐啊，祁先生。"

回到车上，两人大大方方在朋友圈公布了领证的喜讯，配图是他们在宣誓台上手持结婚证的照片。

【有吉有庆，夫妇双全，无灾无难，永保百年。】

回家的路上，车子经过六中门口。这会儿正值暑假，原先那几年学校为了升学率不会放过任何一个假期，后来政策变了，任何学校都不准安排补课，盛夏的校园空荡荡的，连门口值守的大爷也只剩一个，抱着保温杯昏昏欲睡。

祁燃把车就近停在路边的车位，望着重新建造过的学校大门问："想进去看看吗？"

徐知岁眸光晶亮："可以吗？"

祁燃耸耸肩："不知道，试试吧。"

他牵着徐知岁的手下了车，敲了下保安亭窗户，礼貌询问："大爷，请问我们可以进去吗？"

大爷打了个激灵，坐起身，睡眼蒙眬地打量他们："你们进去有事吗？"

"是这样，我们两个以前是这里的学生，难得路过，想进去看看，可以吗？"祁燃说。

大爷一脸为难："这……可学校有规定，外来人员不得入内啊。"

眼看着就要被拒绝，徐知岁灵机一动，从包里拿出结婚证，露出自己招牌式的笑容："大爷，今天是我俩领证的日子，就想进去缅怀一下青春，看一会儿就走，您就通融通融嘛。"

大爷看见结婚证，乐了："哟，你们这就是传说中的从校服到婚纱吧？行，看在今天是你俩的好日子，我就让你们进去，但不能乱走，别让校领导撞见啊。"

电动推拉门打开一道两人宽的口子，徐知岁和祁燃对视一眼，走进去，回头朝大爷摆手："谢谢大爷！我们很快就出来！"

盛夏傍晚的风，带着让人意犹未尽的凉意，徐知岁挽着祁燃的手，肩并肩走在校园的主干道上。

过了十年时间，两侧的大树又茂密了不少，树荫下光影斑驳，知了在耳边鸣得没完没了，从前还在读书的时候，只觉得这声音格外吵闹，如今听着，却有一份别样的亲切。

"欸，新建了教学楼啊！"徐知岁指着广场上多出来的那栋楼惊叹。

祁燃顺着她的目光望过去："嗯，好像是因为扩招，教室不够，所以把原来废弃的后勤楼给拆了。"

两人继续往前走，来到他们读书时待过的那栋教学楼，可惜大门口落了锁，没办法上去。

徐知岁仰头往上望，指着四楼的某个窗户说："那是我高一高二的教室，每次换位子的时候我必须要选靠窗边的，你知道为什么吗？"

"为什么？"

"因为靠窗边的位子正对篮球场，每次课间或者你们班上体育课，我都能看见你打球。"徐知岁挑起眉梢，一脸得意。

"上课走神？这样也能考上重点班？"

徐知岁"喊"了一声，心道你上课还听歌呢。

"就是因为能看见你啊，所以我才更加用功学习，就是为了能和你在同一个班。"

祁燃忍不住笑了："是吗？那我很荣幸，看我一眼，抵得过老师好几句的谆谆教诲。"

徐知岁瞪他："自恋！"

两人一路往前，绕过了教学楼边的乒乓球场、校园花园、科技楼，最后来到空旷的操场，也是那一年徐知岁想当众告白，却没有成功的地方。

她望着那高高的主席台，眼睛忽然有些发酸，然而这感慨并非因为祁燃当时的冷漠，而是因为那样直率又不顾一切的自己，随着时光逝去再也找不回了。

没有人可以永远十八岁，但会有人一直十八岁。

祁燃瞧出了她的不对劲，捏了捏她的手心："怎么，不会是想和我翻旧账吧？"

徐知岁"扑哧"一声笑了出来，本来没想提这茬，偏他自己重揭旧事，她便不客气地捉住了这次讨伐他的机会。

"是啊！想翻旧账，当时某人在台底下看都不看我一眼，我难过得都快要哭出来了。"

祁燃捏捏眉心，连连求饶："当时……我心里很乱，旁边又有别的声音在干扰，所以……好吧，我知道我现在说什么都显得很苍白，那不如就现在，换我在这里跟你告白？"

他说着就要往台上走，徐知岁心头一颤，连忙拉住他："好啦，骗你的，我不是那么记仇的人。一会儿动静搞大了，被人赶出去就不好了。"

祁燃站定，扶住她的肩膀："那我就只说给你一个听。岁岁，以后换我爱你多一点。"

徐知岁看着他的眼睛，对视许久，踮起脚尖，仰头吻上他的唇。

"好。"

出校门的路上路过宣传栏，优秀校友的喜报换了一拨又一拨，最后优中择优，剩下来的都是特别厉害的人。祁燃当年虽然没有参加高考，但他作为那一届老师的心头宝，名字也印在了第一梯队。

徐知岁视线缓缓扫过去，依稀还能找到几个熟悉的面孔，只是时隔太久已经记不清名字，只怕在路上擦肩而过也认不出来了。

看着看着，她的眸光暗了下来，叹了一口气，回过头问祁燃："你知道我青春里最遗憾的事是什么吗？"

祁燃看着她："大概是，没能和我有一张完整的毕业照吧。"

"你怎么知道？"

祁燃沉了口气："因为这也是我的遗憾。"

经过两家人的多次商议，婚礼时间定在了国庆节的第二天，至于婚礼地点，左思右想最后还是定在了帝都，祁家的人脉几乎都在这边，而徐家的人际关系相对简单不少，在哪儿办都一样。

月底是科室最忙的时候，又遇上国庆节，徐知岁的婚假请得并不顺利。好在她人缘不错，同事们照顾她主动提出调班，东拼西凑帮她挤出了几天时间。

按照习俗，婚礼前夕新郎新娘最好不要见面，周筠在这方面是个比较传统的人，什么事儿都必须照着规矩来，在她的严格督促下徐知岁提前三天住回了自己家，安心等待人生中最重要的那天到来。

婚礼前一晚，徐知岁失眠了，望着挂在床头神圣而洁白的婚纱，心跳怎么也平复不下来，既紧张又期待——

她终于要嫁给自己年少时就喜欢的那个人了。

第二天天不亮，秦颐带着化妆师前来敲门，看见徐知岁两个眼睛肿得核桃似的，没好气道："姐姐，你昨天晚上做贼去了？不是说好了要好好休息吗？"

徐知岁弯腰找拖鞋："等你结婚你就知道那是什么感觉了，根本睡不着好不好？"

秦颐翻了个白眼，没再跟她多聊，催促她去浴室洗漱，又让化妆师给她按摩消肿，自己则摩拳擦掌，跃跃欲试，拿出手机一遍遍和督导对流程。作为这次婚礼的总策划，也是徐知岁唯一的伴娘，秦颐感到前所未有的亢奋。

新娘妆精致且复杂，不同礼服要搭配不同的妆容，徐知岁在梳妆台前一坐就是几个小时。大概是太兴奋，她昨晚没睡好却一点倦意也无，乐此不疲地和秦颐讨论着一会儿要怎么整蛊新郎。

另一边，祁燃也早早起了身，换上笔挺的西装，和亲朋好友一起坐上迎亲的车队。

天亮之后，他的手机就没安静过，不停有工作上的朋友打来电话祝贺。真心贺喜也好，溜须拍马也罢，祁燃春风满面，照单全收。

车子停在新娘家楼下的时候，祁燃收到了一条陌生号码发来的短信，趁着宋砚清点红包的工夫，他点开了收件箱。

那短信只有寥寥几个字，署名却让人觉得恍如隔世——

【新婚快乐，裴子熠。】

祁燃盯着那短信看了好几秒，然后淡淡一笑，回复：【谢谢。】

接亲的过程一波三折，来的路上祁燃已经预料到里头的人不会轻易让他抱得美人归，可真正到了门前，才知道她们玩得有多刁钻。

秦颐鬼点子多，又是婚礼专业户，凭一己之力抵挡了整个接亲团队，祁燃在门口磨了十几分钟，红包塞了无数个，愣是连大门都没能进去。

让他最头疼的是自己的亲妹妹祁柚，不着急帮他开门也就罢了，反而临时倒戈，出了一堆馊主意，帮着秦颐和冯蜜一块堵门，简直刀枪不入，软硬不吃。饶是祁燃一贯淡定从容，此刻也生生被这几位女士闹出了一头汗，萌生了想要踹门抢亲的念头。

眼看着时间不够了，宋砚回车上找来自己出外勤的装备，对着门锁一阵捣腾，轻而易举撬开了门。祁燃领着接亲团蜂拥而入，秦颐气得直跺脚，扯着嗓子大喊："祁燃！你开外挂！"

祁燃哪里管得了这么多，撇开人群冲进卧室，当看见举着团扇坐在床上的徐知岁时，他忽然觉得之前所有的等待和"折磨"都是值得的。他手握捧花，单膝跪在徐知岁面前："岁岁，嫁给我吧！"

徐知岁挡着脸，巧笑倩兮，在众人的注视下娇羞点头："好。"

"走，结婚去！"祁燃心潮澎湃，抱着他的新娘出了门。

婚礼仪式在一片浪漫温馨的氛围中进行，一切都是徐知岁梦想中的样子，唯一遗憾的是在这么重要的时刻她无法挽着爸爸的手入场，不过这些都无所谓了，她相信在她看不见的那个世界，徐建明和舒静都会以另一种方式见证儿女的幸福。

十二点零八分，吉时。徐知岁身穿白色婚纱握着妈妈的手出现在宾客如云的宴会厅。灯光暗了下来，唯有一束耀眼的追光落在她身上，镶了碎钻的婚纱闪闪发光，仿佛将漫天星河披在身上，她在全场注视的目光中缓缓站定在舞台末端，遥遥看着前方那个她深爱着的男人。

当她还是一个懵懂单纯的少女时，曾经无数次幻想过这样的场景——祁燃西装革履，手握捧花，跨越一切阻碍和凶险来娶她。

曾几何时，她以为这样的场景永远只会存在于她的幻想中，从来不敢奢求梦想成真的那一刻。然而当这一幕真实降临，感动溢于言表，上天对她到底是眷顾的。

两人的视线在空中交汇，凝滞的瞬间，情愫悄无声息地涌动。祁燃滚了滚喉结，微微颤动的手指宣示着他此刻的激动和紧张。

"请新郎上前迎接他的新娘！"

在司仪的指引下，祁燃迈开步子朝舞台末端走去，僵硬的唇角渐渐放松，取而代之的是温柔的笑意，目光牢牢锁在徐知岁的身上，仿佛这个世界只剩他们彼此。

眼前一幕太过美好，他迫不及待想要握紧她，将余生交到她手里。

"岁岁。"祁燃单膝跪地，举起捧花，"嫁给我好吗？"

徐知岁喜极而泣，拭了下眼角："好。"

两人在宾客的祝福声中走向舞台，交换代表誓言的戒指，然后深深亲吻。

番外二
裴子熠的信

祁燃：

见字如面，别来无恙。

给你写这封信时，我正坐在阿富汗混乱的机场大厅里。这里刚刚发生了一场暴乱，数以万计的平民百姓拥入机场，为了逃命爬向他国的飞机，造成了数不清的踩踏和伤亡。

你一定想象不到，当时的场面有多么混乱，许多当地人哭着跪着求他国士兵带他离开，甚至不惜把几个月大的婴儿塞进能离开的人的行李箱……我做梦都没有想到，这种事儿竟然被我给遇上了！我和我的医生朋友们奋力抢救了一天一夜，也没能挽救那十几个鲜活的生命。

相信最近的新闻你们也看到了，阿富汗国内发生了政变，枪杀和爆炸每天都在发生，当地民众乱成一团，能逃的都逃了。中国大使馆也组织撤侨了，可我最终没有登上那架回国的飞机。医院门口每天有成百上千的受伤民众在向我们求救，作为一名无国界医生，我无法对那一张张悲痛无助的脸庞视而不见。

就在前天晚上，我将自己的决定告诉了我爸妈，他们听后气疯了，扬言这次我若不回去，他们以后就没我这个儿子。我知道，他们是担心我的安危。

有时候想想，我也挺浑蛋的，总是这么任性，害他们替我操心，当初我去加拿大深造已经是他们所能接受的最大限度，后来我又"脑子一热"成了无国界医生，四处漂泊，几年回不了一次家，在他们心里肯定觉得我这个儿子算是白养了。

每次听见他们骂我，我心里也很难受，会反复问自己会不会后悔做下这个决定，可回想过去两年发生的种种，我得到的答案是从不。

　　这两年我跟着救助队伍去了非洲、南美、东南亚还有一些太平洋上籍籍无名的岛国，足迹遍布全世界，也是第一次知道原来有些地方的医疗设施是那样落后，都21世纪了，还有人用那么封建的法子给人治病，也有人因为无法支付高昂的医疗费用，就这么眼睁睁地等待死亡降临。

　　我们队伍的每名医生常常就是当地唯一的医疗资源，不仅要肩负起治病救人的职责，还要协助培训当地的医护人员，更新他们的医疗知识。也是从那个时候开始，我觉得自己找到了存在的意义。

　　我是半年多前和同伴们一起来到阿富汗的，那时候他们国内的局势虽然动荡，但不至于如此，我哪里知道自己会遇上这样的事。好在目前我们都很安全，都在尽自己最大的努力尽可能地给当地民众提供帮助。

　　这几年下来，我觉得自己沉淀了不少，性格不再那么急躁，棱角也被磨平了，说好听点大概是成熟了，说现实点就是自己老了。同伴们常和我开玩笑，说每次见我语重心长、谆谆教导的模样，都觉得我像个温柔又唠叨的老妈子，我听完竟然没和他们急，甚至觉得是种褒奖。嗯，我果然是变了。

　　好了，言归正传，扯了这么久都快忘了正事。很高兴收到祁予宁小朋友周岁宴的请柬，一转眼小家伙都这么大了。照片我看了，宝宝很漂亮，模样长得像知岁，果然儿子都像妈！不过你的好基因也别浪费了，赶紧再生个女儿，以后一手牵一个，带出去多拉风！

　　我这里的情况你也知道了，你们的婚礼我没能赶回去，小家伙的周岁宴我怕也是要错过了。代我向小予宁问好，回头叔叔给他补个大红包！

　　对了，听说宋砚也结婚了，是和长济心身科那个小护士吧？那姑娘我记得，挺古灵精怪一人，感觉和宋砚那伙还挺般配的，真是便宜他了。会不会等下次我回来，他也当上爸爸了？完了，我得赶紧攒钱凑份子。或者我也抓紧时间生一个？把你们的份子钱赚回来！哈哈，开玩笑，我的事儿八字还没一撇呢！

　　在国外这几年，我总是会想起我们小时候的一些事。我爸妈工作忙，我嫌家里保姆做的饭不好吃，就总去你家蹭饭，那时候我就特别羡慕你，舒静阿姨那么漂亮，做饭又好吃，总想着我俩要是亲兄弟该多好——事实上我俩那时候的关系也跟亲兄弟没差，身形相仿，成绩相近，兴趣爱好也差不多，好得就差穿同一条内裤了……只是后来怎么就生疏了呢。

　　祁燃，对于当年那件事，我认为还是有必要再和你说声抱歉，如果不是我的自私，你和知岁就不会平白耽误那么多年。你听过蝴蝶效应吗？一个小小契机的改变，未来可能发生很大的变化，有时候我在想，如果当初我没那么做，或许之后的很多年她就不会受那么多苦了。

我至今最后悔的一件事，是没有当面和她坦白真相，说上一句抱歉。如果可以还请你帮我转达这份歉意。我不敢奢求她的原谅，只希望我醒悟得不算太晚，还来得及弥补当初犯下的错误，她能得到她想要的幸福……

等等，你千万别误会，我可不是还惦记着你老婆，这么多年过去了，该放下的，我早放下了，说到底只是心里有愧罢了，真心希望你们过得好。

既然话都说到这儿，我也不和你藏着掖着了。我最近好像喜欢上了一个姑娘，中国香港人，也是一名无国界医生，我和她是在南苏丹认识的，后来又一起来了阿富汗。

她性格很热情，人也漂亮，我们相处得很愉悦，只是平时工作太忙，能在一起的时间实在太少，如果我们能平安度过这次战乱，或许我会选个合适的契机向她表明心意。说来奇怪，我好歹也是个过了三十岁的成熟男人了，每每想到这件事儿竟还有点儿紧张，怪没出息的。

好了，不说了，同伴打来电话，说城市中心又发生了暴动，有多人受伤，我得赶紧过去。

我就不说期待你的回信了，下一次我会在哪里，我自己也不知道。等一切平息，我回国，咱们兄弟三个边喝边聊，这几年我经历的事儿足够和你们吹上三天三夜了，但愿那时候你们不会被老婆孩子催着回家！

代我向知岁、祁伯伯、祁柚还有小予宁问好。

裴子熠
2021 年 9 月 5 日